法说中国古典文学名著丛书

法说 FA SHUO

《红楼梦》 HONG LOU MENG

中国财富出版社

图书在版编目（CIP）数据

法说红楼梦 / 余宗其著．—北京：中国财富出版社，2014.6
(法说中国古典文学名著丛书)
ISBN 978－7－5047－5221－5

Ⅰ．①法…　Ⅱ．①余…　Ⅲ．①《红楼梦》研究　Ⅳ．①I207.411

中国版本图书馆 CIP 数据核字（2014）第 106016 号

策划编辑	张艳华	**责任印制**	方朋远
责任编辑	张　静	**责任校对**	饶莉莉

出版发行	中国财富出版社		
社　　址	北京市丰台区南四环西路 188 号 5 区 20 楼	**邮政编码**	100070
电　　话	010－52227568（发行部）		010－52227588 转 307（总编室）
	010－68589540（读者服务部）		010－52227588 转 305（质检部）
网　　址	http：//www.cfpress.com.cn		
经　　销	新华书店		
印　　刷	北京京都六环印刷厂		
书　　号	ISBN 978－7－5047－5221－5/I・0148		
开　　本	710mm×1000mm　1/16		
印　　张	22.5	**版　　次**	2014 年6月第 1 版
字　　数	368千字	**印　　次**	2014 年6月第 1 次印刷
印　　数	0001—3000 册	**定　　价**	45.00元

我要自炒一回

——向读者推荐拙著《法说红楼梦》

俗话有云：王婆卖瓜，自卖自夸。用时下流行的说法，这自卖自夸叫做自我炒作。我要用自炒的方式，向广大读者推荐刚刚完稿的拙著《法说红楼梦》。

简言之，该书稿问世的学术意义，可用四个“大”来概括。

一曰红学研究的大突破。大家都知道，专门研究《红楼梦》的红学已有两百多年的历史，从法律视角解读《红楼梦》全书的思想内容，是从未有过的事情。拙稿以三十万字的篇幅、八十多个话题和用事实说话的方式，将渗透在大大小小的故事、场景和活动其间的各色各样的人物身心之中的法律思想内容条理化、系统化，从而形成了一个熔文学形象与法律理智于一炉的话语系统。平心而论，这一成果的出现，堪称红学研究史上的一大突破，开创了法律视角之下系统研读《红楼梦》的崭新局面。

这一突破的实质性问题有以下两个方面。

其一，是第一次发现和论证了《红楼梦》全书的深层主题思想在于思考和批判封建法律，全书三十万言的法律内容可浓缩为这一句话。然而，两百多年来的红学家们，无论是以往的点评派、索隐派、考据派，还是当今的新红学家，都不能说出这句话，甚至连涉及法律的一句很简单的话都说不出来。若硬要他们说，那就免不了讲外行话。所以说，针对《红楼梦》全书的思想内容所讲出的三十万言的法律话语系统，的确是一个大突破。

且不谈别的，仅就红楼礼学的八个专题所讨论的特色与成就，就是前所未有的开拓与挖掘，道出了历代红学家所未道的一系列应有的见解，而这一切只不过是《红楼梦》全书深层主题思想的一个组成部分。由此可见，发现、确认、论证《红楼梦》的深层主题思想在于思考和批判封建法律，是有两百多年历史的红学研究的一个重大突破。

其二，就红楼人物形象的评论而言，开创性地运用了人物自身所处法律地位的着眼点和价值尺度，共评论了三十多个人物，他们是尤氏（见第一辑）、贾母、林黛玉、贾宝玉、凤姐、贾雨村、袭人、焦大、贾瑞、邢夫人、尤二姐、薛蟠、贾环、贾迎春、李纨、薛宝琴、薛宝钗、探春、赵姨娘（见第二辑）、香菱、王夫人、贾政、贾赦（见第三辑）、平儿、晴雯、元妃、贾琏、胡太医等（见第四辑）。由于着眼点与价值尺度都在法律范畴，故对人物非法律的东西全略而不论，于是这些人物论跟红学界的通常说法都没有多少共同之处。

尤其值得注意的是，对主人公贾宝玉的评论，分散在第二、三、四辑中，第十四、十五、二十一、四十二、四十三、四十四、五十、五十三、六十七、七十三、七十八、七十九、八十八等十几篇文章论及，若加以整合，法律视角之下的这一人物形象的复杂性、丰满性将破天荒地显露在我们眼前。就是这个曾被不少人誉为“叛逆者”的贾宝玉，原来处身在其他任何一个红楼人物都不可比拟的多元化的法律地位之上：以起码的生存状态而论，他是一条处处依赖奴婢而活着的寄生虫；以其精神生活而论，他善于用庄子的法律虚无主义来讴歌神圣的爱情；在私了秦钟与智能儿、茗烟与万儿的两起奸情案中，他对罪犯的宽容程度与有关惩处罪犯的法矛盾对立；那所谓“初试云雨情”的行为，不仅具有犯罪性质，更给袭人带来了在婢与妾的两种不同的法定角色中“浑”着的尴尬：在众人挟妓饮酒的连环案中，他有嫖娼罪的嫌疑；他跟小厮一起犯有法定的购读“淫词小说”罪；因一再改人姓名，尤其在给芳官改换姓名上屡屡侵犯人身权；小说的叙事人和其父贾政都称之为“无法无天”；可在骑马过贾政书房时又有守礼法的自觉性……总之，贾宝玉的法律地位的多元性使两百多年来的所有简单化的评论都软弱无力，相形见绌。

二曰涉法文学研究的大进展。《红楼梦》是涉法文学的典范之作。如果把上述大突破放在我所从事的已有二十多年历程的涉法文学研究领域来考察，便可进一步知道，《法说红楼梦》的问世，是涉法文学研究事业上的大进展。换一句话来说，此次从研究方法到研究成果，都有以往不曾想到、不曾做到的事情出现。

以研究方法而论，我曾提出了涉法文学研究应以古今中外的涉法文学作品为本源，实行文本阅读至上主义的基本设想。由于该类作品数量浩如烟海，个人阅读的时间和精力极为有限，故二十多年来一直采取的是泛泛浏览的阅读方法，以此收获了一百多万字的论著。撰写《法说红楼梦》书稿，一改浏览为细读：从头至尾，逐字逐句，读完一遍又一遍。其结果是品出了浏览式的阅读所容易忽视的许多味道，从而为涉法文学研究的大进展开拓了方向。

以对上述深层主题思想的确认与论证而言，这种大进展就表现为从浏览式阅读所形成的直觉性的感悟深化，发展为现在细读后的理论性的发现。在五年前的拙著《中国文学与中国法律》一书中，以浏览的心得写出了《〈红楼梦〉与清代法律》这一章，在其结尾处我谈了自己的总体性的看法："在法律视角之下，《红楼梦》是一部什么样的小说呢？或者说，对《红楼梦》固有的全部法律思想意义应当作怎样的综合性表述呢？我的看法是这样的：《红楼梦》以贾宝玉、林黛玉的爱情、婚姻悲剧为中心线索，同时兼顾贾府内外的日常生活的广阔场景，在漫不经心的法律意识支配之下，观察和描写出清代法律实施于社会所发生的形形色色的现象、问题和弊端，因此是清代法制生活的一面镜子，是认识清代法律的杰出教科书。在法律思想意义的广泛性、丰富性、深刻性上，《红楼梦》攀登到峰巅、极顶，在中国文学史上无与伦比，在世界文学史上也屈指可数。"说实在的，这个看法自然是正确的，但在当时带有很大程度的直觉性，是一种建立在很有限的阅读心得基础上的感悟、体会，远远不是理论上的发现与论证。现在，在经过了三番五次的细读之后，虽然也持这样的看法，但感悟体会性的意见，已提升到理论上的发现与论证的阶段。惟其如此，我才能更明确、更简约地概括出《红楼梦》全书的"深层主题思想就是思考和批判封建法律"这一结论，并能够用三十万言详细论证这一结论。

我很早就注意到涉法文学作品中的人物形象是法律内容的载体之一，并认为研究涉法文学非高度重视人物形象的法律寓意不可，然而，确认人物的法律地位这一关键之处，却是这一次的新发现。不仅如此，我还进一步把这一发现的理论实质抽象为一个解释纯文学的行话——"典型性格"——典型性格取决于人物的法律地位，并用尤氏这一人物为例，进行了初步阐释。这自然是涉法文学研究的大进展的具体表现之一。

此外，在法律与语言、法律与美学等方面，也多有以往不曾有过的新发现、新论证。

三曰对纯文学研究的大挑战。涉法文学研究，是法律与文学的交叉学科研究，以文学中的法律而论，其实质是文学的跨学科、多学科研究。令人忧心如焚的是，在谈到文学的多学科研究的场合，文学界通常是抛弃了法律视角的。至于在一般场合，文学研究更是全然不顾法律的纯文学研究。着眼于纯文学研究的弊端，那么《法说红楼梦》问世的又一学术意义，就是向纯文学研究发出了大挑战。

可以从以下三个方面考查这大挑战的学术意义。

首先，拙著《法说红楼梦》的问世向世人表明，拒斥法律的纯文学研究对于涉法文学来说，具有严重、普遍的偏颇与错误。其偏颇，指的是对涉及法律的文学篇目或局部内容避而不谈。例如《尚书》中的《吕刑》，是关于周朝的重要法律文献，在法律专业圈内广为人知，而文学专业圈内不见有谁谈论。再如《左传》中的礼法现象和案例故事，很有专门研究的必要，同样只在法律论著中被广泛引用，而文学家从不过问。《红楼梦》中的法律内容的宝库，就是在这样的偏颇中被文学家长期抛弃的。

其错误，指的是纯文学家在万不得已就文学中的法律描写发表意见的场合，几乎没有例外的都要出现法律上的知识性、理论性的差错——说一些不值一驳的外行话。

这样的偏颇与错误比比皆是。文学批评文章之中，文学理论著作中，文学史的著作中，都可随时随地找到具体事例。仅在《红楼梦》研究中，法律知识性理论错误若收集在一起，稍加解说，就能编成厚厚的一本书。

《法说红楼梦》的问世，是对上述偏颇与错误的有力冲击。也就是说，不彻底摒弃纯文学家的偏颇与错误，就不可能有法律视角之下的《红楼梦》研究。这种学术的对立与矛盾，是不可调和的。从这个意义上看，拙著的问世就意味着对纯文学研究的大挑战。

其次，拙著在许多篇目的行文上，有着明显的针对性，即把上述种种法律错误引发的许多见解作为反驳的对象。例如《焦大骂人小议》《探春打人值得歌颂吗》《法律与宗教》《为赵姨娘鸣不平》《红楼礼学的特色与成就》等近二十篇专题文章，都明显地攻击着纯文学家的各种有违法律、法理的见解。尤其是《红楼礼学的特色与成就》的八篇系列文章，每一篇都针对着一种空白或误区。笔者深深感觉到，没有对纯文学家的偏颇与过错的针对性，许多道理就讲不清楚。反之，针对性越强，越能收到言简意明的论述效果。

第三，也是最根本的一点，就是向纯文学研究的大挑战的目标或归宿在于：面对古往今来的涉法文学对象实体，必须彻底颠覆纯文学的研究方法、习惯和思路，代之以文学法律学和法律文艺学这两门交叉学科的研究方法、习惯和思路。如果说近几年我逐渐产生了这种目标感、归宿感，那么在完成《法说红楼梦》之后，这种目标感和归宿感已萦绕胸怀，徘徊不去了。

关于文学法律学的构想，已在拙著《法律与文学的交叉地》中作过较系统的论述。关于法律文艺学，已有一部书稿专门讨论。这里不能多谈这两门学问。我只想借此机会说明一个想法：纯文学研究根本不能担当如此两大重任，唯有在向其大挑战的过程中，才能不断提醒广大学人和接受纯文学专业教育的广大学子认识到拒斥法律的文学研究和文学教育的弊害，在于极大地限制了人们的专业智能的全面、均衡发展，极容易造成法律人缺乏起码的文学知识和文学人缺乏起码的法律知识的偏枯，致使这两大学科的教学和科研面对涉法文学对象实体的时候，就难以避免地暴露出各自的弱点：纯法学家在文学层面上有隔膜，出差错，而纯文学家则在法律层面上所知甚少，谬误百出。其结果，就是使学术研究成果的真理性程度大大下降。由于涉法文学研究属于文学家应有的职责，故向纯文学家挑战，势在必行。

这种挑战的实质，就是呼吁文学界在面临涉法文学经典作品的教学、科研的场合，一定要抛弃纯文学的一整套习惯做法，代之以法律研究与文学研究有机结合的新视角、新思路、新方法，力求建构出法律与文学的合金式的新型话语系统。如果说笔者二十多年来的一百多万字的有关论著一直在实践自己的这种构想，那么在撰写《法说红楼梦》前后的这几年，我不仅在进一步实践这一构想，而且由此酝酿出一个越来越强烈的愿望，这就是废止涉法文学范围内的纯文学教学和研究的一切传统做法——各种文学专业的划分，文学批评、文学史研究、文学理论研究的各自为政，中国文学与外国文学分属为两个学科，把鲁迅研究、红学研究、莎士比亚研究作为独立的学术部门，等等，从而把古今中外一切涉法文学作为统一的对象实体，实行文学批评、文学史研究、文学理论研究的一体化，着手建构两门交叉学科的理论系统：一是文学法律学，二是法律文艺学。

《法说红楼梦》向纯文学研究的大挑战的学术内涵，笔者极力做如此挑战的摇旗呐喊的苦衷，大约如上所说。我相信，文学界的读者在阅读这本书的时候，很可能在开卷之初感到不习惯，甚至反感，但读完全书后一定会取容忍、接受的态度。这个态度自然是我所期待、欢迎的。

四曰对法律与文学运动的大反思。《法说红楼梦》全书在字面上虽然很少提及美国法学界掀起的法律与文学的运动，但在构想与撰写该书稿的每一个进程中，都凝聚着我对这一运动的大反思。鉴于文学界的读者对这一运动很陌生以及我为什么要做此大反思的缘由不了解的情况，有必要多讲几句。

美国法学界掀起的法律与文学的运动发端于20世纪70年代初期，至今已有四十多年的历史。其宗旨在于解释西方文学中的法律内容，建构从事该运动的法学家心目中的某种法律理论系统。该运动的领军人物之一的波斯纳的专著《法律与文学》已由中国的法学家译介入境，不少评介文章随后现于近几年的报刊。足以代表中国法学界对该运动的引进热忱和从事该研究的成绩、水平的应首推苏力和他的专著《法律与文学》。在这本书中，苏力把笔者列入了“近年来，在不同程度上进行了法律与文学之研究的”一系列人士的首位，并且有这样一些概括性的评论意见：“这些著作或论文已经触及了美国学者首先创设并界定的法律与文学领域的一切主要方面”，“但就总体而言，上述著述……都比较缺乏法律与文学的理论自觉”。

以上所说，是我反思法律与文学运动的背景和缘由。为了便于读者阅读拙著《法说红楼梦》，对法律与文学的交叉学科研究有更科学的认识，我必须在此把自己在撰写该书稿过程中反思的思路和结果公之于世。否则，将会贻误法学与文学两大学科的广大读者。

首先，我要说明的一个基本事实是：我不是“近年来”才从事于法律与文学的交叉学科研究的，同时我的该项研究不属于“法律与文学”运动范畴。我着手开始探讨法律与文学的交叉学科问题的时间是1986年，至今已二十多年。拙著《法律与文学的交叉地》《鲁迅与法律》《法律与文学漫话》《中国法律与中国文学》《外国法律与外国文学》五本书，以及散见于全国报刊的几十篇有关论文，全部问世于波斯纳的《法律与文学》译介到国内之前。只有这本《法说红楼梦》，才是在读到波斯纳和苏力的两本同一书名的专著之后撰写的。就是这种基本事实，决定了我的“大反思”活动的开展和结果。

其次，也是我所要说明的重点之所在，这就是大反思的两大结果。

其一，引进的法律与文学运动，以及国内前前后后所有参与该项研究的学人，我都视为自己的同盟者、声援者、支持者。我的一系列论著的问世、被评论、被推荐，都凝聚着法律人的心血、热情，这一切令我感动，没齿难忘。正因为如此，我希望自己的交叉学科研究成果能够为法学研究提供有用的东西，能够为社会主义法制建设实践提供有益的启示。否则，我会有愧于广大知道我、帮助我的法律人。

其二，说实在话，在我心目中，国内法学家的有关论著，以及刚刚引进的法律与文学运动，还有国外法学界的相关研究，共同构成了一个必不可少的学术参照系。除了从中看到了许多一致的、共同的东西之外，更多的却是看到了彼此之间的原则性的区别。概括起来，至少有以下七个方面的不同：

一是国内外的法律人都没有界定自己的研究对象实体。西方虽有法律小说、法律戏剧的提法，但没有一个涵盖面更广泛的包罗无遗的概念，故无法让人明白到底要研究什么东西。在我的研究中，则起初用法制文学，后用涉法文学的概念指称对象实体。

二是美国的法律与文学运动只盯住西方文学名著，东方、中国的文学被置之不理，显得既不全面又不公平。在我的研究视野中，古今中外的一切涉法文学都是对象实体，它们的地位是平等的，我力求用统一的标准客观评价它们的得失。

三是所有参与该项研究的法律人，至今都各自为政，自行其是，没有共同运作的有关概念、范畴、课题，更没有理论、学科上的目标和归属。在我的研究中，一直有着这些东西的自觉追求。例如说，法律与其他意识形态的关系，如法律与政治、法律与道德、法律与宗教、法律与美学，等等，都是我的关注热点。后来，我又注意到法系特点在不同国家文学中的反映。至于理论归宿，则有文学法律学和法律文艺学用以网罗应有尽有的理论成果。

四是法律人醉心于从文学中找法律制度、法律程序，用以论证某种预想的法理命题，企图建构一种纯法学的理论框架。在我看来，文学中的法律既来自现实的法律，又具有不同于现实法律的理性特征和审美特征，不注意这些特征的东西，就不能正确解读文学中的法律。

五是中外的法律人几乎没有例外地都把文学作品当作了法学家的奴仆、传声筒和论据仓库，采取的是招之即来、挥之即去的实用主义方法，碎割文学的有机整体和歪曲作品固有法律内容的倾向很严重。我阅读、谈论涉法文学，力图从作品的实际出发，按作品的法律寓意的本来样子去加以阐释，把误读、误解当作一种弊端加以批评、纠正。

六是法律人把文学名著的法律解读同文学家的美学评价对立起来。波斯纳就感叹说，“文学是一门艺术，对之进行解释和评价的最佳方法是美学方法”（《法律与文学》）。在我看来，二者可并行不悖。若法律解读不如美学评论，岂不是自我定位于低档次吗？我不仅注意到二者的有机结合和统一，甚至有“涉法文学美学”的理论构想，专门用以解决涉法文学研究的有关认识论和方法论问题。

七是中外法律人对于法律与文学研究在法学方面的意义、作用都能谈得无微不至，但对于文学学科来说，则语焉不详，尤其是对纯文学家不通法律的巨大、普遍弊害没有感觉，更无切肤之痛。在我看来，这一交叉学科研究是锋利的双刃剑，是敏感的双面镜，可一举两得地同时促进法学与文学这两大学科的沟通、竞争与发展。对于纯文学家的痼疾，我则痛心疾首，一有机会就忍不住发出疗救的呼吁，并不时披挂上阵加以批评。

鉴于以上所谈各方面，我的努力方向就是力求实现法律与文学的水乳交融般的结合与统一，尽可能使自己的每一项研究成果都能经受各界学人的检验，起码是应当能够经受法学和文学两大学科的学者、专家的严厉理性追问，从而立于不败之地。

说实在的，在没有上述参照系的近二十年中，我的全部论著所谈，无不直接来自我所广泛浏览的中外涉法文学作品的启迪，根本不大过问同类研究的动态——因为罕见有这种应当了解的动态。有了法律与文学运动的大参照系之后，我感到很欣慰。因为，从强大的同盟军中我感觉到自己的方向别具一格，有其独立存在的学术意义。

《法说红楼梦》是我自觉实践以上大反思的理性认识的第一项成果。完成书稿至今，我一直处在很兴奋、很激动的心境之中。扪心自问，我感到这种“大反思”使我受益匪浅，应是自得其乐的一个重要原因。

说到这里，读者大约可以窥见我之所以要自我炒作的苦衷：在目前法律与文学的交叉学科研究不景气的条件下，能够客观、公正地评论笔者苦苦求索的历程和成果的得与失的学人还不曾出现。如果说法学界对我热情有加，那么文学界就显得格外冷漠。无论过热过冷，都不能取代学术上的公允评论。为此，我不得不自炒一回。大言不惭之弊，万望斧正。

当今之世，国人深受假冒伪劣商品之害。学术上也难免有假冒伪劣产品为害。抄袭他人成果、粗制滥造等即是学术上的假冒伪劣产品；还有一种研究者自以为是，而客观实际是无自知之明地在推销谬误，这是一种没有造假故意的假冒伪劣学术产品，也在学术打假的对象之列。但愿我的上述自炒远离这两类假冒伪劣产品的恶意坑蒙拐骗行径。

目 录

CONTENTS

第一辑
法律解读的认识论和方法论

一　我们对法律的认识最欠缺什么

无论从中国和世界各国的法制史来看，还是从当今全球的现实来看，我们对法律的认识，最欠缺、最薄弱的东西是什么呢？在系统解读《红楼梦》中的法律之前，提出和讨论这一问题很有必要。其必要性，恰如由此得到一把入门的钥匙，一张简明的导游图，一根可供探路行进的拐杖。

不妨从我们身边的一个有目共睹的显著事实讲起。我们的学校坐落在南湖边，大门口到湖边的距离大约五十米。就是在这里，法学教授在课堂上津津乐道地讲授了二十多年的环境保护法学，国家颁布的环境保护方面的法律法规一年年地增加到二十多部，然而当年清澈得可以游泳的南湖水也跟着一年年地增长着污染程度，到现在湖水发黑发臭，不要说早就不能下水游泳，连养鱼都大成问题，以致国家不得不于最近开始着手来治理这里的水污染。从这事实可以知道，我们对于环境保护法的立法的重要性，对于环境保护法的结构、内容等法学知识与道理，都知道得很多、很清楚，也涌现出许多专家、许多论著，这一切都应有尽有，都不缺少。最欠缺、最薄弱的东西，是对环保法在实际生活中的实施举措和显著效果不重视，缺少研究，认识上的空白点很多。

环境保护法如此，其他部门的法律也如此。针对这种情况，我在十几年前出版的拙著《法律与文学的交叉地》的绪论中，曾经说过：不注意法律的实施效果的法学研究，有着较突出的理论脱离实际的倾向。今天旧话重提，丝毫没有再一次批评法学家的意思，只想说：我当年感觉到的问题，十几年过去了依然突出地存在着。比如说，刑法在不断修改、完善，而犯罪也水涨船高地在增长。据中央电视台最近报道，有法学家指出，我国面临着新中国诞生以来的第五次犯罪高峰。这就是说，刑法的实施，未能取得预防、威慑、打击犯罪的令人满意的效果。

以上这些事实表明，我们对于法律的认识，最缺少的东西，在于对现实生活中的法律实施效果问题未能引起注意，缺乏长期、深入、系统的考察和研究。这样，法学理论是一套纸上谈兵的空论，而现实的法制生活状况是所知甚少的另一套未知数。有识之士都会问：我们法学教育和法制宣传，怎样才能扭转这种理论与实际严重脱节的现象呢？解决问题的希望毫无疑问在于高等学校的法学专业教育。具体地说，我建议开设一门“法律实施效果考察”的课程，用以广泛调查、收集各部门法律实施中的各种现实案例、事实、数据，进行系统阐释，为引导法律实施实践提供直接来自生活的理论依据，焕发法学教育工作者和法科大学生致力于法律实施效果良好的事业的拼搏精神。

与此同时，千万不要忽视古今中外涉法文学的巨大贡献。中国和世界各国自从奴隶社会产生法律之后至今几千年来，历代作家不停顿地用诗歌、散文、小说、戏剧、童话、寓言等文学体裁形式来表现他们所处时代、国度的法律在生活中实施的效果，以此为关注目标和焦点，积累了令法学家做梦也想不到的浩如烟海的法律智慧、法理启示、法学资料。所有这一切，虽同国家颁布的法律有割不断的联系，但它们对于法律自身的结构、内容，法律制度的规模、人员编制，法律诉讼程序的完整性、规范化等，并不怎么关心，不大有兴趣加以描写。作家们不约而同地都眼巴巴地盯着那些纸张上的法律是否在社会上得到了执行、遵守。更有意思的是，法律越不公平、越不人道，执行的效果越糟糕，司法执法官员越贪赃枉法，作家们便越注意观察、思考和描写，以至于全世界涉法文学从古至今形成了一种不谋而合的高度一致的法律批判传统。批判什么？批判法律自身的弊病，批判法律实施中的弊病。这些批判性的法理启示，同各国法学家们的法学论著之间，有着巨大的反差，恰好形成了一种互相印证、互相支持、互相补充的关系。因此，从中国和世界各国的文学的角度来研究法律，或者说解读文学中的法律内容，恰恰能够弥补我们对法律认识上最欠缺的东西，强化最薄弱的东西。我甚至还具体设想过一个方案，在我所建议开设的“法律实施效果考察”课程的教科书中，用相当大的篇幅来论述世界各国的文学中的有关法理启示。

拿《红楼梦》（又名《石头记》）这部流传了两百多年至今仍盛行不衰的文学名著来说，它的丰富多彩的法律思想内容，毫不例外地也是以法律实施的轴心辐射开来的。具体来说，就是对《大清律例》这部成文法典颁布之后实施效果不尽如人意的症结问题的反反复复的暴露、抨击和追问。

《大清律例》是清代最系统、最有代表性的成文法典，于乾隆五年（1740年）颁布于世。奉皇命参与该法典的编纂、出版事宜的礼部尚书三泰等人在《大清律例·附记》中指出："特命刊布内外，永远遵行。"（田涛、郑秦点校《大清律例》）由此可见其发行量之大，朝廷上下对其期盼程度之切，对社会各界产生的影响之深。在该法典颁布十多年之后，《红楼梦》的手抄本开始流传于世，至乾隆十九年（1754 年）手抄本的《石头记》已拥有不少读者和研究者了。这就是《红楼梦》与《大清律例》的外部联系的基本事实。由此可知，《红楼梦》的创作既然在《大清律例》颁布并日益产生社会影响的法律背景之下，那么曹雪芹从中吸取法律营养，从而有效描写清代现实生活中的法律图景，就是顺理成章的事情，不容我们不加考虑。

考虑的结果，自然只能是把一切有关法律思想内容的千丝万缕归结到《大清律例》并未像它的制定、颁布者所期盼的那样"永远遵行"，而是形同虚设，其历史趋势，跟《红楼梦》中的封建大家庭一样，日益没落。由此可知，从《红楼梦》中的人物、故事来看《大清律例》这部法律，真是百孔千疮，漂浮不定，能依法断案、办事的实例，在大大小小几十起法律案件、事件中大约只有马道婆一案货真价实，无可非议，其余则都有问题：或不了了之，或家法私刑取代了国法追究、制裁，或制造了冤假错案，或民间私下了结官司，或把犯罪行为当作笑话来讲，或刑事案件发生后官方不能破案，尤其薛蟠两条人命重案在身却被释放回家……总之，《大清律例》如同水面的浮萍，不能在现实社会的泥土里扎根。

就这样，《红楼梦》中的法律思想内容区别于法学家研究《大清律例》所形成的法学论著的根本之点，在于法学家所讲是《大清律例》自身的立法特点、主要内容、法律诉讼制度和程序，而小说所写则是这一切难以在清代社会中发挥实际作用的致命弊端。因此，《红楼梦》跟所有文学名著的法律内容一样，恰恰弥补了我们对法律认识的最欠缺、最薄弱的一个关键性的环节。

唯有抓住这个至关重要的环节来解读《红楼梦》全书的法理法意，才可行走在正确的轨道和方向上，顺利达到预定的目的地。否则，就会得不偿失，有负于曹雪芹的非凡创造和伟大贡献。

曹雪芹在第一回用这样一首诗来概括《红楼梦》的创作甘苦及其对读者的期盼：

满纸荒唐言，一把辛酸泪。
都云作者痴，谁解其中味！

每一次读这首诗，我总是想：两百多年来，法律意识沉睡未醒的红学家，一直都没有读出《红楼梦》固有的法律之味，实在遗憾之至。当今的红学家和文学家，争先恐后地谈论其中的诸如政治、历史、哲学、道德、宗教、医药、诗词、棋牌、灯谜、酒令、建筑、园林、服饰、古玩、美食，还有梦、性、养生之道……无不成为《红楼梦》研究者的话题，写出了不计其数的文章或专著，唯独没有人来谈论法律。这仍然反映出谈论者的法律意识的沉睡状态还在延续之中。这种有负于时代的状态是该结束的时候了。须知，当今中国，社会主义法制建设空前大发展，大学里的法律专业教育事业和法学研究事业也随着大发展。这样，应当把解读《红楼梦》的法律之味当作时代赋予读书界的一项历史性的使命。

我愿自己跟广大读者一道来为完成这一使命而共同努力。以上所谈，算作是表白这一努力的感言吧。

二 生活中的法律无处不在

在中国和世界各国文学名著的宝库中，《红楼梦》占有引人注目的显赫位置。从法律的视角解读这部使中国人自豪的文学名著，会惊奇地发现一个从来不被注意的突出事实：生活中的法律无处不在。

我们今天第一次把这迷失在历史的风尘中达两百多年的法律事实揭示出来，呈现在广大读者面前，不免显得突然而出乎大家的意料，甚至会有哗众取宠、危言耸听的嫌疑。究其认识上的原因，无非是历代研究者和广大读者法律意识沉睡不醒，故熟视无睹。

现在，我们点明了这一法律事实，人们一时半刻也难以立即接受认同，因为，刚刚被唤醒的法律意识不免失之于简单、粗糙，而这简单、粗糙四个字，正是法律专业以外的人们的法律意识的通病。在许许多多人的心目中，法律不过是打官司、坐牢、砍头、枪毙之类的东西。如此理解法律的人们，如果让他以法律为题作文或演讲，将会一筹莫展，痛苦万状。因此，你对他讲《红楼梦》所写生活中的法律无处不在的事实，他会莫名其妙，以为你无中生有，胡说八道。

所谓生活中的法律，指的是法律实施于社会所产生的效果、现象、问题、案件、事件、法律诉讼活动、一般行政执法活动以及形形色色的人物围绕法律所进行的思维活动和外部活动等。在这里，法律的实施是关键。因此，简单地说，生活中的法律，就是法律实施的百花园中的花花朵朵。《红楼梦》和中外一切文学名著中的法律之花朵，从古至今，一直把法律实施的百花园装点得美不胜收。

我们不妨以第三回所写林黛玉到贾府作客前后的所思、所见、所闻、所言、所感为实例，看看这段不足两千字的故事中的法律花朵令人应接不暇的繁多盛况。

林黛玉下船登岸之际，想起母亲曾说过，外祖母家与别家不同。这里出现了第一个法律事实：家。家，是一个法律概念。在清代法律中，家既是私法（民法）意义上的存在，也是公法（刑法）意义上的存在。私法意义上的家，指共同生活在一起的亲属团体。公法意义上的家，指通过国家权力统治人民的机构。无论针对哪一种法律意义上的家，《大清律例》立法上的共同点都在于规定家的权利与义务，若有不尽义务、丧失权利，导致犯罪者，就要追究家长的刑事责任。换一句话讲，就是用法律的强制力的绳索，把全家捆绑在一起，以便于国家对百姓的管理。这就是《大清律例》关于家的立法的基本出发点。

登岸之后，她看到荣国府派来迎接自己的几个三等仆妇。第二个法律事实出现在这里：仆妇，即法律规定的奴婢。法律明文禁止庶民之家存养奴婢，可见存养奴婢是法律赋予贾府这样的官员、富豪之家的特权。

来到贾府门口，林黛玉看到蹲着两个大石狮子，三间兽头大门，正门上有一块匾，匾上大书“敕造宁国府”五个大字。这些标志性的东西，揭示了第三个法律事实——贾府是法定的功臣之家。宁国公、荣国公，都是清王朝的开国功臣，享有法律赋予的官造豪宅、赐拨公田、免除赋税等特权。宁荣二府的“敕造”性质，表明了这些特权的存在，也正是林黛玉的母亲所说的不同于别家的特殊之处。

进入贾府之门，林黛玉见到了外祖母即贾母，上上下下都习惯于称之为老祖宗。贾母法定的家长地位和权利，是林黛玉见到的第四个法律事实。

在贾母当场介绍林黛玉认识的舅母等人中，有“先珠大哥的媳妇珠大嫂子”，她就是李纨。在贾珠早逝之后，李纨一直守寡。清代法律称之为“守志者”。这是林黛玉见闻的第五个法律事实。

不一时，只见三个“奶嬷嬷”等人簇拥着贾氏三姐妹来到了面前。奶嬷嬷，用《大清律例》的规范法律术语来说，叫做“乳母”。此为林黛玉所见第六个法律事实。

紧接着，贾迎春、贾探春、贾惜春三姐妹来与林黛玉见面，黛玉忙起身迎上来见礼，互相认识。“见礼”二字中的“礼”，是第七个法律事实，表现在黛玉本人的行为方式上。礼，就是法律。礼作为法律的历史可以追溯到周朝，至清代已有三千年。礼在《红楼梦》里出现了三百二十五次（笔者据庚辰本统计），大有法理可议。

林黛玉在回答众人关于“常服何药”的问题时，回忆起三岁时所听来的故事：一个癞头和尚要化她出家，又断言她的病难好。这故事中的和尚，在《大清律例》中被称为僧，与尼、道等概念并列，出现频率颇高，处于被歧视的法律地位。林黛玉就这样讲出了第八个法律事实。

继三姐妹之后来与黛玉见面的是王熙凤，她的一身富贵华丽的服饰，触犯了清代的法律，可追究刑事法律责任。这是黛玉所见的第九个法律事实。

王熙凤拉着林黛玉的手，上下打量了一回，把她送到贾母身边坐下，笑道：这标致的人物，“竟不像老祖宗的外孙女儿，竟是个嫡亲的孙女”。这番话中的外孙女、孙女，在清代法律中地位不同：外孙女是客人，孙女是家庭成员。这是林黛玉耳闻的第十个法律事实。

此外，还有第十一个法律事实。在这段不到两千字的故事中出场的人物，从其姓名来看，可分三种情况：一是有名有姓，如林黛玉、贾迎春、贾探春、王熙凤等人；二是只有姓没有名，如贾母姓史，邢夫人姓邢，王夫人姓王，她们从来没有名字；三是众多男女仆人，绝大多数无名无姓，尤其是女婢们有姓名的更罕见。这一广泛事实，涉及姓名权的法律保护问题，依《红楼梦》中的材料，可做专题深入探讨。

这里依次列举了十一个法律事实，它们无一不发生在人们身边，无一不可见可闻可感。虽时隔两百多年，如今一一读来，确如朵朵鲜花开放在眼前，感觉到依然跟我们的日常生活息息相关。

是的，我们每一个人都有自己的姓名，都有自己的家，都有自己的亲人，都要住房、穿衣，无论在家里、在社会上与人相处都要讲究文明礼让……这一切，无不是法律的社会调节器在发挥作用。与此同时，从古代到今天，从中国到世界各国，不同时代、不同国家、不同阶级、不同地区有着各不相同的法律，这些法律的差异，也出现在文学中，构成了生活中的法律百花园中的重要景观。解读《红楼梦》中的法律，所有这些活生生的情景都会被感知，都需要加以清理与阐释。

到此，我们已经讲明了一个值得注意的基本道理，这就是文学中的法律跟法学家所研究的法律有所不同。其区别之一是法学家研究的法律，是法律规范自身，他们的职责在于对法律规范、法律制度、法律沿革做系统化的学理解释，从而为培养法律人才提供知识、理论的系统。而文学中的法律，描写的是法律在现实生活中实施所出现的故事和故事中的各种人物，从而表现出法学家那里少有的或完全没有的法学道理。这两种相对独立的道理，呈互相印证、互相补充、互相促进的关系。

由上一区别，产生出第二个区别，就是法学家的理论成果，可以直接运用到司法实务中去，而文学中的法律思想内容只能被读者理解、认同，增加和发展他们的法律智慧，完善对法律的认识，却不能直接运用到司法实践中去。即使是学者对文学中的法律做系统研究取得的理论成果，也没有多少可以直接指导法律实务的功用。

既然没有实用价值，文学爱好者、文学研究者和法学家为什么对文学中的法律大有兴趣，在美国法学界甚至形成了一种有三十多年历史的法律与文学的运动呢？这里的理由很多，我们只指出一点：文学中的法律智慧不仅浩如烟海，发人深省，更重要的一点是形象、生动、趣味无穷，能使人在受到法理启迪的同时，陶冶性情，愉悦身心，得到美的享受。这些是纯法学研究论著中所没有的东西，而在文学中却无比丰富。《红楼梦》中的法律描写，就有不少风趣、幽默的内容有待我们去欣赏、领悟。

最后，我们要指出的是，从文学名著中发现、提取、解释法律事实，是一个系统化的工程，不可断章取义，不可破坏文学故事、人物形象的完整性。比如上面谈到的十一种法律事实，只是作为证明“生活中的法律无处不在”这一论点的实例来列举的论据，充其量只可被作为小路标、小素材来对待。唯有大量占有这些法律事实，分门别类地寻找其内在联系，才可从中抽象出合乎实际的法理法意的结论和理论系统。

三　诉讼案件跟踪描述与法律文化散点透视

要想顺利地解读文学作品中的法律内容，其运作方法之一，就是必须注意作品叙事的艺术模式。一般说来，涉法文学作品的整个叙事框架可划分为两大基本模式：一是诉讼案件跟踪描述式，二是法律文化散点透视式。二者描写法律的手段有别，其法律内容也有所不同，在解读法律内容的方法上不完全一样。

《红楼梦》的整体叙事框架，属于第二种模式，也就是法律文化散点透视式。为了说明这种模式的特点，不妨先了解一下第一种模式，即诉讼案件跟踪描述式。以案件是否进入了法律诉讼过程而论，这一类作品又进而有两个分类，一是写案件的侦破，二是写案件的审理。

侦探小说往往极力描写案件的侦破过程。英国的柯南道尔的《福尔摩斯探案》，是这一类作品的著名代表。无论犯罪分子怎么诡计多端，福尔摩斯这个大侦探总是能运用他的严密逻辑推理和现代科学技术破译奥秘，使案件水落石出，将罪犯捉拿归案。侦探小说类的作品意在制造波澜起伏、紧张曲折的故事情节，吸引读者的好奇心，故法律内容相对薄弱，并被故事悬念所冲淡。

案件审理类的作品，往往以一件民事案件或刑事案件的审理全过程构成。例如托尔斯泰的《复活》、陀思妥耶夫斯基的《罪与罚》、巴尔扎克的《夏倍上校》、狄更斯的《荒凉山庄》，就是突出的代表。《复活》写的是玛丝洛娃被诬为投毒杀人的冤案审理的始末。《罪与罚》写的是法科大学生拉斯柯尔尼科夫的杀人案从行凶杀人、投案自首、接受审判到流放西伯利亚的全过程。《夏倍上校》写的是法国军官夏倍被宣告死亡的民事案件在当事人复出后始终不能依法取消死亡宣告的过程。《荒凉山庄》写的是贾迪斯控贾迪斯的遗产纠纷案，案件审理过程拖延了几代人，最后不了了之。跟侦探小说相比，这类小说意在通过案件的审理来表现作家的各种不同的法律见解，故其法律内容丰富，是涉法文学重点研究的对象之一。

解读这类作品的法律内容，在方法上自然是注意案件的来龙去脉，分析案件中的各种人物的言行，考察作家对不同人物的态度，还不能放过穿插在大案件中的小案件同贯穿始终的大案件的关系。

中国的公案小说、公案戏剧在叙事模式上，也属于这一类型的作品。

《红楼梦》的叙事模式是另一种类型，其中没有贯穿始终的案件。薛蟠第二次的杀人案，写得不少，也只涉及十来回。其他的许多案件，都是彼此独立的，没有互相牵扯的地方。此外，展现和活动在我们面前的，都是日常生活场景：读书、写字、画画、作诗、饮酒、猜谜、下棋、打牌、钓鱼、看戏、说笑话、讲故事，等等。法律内容似乎不如案件跟踪描述类作品那样丰富，在阅读中稍不留神，各种法律信息就会同你擦肩而过。因此，研读法律文化散点透视类作品应当格外讲究运作方法。

总的说来，解读像《红楼梦》这类叙事模式的作品中的法律，应尽可能全面地搜集所有散点上的法律文化景观，绝不可丢三落四。困难之处，在于法律文化景观或现象，既有物质的东西，也有精神的东西，凡是与法律沾亲带故的一切精神现象和物质现象，都可称之为法律文化。如此宽泛无边的法律文化现象，无疑给法律解读工作带来了把握上的难度。解决困难的有效方式在于：文学中的法律或法律文化，具有多学科性，同政治、经济、道德、宗教、语言、逻辑、哲学、美学、科技等密不可分，故紧紧抓住这多学科性的特征，并以“法律与××”作为一系列范畴，把收集到的材料分门别类置于各范畴之中，进行梳理和解释，是行之有效的。本书第四辑中的文章大都是运用此方式写出来的。

具体说来，在不同作家笔下，对法律文化现象进行散点透视，各有不同的方式与技巧，这就要求研读者灵活运用上述方法，不可脱离具体作品的实际。若以《红楼梦》而论，在散点透视和描写法律文化现象上，有如下五个方面的技法值得注意。

一是点至为止。此技法的要义是：极力把某种法律文化现象概括为一个词、一句话，没有其他任何解释与说明。如全书时有二等丫头、三等仆妇、三等人物等字眼出现，没有任何解释，不太引人注意。当你把它们放在一起思考，并与“有体面的丫头”“贴身丫头”之类的称呼加以对照，便可发现奴仆问题中的一大景观：森严的封建等级制度一直延伸到了大观园社会的底层，使处于被统治、被奴役的奴婢阶层内部产生了不可逾越的等级。这样，我们对奴婢法律问题的认识就获得一个意想不到的知识与理论层面。

二是微言大义。这是用简略的语言表现丰富、深刻法律寓言的手段，以致使我们唯有做相应的法律考证、阐释，才能究明其中浓得化不开的法理法意的丝丝缕缕及其来龙去脉。

例如，本书第四辑第八十六篇文章谈到的出自第四回的“今上崇诗尚礼”中的“尚礼”二字，以非法律的眼光视之论之，根本无从把握其思想脉动的走向。然而，这二字的本来功用，就在于浓缩概括清代以礼入法、以法护礼的法制史的一大基本特征，而这种特征源远流长，为中华法系所独具。可以说，“尚礼”二字是《红楼梦》以微言大义之法表现浓厚法律思想意义的最典型的表现。只要举一反三，便可尽览全书运用此法驾轻就熟、灵活自如的胜景。此外，“礼数”“礼体”“礼貌”等，都是微言大义技法运用的实例。

三是不露痕迹。此法指的是注重形象描绘自身的法理暗示功能，充分用法律文化现象、事实讲话，作者本人不出面做法理上的任何议论。例如第一回所写葫芦庙和尚炸供引发火灾的场面，历历在目，似乎与法律毫无瓜葛。而如此只描写法律文化景观，并没有任何法律议论的地方，在小说中随处可见。若是在西方小说家笔下，则免不了在形象描写的基础上由作家出面或借人物之口，发表法律议论。曹雪芹从不出面发表议论，借人物之口的法律议论也往往不附着在形象描写之后。这种不露痕迹的表现手段，跟影视作品的镜头一样，是用形象画面讲话的，故需要阅读者以各种手段——追问、联想、考证、前后画面的连接等——去破译、挖掘潜藏的法理法意。以此，我便写出了《一场大火引出的法律思考》《两起人身伤害事件的法理》《礼学教育的四大环节》等。

四是穿针引线。由于法律文化现象散点透视的着眼点多，信息量大，法律概念、法律案件、法律事件、法律文书、诉讼活动等纷至沓来，只有运用穿针引线法，才能将这一切的衔接、组合、呼应、转换处理得天衣无缝，无懈可击。曹雪芹是构造全书的高手。仅以次要人物英莲为例，其命运以第一回的失踪为起点，后依次穿插在第四、七、十六、四十八、六十三、八十等回中，在续书中又有第九十一、一百、一百二十等回的延续，所有这些片段相互间如同有无形的线索，贯穿缝合，成为一个成长于全书的人物。我们寻觅这无形的线索，并抽取含有法律寓意的成分，写成了《红楼第一案的法律悬念》。

五是强烈对比。此技法在《红楼梦》里运用频率高，效果好。仅以法律文化景观上的对比，就有不少成功例证：在姓名权方面，尊者的姓名神圣不可侵犯与卑者的姓名被任意践踏尖锐对立；主子们三妻四妾，性行为放任自流，而小人物的正常恋爱却被视为有伤风化，竟然跟奸盗相提并论，二者之间有天壤之别；薛蟠两次犯杀人重罪，均逍遥法外，而彩云受托拿了王夫人的一点化妆品的区区小事竟被贾府上下追查不已，弄得沸沸扬扬，这两码事的法理也处于两个极端；刘姥姥女婿一家四口庶民之家的贫寒与贾府主仆达几百人的官员之家的豪富，完全不可比拟……就是在这强烈对比的技法的成功运用之下，封建法律维护等级制度的要害、不公平的弊端都暴露无遗。注意此技法的运用之所在，曹雪芹批判法律的立场和法律见解，也就在不言之中了。

诉讼案件的跟踪描述与法律文化散点透视，既有相对独立的一方面，又有彼此结合的另一方面。这就要求研读者灵机应变，不可顾此失彼。《红楼梦》的法律文化散点透视的叙事模式中，兼具案件跟踪描述的某些因素，它们一并构成了散点透视的对象群体中不可缺少的成分，自然也在法律解读的对象之中。这一点，不用多加解释。

四　法律细节与细节描写

“法律细节”的概念，出自美国法学界掀起的法律与文学运动的领军人物波斯纳的专著——《法律与文学》。在该书第一章里，他称赞《他自己的狂欢》这部法律小说中“法律细节非常多”，认为“对于非法律人的读者来讲一定很难懂”，他还指出小说《假定无罪》中“充满了准确的法律细节”。但“法律细节”到底是什么，他并未做出理论上的界定。

中国文学界的行话中有“细节描写”之说，公认为现实主义文学注重“细节描写”的真实性。法律人和一般读者，不一定从理论上知道“细节描写”是怎么一回事。

当我们欣赏了《红楼梦》第六回所写一段文字之后，回过头来再看“法律细节”和“细节描写”这两个分属于法律、文学两大学科的概念，就会豁然开朗，不仅可悟出二者各自的内涵，还可看出二者彼此联系、融为一体的情形。一旦明白了这些，研读文学名著中的法律的水平与能力，将会大幅度提升。请看下列文字：

> 刚说到这里，只听二门上小厮们回说：“东府里的小大爷进来了。”凤姐忙止刘姥姥：“不必说了。”一面便问：“你蓉大爷在哪里呢？”只听一路靴子脚响，进来了一个十七八岁的少年，面目清秀，身材俊俏，轻裘宝带，美服华冠。刘姥姥此时坐不是，立不是，藏没处藏。凤姐笑道：“你只管坐着，这是我侄儿。”刘姥姥方扭扭捏捏在炕沿上坐了。
>
> 贾蓉笑道：“我父亲打发我来求婶子，说上回老舅太太给婶子的那架玻璃炕屏，明日请一个要紧的客，借了略摆一摆就送过来。”凤姐道：

“说迟了一日，昨儿已经给了人了。”贾蓉听着，“嘻嘻”地笑着，在炕沿上半跪道：“婶子若不借，又说我不会说话了，又挨一顿好打呢。婶子只当可怜侄儿罢。”凤姐笑道：“也没见你们，王家的东西都是好的不成？你们那里放着那些好东西，只是看不见，偏我的就是好的。”贾蓉笑道：“那里有这个好呢！只求开恩罢。”凤姐道：“若碰一点儿，你可仔细你的皮！”因命平儿拿了楼房的钥匙，传几个妥当人抬去。贾蓉喜得眉开眼笑，说：“我亲自带了人拿去，别由他们乱碰。”说着便起身出去了。

这里凤姐忽又想起一事来，便向窗外叫：“蓉哥回来。”外面几个人接声说：“蓉大爷快回来。”贾蓉忙复身转来，垂手侍立，听何指示。那凤姐只管慢慢地吃茶，出了半日的神，又笑道：“罢了，你且去罢。晚饭后你来再说罢。这会子有人，我也没精神了。”贾蓉应了一声，方慢慢退去。

这一段六百字左右的文字，既是小说中的“法律细节”，也是“细节描写”。由此可得出一个明确的、带全局性的结论：涉法文学作品中的法律细节和细节描写，无不是有机结合在一起的，这种合二为一的文字表达现象的实质，在于用文学的细节描写手段，表现出生活中固有的法律细节的内容。因此，欣赏文学名著尤其是欣赏《红楼梦》这部经典文学名著，一定要高度注意把握这种合二为一的全部有关文字表述，从而拓展文学名著中的法理法意的空间。

所谓细节描写，就是对细小的故事情节做具体的描绘。而法律细节，就是这些被具体描绘出来能体现一定法律思想意义的人、物、事、场景、案件等。上述六百字的法律细节涉及的人主要是王熙凤和贾蓉，涉及的事是这婶侄二人之间的关系，涉及的场景是有刘姥姥在场的公开场合。全文分三段，第一段通过刘姥姥这个老妇人和王熙凤这个年轻女人的共同观察，来显示贾蓉这个青年男子的外表对异性有吸引力。刘姥姥是过来人，对帅哥靓姐之间的风流韵事并不陌生。她为什么一见贾蓉进来就“坐不是，立不是，藏没处藏”呢？她担心自己在场，惊扰了帅哥靓姐之间可能有的好事。直到凤姐点明了“这是我侄儿”，刘姥姥还有点“扭扭捏捏”，意味着在这世故的老妇心目中，眼前这对青年男女的关系虽名为婶婶与侄儿，暗地里也许有什么见不得人的勾当。再从凤姐一听说“东府里的小大爷进来了”的消息之时，迫不及待地连忙问“你蓉大爷在哪里呢”的话语里，也可窥见这婶侄二人的关系不一般。

第二段，贾蓉来荣府是为了借玻璃炕屏。凤姐以逗他取乐的姿态，故意拒绝，待跪下求饶之后，这才在笑骂声中完成借东西的过程。读这段文字，仿佛感到有情人之间打情骂俏的微妙之处。

第三段，尤为传神。贾蓉本已走出屋外，凤姐又把他叫了回来，按日常生活经验可知她有什么重要的话非立即讲明不可。然而当贾蓉来到面前，听候指示之际，凤姐却只是慢慢喝茶，“出了半日的神”，这才用含有暗示、发人深省的话语既打发他现在走，又令他晚上来。贾蓉此刻也心领神会，“方慢慢退去”的迟缓行动中流露出的是二人之间早已达成的某种默契。

历来的红学家，大约都注意到这六百字里面暗藏的玄机，但都未能确指其中的寓意。多数人只是认为婶侄二人关系暧昧，暧昧到什么程度，属于什么性质，不见有谁加以揭示。王希廉在《红楼梦回评》中用引而不发的方式，启发读者、学人自已来做结论。他说：“贾蓉借玻璃炕屏，何必写眉眼身材、衣服冠带？作者自有深意。贾蓉屈膝跪求，始允借给。贾蓉出去，又唤转来。凤姐出神半日，笑说‘罢了，晚饭后你再来说罢，这会子有人’等语，神情闪烁飘荡，慧眼人必看破。”我们很想问：“作者深意何在？”“慧眼人必看破”什么？王希廉或许成竹在胸，但他把疑问置而不答，推给了读者。

我相信广大读者中的“慧眼人”不在少数。这里不妨抛砖引玉，谈谈千虑之一得。首先要指出的一点，这段把法律细节与细节描写有机结合起来的文字，在文学写作手法上，的确如同王希廉的评论方法一样，启而不发，有意调动读者的注意力、思考力、联想力，让读者凭借字面的暗示信息，自行判断，自行评论。即使你什么东西都想不出来，曹雪芹也不计较。他就是要这样以对读者的最大信赖，给你留下阅读之后的最广阔的回味、想象、再创造的理性思维空间，从而得到审美上的愉悦和享受。相反，一切都写得同等明白、圆满、详尽，一览无余，我们就会感到单调、乏味、千篇一律。可以认为，这六百字把《红楼梦》作为不朽的世界性文学名著的文学形象的暗示性、含蓄性审美特征体现得非常到位，非常突出。正因为如此，那作为法律细节的法理法意的东西，使人觉得无影无踪似的，看不见，摸不着，稍纵即逝。曹雪芹笔下的法律、法理，绝大多数呈这种审美特征的存在状态，稍一疏忽便什么都抓不住。这应当是两百多年来一直无人专门谈论《红楼梦》中的法律问题的一个极重要的美学原因。

其次，把这六百字含而不露、引而不发所暗示的法律思想意义概括出来，大约是这样一个基本意思：王熙凤与侄儿贾蓉之间，早已在暗中逐渐走向乱伦的性违法犯罪的歧途，只不过由于占主动挑逗、勾引地位的王熙凤心眼多而采取了不显山露水的地下活动方式，故能始终没有把二人的隐秘暴露在众人面前。一旦事败，他们将可依《大清律例》中的"亲属相奸"条定罪。这就是所谓"作者深意"之所在，这就是"慧眼人必看破"的对象之所在。

有人可能会说，我们所概括出来的几句法律行话，并不见得怎么深奥，似乎也不必仰仗"慧眼"去看破。其实不然。须知，六百字中没有任何法律字眼，更没有任何法律条文，也没有诸如抢劫、杀人那样明显的犯罪行为方式，还不见对簿公堂的场面，所见所闻只有日常生活中的借东西、谈家常、喝茶、出神之类的现象，要想把具有法律认识价值的东西蕴藏在其中，又要读者能够品味出来，加以理解，形成某种合乎实际的法律理念，那是非常困难的事情。从这个意义上看，作者的任何法律寓意，便都显得深奥，而读者能发现作者的寓意之所在，便都需要有一双"慧眼"。

谈到这里，读者就可以明白一个重要道理，这就是：文学中的法律区别于法学论著中的法律的一个重要标志，就是文学作家常常用精心描绘的法律细节暗示生活中到处存在的某种法理法意，使你读到、悟出许许多多法学论著中所没有的法学道理，大大增加法律智慧，甚至可以把法律、法律制度、法律思想和法学理论这些严肃、有威慑力的意识形态变成审美对象，使人从中感悟人生，得到审美的愉悦和享受。这就是全社会既需要法学论著，又需要涉法文学的一个重要理由。

俗话说：外行看热闹，内行看门道。今天讲的《法律细节与细节描写》就谈到了怎样阅读《红楼梦》中的法律的一个基本的门道。本系列的每一个专题，差不多都要取材于小说中的法律细节。《生活中的法律无处不在》《贾母行使法定家长职权的甘苦》《凤姐出场时的服饰违法》《法律与幽默》《红楼第一案的法律悬念》《一场大火引出的法律思考》《焦大骂人小议》等，无不取材于法律细节。我的体会是只要抓住了法律细节，就有可以议论的法学道理；你掌握的法律细节越多越精彩，你可以讲出的法学道理就越丰富越深刻。

在这里可以顺便告诉大家，中国古代许多十几字、几十字、一两百字的微型小说，往往只写一个法律细节，读来饶有趣味，过目不忘。例如清代袁枚的微型小说《偷画》，全文仅七十一字，所写就是一个法律细节：

> 有白日入人家偷画者，方卷出门，主人自外归。贼窘，持画而跪，曰："此小人家外祖像也。家极无奈，愿以易米数斗。"
>
> 主人大笑，嗤其愚妄，挥斥之去，竟不取视。登堂，则所悬赵子昂画失之矣。(《子不语》)

你能读出其中的法理法意吗？

五　法理的分析与综合

在充分占有法律描写的形象材料的基础上，要解读其中蕴藏的法理法意，从思维的角度来讲，研读者的分析与综合的两种基本方法，就提到运作的议事日程上来了。在这里，我的体会有三点：第一点，法理的分析与综合的运用，应跟作品采用的两类叙事模式相适应；第二点，在法律理论命题确立之后，论证过程应当有分析、有综合；第三点，在解读众多涉法文学名著，从中抽象出带全局性、普遍性的理论命题的时候，综合的方法特别重要。

关于第一点，不用多讲。因为，在讲诉讼案件跟踪描述与法律文化散点透视这两大基本叙事模式的时候，有许多东西已经谈到了。在这里，只需要强调一下：采用诉讼案件跟踪描述的叙事模式的作品，在法律内容的解读上，一般适合于以分析的方法为主，以综合的方法为辅，解读后一类即采用法律文化散点透视的叙事模式的作品，适合于以综合的方法为主。例如，《红楼梦》中的“礼”字共出现了三百二十五次，若不综合地考察它们的语义、法理法意，梳理出若干头绪，那它们将如同散落在各处的一颗颗珍珠，无从串连起来，使之构成一件件珍珠项链。

现着重讲第二点，就是：在某一个或几个法理命题确立之后，其论证过程既要分析，又要综合，惟其如此，才可把有关的法律道理讲清楚。例如说，“贾宝玉是依赖奴婢活着的寄生虫”这个法理命题，从其产生过程来看，就是综合了《红楼梦》的第三、九、二十三、十四、二十八、五十二等回中的一系列材料而抽象出来的。这些回目中的有关材料都具有共同的属性，即贾宝玉的吃饭、喝水、睡觉、上学、外出等日常生活的每一个领域，无不由大量的男女奴仆侍候，他自己完全没有独立生活的愿望和能力。这种生活状态，正是寄生虫才有的，所以能极其自然地综合出一个理论命题。

至此，问题只解决了一半，还有一半没有解决。这就是：处处依赖奴婢而活着的人生状态固然如同寄生虫，那么何以见得这个命题在理论的归属上是法学上的理论命题呢？换言之，这个命题中的法律内容是什么呢？要解决这剩下的一半问题，就需要运用分析的方法了。具体来讲，就是要分析奴婢群体身上的法律因素。如果奴婢跟法律井水不犯河水似的，就不能认为这个命题属于法理命题。于是，我们从奴婢制度属于法律制度，历代法律中有歧视奴婢的内容，存养奴婢是清代法律赋予封建统治阶级的特权，统治者都有奴役、驱使奴婢而活着的特征，贾宝玉对此毫无异议而一味依赖奴婢等方面进行分析，从而证明了一个普遍性的大结论：奴婢制度下，统治阶级的队列中，极容易产生寄生虫式的公子、小姐。这样，从确认到论证贾宝玉是依赖奴婢活着的寄生虫的命题，不仅揭示了其中的法律内涵，而且指出了命题的理论上的普适性。

以上的例子，综合在前，分析在后。再看一个分析在前，综合在后的例子。《“没王法”和“无法无天”》这一篇文章，是谈论的红楼人物经常使用的两个口头禅。有关的小故事多达十六则，始于第七回，终于第一百一十一回，可见隔几回就要出现一次。为了说明二者共同的法律内涵，我们先采用分析的方式，依次谈二者字面上的法律意思，再谈二者使用在日常生活中的三大要素——使用者、被评论者、事由，从而一再证明，这两个口头禅的使用都有共同的法律上的指向性或针对性。分析的方法至此告一段落。接着，使用综合方法，把十六则小故事的法律上共有的针对性归结到法律的价值判断功能的理论坐标上，论证了一个人们在生活中经常碰到但在理论上却很陌生的法律现象，这就是：法律除了用以打官司、办案件的功能之外，还有一个功能，就是被人们用做社会价值尺度之一，去评论他们所不满意的人和事。举一个最粗浅的例子：假如我们身边某个时候突然出现了一个长相凶狠的人，大家就会不费气力地说：像个杀人犯。这句很简单、很朴实的话，实质上就是法律的价值判断功能发挥作用的表现。红楼梦中的这两个口头禅起作用的情形，跟所举“像个杀人犯”的实例完全相同。

在以案说法、以事说法、以人说法的过程中，边分析边综合，使二者有机结合的情况，更是常见的。例如《细品宝玉挨打的法理》这一篇，一一谈到了这一事件牵扯到的六个人物——贾政、贾环、贾宝玉、王夫人、李纨、贾母，把他们身上所含有的具体法律意义依次道出，每一次所道的思维方式，都是兼有分析与综合的，看不出二者有什么先后次序。

关于法理的论证、说明上的分析与综合的方法的运用的通常的、基本的情况，就谈到这里。

最后说第三点体会。对于有志于从事涉法文学研究的人们来说，我要谈的第三点体会，显得比较重要。这就是，在大量、系统解读古今中外的文学名著中的法律内涵的基础上，如果想从中抽象出理论性强、涵盖面广、具有普遍指导意义的理论命题，就非采用综合的方法不可。在这种情况下，高度抽象、恰如其分的综合思维方法有着发明、创造、突破、填补空白的学术意义。因此，使用此种意义上的综合思维方法，不仅难度高，更有风险，没有无所畏惧的学术胆识，缺乏自信心，被引经据典的习惯束缚得谨小慎微，就从根本上压抑、消解了这样的综合能力，即使偶有使用、偶有所得，也会因顾虑重重而归于自我否定和放弃。反之，不怕风险，不怕失败，无所畏惧，坚持使用非同寻常的大视野下的大综合，足以取得连自己都不曾预料到的理论成果。

我的这点体会，是此时此刻反思二十一年来苦苦摸索前进的一步一个脚印的历程而自然涌现于脑海，第一次形诸笔墨，公之于世的。若要具体解释这一体会所涉及的学问之道，大约可用四句话来加以说明。

第一句话是：在法律与文学的交叉学科上缺乏现成的理论成果的借鉴和指导，想在广漠无垠的处女地上垦荒，有所收获，除了综合自己点滴积累的心得体会，上升为理论认识，别无他途。例如，经过十年的思索，我提出了“文学法律学”的命题，认为它是系统研读全球古往今来的文学名著中的法律内容的理论归宿所形成的一门学问，其任务是使文学中的法律内容系统化。对这一命题进行论证的结果是写出了拙著《法律与文学的交叉地》。

第二句话是：文学上的任何真知灼见，归根结底，都只能来自文学实践。文学创作活动及文学文本，是文学的第一实践；文学阅读是其第二实践；文学批评是其第三实践；文学理论研究是第四实践。文学理论研究实践者，只有综合前三大文学实践的一切现象，并始终以第一实践的文学文本作为本源，才能做到有根本性的、实质性的突破与创新。综合这一方面十来年的心得体会，我提出了“法律文艺学”的命题，论证它的结果是写成了书稿《法律文艺学》。

第三句话是：法律与文学交叉学科的研究对象，在我心目中经历了一个从借用“法制文学”概念到创造“涉法文学”概念的过程，从学术心理上看，后一概念的实质在于用综合的方式，概括我所阅读过的成千上万的文学文本的共同特质特性。这特质特性的要义是文学形式与法律内容挂钩。当初之所以要借用，是因为自己有目的、有计划的阅读活动有限，缺乏综合的条件。随着进一步阅读的进行，“涉法文学”的概念也就逐渐成形了。它问世于一九九八年的几篇拙文之中。

第四句话是：在最近几年了解了日本的胜本正晃的专著《文艺与法律》、美国的法律与文学运动、中国学界的有关研究动态之后，在我的意识中又综合出一个新的理论命题：全球法律与文学的交叉学科研究的未来发展趋势，将是从目前的东西方双峰对峙走向未来的沟通、交流。东方的一峰，应以《文艺与法律》问世的一九二九年为起点，包括多年来的拙著、拙文；西方的一峰，可追溯到黑格尔《美学》的不自觉尝试和美国法学界的自觉运动。中国当代法学界的有关研究大受西方影响，尚未形成独立气候。二者的沟通、交流势在必行。

毫无疑问，《法说红楼梦》历时五年的写作过程和这部书稿的产生，从学术心理的角度看，也是这里所说的法理上的分析与综合方式不停顿地运作的过程和结果。

六　典型性格取决于法律地位

文学理论家关于文学典型人物、典型性格、典型环境之类的行话，在拒斥法律的纯文学语境中，不免空泛，令圈外人感到不着边际，无从把握。一旦纳入法律视角之下，许多悬浮的空话所讲不清楚的问题便变得容易讲清楚了。例如，文学典型人物的典型性格取决于典型环境的理论命题，理论家费尽口舌和笔墨，至今仍有许多遗憾未能消除，可在法律视角之下，可一言以蔽之曰：典型性格取决于人物自身所处的法律地位。《红楼人物法律地位述评》这一辑中的所有人物评论，就是以这种理解作为普遍指导思想的。

这里以尤氏这一人物为实例，对此种典型性格论做一点具体说明。

贾珍的夫人尤氏，被文学家谈论较少。究其原因，大约在于纯文学的典型论很难看到这一人物的典型性格之所在，换一句话讲，就是不承认她是文学典型。在法律视角之下，尤氏其人，不仅立即作为文学典型人物大放异彩，而且可使我们从其法律地位对其典型性格的表现与成因，做出有血有肉的论证。

尤氏的典型性格，有四种具体表现，每一种表现背后都有其法律地位的原因。首先，尤氏作为宁国府第三代传人贾珍的妻子，对于上两代人极为顺从，其原因就在于她处在法律规定的子孙必须孝敬祖父母、父母这种地位之上。否则，就有依法被“出妻”的危险。

尤其值得注意的是，尤氏对父祖辈的顺从有时竟付出了违法、犯罪的大代价。在这些情况下，其一贯的法律地位就增加了新的法律内涵。来看两个例子：焦大醉骂，本来犯有死罪。可在尤氏看来，焦大曾在战场上救过太爷的命，如今不善待他，就有忘恩负义、愧对祖先的嫌疑。因此，骂人事发王熙凤批评尤氏“太软弱”之时，她不得不加以解释：

> “你难道不知道这焦大的？连老爷都不理他的。你珍大哥哥也不理他。只因他从小儿跟着太爷们出过三四回兵，从死人堆里把太爷背了出来，得了命；自己挨着饿，却偷了东西来给主子吃；两日没得水，得了半碗水给主子喝，他自己喝马溺。不过仗着这些功劳情分，有祖宗时都另眼相待，如今谁肯难为他去。”（第七回）

有如此感恩戴德、缅怀祖先的情意，导致了尤氏容忍焦大骂家长、骂其他人的犯罪行为，这种容忍是违法的。

贾敬死于吞服自炼的所谓仙丹仙药之时，尤氏闻讯的第一个反应，竟是“命人先到玄真观将所有的道士都锁了起来，等大爷来家审问”。大夫们说明了系中毒死亡的原因，众道士也极力辩白，尤氏就是听不进去，依然把众道士锁着不放。尤氏私刑拘禁众道士的行为已构成了犯罪。《大清律例》在“威力制缚人”条中指出：“若以威力缚人，及于私家拷打监禁者，并杖八十。”尤氏犯此罪的原因，自然在于孝敬父辈的贾敬，疑心他突然死亡是否存在他杀的可能性。若果真为他杀而死亡，子孙得报官破案不可“私和”，否则将“杖一百，徒三年”。这就是尤氏出于顺从尊长的基本法律地位私自拘禁众道士而附带的具体法律原因，而这种做法又触犯了刑法，构成了犯罪。可见，这件事情凝聚、浓缩的法律内涵呈现出多层面的复杂结构，使尤氏的典型性格的法律负荷很沉重。

其次，在遵循贾府内部的礼法、处理有关礼仪事项方面，尤氏表现出了精明、能干、胜过凤姐一筹的优势，而这与她作为长房的长孙媳妇的地位是相适应的。典型事例，是为凤姐做生日的时候，尤氏揭穿了凤姐在凑份子钱问题上的虚假，并趁机大做顺水人情，受到了脂砚斋的赞赏。贾母照顾李纨，不让她凑份子。凤姐当众表态自己替她出。受贾母之命，尤氏负责收管银两，却发现凤姐没有实现自己的诺言，便当面揭穿了她两面三刀的把戏。于是，尤氏接连退回了平儿、鸳鸯、彩云、周姨娘和赵姨娘等人的份子钱。生日的礼仪活动果然办得不错。对尤氏的才干，脂砚斋评点道：“尤氏亦能干事矣，惜不能劝夫治家，惜哉，痛哉！”又说：“尤氏可谓有才矣。论有德比阿凤高十倍，惜乎不能谏夫持家，不恶，美则无一不美。”（第四十三回）

脂砚斋一再批评尤氏的弱点，涉及尤氏的典型性格的第三个方面，这也有着相应的法律原因。贾珍跟儿媳的私通罪行，使尤氏受到的伤害可想而知，但她没有采取任何行动，仿佛这事跟她没有关系。有一天晚上，尤氏在现场耳闻目睹了居丧期间的贾珍聚众赌博、玩男宠的乌烟瘴气的场面，当时无动于衷，事后也没有积极作为。这应是她不能劝夫治家的铁证。为什么她软弱到了如此地步？原来，她是贾珍的续弦夫人，又无儿无女。“无子”，是法定的“七出”之一大理由。尤氏的苦衷就在这里，而这种苦衷是法律上的“出妻”制度和理由的威慑力造成的。

尤氏的典型性格的第四个方面的表现，是对贾蓉调戏尤二姐、尤三姐等恶劣行为，也抱听之、任之的态度，若无其事的旁观态度同样值得批评。但真要批评她，我们还于心不忍。因为，贾蓉是她的继子，管教不易，反而会招致外界的闲话。还有一点，尤二姐与尤三姐，是尤父的续弦夫人即尤氏的继母带到尤家的，在尤氏嫁给贾珍做续弦夫人时，尤氏又把继母连同跟自己没有一点血缘关系的尤二姐、尤三姐三人带到贾府来，这一下该增加了多么大的经济负担！鉴于这些富有民法内容的原因，尤氏怎能理直气壮地管教贾蓉呢？

以上四个方面整合在一起，构成了尤氏典型性格的基调，这就是：聪明、能干、知法、守礼，法律跟她的身心都有不解之缘。把她置于法律视角之下，其典型性格及法律因缘全都清晰可见。以纯文学眼光视之、论之，这一切大约都会无所见，故都不能言谈。纯文学家少谈尤氏的原因就在这里。

这里要注意运作上的一个要领。典型人物的法律地位，包括作为家庭成员的辈分、身份、性别等因素，它们都在民法或刑法上有所反映；同时，还包含有在特定时空条件下的法律立场、法律意识、法律角色等因素，如面临一件法律诉讼活动，各色人等都会在这突发案件中处于不同法律地位：作案者、知情者、告发者、证人、法官……各得其所。考察、分析典型人物的典型性格，就必须在人物这两个序列的法律地位上多下工夫，不可顾此失彼。各个方面顾及得越周全，所见人物的典型性格就会越丰满，所挖掘出来的法律地位上的法理法意就会越丰富多彩。

还是以尤氏为例。以上四个方面的分析与综合，尤氏作为典型人物的典型性格及其法律地位上的那些法理法意，已形成较为完整的印象。若又加进一些值得一提的法律细节描写材料，将其法律地位上的东西做进一步开掘，尤氏在我们心目中的典型性格无疑会进一步丰满起来。为此，我们来看一个法律细节描写。中秋佳节之夜，宁荣二府的主子们在赏月、谈笑一阵后，开始散去。这时贾母跟尤氏的一场对话，把祖孙两代人心目中的礼法秩序点染得层次分明，加深了尤氏作为典型人物在读者脑海中的印象。这段对话是：

> 邢夫人遂告辞起身。贾母便又说："珍哥媳妇也趁着便就家去罢，我也就睡了。"尤氏笑道："我今日不回去了，定要和老祖宗吃一夜。"贾母笑道："使不得，使不得。你们小夫妻家，今夜不要团圆团圆，如何为我耽搁了。"尤氏红了脸，笑道："老祖宗说的我们太不堪了。我们虽然年轻，已经是十来年的夫妻，也奔四十岁的人了。况且孝服未满，陪着老太太玩一夜还罢了，岂有自去团圆的理？"贾母听说，笑道："这话很是，我倒也忘了孝未满。可怜你公公已是二年多了，可是我倒忘了，该罚我一大杯。既这样，你就越性别送，陪着我罢了。你叫蓉儿媳妇送去，就顺便回去罢。"尤氏说了。蓉妻答应着，送出邢夫人，一同至大门，各自上车回去。不在话下。（第七十六回）

读完这段对话，联系以前的相关情节，我们眼前的这位珍大奶奶的典型性格及其法律地位上的东西，的确又增添了新光彩：尤氏作为贾珍的续弦夫人的身份在这里得到了暗示，为公公贾敬守孝三年的礼法被认真遵循的精神在这里得到了张扬，对照贾珍守孝期间寻欢作乐而违礼犯罪，尤氏比丈夫人品高尚的亮点在这里得到了昭示，对荣府老祖宗贾母的孝顺之情意在这里得到了显露。

综上所述，我们的一个基本看法就是：在一切涉法文学名著中，凡是堪称典型人物的典型性格，通常都取决于人物自身的法律地位，而这法律地位包括其法定的身份与临时性的法律角色（处境）两个方面。至少，所有红楼人物典型形象全都如此。

七　思考和批判法律是《红楼梦》的深层主题思想

文学作品的主题思想，也称之为中心思想，也有的称之为主题，指的是整个作品的总体性的思想倾向。既然我们用八十多个小题目说明了《红楼梦》全书的丰富法律思想内容的方方面面，那么就必然要讨论一个事关该书的全局的基本问题：它的主题思想是什么？

要想说清这个问题，有必要先了解一下迄今为止，关于《红楼梦》的主题思想的各种不同见解。简单地说，有以下几种意见：

有的只谈其艺术的高超，略而不谈其思想内容，原因可能是复杂得说不清楚。

有的认为它是封建社会生活的百科全书，应有尽有。

有的认为它是文化小说，在曹雪芹头上戴上了十多个“大家”的帽子。这个意见跟百科全书说在实质上是相同的。

有的持“混沌”说，认为它的思想内容说不清楚。

有的认为主要内容是写宝黛的爱情悲剧，同时又写出了这一悲剧的复杂社会背景。

有的文学史著作认为，它的核心主题是：新的人生追求与传统价值观的冲突，以及这种追求不可能实现的痛苦。

总之，无论持怎样的看法，大家都闭口不谈法律，仿佛这部文学名著的主题思想跟法律没有丝毫关系。而我们则认为，思考和批判封建法律，是它的深层主题思想。这种看法，跟全书的八十多个专题的论说是相辅相成的：前者为总论，后者为分说；前者高度概括了后者，后者具体剖析了前者。

这里应对本提法做必要的概括性的三点说明：第一点，思考了哪些法律问题？第二点，批判了法律的什么？第三点，“深层主题思想”的“深层”二字怎么理解？

先说第一点。我们把全书八十多个专题按内容的不同，划分为四辑，其中后三辑就是《红楼梦》所思考的三大法律问题，依次是红楼人物的法律地位，红楼法律案件、事件和红楼法理问题。红楼人物的法律地位，取决于以血缘关系为纽带的家庭伦理辈分、性别的定位，还取决于在突发的法律案件、事件中所处的立场和所抱的态度，也取决于日常生活中的法律意识，是这三方面的法律因素的综合性表现。理论界长期以来习惯于谈论人物的政治、道德上的地位，基本上不谈法律地位，致使我们的提法显得陌生或新颖。其实，在《红楼梦》里众多人物的法律地位各有千秋，已是有两百多年历史的事实，只不过被纯文学研究者忽视罢了。

关于红楼案件、事件的思考内容，有两个着眼点：一是法律的适用，二是法理的启示。曹雪芹不是法官，他描写法律案件和事件的目的在于暗示一定的法律道理。为了谈清法理，非首先究明适用的法律不可。由这逻辑关系可知，曹雪芹对于具体法律条文的适用，是有所思考的。

红楼法理问题，在数量上占有优势，共有四十个小题目。按其法理的性质，可分为五类。第一类是部门法的法理问题，主要是刑法和民法的问题。例如姓名权就属于民法范畴，是一大看点，我们用三个小题目加以讨论。第二类是红楼礼法问题，内容很丰富，梳理一番即自成系统，故称之为红楼礼学，是《红楼梦》的法律思想内容最精彩、最深刻的组成部分，共有八个题目来说明它。第三类是法律与其他意识形态的关系，这种充分反映文学中的法律的特殊之处的问题，在《红楼梦》中得到了很广泛的关注和探索，使我们不能不用法律与道德、法律与新闻、法律与文艺、法律与宗教、法律与语言、法律与美学六个范畴加以论述。第四类是法律制度问题，我们谈到了婚姻制度、奴婢制度。第五类是法制史的知识与理论的问题，着重讨论的是皇权大于法律的专题。

以上，是全书思考的法律问题的概况。

再说第二点。《红楼梦》对封建法律是怎样进行批判的呢？我曾经反复说过，对法律的批判，是古今中外所有涉法文学的一种不约而同的思想倾向，也是一种光荣传统。剥削阶级的文学作家和作品的革命性、进步性、民主性往往通过法律批判显露出来。曹雪芹和他的《红楼梦》在这一点上，不仅不是例外，而且是做出了特别的贡献，堪称法律批判的先锋和勇士。具体说来，就是在以上所思考的全部法律问题中，都不是取学者坐而论道的平心静气的立场和态度，而是取反思、贬斥、嘲讽、抨击的战斗姿态，将封建刑法、民法、礼法中的软弱、虚伪、残酷、不公平以及司法执法活动中的不懂法律、玩弄法律、贪污受贿、制造假案、投靠权势等腐败、黑暗内幕一一抖露在光天化日之下，让读者鉴别与唾弃，使读者激发义愤之情怀，增长法律之智慧，树立法律上的革命、进步之雄心。简言之，这是一种说理兼抒情式的法律批判，而不是“文化大革命”期间的那种火烧、油炸、脚踏之类的叫喊式的批判，故其法律批判也给我们带来美的愉悦和享受。

最后说第三点，“深层”二字怎样理解？对于《红楼梦》这样的篇幅宏大、文化品位高超、思想内容丰富复杂的文学名著来说，其主题思想通常不是单一的，而是多元的，呈若干层次的复合结构状态。这种主题思想，被习惯称之为多主题、复合主题。既然如此，表层主题思想、浅层主题思想、深层主题思想的划分及其依次递进的情形，就可想而知了。若以人体的生理结构为参照系，其皮肤系统为表层，其肌肉系统为浅层，其骨骼系统为深层，更有神奇的呼吸系统、血液循环系统、内分泌系统、神经系统。《红楼梦》的主题思想，跟人体生理结构系统、功能系统很类似。

具体地说，人们所熟知的宝黛的爱情故事和婚姻悲剧，是其表层主题思想之所在；贾府这个封建大家庭由盛而衰的趋势等背景的展示，是其浅层主题思想之所在；其深层主题思想则是上面所一一说明过的关于法律的全部思考和批判所取得的认识成果。由此可见，《法说红楼梦》的实质就在于揭示并说明其深层的主题思想。

那么，这种表层、浅层、深层主题思想是怎样形成的呢？划分的依据是什么？为什么深层的主题思想直到《红楼梦》问世两百多年之后才被第一次揭示出来？类似的疑问不在少数。若要消除这些疑问，只需抓住“法律”二字的关键就可以了。也就是说，所有这些可能有的疑问，无不与法律有关。以其主题思想的划分而论，宝黛的爱情和婚姻悲剧的表层，仅凭日常生活经验，识字的读者便都能读懂。浅层的封建家庭的没落趋势，经过一番思考，也不难理解。唯有法律的东西，专业性极强，非法律专业出身的学人和广大读者都不容易把握，这正如凭日常生活经验看不出人体的骨骼系统及其他内在生理功能的系统一样。

以三个层次的主题思想的形成而论，涉及《红楼梦》创作过程中曹雪芹的主观上是否有自觉追求的问题。涉法文学名著的法律描写和法学成就，若追溯作家的创作动机可分为有意为之、不曾预料、既有所追求又有所始料未及这三种情况。有意为之的在西方法治国家很常见，在中国古代公案小说和戏剧中常见，当代则从少见到现在的多见。不曾预料的情况不在少数。《红楼梦》属于第三种情况：很多地方有自觉追求，很多地方似乎没有想到。可以这样说，文学名著中的法律描写从根本上来讲，不是抄写纸张上的法律条文，而是描写生活中的法律现象，而生活中的法律无处不在，一直可以深入人们的心灵世界之中。这种渗透、潜入一切人和事中去的法律，不做理性的追问，往往会失之交臂。举一个当代的例子。在某年的“3·15”晚会上公布了一个民事法律赔偿的案例：一个小孩，从阳台上铁栅栏的缝隙中穿过，跌到楼下而死亡。经实地测量，该铁栅栏有一处地方的两根铁柱间的距离达到了十五厘米，刚好能够通过小孩的脑袋。而国家的有关技术标准是十二点二厘米。就是这二点八厘米的误差，葬送了一条小生命。这里就有法律渗透。受害者家长依法得到了赔偿。不懂法律专业知识的人怎么能看出法律在这里的存在呢？所以说，作家从生活出发，必然写出深层的外行人看不出来的法律现象和问题。

至于《红楼梦》问世两百多年为什么一直没有人将其深层的法律主题思想解读出来，已经不用多说了。因为，从上面的生活实例已可知道，曹雪芹写的是两百多年前的中国封建社会生活中的法律，现代中国的读者、文学家通常没有法律专业的训练，故倍感隔膜，甚至一无所知，是一点也不奇怪的。很多法律圈内人依然难以解读《红楼梦》中的法律内容，原因也在于缺乏清代法制史的专门训练。惟其不容易读出来，才可称之为“深层”主题思想。

第二辑
红楼人物法律地位述评

八　封建家长的代表者贾母

家、家长，都是《大清律例》中的法律概念，能够从中找到一系列相关联的法律规范。研究这些法律规范，实质上是研究中国法制史以家为本位的又一特点在《大清律例》中的具体表现。

贾母是荣国府的家长。从清代法律来看，宁荣二府是什么样的家呢？贾母的法定的地位有怎样的重要性？作为家庭主妇具备什么条件才能成为法定家长呢？

《大清律例》的《户律》对“户”的立法解释是“家曰户”，故“家”“户”在法律上的语义是相同的。律文中多用“家”，很少用“户”。从相关的律文中可以发现，立法上对“家”有各种标准的分类，不同类型的家，有彼此不同的权利与义务，也有适用于所有家的普遍规定。以家中人数分类，便出现了“小户畸零”的现象，其立法解释是“畸”指“残田”，“零”指“零丁，不足以成一户”。此种家依然要承担交税纳粮的义务，但方法上可“凑数”于他家，不必单独行事。

以是否有功于国家的标准来分类，便有“功臣之家”，享有“拨赐公田”的权利，但自置田土得依法交粮纳税，否则就要“罪坐管庄之人”“其田入官”。

以是否有人担任官职的标准来分类，就有“庶民之家”和“大小文武官员之家”。对前者，法律明文规定剥夺其存养奴婢的权利，规定：“若庶民之家，存养奴婢者，杖一百，即放从良。”言外之意，唯“大小文武官员之家”，才有权存养奴婢。此外，法律特别关照“大小文武官员之家”不许“阴阳术士”到家里“妄言祸福”，“违者，杖一百”。

我们习惯上所说的封建家庭，从法律上来看，就是大小文武官员之家，而宁荣二府更有“功臣之家”的荣耀。贾母就是这样不同凡响的大家庭的家长。

我们看到，《户律》规定所有家（户）都有“赋役”的义务，即纳税、服役的义务，若不履行此种法定义务，就视为犯罪。因此，《户律》中首当其冲的一条罪名是“脱漏户口”，规定：“凡一户，全不附籍，有赋役者，家长，杖一百；无赋役者，杖八十。”

公法意义上的家的家长享有管教家庭所有成员的特权，故一旦发现有家人违法犯罪，法律规定都由家长来承担法律责任。《大清律例》中，有关“罪坐家长”的法律条文很多。例如：在“亵渎神明”罪的条文中，明确规定：“妇女有犯，罪坐家长”。

在“服舍违式”罪的条文中，指出：“无官者，笞五十，罪坐家长”。

在“私越冒度关津”罪的条文中云：“家人相冒者，罪坐家长”。

由这些法律规定可以知道，家长的法律地位不同寻常，无论为家为国，都要担负重要的职责，稍有差错，就有负刑事法律责任的风险。

那么，贾母作为家庭主妇，是怎样成为一家之长的呢？

封建法律不平等的一个重要表现，是充满男尊女卑的礼法等级思想观念。家长地位的取得，由于男尊女卑，使男人仅仅靠子承父业、父子相继的自然法则和法律规定，就很容易当上家长。在宁国府里，家长的职位都是直接按照父系辈分依次承传下来的：宁国公—长子贾代化—贾敬—贾珍。

在荣国府里，家长职位的承传线路却是：荣国公—长子贾代善—贾代善之妻，即贾母。也就是说，贾代善的家长职位没有依次传给长子贾赦，而是传给了妻子——贾赦的母亲贾母。贾母的家长地位的取得的法律依据，就在这特有的承传线路上，其艰难困苦也尽在这承传线路上。具体说来，妻接替夫而登上一家之长的宝座，得具备两个法律上的前提条件，即一是要付出丧夫的惨重代价；二是要忍受长期“守志”的寂寞与痛苦。满足这两个法定前提条件，意味着牺牲个人的夫妻生活，承受生理的、精神的各种痛苦与折磨，这些都是男性家长们身上所没有的东西，因而他们就不能体会其中的艰难与辛酸。读者往往只注意到贾母晚年的吃喝玩乐场面的频频出现，而忽略了关于贾母在当家长这件事情上的牺牲、操劳和眼泪。

贾母如今的老资格，经历了一个与时俱进的煎熬过程，也就是说她是一步一个台阶地慢慢登上眼前这一家之长的最高宝座的。她曾这样回首其攀登历程："我进了这门子做重孙子媳妇起，到如今我也有了重孙子媳妇了，连头带尾五十四年，凭着大惊大险千奇百怪的事，也经历了些……"

由此可以推知，贾母作为当年的史小姐进贾府为人妻，到成为荣国公的儿媳、贾代善的妻子，已煎熬了两代人之久。就在这个时候，贾代善英年早逝，使他成了寡妇。其时，正值她青年的黄金岁月，要独自扶养儿子贾赦、贾政和女儿贾敏这兄妹三人。此情此景，在小说中是由年过八旬的老道士轻描淡写的话语中暗示出来的。那张道士对贾珍说：

> 当日国公爷的模样儿，爷们一辈的不用说，自然没赶上，大约连大老爷、二老爷也记不清楚了。（第二十九回）

他所说的"国公爷"，按字面上讲，指的是荣国公，但从与贾母的对话中看，应当是指贾代善即贾母的丈夫。在跟张道士的谈话中，他说贾宝玉长得"同当日国公爷一个稿子"，贾母回答说："正是呢，我养这些儿子孙子，也没一个像他爷爷的，就只这玉儿像他爷爷"。宝玉的爷爷，当然就是贾代善了。孙子辈的长者贾珍都没有赶上见贾代善的面，表明其去世之早。所谓"大老爷、二老爷"即是贾赦、贾政兄弟俩，他们兄弟二人"记不清楚"父亲的模样，意味着他俩正当年幼之际，就失去了父亲。孤儿寡母四口人，就这样以贾母为法定的一家之长了。

假如贾代善一直健在，贾母再有本事，也当不了家长。《唐律疏议》一再鼓吹这样的礼法思想观念："夫者，妇之天"，"妻者，齐也。""妇人以夫为天，哀类父母。""妇人从夫，无自专之道。"这些话的意思是：丈夫高贵得如同妻子头上的天，妻只能向夫看齐，即依附于夫，不能自行其是。可见，只要丈夫活着，妻子就只能做家庭成员，而不可能当家长。反过来，只有丈夫去世之后，妻子才有可能成为家长。这样，女人要想当家长，就必须成为寡妇。法定的家长，对女人来说，竟如此之残酷。

一旦成了寡妇，如果再嫁，就成了另一个丈夫的妻子，依法还是当不了家长。这时，第二个法定的前提条件摆到了面前：长期守寡一辈子。用法律术语讲，这样做叫做"守志"。清代有关于"守志"的律与例，其源至迟可以追溯到唐代。唐律有关于专门用于保护孀妇"守志"的法律条文：

“诸夫丧服除而欲守志，非女之祖父母、父母而强嫁之者，徒一年；期亲嫁者，减二等。各离之。女追归前家，娶者不坐。”唐代法律就这样关照寡妇永远在故夫之家守寡。惟其如此，才具备了当法律意义上的一家之长的第二个前提条件。

贾母到八十三岁时寿终正寝，弥留之际，曾对子孙们说：“我到你们家已经六十多年了。”此时此刻，嫁到贾府达半个多世纪，当一家之长也有几十年的贾母——史家老小姐，依然有着男性家长很难理解的那种离开本姓宗族，归属异姓夫家宗族的复杂情感。是不是所有依法“守志”的不幸女性都有这种情感体验呢？

由此，我们不禁想到了李纨。她是贾政夫妇的长子贾珠的妻子。在有了儿子贾兰之后不久，李纨旋即遭到青春丧夫的不幸，成为贾府的又一个受法律关爱与保护的“自愿守志”者。贾母作为家长在履行法定的职责时，对李纨母子二人格外关照，其具体情形，到讲李纨的法律故事之时再说。这里我们只指出一点：贾母优待李纨，大有同病相怜的意味。看到眼前的李纨，贾母会无形中联想到自己的过去。祖孙两代的依法“守志”者心灵相通的渠道，当比局外人要畅通得多。显然，这种唯有从青春“守志”者熬到一家之长的贾母这样的女性家长才可能产生的心态。

九　贾母行使法定家长职权的甘苦

我们曾经说过，法律赋予家长的特权主要有三个方面：一是占有、保管、使用全家的共同财产的权利；二是为子孙主婚的权利；三是家长本人的人身权受法律保护，不许子孙和奴婢有打骂家长的行为发生。贾母在行使这些职权几十年的风风雨雨中，甘苦与共，不辱使命，大有家长风范与声威。与之相比，贾珍应自惭形秽。

在占有、保管、使用全家的共同财产方面，贾母值得称道的地方，是公私分明，决不倚老仗势多占多用。所谓公，指的全家的共同财政收支统一由管家掌管，收支都有明细账目。所谓私，是老幼几代主子以及所有奴婢，都按月依例发放零用钱，并允许个人积存所谓“梯己”钱。若碰到有谁过生日，需要酒宴、演戏，习惯于“凑份子”，让大家依辈分、年龄、等级的区别，按比例出钱，凑在一起做开支。这种个人的行为，决不动用公款，红楼人物们称之为“官”款。

凡是大型的全家性的开支，如修理房舍，购买家庙里的小和尚、小道姑及学演戏的小戏子等，都动用公款，由专人负责办理。

当然，不肖子孙中不乏假公济私，从中作弊的恶劣事例。贾琏就有这种劣迹。他与鲍二家的通奸事败，闹出了人命案——鲍二家的含羞自尽，听说其娘家要告状。贾琏急忙花钱消灾，许送二百两银子给死者丈夫鲍二。事后，他命账房的林之孝把那二百两银子入在流年账上，分别填补开销过去。这种私自动用公款来为自己平息官司的作弊行为，自然是瞒着贾母和众人的。一旦事发，不知老太太会怎么处理。

在为子孙主婚，管教子孙方面，贾母所花费的心思最多，让她生气的事儿也不少。贾母一向不太喜欢大儿子贾赦，偏偏是这个儿子看中了老太太房中的丫头鸳鸯，企图娶之为妾。贾母很生气，弄得贾赦不敢见老母之面。贾琏的上述通奸事发，闹得夫、妻、妾三人乱作一团。贾母一面大骂贾琏是“下流种子”，一面又夸奖凤姐与平儿是两个“美人胚子”，劝她们妻妾两个不要生气。苦口婆心的安抚总算没有白费，一个“下流种子”和两个“美人胚子”终于和好，发出了笑声。

贾母凭她嫁到贾府来几十年的经验知道，礼法的功能在于维持她所在的大家庭的秩序，维护所有主子的利益。所以，她遇事都会顾及礼法是否得到遵循这一点，习惯于以此作为评价人和事的标准。例如，有一次时逢贾母寿诞，王熙凤命把两个有过失的老婆子捆起来问罪，其姑妈王夫人下令把她俩放了，失了面子的凤姐为此哭了一场。贾母闻讯评判说：“这才是凤丫头知礼处，难道为我的生日由着奴才们把一族中的主子都得罪了也不能管罢。”这里，贾母运用礼法准绳评判人和事，以维护大家庭内部的礼治秩序的用心，再清楚不过了。同时，在这里又一次证明在贾母的观念里，“礼不下庶人”是很顽固的，认为把下人捆起来整治合乎“礼”，而这“礼”就是“管”住下人，不许他们乱说乱动。不管这种理解正确与否，反正这就是贾母固有的礼法观念。

礼法及其礼法制度，苛严、繁琐、无处不在，一一认真实施起来是很困难的，于是号称“诗礼之家”的人们不免时常弄虚作假，把礼当作了装潢门面的东西。贾府中人时常有“假礼”“假体面”“虚礼”的言词脱口而出。贾母从身边的日常生活里悟出了一个道理：礼有遮羞丑的功能，从而把不知内幕的人蒙在鼓里。当年制礼的周公，无论如何也料想不到到礼竟有这种功能。我们来看贾母使这一功能发挥作用的一个实例。

江南甄府派四个中年妇女到贾府拜望，与贾母见面时谈到各自家中的宝玉，这时贾母大发议论，一口气说出三个“礼数”：

> 你我这样人家的孩子们，凭他们有什么刁钻古怪的毛病儿，见了外人，必是要还出正经礼数来的。若他不还正经礼数，也断不容他刁钻去了。就是大人溺爱的，是他一则生的得意人，二则见人礼数竟比大人行出来的不错，使人见了可爱、可怜，背地里所以才纵他一点子。若一味他只管没里没外，不与大人争光，凭他生的怎样，也是该打死的。

明眼人一看便知，贾母这一大通议论，水分太多。她所溺爱的孙子贾宝玉明明无法无天，曾弄出命案，有多少值得向外人夸耀的“礼数”呢！如此说假话，纯粹是为了给诗礼之家的门面涂脂抹粉。

鉴于礼法有束缚人的功能，每在玩得开心的时候，贾母就命大家随意作为，不要拘礼。这应是贾母得人心的明智、仁慈之举，同时也是她的一家之长的权势同传统礼法的威严的一种无形的对抗，不失为家庭礼治秩序中的一大看点。中国历代礼学论著中，根本找不到这种来自现实生活的看点。凤姐生日庆贺酒席上，贾母格外高兴，命所有男女仆人“只管坐着随意吃喝，不必拘礼”。在一次元宵节众人大聚会之时，贾母又说：“这都不要拘礼，只听我分派你们就坐才好。”在贾母心目中，礼法有败坏娱乐雅兴的副作用，使主仆上下都难以尽兴尽情玩乐，故她要用家长的权威让大家把礼法暂且丢在一边。此举有人情味。

在贾母的头脑中，存在着一些彼此矛盾的思想意识，于是在管教子孙时不免流露出宽严不等的现象，对贾琏性犯罪行为，贾母一时竟不以为然，拿来当作笑话讲给大家听。她以轻松的口吻说："什么要紧的事！小孩子们年轻，馋嘴猫儿似的，哪里保得住不这么着？从小儿世人都打这么过的。"一席话说得众人都笑了。

不久，孙女探春向贾母报告了奴婢们赌博的消息，这时老太太一本正经地把孙女大大教训了一顿："你姑娘家哪里知道这里头的利害，你自以为耍钱常事，不过怕起争端。殊不知夜间既要钱，就保不住吃酒，既吃酒，就免不得门户任意开锁。或买东西，寻张觅李，其中夜静人稀，趋便藏贼，引奸引盗，何等事做不出来？况且园内的姊妹们起居所伴者皆系丫头媳妇们，贤愚混杂，贼盗事小，再有别事，倘略沾带些，关系不小。这事岂可轻恕。"这段话由浅入深，推理严密，讲出了赌博、饮酒、盗、犯奸等犯罪行为的相互依存关系，如同法学家在做预防犯罪的学术报告一般，跟上述笑话形成了巨大反差。

最后，关于对待家长自身人身权的法律保护问题，贾母似乎不怎么关心，甚至没有这一方面的自我意识。如果一定要找高高在上的老祖宗显示自己的家长地位与权势神圣不要侵犯的事例，那么第七十三回所写处罚奴婢们聚众赌博一事，是值得一提的。

二十多名奴婢聚众赌博，触犯了《大清律例》的"赌博"这一条。该条云："凡赌博财物者，皆杖八十，摊场财物入官。"贾母知道赌博有罪，便以家法私刑的方式了结这场官司：

> 贾母命将骰子牌一并烧毁，所有的钱入官分散与众人，将为首者每人四十大板，撵出，总不许再入；从者每人二十大板，革去三月月钱，拨入圊厕行内。

何为"拨入圊厕行内"？就是罚他们去打扫厕所。

贾母的这一惩治方式和手段，虽没有经官方审判，与上述法律规定也不完全吻合，但符合另外的法律规定，故无可非议。《大清律例》有云："若（奴婢、雇工人）违犯教令，而依法（于臀腿受杖去处）决罚，邂逅致死，及过失杀者，各勿论。"什么是"违犯教令"？法律没有加以界定。如此一来，只要是家长看不顺眼的行为，依法都能进行处罚，甚至打死了人也不负任何法律责任。因此，我们只能老老实实承认贾母处罚赌徒的权威性和合法性。

年过八旬的贾母见多识广，经常参加听说书、看演戏、讲故事、说笑话、猜灯谜等文化娱乐活动，大大陶冶了她的情操，提升了她的文艺鉴赏水平，从而发表了很好的文艺见解。贾母是一个很有文化品位的法定家长。这一点颇受文人垂青。

十　林黛玉对法律现象的敏感

林黛玉体弱气虚，性格内向，多愁善感。现实社会的法制生活在她心灵深处很容易留下浓重的投影。对法律现象的敏感，对婚姻悲剧的预感，对自己情敌的反感，对寄人篱下的痛感，构成了林黛玉作为红楼女一号人物的内在精神生活的基本内容。先谈她对法律现象的敏感。

社会生活中充斥着无计其数的法律现象，有人熟视无睹，有人却格外敏感，能够随时随地感知其存在，从而不断地调整自己的认知态度。林黛玉就属于后一类人的典型代表。

林黛玉出身于知书达理的贵族官僚家庭，五岁时，父母就请书生时的贾雨村当她的家庭教师。令人惊叹的是，五岁的小林黛玉就已明白了旨在维护尊长姓名权的“避讳”之法律精神。她母亲姓贾名敏，凡书中有“敏”字，她都念“密”字，没有一次例外；若写字遇到“敏”字，她便有意减一两笔，也没有一次例外。由此可以说，在她幼小心灵的深处，已经深深打上了封建法律的烙印。

有人用林黛玉的这一事例来说明所谓“避讳”的文化现象，自然有一定道理，但有不足之处。须知，中国封建法律把有两千多年历史的避讳习俗、文化提升为法律，制定出许多法律规范的事实，由来已久。在这一点上，唐代法律最有代表性，制定有“上书奏事犯讳”和“府号官称犯父祖名”两大罪名，前者的立法意图在于保护皇帝的姓名权，后者的立法意图在于保护一家之长的祖父、父亲的名字权。关于后者，具体规定是“诸府号、官称犯父祖名……徒一年。”该条后有这样的解释：“府有正号，官有名称。府号者，假若父名卫，不得于诸卫任官；祖名安，不得任长安县职之类。官称者，或父名军，不得做将军；或祖名卿，不得居卿任之类。”（刘俊文点校《唐律疏议》）在《大清律例》中，也设有“上书奏事犯讳”的罪名。由此可见，像林黛玉这样避讳的行为，是合法的，或是守法的表现；反之，犯讳，是非法的，或是犯法的表现。

林黛玉进贾府作客之初只有十三岁，令人吃惊的是她虽年幼，又新来乍到，却对贾府中的礼法规矩能够一见如故，心领神会。第三章写她到贾府后吃第一餐饭的场面：“贾珠之妻李氏捧饭，熙凤安箸，王夫人进羹。贾母正面榻上独坐，两边四张空椅，熙凤忙拉了黛玉在左边第一张椅子上坐下。黛玉十分推让。贾母道：你舅母和嫂子们不在这里吃饭。你是客，原应如此坐的。黛玉方告了座，坐了。”

对这一段，脂砚斋有一个批语：“大人家规矩礼法。”林黛玉就座时为什么“十分推让”，因为她知道，依礼法，有舅母和嫂子在场，左边第一张椅子位置尊于其余各张椅子，故她不应坐于此。经贾母讲清了理由，她才安然入座。十三岁的林黛玉对礼法如此敏感，的确让人吃惊不小。

最能体现林黛玉对生活中的法律现象的敏感程度首屈一指，无人企及的典型事例，莫过于对袭人暗中成为宝玉的妾的秘密的及时觉察。

袭人本是招呼宝玉睡觉、起床、穿衣等日常生活琐事的贴身婢女；不久便成为宝玉的始终没有公开身份的妾。这种法律地位的变化苗头的第一个揭秘人，就是林黛玉。有一次，她拍着袭人的肩，笑着称之为“嫂子”。袭人掩饰地说：“林姑娘你闹什么，我们一个丫头，姑娘只是混说。”黛玉又一次笑着强调说：“你说你是丫头，我只拿你当嫂子待。”

在林黛玉如此当面揭秘之后，贾府中人才陆续背后议论此事。相形之下，林黛玉的敏感显得特别突出。王夫人曾对王熙凤夸奖袭人贤惠，王熙凤就建议说：“既这么样，就开了脸，明放他在屋里岂不好？”王夫人回答说：“那就不好了，一则都年轻，二则老爷也不许那宝玉见袭人是个丫头，纵有放纵的事，倒能听他的劝，如今做了跟前人，那袭人该劝的也不敢十分劝了。如今且浑着，等再过二三年再说。”王夫人此时所说的“浑着”的隐秘事件，其实早就被林黛玉当面揭穿了，只不过作为舅妈，她不知道外甥女的机灵过人罢了。

两年后，赵姨娘才把宝玉与袭人的秘事告诉贾政。这父亲和庶母的消息未免太闭塞。

最后得知此事的是贾母。王夫人在自己得知儿子暗中以袭人为妾的秘闻两年之后，才正式向贾母禀告，郑重地解释了这样做的理由：“且不明说者，一则宝玉年纪尚小，老爷知道了又恐说误了书；二则宝玉再为已是跟前的人不敢劝说他，反倒纵性起来。所以直到今日才回明老太太。”直到此时，贾母还以为自己知道了一个大秘密，郑重嘱咐王夫人：“且大家别提这事，只是心里知道罢了。”殊不知，事情至此，已经成为贾府里一个广为人知的“秘密”，而外孙女的揭秘事比外婆的闻秘讯早两年多！

青年男女相互之间的爱慕之情，在很大程度上足以多方面涉及法律，诸如由爱情体验导向婚姻愿望、婚姻的爱情基础、情感破裂导致婚姻关系解除、一夫一妻多妾制度之下男子的爱情很难专一等。由此可以认为，两性之间的爱情，应当是极为普遍的法律现象。林黛玉作为青春期的少女，不仅在与宝玉的经常交往中逐渐产生了爱情，而且善于将自己的专一之爱同宝玉的“博爱”进行比较，从而敏锐地看出自己的意中人见一个爱一个的致命弱点。林黛玉在洞察贾宝玉的“博爱”弱点上的敏感性，更是无人可比。

有一次，贾宝玉对林妹妹表白说：在他心里，“除了老太太、老爷、太太这三个人，第四个就是妹妹了”。说着，就要用赌咒发誓的方式来证明林妹妹在他心里的位置。林黛玉却一针见血地指出：

> 你也不用说誓，我很知道你心里有“妹妹”，但只是见了“姐姐”，就把“妹妹”忘了。

此话千真万确。贾宝玉成天在女孩子堆中厮混，动不动就要闻人家身上的香气，吃人家脸上的胭脂，凡俏丽一点的，他几乎每有动情而痴呆的样子显露出来。金钏儿、晴雯、五儿、宝钗等婢女、小姐，甚至已为人妾的平儿、香菱等莫不使宝玉动过情，尽过心。林黛玉对宝玉的批评，堪称打中了要害。

这种内在情感的洞察与针砭的到位、到家，非敏感到明察秋毫的程度不可，而能做到这一点的青春少女非黛玉莫属。

林黛玉对法律现象的敏感，还有一种表现：即使是姐妹们彼此之间一时的玩笑话，如果同法律沾边，她也不依不饶。有一次，林黛玉先跟史湘云开玩笑，讥讽她说话吐字不清，把“二”说成“爱”，于是喊“二哥哥”时听起来是“爱哥哥”。史湘云反击说：“这一辈子我自然比不上你。我只保佑着明日得一个咬舌的林姐夫……那才现在我眼里！”说着，众人都笑了。唯独林黛玉一人生气，非要报复她不可。宝玉劝她饶云儿一回，她表示：“我若饶过云儿，再不活着！”宝钗也劝说不必追究。黛玉说：“我不依。你们是一气的，都戏弄我不成！”林黛玉为什么要这样斤斤计较呢？须知，一旦有了“林姐夫”，就意味着林黛玉由小姐变成了法定的妻子，这对于青春少女来说，该是多么不可思议的大事。作为玩笑的对象，林黛玉自然比局外人敏感得多。

还有一个小例子。有一次看夜戏，凤姐、宝钗、宝玉、史湘云等人都感觉到十一岁的小旦的扮相活像一个人，一时都不好意思说出口。只有史湘云忍不住笑着说：“倒像林妹妹的模样儿。”没料到，这句玩笑话使林黛玉很生气，对宝玉发泄说：“我原是给你们取笑的，——拿我比戏子取笑！”林黛玉生气是有道理的。清代法律中充满了“贱”字，意即“贱民”，而“戏子”即法定“贱民”之一。林黛玉被人笑为“像”戏子，岂不是将林小姐等同于“贱民”了吗？她生气的背后，正是这样的歧视“贱民”的法律在作怪，在惹祸。

十一　林黛玉对婚姻悲剧的预感

林黛玉与贾宝玉的婚姻悲剧的可悲之处，表现为三个方面：一是相爱已久的一对青年男女未能结为夫妻，那纯洁、缠绵、深厚的爱情如同不结果的花全然凋落；二是林黛玉本来体弱多病的年轻生命竟夭折在恋人与别人结婚的时刻，从而加剧了爱情被毁灭的悲剧性；三是林黛玉在生命垂危之际，竟在以薛宝钗冒充林黛玉的“掉包计”中被盗用名义，以欺骗贾宝玉，这种人为的恶作剧被强行同林黛玉的爱情、婚姻、生命悲剧搅拌在一起，演绎成一种悲喜剧的交织状态，叫人哭笑不得。

这三重悲剧共同指向了一个法律根源：婚姻必须由家长主婚的原则。《大清律例》云：“嫁娶皆由祖父母、父母主婚，祖父母、父母俱无者，从余亲主婚。”敏感的林黛玉，对这三重悲剧及其共同的法律根源，早在她情窦初开、同宝玉彼此相爱之初，就有不祥预感，认为自己与表兄贾宝玉的爱情将是竹篮打水一场空，不可能有什么好结果。

第三十二回这样描写她有预见性的微妙心理活动：

> 所悲者，父母早逝，虽有铭心刻骨之言，无人为我主张。况近日每觉神思恍惚，病已渐成，医者更云气弱血亏，恐致劳怯之症。你我虽为知己，但恐自不能久待。你纵为我知己，奈我薄命何！想到此间，不禁滚下泪来。

从这里可以知道，林黛玉懂得由父母替子女主婚的法律规定，并因此为父母的早逝而遗憾、苦恼；她预料自己的病可能日益严重，以致影响到自己将来与宝玉可能有的婚姻；基于上述两个原因，她已感觉到与宝玉的深厚爱情将会是灰飞烟灭，化为乌有。

林黛玉的这种预感，是对法律认可的爱情的珍惜与铭记的产物。在同宝玉的长期耳鬓厮磨中，尤其是当宝玉一再用《西厢记》中的张生自比，同时又把林黛玉比为莺莺之际，林黛玉作为青春少女的爱情逐渐觉醒起来，产生了前所未有的爱情体验。宝玉第一次说自己是张生一样的“多愁多病身”，林黛玉是莺莺一样的“倾国倾城貌”的时候，林黛玉还很害羞，生气地说：“你这该死的胡说！好好的把这些淫词艳曲弄了来，还学了这些混话来欺负我。我告诉舅舅、舅母去。”等再次听到贾府的戏班子里的十二个小女孩演唱《西厢记》戏文时，“不觉心动神摇”，继而又“如醉如痴”，经仔细回味竟“不觉心痛神痴，眼中落泪”。她已经意识到自己坠入了情网，那喷涌而出的恋情，用她内心的语言来描述，是这样八个字：“情思萦逗，缠绵固结”。然而，当宝玉再一次用《西厢记》中的唱段来有意无意地试探林黛玉的时候，她却气得哭了起来。这时的林黛玉，分明是要把爱的情思深深封闭、珍藏心灵的最圣洁的角落，不外露，不想让外人点明，更不许有谁来亵渎。

在宝玉记挂黛玉，命晴雯送两条手帕给黛玉之后，这位热恋中的少女又一次感觉到“神魂驰荡”，“五内沸然炙起”，“余意绵缠”，终于诗兴大发，在那两块旧手帕上写出三首情诗。其一云：

眼空蓄泪泪空垂，暗洒闲抛却为谁？
尺幅鲛绡劳解赠，叫人焉得不伤悲！

这爱得火热滚烫的恋情波涛中夹带的“伤悲”之情，正是青春少女林黛玉对自己与宝玉的婚姻悲剧的预感之意的转化。可以认为，这首热恋中的情诗，以情与意相结合的手法，表达了她极不情愿成为事实的这要命的预感。是的，她的预感几乎是同爱情结伴而行的，我们完全可以称之为一种有法律根源的悲剧性的爱情。

林黛玉既有悲剧的预感，同时也有憧憬美好未来的希望，于是预感与希望不免互相碰撞，使她内心不得平静。第八十二回揭示了这不平静的心态的一角：

当此黄昏人静，千愁万绪，堆上心来。想起自己身子不牢，年纪又大了。看宝玉的光景，心里虽没别人，但是老太太、舅母又不见有半点意思。深恨父母在时，何不早定了这头婚姻。又转念一想道：“倘若父母在时，别处定了婚姻，怎能够似宝玉这般人材心地，不如此时尚有可图。”心内一上一下，辗转缠绵，竟像辘轳一般。

日后的客观现实表明，林黛玉所预感到的事情，一天天向她逼近。以身体状况而论，儿时就有的体弱多病的老样子不仅没有缓解，反而因新添的精神负担而加剧了生理的疾病，连最疼爱她的外婆贾母都不能不承认她寿命不会长久。以法定的家长主婚原则而论，林黛玉父母双亡，依法只能“从余亲主婚”。果然，贾母、王夫人、王熙凤以及薛姨妈等一帮“余亲”——外婆、舅母、表嫂、表姨妈，悄悄私下为她如此主婚：黛玉虽与宝玉情投意合，但她身体不好，不能拿她配宝玉；宝丫头贤惠，与宝玉结为夫妻正合适；为了在婚礼上欺骗宝玉，对他只是说所娶新娘就是林妹妹，实际上红盖头底下是薛宝钗，这便是凤姐的所谓“掉包计”；待婚礼过后，宝玉发现新娘不是林妹妹，已生米做成了熟饭。总之，这一切不可改变的事实，大体都在林黛玉预感的大框架之内。

我想请读者注意的是，当林黛玉对自己的婚姻悲剧的预感得到证实之后，她的身心都遭到巨大的打击。宝玉与宝钗订婚和马上要结婚的消息，是由傻大姐吐露出来的。黛玉一听这话，当即感到“如同一个疾雷”袭来，使“心头乱跳”，接着“心里竟是油儿酱儿糖儿醋儿倒在一处的一般，甜苦酸咸，竟说不上什么味儿来了”。当她告别傻大姐，移步要回住处潇湘馆时，“那身子竟有千百斤重的，两只脚却像踩着棉花一般，早已软了”，待一步一步慢慢挪到潇湘馆时，竟“吐出血来，几乎晕倒”。以后便是接连吐血不止，直到气绝而逝。所有这些描写文字，真是字字血，句句泪，对剥夺婚姻自由的封建法律做了血泪的控诉。

那么，关于由家长、余亲主婚的封建法律原则的过错何在呢？婚姻，是成年男女双方甘心情愿相结合的法定方式。进步、合理的婚姻立法，应当充分尊重双方当事人的爱情，赋予他们自主的权利，反对局外人的横加干涉。强制性地由家长、余亲主婚，则剥夺了婚姻当事人应有的自主权利，同时往往会用“主婚”的家长、余亲们的功利性的、世俗的理智思考去取代甚至破坏作为婚姻基础的爱情。于是，彼此相爱而不能结为夫妇的青年男女往往遗恨终生；甚至双双殉情而死的悲剧，不断因此而反复发生。历代进步文学作家针对这种社会现象，不得不呼吁：愿天下有情人终成眷属。贾宝玉和林黛玉的婚姻悲剧所昭示的正面人生理想和法律理念，何尝不是在做如此之反思，如此之呼吁？

最后，我们应当指出和说明的是：依当今我国的《婚姻法》的有关规定，宝玉和黛玉仍然不能结婚。现行《婚姻法》规定，凡“直系血亲和三代以内的旁系血亲”，一律“禁止结婚”。宝黛是亲表兄妹关系：贾宝玉的父亲贾政是林黛玉的母亲贾敏的胞弟。故此，宝黛即使生长于当今之世，依法也不能结婚。这就表现，婚姻自由、自主是有条件的，并非为所欲为。须知，有上述血亲关系的男女一旦结婚，将在生儿育女方面造成下一代的严重生理缺陷，这给家庭和社会带来的损害是必然的。当今的这一立法精神有着生理学的科学依据，反映了对中华民族繁衍和中国社会发展的深切关注，是以往任何时代的《婚姻法》都不曾有过的崭新的立法动向，它带给人们的是婚姻和子孙后代的长久幸福。否则，人们将饱尝近亲结婚带来的痛苦和烦恼。由此我在想，清代落后的婚姻立法除了造成普遍剥夺当事人的婚姻自由、自主权的悲剧之外，还在不能用科学眼光考察和禁止近亲结婚这一点上表现出了愚昧性，其潜在的广泛社会危害性是不言而喻的。着眼于这一点，宝黛的婚姻问题的可议之法理，虽不深奥，却有现实的法制宣传、教育意义。

十二　林黛玉对情敌的反感

热恋中的林黛玉发现身边有两个情敌，一个是史湘云，一个是薛宝钗。对这两个情敌的反感随着这一发现而立竿见影地产生于心头。有所不同的是前一种反感属于一时的猜测，也可算是一种误会，故很快冰释；后一种反感则像幽灵那样，久久徘徊在心中，纠缠不休，以致酿成折磨人的“心病”。

先看对史湘云的反感。这种反感的产生由来，在于贾宝玉和史湘云都有金麒麟这种装饰物。史湘云拥有此物由来已久，而宝玉拥有此物却是发生在黛玉堕入情网之后。以贾母为首的女眷们到清虚观打醮，张道士送了一盘各式各样的小礼物。宝玉见里面有一个金麒麟，又听说史湘云有这东西，于是特意拿出来据为己有。细心的黛玉早把宝玉的所作所为看得一清二楚，连他那内心的某种潜意识也逃不过林黛玉的锐利目光，这使宝玉很不好意思，连忙将揣进怀里的金麒麟掏出来，向黛玉笑道：“这个东西很好玩，我替你留着，到了家穿上你带。”黛玉生气了，将头一扭说：“我不稀罕。”

表面上看，黛玉是为宝玉的行为生气，骨子里，却是对史湘云的反感。第二天，史湘云来到了贾府，黛玉的反感猛地一下升温了。为什么？第三十二回通过描写黛玉的心理活动，揭开了其中的奥妙，与此同时还将她的反感置于她亲耳听到的事实中迅速化解：

原来林黛玉知道史湘云在这里，宝玉又赶来，一定说麒麟的原故。因此心下忖度着，近日宝玉弄来的外传野史，多半才子佳人都因小巧物上撮合，或有鸳鸯，或有凤凰，或玉环金珮，或鲛帕鸾绦，皆由小物而遂终身。今忽见宝玉亦有麒麟，便恐借此生隙，同史湘云也做出那些风流佳事来。因而悄悄走来，见机行事，以察二人之意，不想刚走来，正听见史湘云说经济一事，宝玉又说："林妹妹不说这样混账话，若说这话，我也和她生分了。"

在小说、戏剧里，那些小小的工艺品，常常成为青年男女爱情的信物和凭证，由此不仅能见证爱情，而且还会引出双方结合的风流佳话。这样，林黛玉不能不把同样拥有金麒麟的宝玉和湘云的关系当作一件大事来对待。把湘云当作情敌，反感她，提防她，也就不可避免了。所幸的是史湘云当面劝说宝玉要专心攻书，注意仕途经济之类的话，立即遭到宝玉的反驳，认为是"混账话"，表示林妹妹从来不说这些"混账话"。就这样，史湘云不可能成为黛玉的情敌了。

一旦意识到宝玉无意于湘云而钟情于自己之时，黛玉不禁又喜又惊又叹：

所喜者，果然自己眼力不错，素日认他是个知己，果然是个知己。所惊者，他在人前一片私心称扬于我，其亲热厚密，竟不避嫌疑。所叹者，你既为我之知己，自然我亦可为你之知己矣；既你我为知己，则又何必有金玉之论哉；既有金玉之论，亦该你我有之，则又何必来一宝钗哉！

在这喜、惊、叹各种心情交织的精神状态里，在对宝玉的爱恋之情意又有升华的同时，第二个情敌薛宝钗浮现在脑海里，成为"可叹"的对象。其实，这"可叹"不过是反感的另外一种说法。

再看对薛宝钗的反感。严格说来，唯有薛宝钗才是黛玉的真正情敌，其结果是惨败于这个情敌之手。在家长主婚的法定原则之下，林黛玉和薛宝钗作为贾宝玉的配偶的候选人，薛宝钗具有被家长选中的两大优势：一是身体比林黛玉好，健康长寿不成问题：二是贤惠，善于迎合家长的需求。例如，有贾母在场的时候，薛宝钗点菜就专点贾母喜欢的甜烂之食物，点戏就专点贾母喜欢的热闹戏《西游记》之类。相形之下，林黛玉恰恰在这两个方面都是弱项。

因此，在行使法定的主婚权利时，贾母果然公开表示：不愿意拿黛玉来配宝玉，甚至担心她活不了多久，而她一再当众夸奖过的宝丫头，才是宝玉的合适配偶。宝玉与宝钗的婚事，就是这样由贾母、王夫人、薛姨妈和王熙凤等人背后议定的。连作为父亲的贾政，见儿子的婚事是由贾母带头定下来的，也不敢表示反对的意见。林黛玉自始至终一直认定宝钗是强劲的情敌，理由充足，看得很准，对其表示反感，应视为是对纯真爱情的保护，是对不谈爱情而只管婚嫁的主婚人贾母等人和当事人薛宝钗的一种必要的抗争。

的确，无论是主婚的人们，还是当事人的薛宝钗，对这起婚事全都是出于理智的思考，她们联手以理性的锋刃无情宰杀了宝黛之间的刻骨铭心的真情。若从法理上分析这种扼杀爱情的行为，可以看到有关法律相互之间的矛盾对立情形。一旦看清了这些情形，黛玉对宝钗的反感，在法理上就有极宝贵的、值得称道的地方。

我们已经谈过，清代法律对婚姻的爱情基础持认同、肯定的态度。由此可见，林黛玉珍惜爱情，反感于插足这爱情的第三者，是完全合法的。她反感于情敌的那些心理活动，那些言论，那些行动，因而不再是纯粹的个人恩怨，而是在为保护合法爱情做不懈的努力，在同无视爱情、破坏爱情的纯理性、纯功利的婚姻论者做针锋相对的斗争。这种努力，这种斗争，因为仅仅在黛玉的心灵深处进行，故很难被外界知晓。将其揭示出来，公之于世，林黛玉身上的闪烁着法理光芒的可贵之处，才能大白于天下，得到应有的认同和称赞。

在我看来，第九十一回末尾所写林黛玉与贾宝玉之间的一场对话，正是她在内心做上述努力和斗争，终究忍不住而发泄于外的一次具体表现，那捍卫合法爱情行动的外射法理光芒，因而就显而易见了。请看下列文字：

> 黛玉乘此机会说道："我便问你一句话，你如何回答？"宝玉盘着腿，合着手，闭着眼，嘘着嘴道："讲来。"黛玉道："宝姐姐和你好你怎么

样？宝姐姐不和你好你怎么样？宝姐姐前儿和你好，如今不和你好你怎么样？今儿和你好，后来不和你好你怎么样？你和他好他偏不和你好你怎么样？你不和他好他偏要和你好你怎么样？”宝玉呆了半晌，忽然大笑道：“任凭弱水三千，我只取一瓢饮。”黛玉道：“瓢之漂水奈何？”宝玉道：“非瓢漂水，水自流，瓢自漂耳！”黛玉道：“水止珠沉，奈何？”宝玉道：“禅心已作沾泥絮，莫向春风舞鹧鸪。”黛玉道：“禅门第一戒是不打诳语的。”宝玉道：“有如三宝。”黛玉低头不语。

在这里，黛玉的六大疑问，如同六发炮弹，一发接一发地连续出击，每一发的攻击目标都指向着薛宝钗，把积蓄于胸的反感做了一次集中的发泄，使保护合法爱情的努力和斗争达到了相当激烈的程度。贾宝玉对这些问题都不做正面回答，迫使黛玉的反感心态恢复到平日的积蓄状态。就这样，由于多年如一日地郁闷于胸，偶尔发泄又不见任何成效，反感于宝钗，担忧宝玉、宝钗相结合，便逐渐酿成了沉淀不去达数年之久的“心病”。这是保卫合法爱情所付出的精神代价和精神牺牲，林黛玉作为一个忠于爱情的青春少女可敬可爱的形象跃然挺立。

与之相比，被反感、攻击的薛宝钗则使我们感到平庸、世俗。对于林黛玉所努力捍卫的爱情持视而不见的态度，对家长主婚的法定原则持完全认同的观念，这就是薛宝钗平庸、世俗的突出表现，可从中窥见法律内部的矛盾性在薛宝钗身上对立统一的存在方式。清代关于婚姻的立法，一方面认同和肯定婚姻的爱情基础，另一方面又剥夺了相爱男女双方自主决定婚姻的权利，而强制性地规定由家长主婚，这样后者就无形之中反对了前者。在贾宝玉、林黛玉、薛宝钗三人的爱情、婚姻关系中，林黛玉是作为护卫合法爱情的战士的姿态出现的，赢得了读者的尊敬喜爱，对她为此所受到的精神伤痛表示深深的同情。而薛宝钗则成了用法定的家长主婚的原则做武器，去无情扼杀合法爱情的杀手。这种爱情杀手的角色，就是由法律内部的两个矛盾对立面支撑起来的：矛盾的一方面是合法的爱情，由贾宝玉和林黛玉之间的相互热恋作为具体表现形式，反映到薛宝钗身上，就是林黛玉把她视为反感的情敌；矛盾的另一方面，是法定的家长主婚的权利，具体表现为贾母等一伙人的背后议论、策划婚事的全部言行，反映到薛宝钗身上，就是她对家长主婚的法定原则和结果，表示认同和接受。在这一点上，薛宝钗成了法律内部的矛盾对立的载体。这是长期被忽视、至今也很难辨认的一种隐蔽的法理。

在揭示和解释这隐藏很深很久的法理之时，薛宝钗的如下言论，有可使我们顺藤摸瓜的奇效，切不可忽视。这就是当薛姨妈把家长们主婚所定下的宝玉与宝钗的婚事正式告诉她时，宝钗所表示认可的一段话。薛姨妈征求女儿的意见说："你愿意不愿意?"这时，宝钗"反正色地对母亲道"：

> 妈妈这话说错了。女孩儿家的事情是父母做主的。如今我父亲没了，妈妈应该做主的，再不然问哥哥。怎么问起我来?（第九十五回）

就是这所谓"正色"的严肃表情，就是这鼓吹"父母做主"的明确话语，标志着薛宝钗站到了体现清代法律内部的矛盾对立因素的位置上：一方面，她自觉自愿充当了宝黛的合法爱情的杀手，从这一点看，她的言行有违法性质；另一方面，她对家长主婚毫无异议，全盘接受，是对法律赋予家长主婚权利的认同与接受，完全合法。于是乎，一法律内部的矛盾对立造就了一个体现法律矛盾的青年女性人物。

至此，我们应当指出：林黛玉一直把薛宝钗当作情敌耿耿于怀，并非个人恩怨，实在是一个重要的法律问题深入人心的一种精神现象，其深刻的法理，既体现在林黛玉护卫爱情的内心努力、斗争方面，也体现在薛宝钗身上的法律矛盾的方面。

十三　林黛玉对寄人篱下的痛感

母亲去世后不久，林黛玉辞别父亲，到外婆家作客。不料，父亲又接着去世，使她从此跌入了寄人篱下的孤苦生涯。这不幸的命运，使她随着岁月的流逝而不断激发出一种难言的痛感。请读者注意，黛玉的孤苦生涯，并不意味着缺吃少穿无住房，而是在家破人亡后的孤女所特有的精神的孤苦。正因为如此，她对寄人篱下的痛感，就属于失去法律意义上的家的孤儿的一种特有情感体验。唯有对中国封建法律以家为本位的基本特征有所了解的读者，才能对林黛玉的这一痛感产生强烈的共鸣。

首先，我们要究明黛玉形成这一痛感的前提条件。从动身前往贾府开始，到进入贾府居住数年的日日夜夜，外界往黛玉头脑中灌输的语言信息，无不传递着关于家、家长、亲属这一类充满家庭观念的东西。灌输者们的用意本在安慰孤女受伤的心灵，而接受者却在这反复的安慰中不断滋生和强化家破人亡的孤苦体验。黛玉对寄人篱下的痛感，就是在这种逆反心理机制中自然而然形成的，因此很难找出一个可以责备的对象。

在母亲离世之初，黛玉不忍离开父亲而一个人去贾府。父亲好心劝说：

> “汝父年将半百，再无续室之意；且汝多病，年又极小，上无亲母教养，下无姐妹兄弟扶持，今依傍外祖母及舅氏姐妹去，正好减我顾盼之忧，何反云不往?”

进入贾府之后，表嫂王熙凤的一席话，充满了赞美、同情，特别强调指出：“黛玉竟不像老祖宗的外孙女，竟是个嫡亲的孙女。”

大舅贾赦一时不愿见黛玉，却传来了安慰的话：“劝姑娘不要伤心想家，跟着老太太和舅母，即同家里一样。”

黛玉还记得三岁那年，一个癞头和尚针对她有“不足之症”，先表示要“化”她“出家”，遭到父母反对，继而说道：

> 既舍不得他，只怕他的病一生也不能好的了。若要好时，除非从此以后总不许见哭声；除父母之外，凡有外姓亲友之人，一概不见，方可平安了此一世。

就这样，从三岁到十三岁的十年间，林黛玉幼小的心灵接受、形成和强化了一个基本的家庭观念：家，是安身立命之所；父母，是最亲近的人。林黛玉对寄人篱下的痛感，就是在这样的心理条件之下产生的。对一个根本没有家庭观念、习惯于浪迹天涯、四海为家的游子而言，他根本不会对寄人篱下有什么异样的感觉，更谈不上有痛感了。问题就出现在林黛玉从三岁开始就置身于各色人向她不断灌输家庭观念的法律文化环境之中，产生了对于家和父母的强烈依赖心理习惯。在这种前提条件下，一旦家破人亡的灾难降临，谁都会痛不欲生。黛玉对寄人篱下的痛感，就是以对家和父母的强烈依赖心理习惯为前提条件的。

其次，我们要明白林黛玉的痛感的具体内容有四种成分：一是无依无靠的孤独感，二是对比联想的差距感，三是对亲属关系的虚假感，四是得不到安慰的寂寞感。第二十六回，有写这孤独感的生动例子。林黛玉晚上到怡红院去看贾宝玉，却叫不开门，高声叫唤之下，晴雯没有听出是黛玉，依然声称宝二爷不许开门。这里也许有些小误会，但在黛玉心里却引发出无依无靠的孤独感。

> 自己又回思一番："虽说是舅母家如同自己家一样，到底是客边。如今父母双亡，无依无靠，现在他家依栖。如今认真淘气，也觉没趣。"一面想，一面又滚下泪珠来。

林黛玉在看书的时候，不免拿书中跟自己命运相似的人物做比较；在跟人相处的场合，又不免拿身边跟自己命运相近的人物做比较：在这两种比较中产生的联想都有差距感，从而转化为伤悲感。例如，她跟《西厢记》中的崔莺莺比较，便认为她虽然命薄，但"尚有孀母弱弟"，而自己却孤身一个。她又跟身边的薛宝钗比较，发现宝钗比自己强得多：有母亲，有哥哥，家里仍旧有房屋，有土地，而自己却一无所有。

第八十二回里，林黛玉做梦，梦见父亲升任湖北的粮道，娶了一位继母，将自己许配给继母的一位亲戚做继室夫人，吓得她向外婆求助，外婆却声称被"闹乏了"，不管这件事，于是黛玉"深痛自己没有亲娘"，认为"外祖母与舅母姐妹们，平日何等待的好，可见都是假的"。这场梦，把黛玉平日埋藏在心里的感受——亲属之情不如母女之情真切，活生生地演绎出来了。

以上的孤独感、差距感、虚假感产生之后，如果能得到及时的疏导与安慰，无疑会缓解这些寄人篱下的痛苦感受。然而，林黛玉到贾府的日子一长，人们对她就习以为常了，安慰之事也就一天天减少，到最后就无人过问了。她对此也就感到寂寞了。第二十七回开头所写的这种寂寞感，令人看了揪心：

先时还有人解劝，怕他思父母，想家乡，受了委曲，只得用话宽慰解劝。谁知后来一年一月的竟常常的如此，把这个样儿看惯，也都不理论了。所以也没人理，由他去闷坐，只管睡觉去了。那林黛玉倚着床栏杆，两手抱着膝，眼睛含着泪，好似木雕泥塑的一般，直坐到二更多天方才睡了。

如果是生在当今之世，林黛玉完全可以用听音乐、看电视的方式来排解这寂寞，可在当时只能是默默地坐等时间的煎熬。

再次，我们要指出，林黛玉从寄人篱下的痛感体验中，总结出两条带有哲理的深刻的人生感悟，具有法制史的认识意义。其一是："我又不是他们这里正经主子。""他们这里"，指的是贾府。"主子"是"奴婢"的对称。我们说过，存养奴婢，是法律赋予官员、富贵之家的一项特权。林黛玉既然是无家可归之人，那么就意味着她从根本上失去了当"正经"主子的客观条件，而在贾府里，她虽然享受着跟宝玉等公子、小姐们一样的待遇，也有成群的婢女为之服务，但她们毕竟不是她的法定的婢女，她也不是她们法定的主子。

林黛玉从家里来到贾府时，带来了奶娘王嬷嬷和小丫头雪雁。她对于她俩，虽然是正经主子，但在贾府里，她们主仆三人全靠别人养活，都是寄人篱下者。林黛玉所感叹的不是在家里原有的主仆关系，而是她和贾府里的奴婢们的关系。惟其如此，她才感到不是"这里正经主子"的身份同遭"他们已经多嫌着我"之间的因果联系。

另一条人生感悟，是曾跟史湘云谈话时彼此谈到了世上使人不遂心的事情太多，林黛玉这时特别强调说："何况你我旅居客寄之人哉!"这"旅居客寄之人"的说法，实在是准确之至。林黛玉把史湘云和自己长时间居住在贾府的身份与情形，比喻旅行者住旅馆、客人住主人家，而自己的家则不见踪影。唯有无家可归的孤女，才会有如此凄凉的慨叹。这种贴切、深邃的人生感悟，表征着自幼形成的家庭观念在导引她洞察自己的人生遭遇与处境上颇有成效，颇有心得，使读者足以意识到，尽管林黛玉在贾府生活了多年，但作为"旅居客寄之人"始终同贾府门宗之人是隔膜的，无从跟他们融为一体。

我以为，"不是这里的正经主子"和"旅居客寄之人"这两条人生感悟对于认识中国古代法律以家为本位的特征以及关于家的一系列立法内容来说，已经具有法律哲学的抽象的思辨力度和深度，从一个从未引起学界注意的角度显示了林黛玉的聪明、机智过人之处。

以上连续谈到的林黛玉对法律现象的敏感、对婚姻悲剧的预感、对情敌的反感和对寄人篱下的痛感等“四感”，基本上可以涵盖她的人生之旅及其内在精神生活的主要经历和内容，这一切共同表明：法律是深入到她心灵的东西，若仅仅停留在她的外部行为是否合法的层面上来认识她，将一无所获，或所获甚少、甚浅。这就是法律视角之下的林黛玉的总体形象。

十四　贾宝玉：依赖奴婢活着的寄生虫

评论贾宝玉的文学家，有不少人争相给他戴上“叛逆者”的桂冠。那叛逆的对象，则众说不一：有的说叛逆了封建制度，有的说叛逆了统治阶级，有的说叛逆了封建家庭。我们以为，所有这些说法都有一个共同的偏颇，这就是严重忽视了贾宝玉处处依赖奴婢而活着的大量事实。一旦注意到这些事实，“叛逆者”云云，便全然站不住脚，所应得出的只能是另外的结论：贾宝玉是一条处处依赖奴婢而活着的寄生虫。

我们已经较全面地讨论过关于奴婢的法律问题。这里只需指出一点：贾宝玉不是什么叛逆者，而是寄生虫的本质特征的确认，正是法律视角对正确认识和评论文学典型人物形象的重要学术意义的生动体现。有关理论问题，已做专题谈过。这里仅用随处可见的日常生活中的法律事实证明一个非证明不可的基本结论，以还贾宝玉其人的本来面貌。这个结论就是：贾宝玉是一条处处依赖众多奴婢而活着的寄生虫，唯有在封建时代的大家庭里才能有如此活着的寄生虫式的独特人物。

概括地说，贾宝玉的衣食住行的每一个环节，都不能也没有独立活动过，无不有老老小小、男男女女的奴婢为之效劳，比俗话“衣来伸手，饭来张口”所说的，可谓有过之，而无不及。其寄生生活范围很广泛，大大超过了吃饭、穿衣这两件事。

早在十三岁的林黛玉进贾府作客之初，比她大一岁的贾宝玉除了有一大帮奴婢照料他的一切，还有其乳母李嬷嬷和大丫头袭人两个人专门陪侍他睡觉。

宝玉上学读书之时，除了年岁大一些的李贵负责之外，另有茗烟、锄药、扫红、墨雨四个小厮陪伴。当顽童们闹学之际，这几个小厮听命于宝玉，又骂又打，闹得不可开交。

宝玉住进怡红院之后，跟他的分住各处的姐妹们一样，侍候的奴婢人数大大扩充："每一处添两个老嬷嬷、四个丫头，除各人奶娘亲随丫鬟不算外，另有专管收拾打扫的。"（第二十三回）

过了不久，在侍候宝玉的小厮的名单中，又增加了引泉、扫花、挑云、伴鹤等人，以致人浮于事，他们闲得无聊便下象棋、掏小雀。在屋内听使唤的婢女，除原有的袭人，又新增加了秋纹、碧痕、檀云、麝月等有名字的四个，还有几个没有名字的做粗活的丫头以及几个老嬷嬷。有一次，宝玉发现一个不认识的丫头，名叫小红，居然也是听使唤的婢女。宝玉问："你也是我这屋里的人吗?""我怎么不认得?"小红回答说："认不得的也多，岂只我一个。从来我又不递茶递水，拿东拿西，眼见的事一点也不作，那里认得呢?"（第二十四回）粗略统计一下，在怡红院里直接为宝玉服务的奴婢至少有二十人。

一次到冯紫英家里去赴酒宴，四个随行的小厮中，又有双瑞、双寿这两名新人，表明听使唤的奴婢仍在不断增添之中。

宝玉外出时前呼后拥的最壮观的场面，当数他去舅舅家的那一次。且不说早上起床后从梳洗到吃喝受到一群婢女的细致照顾，单说送行、随同的仆人队伍就堪称浩浩荡荡。在贾府客厅上，早早恭候的就有"李贵、王荣、张若锦、赵亦华、钱启、周瑞六个人，带着茗烟、伴鹤、锄药、扫红四个小厮"，这一行就有十人。出了角门，在门外"又有李贵等六人的小厮并几个马夫"，这一行也有十人左右，早预备了十来匹马等候。待大家都上了马，顿时形成"前引旁围"的大阵式，一溜烟地飞奔而去。（第五十二回）

再往后，芳官、四儿、小燕等婢女先后充实到随时听使唤的奴婢队列之中。

前前后后听使唤、把宝玉活着所需要的一切全盘包干尽净的奴婢总人数，至少有五十人。连喝水洗脸这点举手之劳，他都大呼小叫，要人服侍，不肯自己动手。曹雪芹不厌其烦地写这些琐碎事，唯恐漏掉了一个有名有姓的奴婢，那良苦用心，不正是要让读者明白，贾宝玉是荣宁二府中一条不折不扣的大寄生虫吗？

如果说宝玉是一个叛逆者，那么他对于这处处依赖奴婢的寄生生活，应当有所反省，有所反对，逐渐与之决裂。事实却是从少年时代到青年时代，宝玉一如既往，始终在众多奴婢的全方位照料下尽情享用一切，从未离开寄生生活的轨道一丝一毫。尤其令人反感的是在袭人成为宝玉的暗妾多年之后，袭人、晴雯等八个大小婢女还要额外凑份子钱五两多银子，专门私下在怡红院里为宝玉开夜宴以庆贺他的生日。我以为，这标志着早已长大成人的贾宝玉依存于众奴婢的寄生虫生活在持续发展多年后，出现了一个高潮。他对寄生生活习以为常。他对无偿地享受奴婢们的劳动成果与劳动收入，毫无愧疚感。难道世上有这样的叛逆者吗？

"叛逆"论者，大约都看到了宝玉不喜欢读儒家著作一类的正经书、不关心仕途经济之类的事情，对于封建礼法有一定的反感情绪。是的，这些东西是有一定程度的叛逆意味。但是，宝玉身上依附、顺从封建主义的东西，大大超过了那有叛逆意味的东西。上述他的寄生虫式的生活道路，就集中体现了他对封建主义的依附和顺从。相形之下，那些所谓有某种叛逆意味的东西，不仅数量上微乎其微，而且在质量上不过是这个寄生虫式的青年公子在百无聊赖之际消磨多余时光的方式罢了，跟他动不动就要闻女孩们身上的香气、吃她们脸上的胭脂、经常参加各种酒宴和娱乐活动并没有多少原则性的区别。而这一切，恰恰是寄生虫式的悠闲人士在没有生存的后顾之忧的条件下，无所事事的必然行径。硬要在这好逸恶劳、坐享其成、吃喝玩乐的大懒虫身上贴"叛逆者"的标签，只能是糟蹋这个美好的字眼。

贾府的贵族妇女们享受生活的一大乐趣，就是寻找和制造各种机会、借口来举行酒宴，在酒席之中再伴以猜谜、讲故事、作诗等有文化品位的娱乐活动。贾宝玉除了积极参加这些赏心乐事之外，还有上述在怡红院里私下庆生日的特殊活动。就是在这里，贾宝玉这个孙子辈的公子，比他祖母贾母和母亲王夫人为代表的上两代人会吃、会喝、会玩得多了。也就是说，贾宝玉的寄生虫生活方式，在贾府堪称一绝，无人可比。袭人在这次生日酒宴过后的第二天，曾对平儿这样评论贾宝玉主仆的快乐情形：

> "告诉不得你。昨儿夜里热闹非常，连往日老太太、太太带着众人顽也不及昨儿这一顽。一坛酒我们都鼓捣光了，一个个吃得把臊都丢了，三不知的又都唱起来。四更多天才横三竖四的打了一个盹儿。"（第六十三回）

不可思议的是，那些评论家把如此通宵达旦地吃喝玩乐的、游手好闲的贾宝玉美其名曰"叛逆者"，根本不顾他的大量寄生虫式的生活图景。

有人可能提出这样的疑问：贾宝玉的确是依赖奴婢而活着的寄生虫，但这同法律有什么关系呢？换一句话说，就是：认为贾宝玉是依赖奴婢而活着的寄生虫，是不是也属于对《红楼梦》进行法律解读所得出的一个结论呢？我们的回答是：唯有在法律视角之下，才能格外清晰地看到贾宝玉这一人物的基本特征在于他的寄生虫式的生活方式。这里的一个解密关键在于：奴婢群体身上所积淀的浓厚、凝重的法律文化。中国自秦汉至明清的两千多年的奴婢制度，本身就是一种法律制度；历代封建法律中充满了歧视、欺压奴婢的指导思想和具体内容；在奴婢制度实施中产生了许多立法者意料不到的现象、问题，如等级制度深入到奴婢阶层位之出现了等级分化等；清代法律关于奴婢的立法比从前有一些新变化，如把存养奴婢的特权赋予封建统治阶级，剥夺了庶民之家存养奴婢的权利……这一切，使奴婢群体中的每一个人都成了法律文化的载体，他们的全部言论、思想、行动，几乎都从不同的侧面折射着一定的法律内涵，都是富有法律思想内容的资料。我们之所以能够对《红楼梦》中的奴婢问题做连续性的专题讲解，正是因为小说中提供了可资探讨的丰富资料。对拒斥法律的文学家来说，这些宝贵资料如同明珠暗投，可惜之至。

谈到这里，不仅可以明白贾宝玉的寄生虫生活方式中渗透的法律内涵的根基在于古老的奴婢法律文化积淀层之中，更可由此推导出另一个具有法律认识价值的新结论：尽情享受存养奴婢特权，无休止地使唤奴婢的封建统治阶级内部，必然要生长出贾宝玉一类的寄生虫，也就是说肆无忌惮、无穷无尽奴役、驱使奴婢，是封建家庭的不肖子孙日益沉沦堕落的一个根源。为什么贾府的子孙会一代不如一代走下坡路？贾宝玉的寄生虫人生之旅，提供了答案之一。

十五　庄子的法律虚无主义与宝玉的爱情至上思想

一天晚上，宝玉酒后读《庄子》，至《外篇·胠箧》，对下面一段话大感兴趣：

> 故绝圣弃知，大盗乃止；擿玉毁珠，小盗不起；焚符破玺，而民朴鄙；掊斗折衡，而民不争；殚残天下之圣法，而民始可与论议。擢乱六律，铄绝竽瑟，塞瞽旷之耳，而天下始人含其聪矣；灭文章，散五采，胶离朱之目，而天下始人含其明矣；毁绝钩绳而弃规矩，攦工倕之指，而天下始人有其巧矣。

看至此，意趣洋洋，趁着酒兴，不禁提笔续曰：

> 焚花散麝，而闺阁始人含其劝矣；戕宝钗之仙姿，灰黛玉之灵窍，丧减情意，而闺阁之美恶始相类矣。彼含其劝，则无参商之虞矣；戕其仙姿，无恋爱之心矣；灰其灵窍，无才思之情矣。彼钗、玉、花、麝者，皆张其罗而穴其隧，所以迷眩缠陷天下者也。（第二十一回）

庄子是中国法律思想史上的一位有特色的法律思想家，其与众不同之处就在于对法律持虚无主义态度。《胠箧》一文，就是表达他的法律虚无主义的代表作。被宝玉所欣赏的这段文字，指出了庄子的法律虚无主义的主张：抛弃一切条条框框，才能达到人类理想的社会境界。宝玉为什么喜欢这一段话？他的续文所表达的爱情至上思想，同庄子的法律虚无主义主张有什么一致之处？

庄子的法律虚无主义，并非是简单地反对法律，取消法律，而是对法律只能治标而不能治本，常常被歹徒恶意利用等不足之处有着深刻的反思，并不遗余力地列举大量日常生活、政治、法律等领域的事例，论证法律的弊端。他说："为之斗斛以量之，则并与斗斛而窃之；为之权衡而称之，则并与权衡而窃之；为之符玺以信之，则并与符玺而窃之；为之仁义以矫之，则并与仁义而窃之。何以知其然耶？彼窃钩者诛，窃国者为诸侯。"这段话的意思是，作为人们行为准则、规范、凭证的斗斛、权衡、符玺、仁义等，都能成为被"窃"的对象，法律自然也如此。有力的证据，就是：窃取"钩"这么微不足道的东西，要受法律的处罚，而窃取"国"这样庞大的地盘及其众多人口、最高权力，却成为坐镇一国的诸侯。如此揭示、论证和批判法律的弊端，确实深沉、有力，击中了要害。

至于由此推导出的否定一切行为准则的法律虚无主义结论，是不足取的。值得留意的是，即使是在这绝对化的法律取消论的结论中，也包括有深刻的法律批判因素，故不可认为是百分之百的糟粕，而是精华与糟粕并存的，需要做鉴别的工作。为了说明问题，不妨把庄子的一段话译成白话文：

> 所以抛弃聪明才智，江洋大盗就会停止作乱；丢掉和毁灭玉器珠宝，小偷小摸现象就不会发生；烧掉信符，砸碎印章，百姓可变得淳朴；把斗击破，把秤折断，百姓就不会争多争少；把世上的一切神圣的法律毁灭干净，才能够与百姓讲道理。搅乱所有的音律，销毁竽瑟之类的乐器，堵塞听觉良好的乐师的耳朵，天下的人们才会发挥听觉上的才能；消灭花纹，解散色彩，蒙上离娄那敏锐的眼睛，天下的人们才能发挥视觉的才能；毁掉断绝钩、绳并放弃规矩，折断工倕那双巧手的十指，天下的人们才能发挥他们的技巧。

很清楚，在庄子的主张里，既有鼓吹取消一切能够作为行为规范、准则、工具、榜样、权威的思想成分，又有认为这一切足以束缚人们的聪明才智的理由，更有希望减少社会动乱、你争我夺等现象，建构人人能够充分发挥主观能动性的和谐美好社会。因此，这种法律虚无主义的主张，自有其深刻之处，合理之处。

宝玉从庄子的文章中得到了抒发自己爱情至上的情怀的语言表述方式，也得到了法律虚无主义的思想形式的启发，于是那讴歌至高无上的爱情的情思便有了宣泄的渠道。宝玉续文的内容是：花袭人、麝月、林黛玉、薛宝钗四位青春少女，各有其能，都达到了极致。没有袭人、麝月，闺阁中的女性才能尽规劝的责任；没有宝钗的美若仙女的身姿，没有黛玉的机智的心灵，消除她们的情意，闺阁中的美丑就会相类似。她们都懂得了规劝，那么就没有了彼此相差悬殊的忧虑；损害了美貌，就没有恋爱的心意了；抹杀了心灵的机智，就没有才华横溢的心境了。那宝钗、黛玉、袭人、麝月等四人，都张开了罗网，挖好了陷阱，足以使天下男子被她们俘获。

就这样，在贾宝玉心目中，袭人、麝月、宝钗、黛玉四位女性，成为至高无上的倾慕、爱恋的对象。就他所借鉴的庄子的法律虚无主义的思想形式而论，主要是两个方面：一是全然取消了法定的婢女、主子的地位上的差异，二是叛逆了礼法和法律鼓吹、认同、保护的男尊女卑的价值观念。

先说第一点。袭人、麝月，是宝玉身边的两个婢女，袭人同时还是他未明身份的妾。在封建礼法与法典中，婢女、妾与贵族小姐，处在卑尊不能相提并论的法律地位，而在宝玉的文章中，这种不同的法律地位消失得无踪无影，四位女性被置于同等至高无上的地位。这种心态与作法，跟庄子抨击法律的弊端的思想倾向，是完全一致的。这应是宝玉从庄子文章中找到表达爱情至上思想的一个重要原因。

再说第二点。宝玉对女性的好感与崇敬，由来已久。早在七八岁的时候，他就有这样被认为“奇怪”的说法：“女儿是水做的骨肉，男人是泥做的骨肉。我见了女儿，便清爽；见了男子，便觉浊臭逼人。”到了青少年时代，孩童时代的这一思想意识，进一步发展、成熟起来，被曹公称之为“呆意思”，存在于他的心灵深处。第二十回这样描述其深深埋藏在心中的“呆意思”：

你道是何呆意？因他自幼姐妹丛中长大，亲姐妹有元春、探春，伯叔的有迎春、惜春，亲戚中又有史湘云、林黛玉、薛宝钗诸人。他便料定，原来天生人为万物之灵，凡山川日月之精秀，只钟于女儿，须眉男子不过是些渣滓浊沫而已。因有这个呆念在心，把一切男子都看成混沌浊物，可有可无。只是父亲叔伯兄弟中，因孔子是亘古第一人说下的，不可忤慢，只得要听他这句话。所以，弟兄之间不过尽其大概的情理就罢了，并不想自己是丈夫，须要为子弟之表率。

续文所写，不过是宝玉一贯崇尚女性、鄙视男性的思想意识的第一次形诸笔墨，公之于世罢了。有所不同的只在于此前隐藏的或说出的思想意识较单纯，不包含作为男人对异性的爱情体验，而此次见于文章的崇尚女性思想中带有明显、厚重的爱情成分，是思想与情感的结晶体。

宝玉的这种一贯的崇尚女性、鄙视男性的情思，同庄子的法律虚无主义的一致之处，在于他从庄子文章中找到了自己体验和抒发这一情思的双重支撑点，即语言表述方式的支撑点和思想形式的支撑点。以思想形式的支撑点而论，他敢于跟大肆鼓吹男尊女卑的思想观念的礼法和一系列有关法律唱对台戏，反其道而行之，针锋相对形成了自己的重女轻男、女尊男卑的思想意识与情感体验，正好跟庄子抨击一切条条框框束缚人们的主观能动性自由发展的思想倾向与思想方式，高度一致，于是不能不产生强烈的认同感、共鸣感。

在叛逆传统的重男轻女、男尊女卑思想观念及其有关法律、法律制度上，贾宝玉的重女轻男、女尊男卑思想、感情，是具有反封建的意义，这一点可以肯定，但同时应当指出，任何带性别歧视的思想观念与法律，都是落后的、不能成立的。当今之世的价值观念和立法思想，都是男女平等，不允许任何性别歧视的思想和行为强加于人。

最后，需要说明一点，这里所说的贾宝玉的爱情至上思想，指的是：他在读庄子之后的一段续文中，把袭人、麝月、宝钗、黛玉四位女性当作所爱慕的女性的至高无上的对象来歌颂，认为她们的贤惠、美丽、聪明达到了别人不可企及的极致，甚至感觉到她们的吸引力之大，竟然达到了使天下男人都无从逃脱的境地。显然，如此夸大其词的爱情观，称之为爱情至上思想，是名副其实的。这种爱情至上的思想及相应的情感体验，是青春少男少女特有的，带有性幻想的倾向，很容易被现实生活的严峻礁石撞击得粉碎。

十六　凤姐出场时的服饰违法

这个题目，令人不免感到奇怪：怎么穿衣服也犯法呢？如果对中国古代关于穿衣问题的立法的历史非常悠久这一点有所了解，就会完全觉得没有什么奇怪的地方。据两千多年前的《周礼》记载，西周设有“司服”的官职，其职责是专门负责周王的吉、凶衣的更换和使用。周王的衣服有吉服、弁服、经服、丧服、素服等种类，依各种不同场合选择使用。祭祀上天和先王穿吉服，凡兵事穿弁服，凡哀吊他人穿经服，凡自己有丧事穿丧服，有大荒大灾之时穿素服。此外，公、侯、伯、子、男、孤、卿大夫等不同级别的官员，都有各自的专用衣服。总之，这些都是关于官服的法律规定。至于普通百姓的穿衣问题，没有法律过问。

清代法律继承了这一法律传统，对官民的穿衣问题都有相应的法律规定。凤姐出场时的服饰违法的现象，就是依有关法律而确认的。

王熙凤在小说中第一次出场亮相时的服饰有违法律，且这种违法性的东西很隐蔽，若不做法律上的考证，仅凭生活经验和直观思维是根本意识不到的。小说是通过林黛玉的观察来描写王熙凤的服饰的违法性的。刚刚进贾府的林黛玉，在王熙凤将要出场而尚未到来之际，就从王氏“我来迟了，不曾迎接远客”的说笑声和众人立即“敛声屏气”的严肃表情立即感觉到凤姐“放诞无礼”。就在这时，黛玉看到打扮得“若神妃仙子”的凤姐站到了面前：

> 头上戴着金丝八宝攒珠髻，绾着朝阳五凤挂珠钗，项上带着赤金盘螭缨络圈，身上穿着缕金百蝶穿花大红洋缎窄裉袄，外罩五彩刻丝石青银鼠褂，下着翡翠撒花洋绉裙。

一个家庭妇女如此超豪华的服饰，为清代法律所不允许。《大清律例》的《礼律》中有“服舍违式”的罪名，其源可追溯到《大明律》。二者的如下规定完全相同：

凡官民房舍车服器物之类，各有等第。若违式僭用，有官者，杖一百，罢职不叙。无官者，笞五十，罪坐家长。工匠并笞五十。若僭用龙凤纹者，官民各杖一百，徒三年。工匠杖一百。

有所不同的是，清律在该律文之后还有十五条“条例”，对上述违律行为作出了格外详细的说明。仅涉及服饰的例文就有七条之多。它们对公侯文武各官、生儒到庶民男女各色人等各自应当怎样穿衣戴帽，作出了无微不至的具体规定，或者提出了原则性的要求。

凤姐的服饰的违法之处，首先在于触犯了“服舍遗式”律中的“僭用违禁龙凤纹”的规定；其次，还有违下述条例：

妇女僭用金绣闪色衣服、金宝、首饰、镯钏及用珍珠绿缀，衣履并结成补子、盖额、缨络等件，事发，俱照律治罪，服饰器用等物，并追入官。

——对照之下可知，凤姐头上所戴为法律所禁用的“金宝首饰”和“龙凤纹”；脖子上的“缨络”圈也属违禁物品；身上所穿“大红”“五彩”等衣物，均属禁用的“闪色衣服”。林黛玉进贾府作客之初，在尚未见到凤姐身影之前，就从她的大呼小叫的声音和众人的表情中，感觉到此人“放诞无礼”。俗话说，耳听为虚，眼见为实。现在我们看到了凤姐令人眼花缭乱的华丽服饰的多种违法处之后，不能不认为她的确是一个“放诞无礼”的泼妇。难怪贾母当面称之为“凤辣子”。

人们可能会问，清代法律为什么要挖空心思在日常穿衣打扮上作出苛严的规定呢？难道穿衣戴帽的款式、面料、彩色也危害社会吗？我们应当提出、思考和回答这在情理中的问题。而要圆满回答这个问题，就应当了解清代关于服饰的立法指导思想和基本内容。以指导思想而论，即我们谈过的“以礼入法”，张扬、维护等级制度，使全社会的各色人等在自己应有的位置上安分守已这样的礼治思想。因此，关于服饰的全部法律，有的原本就是礼法，有的则是礼律或礼例。

以穿用服饰的主体来分类，当时全社会的服饰可分为三大类型：一是平民百姓每天都在穿用的常服，二是文武百官专用的官服，三是亲人去世之后才用的丧服。对第一类常服，因为涉及面广，情况复杂，难以定论，故法律上没有做具体规定，只有一个原则性的总要求：不许“违式僭用”。

对于第二类官服，在“服舍违式”律后的第一条“条例”中做了极为详细的规定。全国所有文武官员共有九个等级，官阶从大至小依次称之为一品、二品、三品、四品、五品、六品、七品、八品、九品。每一品官员的帽子、腰带、衣服上的图案都因品的级别不同而有所区别。例如：“一品，起花金帽顶，上衔红宝石一大颗，中嵌东珠一颗；带，用方玉版四块，四围金镶，中嵌红宝石一颗；文职仙鹤补服，武职麒麟补服，”以下依次下跌，到最后，“九品及杂职，起花银帽顶；带，用乌角园版四块，银镶边；文职练雀补服，武职海马补朋”。

对第三类丧服，《大清律例》第二卷的《丧服图》对五个等级的丧服的穿用时间、面料和做工做出了简要说明：斩衰，三年，“用至粗麻布为之，不缝下边”；齐衰，有三月、五月、杖期、不杖期等，“用稍粗麻布为之，缝下边”；大功，九月，“用粗熟布为之”；小功，五月，“用稍粗熟布为之”；缌麻，三月，“用稍细熟布为之”。民间俗话所说的“披麻戴孝”，就是针对斩衰而言的。

至此，可以清楚地知道，无论哪一类服饰的自身款式、用料、做工、颜色、图案等，都是静止的物质现象，对于社会根本不可能产生任何危害；而穿用它们的人，只要没有另外的行为发生，仅限于穿用衣物而言，也不可能危害社会。因此，上述关于服饰的全部法律规定的落脚点在于通过人为的服饰等级框架，来强化人们的等级观念，使处在不同等级阶梯上的人们各得其所，安分守己。当法律如此以强制力把等级制度及其思想观念的触角指向和延伸到社会的各个层面和角落的时候，礼治秩序的形成和维持，也就是顺理成章的事情了。

回过头来再看一看王熙凤的服饰的违法性的实质，就再清楚不过了。这就是，她的花里胡哨的服饰本身以及她的穿着行为本身，对于社会，对于家庭，对于任何人，都没有也不可能产生丝毫实际危害作用。法律所不允许而要加以惩处的地方在于：王熙凤“僭用”行为给人的感觉印象是有损于法律的明文规定，有损于法律所千方百计要保护的等级制度和礼治秩序。

依照上述“服舍违式”罪的规定，凤姐的服饰违法，应“罪坐家长”贾母，这就很难使该法条得到落实，理由是法定的“亲属相为容隐”原则允许同居亲属相互容隐罪行，同时在“干名犯义”条中又明文规定不许子孙告祖父母、父母，否则就以犯罪论处。就这样，各种立法条文的相互抵牾，就使该法律架空了。这种立法技术上的毛病，在《大清律例》中很突出。

王熙凤其人，在法律棱镜之下的整体形象，可以概括为六个字：知法、玩法、犯法。以上所谈，只是她犯法的一个小小事例。

如今怎样穿衣，一般不涉及法律，但不要把问题看得太绝对。有的歹徒穿警服，冒充警察，进行犯罪活动，这就触犯了刑法，构成了犯罪。

十七　凤姐的法律知识

王熙凤是《红楼梦》里一个非常引人注目的角色，大凡谈《红楼梦》的人们，几乎没有不提到她的。纯文学家的习惯，大约都在于用道德的尺度，贬斥她阴险、狡诈、凶狠，干了许多有违天良的坏事。在法律视角之下，王熙凤给我们留下的是另外种种印象。印象之一，是她具有较多的法律知识，并善于运用这些法律知识。有时候，她还能讲出一些法学道理，使行家都难以反驳。首先，她的法律意识非常清醒，使她经常处在攻击别人的状态之中。对于她所不满意的人和事，动不动就会发起进攻，曾先后五次指责他人“没王法”“无法无天”，而被指责的人们的言行，的确都有违法律，有的还构成了犯罪。例如第四十五回里，她这样当众解释之所以要撵走周瑞的儿子的理由：

> 前儿我的生日，里头还没吃酒，他小子先醉了。老娘那边送了礼来，他不说在外头张罗，倒坐着骂人，礼也不送进来。两个女人进来了，他

才带领小幺们往里抬。小幺们倒好好的，他拿的一盒子倒失了手，撒了一院子馒头。人去了，打发彩明去说他，他倒骂了彩明一顿。这样没法没天忘八羔子，还不撵了做什么！

周瑞的儿子作为仆人，在主子的生日庆典上独自醉酒、骂人、失职、不服管教，的的确确有违礼法、触犯家规，骂人则构成了犯罪。王熙凤骂他“无法无天”证明她善于运用法律尺度评论人和事。不懂法律，不明法理的人，是根本做不到这一点的。

王熙凤的法律知识还表现在她会运用许多规范的法律名词术语。例如王法、谋反、律例等，都出自《大清律例》，不知法律为何物的人，根本不可能脱口而出。贾琏娶尤二姐为妾时贾珍父子俩曾积极说媒，王熙凤在跟平儿背后议论这件事时，就批评贾珍不懂“律例”：

再者珍大爷也是做官的人，别的律例不知道也罢了，连个服中娶亲、停妻再娶使不得的规矩，他也不知道不成？你替我细想想，他干的这件事，是疼兄弟，还是害兄弟呢？（第六十七回）

一旦认定贾珍不知“律例”之后，王熙凤就急急忙忙去大闹宁国府以报复贾珍父子。这时，表现出她知法的又一方面：对于丈夫偷娶尤二姐为妾的行为多方面触犯刑法的性质，有综合性的认识。唯有懂得一系列的刑法规定，才可像法官一样准确定罪。王熙凤紧紧抓住这里的刑法上的理由，借张华告假状的由头，当面抨击贾珍：

这事原是爷做得太急了。国孝一层罪，家孝一层罪，背着父母私娶一层罪，停妻再娶一层罪。俗语说：“拚着一身剐，敢把皇帝拉下马。”他穷疯了的人，什么事做不出来，况且他又拿着这满理，不告等请不成。嫂子说，我便是个韩信张良，听了这话，也把智谋吓回去了。你兄弟又不在家，又没个商议，少不得拿钱去垫补，谁知越使钱越被人拿住了刀靶，越发来讹。我是耗子尾上长疮——多少脓血儿。所以又急又气，少不得来找嫂子。

应当承认，从贾琏偷娶行为发生的背景、性质和结果等方面考察，凤姐所说“四层罪”大约都能成立，表明这个醋意大发、报复心理极强的家庭妇女懂得法律，明白法理，所说完全是内行话，法盲是说不出这样的内行话的。

皇宫一位老太妃死了，曾敕谕天下，“庶民皆三月不得婚姻”。贾琏违背了这一禁令，自然有罪。“国孝一层罪”，即此之谓。“家孝一层罪”，指的是“居丧娶妾”之罪。贾敬是贾琏的伯父，按《大清律例·丧服图》的规定，应为之服孝“期年”。而贾琏娶妾的动议与事实，发生在贾敬刚刚出殡的尸骨未寒之际，故犯有“居丧嫁娶”罪。“若居祖父母、伯叔父母、姑、兄、妹丧，而嫁娶者，杖八十，妾不坐。”犯有此罪的贾琏，当“杖八十”。凤姐指责他完全合法。清代法律规定子女的婚姻由父母作“主”。贾琏偷娶尤氏，作为父母的贾赦和邢夫人都根本不知这件事的发生，故认为有罪是合乎法律的。至于“停妻再娶一层罪”，虽无确切适用的法律可以引证，但也不是毫无任何法律依据的。《大清律例》有这样的规定：“若有妻更娶妻者，亦杖九十，离异。”问题只在于贾琏并未把尤二姐当作“妻”，而是认作“妾”“二房”，故不适用此规定。凤姐认定为“罪”，未免强词夺理。但若作为引申、比喻意义来理解贾琏的偷娶行为，称之为“罪”并无不妥。

中国古代的法律，从奴隶社会到封建社会，一直都是刑、礼并用的。王熙凤的法律知识包括既懂刑法又懂礼法这两个方面的知识与道理。她跟尤二姐打交道，为骗取尤二姐的信任，达到暗中陷害她的目的，也是刑礼并用的。从这里可以看出，王熙凤的知法，达到了一种运用自如的程度，实现了消极意义上的知与行的统一。

尤二姐是王熙凤的丈夫贾琏在秘密状态下偷娶的妾。得知消息的王熙凤趁贾琏外出之机，设计陷害尤二姐。其毒计的第一步是将尤二姐从秘密住处骗进贾府居住，以便进而实施其他陷害步骤。她为了骗取尤二姐的信任，与之见面时不断讲礼、行礼、还礼，几次用上了“大礼”的概念，把尤二姐称为“姐姐”，自称为“奴”，这些都是懂礼法的表现。为加大欺骗的力度，王熙凤口若悬河地流泻出一大篇甜言蜜语，从中可看到这个不寻常的女人对刑法的了解及其反其意而用之的运用能力，非一般人所能及。

请看这是怎么一回事。《大清律例》设有“妻妾失序”的罪名，该条第一款云：“凡以妻为妾者，杖一百；妻在，以妾为妻者，杖九十，并改正。”

其立法精神的要义在于用刑法的严厉手段维护妻妾有别，妻尊妾卑的家庭伦理秩序或者说礼治秩序。王熙凤的哄骗“演讲”中，有意同这种法律规定及其立法精神唱对台戏，发表了一个针锋相对的“八同”宣言。

> 我今来求姐姐进去和我一样同居同处，同分同例，同侍公婆，同谏丈夫。喜则同喜，悲则同悲，情似亲妹，和比骨肉。

果真履行和实践这“八同”，就会妻妾无别，妻妾平等，用法律术语来讲，这叫做货真价实的“妻妾失序”。王熙凤的“八同”宣言，恰恰是在大肆宣扬她敢于同法律唱对台戏，其目的无非是征服尤二姐，使其产生敬畏、信服的心理，以便日后一步步陷害她。果然，一时间尤二姐把王熙凤当成了知己，甘心情愿从秘密住地搬进了贾府。

“妻妾失序”罪的立法分明强调和维护的是妻尊妾卑的不平等地位，突出了一个“异”字；王熙凤的“八同”宣言，有意鼓吹妻妾平等，突出的是一个“同”字，二者是针锋相对的。试问：若不是对该条法律了如指掌，深知其立法的本意，能够出口成章地发表这“八同”宣言吗？

当今之世，在法制教育、宣传中，有一个不为人注意的误区，这就是许多场合下把人们的违法犯罪行为发生的原因，归结为法盲的不知法。不可否认，法盲们是容易犯法，并浑然不知所犯的是什么法。然而，事情还有另外一面，就是知法而犯法的大有人在。司法执法者违法犯罪的也不乏其人。王熙凤的知法，就是这后一种情况：她从来不是把自己懂得的法律知识道理用来指导自己的言行朝合法、守法的方向行进，而总是用来当作武器，随时随地向别人进攻。焦大、秦钟、周瑞的儿子、贾蓉、贾珍、贾珍之妻尤氏、尤二姐等，都是王熙凤先后用法律武器攻击的对象。贾珍一家三口被攻击得狼狈不堪，而尤二姐则在受攻击后走向了死亡的不归路。

正因为王熙凤的知法不是作为守法的指南，而是当作攻击别人的武器，所以她的违法犯罪就是难以避免的。有鉴于此，我们在提倡学法知法的同时，更要注意在自觉守法的根本立足点上下工夫。

十八　凤姐的罪行之一：致死人命

知犯犯法的王熙凤罪行不少，除了出场时的服饰违法、教唆词讼这两桩犯罪行为之外，还有两大值得专门讨论的犯罪事实：一是致死人命，二是违禁取利。

当我们来考察凤姐的人命罪案发生的来龙去脉的时候，会发现它是一个承前启后的三连环案件组合的中间环节，大有一波三折之势，同时犯案人还包括凤姐的丈夫贾琏在内，这使我们只得一并加以谈论。

致死人命重罪案件，发生在凤姐生日众人聚会庆贺之际。她自觉饮酒过量，中途退席，声称回房洗洗脸去，不料先后碰到了两个为贾琏望风的小丫头，随即起了疑心，对她俩又打又骂，才得知：贾琏给鲍二家的送了两块银子、两根簪子、两匹缎子等钱物，然后鲍二家的便到贾琏房中来了。王熙凤悄悄走到窗前，往里听见有两人正在说笑。

> 那妇人笑道："多早晚你那阎王老婆死了就好了。"贾琏道："他死了，再娶一个也是这样，又怎么样呢？"那妇人道："他死了，你倒把平儿扶了正，只怕还好些。"贾琏道："如今连平儿他也不叫我沾一沾了。平儿也是一肚子委屈不敢说。我命里怎么就该犯了夜叉星！"
>
> 凤姐听了，气得浑身乱战，又听他两个都赞平儿，便疑平儿素日背地里也有怨言了，那酒越发涌了上来，也并不忖夺，回身把平儿先打两下，一脚踢开门进去，也不容分说，抓着鲍二家的撕打一顿。又怕贾琏出去，便堵门站着，骂着："好淫妇！你偷主子汉子，还要治死主子老婆！平儿过来！你们淫妇忘八一条藤儿，多嫌着我，外面你哄我！"说着，又把平儿打了几下，打得平儿有冤无处诉，只气得干哭，骂道："你们做这些没脸的事，好好的又拉上我做什么！"说着，也把鲍二家的撕打起来。

> 贾琏也因吃多了酒，进来高兴，未曾做得机密，一见凤姐来了，已没了主意，又见平儿也闹起来，把酒也气上来。凤姐打鲍二家的，他又气又愧，只不好说，今见平儿也打，便上来踢骂："好娼妇！你也动手打人！"平儿怯打，忙住了手，哭道："你们背地里说话，为什么拉我呢？"凤姐见平儿怕贾琏，越发气了，又赶上来打平儿，偏叫打鲍二家的。平儿急了，便跑出来找刀子要寻死。外面众婆子、丫头忙拦住解劝。这里凤姐见平儿寻死去，便一头撞在贾琏怀里，叫道："你们一条藤儿害我，被我听见了，倒都唬起我来。你也勒死我！"贾琏气得墙上拔出剑来，说道："不用寻死！我也急了，一齐杀了，我偿了命，大家干净！"（第四十四回）

就在如此闹得不可开交之后，发生了鲍二家的上吊自尽的命案。依现在的法律，凡自杀事件，就无凶手可言，不能构成刑事案件。清代法律也区分自杀、他杀的不同性质，但有一特别规定，叫做"威逼人致死"，该条云："凡因事威逼人致死者，杖一百。"其中还有一款明确规定："若因奸盗而威逼人致死者，斩。"对这一款有立法解释指出："监候。奸不论已成与未成，盗不论得财与不得财。"还有一条相应的例文指出："凡因奸威逼人致死人犯，务要审有挟制窘辱情状，其死者无论本妇、本夫、父母、亲属，奸夫亦以威逼拟斩。"只要我们把上面所讲的故事情节和这些法律规定对照一下，就可看出王熙凤对鲍二家的又打又骂的言行，实属"威逼"性质。这样，不仅王熙凤本人犯有"斩"罪，而且贾琏作为奸夫，也应依法"拟斩"。

正因为如此，死者的娘家要告状。果真打起官司来，并且是严格执法的话，王熙凤和贾琏这一对夫妻就将双双成为死刑犯。他们二人都知道事情的严重性，所以一听到"鲍二媳妇吊死了"的消息，"贾琏、凤姐都吃了一惊"。待听到鲍二家的吊死的后果出现之后，凤姐和贾琏的态度作法完全不同。凤姐心虚而嘴硬，对前来通风报信的林之孝家的说："这倒好，我正想要打官司呢！"还说："我没一个钱！有钱也不给，只管叫他告去。也不许劝他，也不用震吓他，只管让他告去。告不成，倒问他个以尸讹诈！"这些话，并非一派胡言，而是有一定法律依据的。依法而论，鲍二家的吊死事件，构成了案中有案的复杂案件。首先，贾琏与鲍二家的通奸，违犯了清代法律，男女双方都应当受到处罚。《大清律例》在“犯奸”条特别强调指出：“其和奸、刁奸者，男女同罪。”所应受的处罚是：“凡和奸，杖八十；有夫者，杖九十。”就是说，鲍二家的依法该“杖九十”，比贾琏要多“杖”十大板。这就是凤姐所认定的法理，故她敢当奴婢的面说出“想要打官司”的大话。

其次，鲍二家的自尽而死，是奸情案发后引出的“威逼人致死”的人命大案。这一案件成立的根本要素，是外人对死者生前的“威逼”言行。凤姐当众打、骂鲍二家的，扬言寻死觅活，贾琏还拔出墙上的剑，叫喊杀人偿命之类的刺激性言词，一时间弄得贾府上上下下一片沸沸扬扬。这些都是“威逼”的表现。凤姐内心空虚和不安，就取决于夫妻二人的“威逼”表现。

贾琏的态度是在惊恐之余，立即进入冷静思考状态，随即采取了意在私下解决、逃脱法律追究的三大对策。小说没有具体描写此时贾琏到底在想些什么，但明摆着的法律责任他无疑是考虑到了的。这案中案，他都是作案者。以奸情案而论，他该“杖八十”，以人命案而论，他的拔剑行动和扬言“杀人”的语言，都是“威逼”性质的东西，故罪该“斩”。这双重的罪责，不能不迫使他采取强而有力、行之有效的对策。三大对策的由来就在这里。

对策之一，是花钱消灾。贾琏和林之孝共同商议，派人去死者娘家做安抚工作，给了二百两银子的发送费，使其不去衙门告状。

对策之二，是防止事情有变化，找王子腾来做靠山。以亲属关系而论，王子腾是王熙凤的叔父。以职权而论，王子腾是京营节度使，不久升任边缺，后又升任九省检点。有这位官老爷庇护，贾琏放心多了。这还不算，贾琏还借王子腾的权势，请来几名衙役、仵作帮着办丧事。这些做法，是既有威胁，又有利诱。威胁在于有官员在背后撑腰，不怕死者家属闹事；利诱在于有官方派来的人帮助民间办丧事，不知内幕的人会称赞不已。于是乎，当初扬言要告状的尸亲，眼下只能是忍气吞声。

对策之三，是贾琏私下给鲍二送了一些银子，又好言安慰说：“另日再挑个好媳妇给你。”这一下很管用，鲍二依然奉承贾琏，大有感激之意。

就是这三大对策，平息了案中案引发的风波。不能忽视的是，这三大对策不是什么光明正大的事业和壮举，而是法律所不允许的“私和公事”的犯罪行为。由此可见，贾琏的这三大对策构成了又一罪案。这样，鲍二家的自尽而死的前前后后，形成了一个三连环的案件组合，或者说三连环的复杂案件。凤姐在这三重案件中都有可以追究的法律责任。对人命案的“威逼”罪责已如上述。对奸情案而言，凤姐的责任在于对丈夫的犯奸罪行没有采取法定的“容隐”原则和做法，而是大吵大闹，从而引出严重后果。以贾琏的“私和公事”案而论，它是人命案的派生物，又源于对夫妇二人的自我保护，故凤姐都难以摆脱法律和道义的双重责任。

十九　凤姐的罪行之二：违禁取利

除了威逼人致死的重罪之外，王熙凤还有一桩广为人知的罪行，用今天的话讲，叫做经济犯罪，用清代的法定罪名，叫做“违禁取利”。人命重罪发生得突然，过程短暂，相形之下违禁取利罪行发生得缓慢，过程长久，致使第七、十一、三十九、七十二、一百零五、一百零六等回中，都穿插有这一罪行的方方面面的描述。前八十回所写都是作案情况，后四十回中的两处所写都是作案结果及意外被偶然查处的情况。

先看持续了许多年的作案情况。我们首次看到凤姐犯此罪的苗头，是在第七回的下列对话中。这段对话是水月庵的小尼姑智能儿跟她的师父到贾府来，独自碰到周瑞家的之后发生的：

> 周瑞家的因问智能儿：“你是什么时候来的？你师父那秃歪剌往哪里去了？”智能儿道：“我们一早就来了。我师父见了太太，就往于老爷府内去了，叫我在这里等他呢。”周瑞家的又道：“十五的月例香供银子可曾得了没有？”智能儿摇头儿说：“我不知道。”惜春听了，便问周瑞家的：“如今各庙月例银子是谁管着？”周瑞家的道：“是余信管着。”惜春听了笑道：“这就是了，他师父一来，余信家的就赶上来，和他师父咕唧了半日，想是就为这事了。”

孤立地看，只能从这里看到周瑞家的、惜春、余信家的和水月庵的老尼等人在背后议论水月庵的月例银子未曾按时发放，而这拖欠例银之事又同专司其职的奴仆余信有关。仅此而已。若联系后面的故事，就可知道，在余信背后操纵拖欠水月庵例银之事的是凤姐。须知，水月庵是贾府的家庙，众尼的例银跟贾府之人一样，都是按月发放的。凤姐放私债的资本，就来自所拖欠的例银。这段对话，暗示我们：凤姐的所作所为，已开始露出马脚，引起了外界的注意和非议，但内中奥妙尚不明朗。此段故事，确如雾中看花，有一种朦胧之美。

到第十一回，尚不明朗的东西开始走向明朗了。首先让我们明白看出的是：凤姐的放债活动所获利息不菲。平儿告诉凤姐：“那三百两银子的利银，旺儿媳妇送进来，我收了。”旺儿是凤姐的陪房奴仆。旺儿媳妇一次就送来三百两银子的利银，不仅可见放私债的利息收入之大，还可窥见放债的具体事情都是由旺儿夫妇负责的。违禁取利的罪行，在这里开始显露实质性的东西。

凤姐放债的资本从何而来呢？第三十九回袭人和平儿的对话，揭示了不为人所知的秘密：

> 袭人又叫住问道：“这个月的月钱，连老太太和太太还没放呢，是为什么？”平儿见问，忙转身至袭人跟前，见方近无人，才悄悄说道：“你快别问，横竖再迟几天就放了。”袭人笑道：“这是为什么，唬得你这样？”平儿悄悄告诉他道：“这个月的月钱，我们奶奶早已支了，放给人使呢。等别处的利钱收了来，凑齐了才放呢。因为是你，我才告诉你，你可不许告诉一个人去。”袭人道：“难道他还短钱使，还没个足厌？何苦还操这心。”平儿笑道：“何曾不是呢。这几年拿着这一项银子，翻出有几百来了。他的公费月例又使不着，十两八两零碎攒了放出去，只他这梯己利钱，一年不到，上千的银子呢。”袭人笑道：“拿着我们的钱，你们主子奴才赚利钱，哄得我们呆呆等着。”

原来，王熙凤采取的是空手套白狼的阴谋手段：预支荣府主奴们的月钱，悄悄拿出去放私债，等收回了别处的陈债利息再发放月钱。一年下来，坐收利银千两以上。

从第七十二回王熙凤的谈话里我们得知，王熙凤、贾琏夫妇以及四个丫头的月钱，总共才二十两银子，不要说不能放债，就是用做平日的开支，不过三五天就花光了。一年千两利银的收入，相当于他们五年的月钱的总和。这种一贯克扣众人为一己私利服务的犯罪行为，不仅触犯了法律，而且受到了道义的谴责。听到各种非议的债主王熙凤不得不承认："我的名声不好"，"到如今倒落了一个放账破落户的名儿"。以其行为的法律性质而论，属于典型的"违禁取利"。《大清律例》该律条云："凡私放钱债及典当财物，每月取利并不得过三分，年月虽多，不过一本一利，违者，笞四十，以余利计赃。重者，坐赃论，罪止杖一百。"从年利息超过千两的结果看，凤姐的此项罪行达到了"杖一百"的严重程度。

然而，凤姐如此罪行在广为人知的情况之下持续多年，由于种种原因，始终无人过问其法律问题，也就是有关法律处罚并未落实到凤姐身上。

续书所写凤姐违禁取利罪行被查抄，纯属偶然，并非官方的主动追诉。锦衣军之所以奉命前来查抄宁国府，并不是因为凤姐放私债的罪行暴露，而是因为贾赦被参犯罪，奉皇上旨意来查看贾赦家产，这才偶然查出一箱借票，尽管已被当场认定为"违禁取利"，但直到此时他们依然不知此罪到底是何人所为。带领锦衣军来执行查抄任务的西平王和北静王，不得不询问贾政：

> "所抄家资内有借券，实系盘剥，究是谁行的？政老据实才好。"贾政听了，跪在地下碰头说："实在犯官不理家务，这些事全不知道。问犯官侄儿贾琏才知。"贾琏连忙走上跪下，禀说："这一箱文书既在奴才屋内抄出来的，敢说不知道吗？只求王爷开恩，奴才叔叔并不知道的。"两王道："你父已经获罪，只可并案办理。你今认了也是正理。如此叫人将贾琏看守，余俱散收宅内。政老，你须小心候旨。我们进内复旨去了，这里有官役看守。"说着，上轿出门。贾政等就在二门跪送。北静王把手一伸，说："请放心。"觉得脸上大有不忍之色。（第一百零六回）

就是经过这次查抄，才知道凤姐历年来所积存的私房钱不下七八万金。王爷复旨之后，传出的新旨意是："唯抄出借券令我们爷查核，如有违禁重利的一样照例入官”。贾政接旨回到家里，又一次问贾琏违禁重利之事是谁人所为，贾琏又一次推三阻四，从此也就没有下文。而凤姐的巨额积存银两竟在抄家时被查抄者“尽行抢去，所存者只有家伙物件”。这就是说，锦衣军的所作所为，是在借执法为名，行犯罪之实。这就是凤姐“违禁取利”罪案偶然暴露之后又偶然引出的结果。

回顾此案的全过程，清代有关刑法形同虚设的结论，又一次摆在了读者的面前。而锦衣军作为执法者竟然执法而犯法，不仅是使刑法落空的原因之一，同时还是刑法落空的证据之一，理由很简单：使刑法落空是因为未能查出违禁取利的犯罪者，使其受到法律惩治；证明刑法落空，是因为锦衣军不但没有严格执法，反而借执法之机抢走被查抄之家的钱财，明目张胆地触犯刑法，却无人过问，这跟王熙凤犯罪而漏网性质是相同的，甚至还有更严劣的地方。续书如此写王熙凤的这一案件的结果，跟曹雪芹全书抨击刑法实施效果不好的立场、方向，是完全吻合的。

王熙凤其人，从出场时的服饰有违法律，到收买张华告假状；从威逼鲍二家的致死人命，到长期违禁取利，实属罪行累累而始终逍遥法外。如果从这个人物身上考虑清代法律实施中的问题，自然不仅仅是一个刑法实施效果糟糕的局部弊端，而是关系到立法、执法、守法的全局，有种种值得反思、探究的深层法理。

二十　贾雨村娶妾的法律评论

贾雨村由一个穷书生经过科举考试途径，荣任大如州知府的第一件大事，就是娶当年资助他进京赶考的甄士隐家的丫头娇杏为妾。在法律的视角之下，此事有五点可议之法理。首先一点，贾雨村对娇杏一见钟情，继而娶之为妾，表明这一婚姻关系有良好的情感基础，而清代法律对婚姻的情感基础持认同的态度。在《大清律例》的“出妻”律中有云：“若夫妻不相和谐，而两愿离者，不坐。”紧接着，又有立法解释云：“情既已离，难强其合。”律文意思是如果夫妻关系不和谐，双方都愿意离异，法律不追究任何责任。立法解释把“和谐”进一步认定为夫妻双方情投意合，指出了一旦情感上分离，就难以强使夫妻关系维持下去。由此可以推知，法定夫妻关系或婚姻关系，是以情感或爱情为基础的。

曹雪芹对贾雨村与娇杏之间的一见钟情的爱情颇为欣赏，描写得充满了现代文人恋爱的浪漫情调。在贾雨村心目中，娇杏“生得仪容不俗，眉目清明，虽无十分姿色，却亦有动人之处。”于是乎，“不觉看得呆了”。娇杏曾两次回头看贾雨村，感觉此人“雄壮”而“贫窘”。见此情景，贾雨村自以为娇杏有意于自己，便狂喜不尽，从此时刻把她放在心上，在中秋佳节之际，对月感怀，随口吟出一首情诗：

未卜三生愿，频添一段愁。
闷来时敛额，行去几回头。
自顾风前影，谁堪月下俦？
蟾光如有意，先上玉人楼。

全诗表达了因爱而产生的婚姻愿望和有朝一日飞黄腾达一定来求婚的决心。贾雨村上任伊始就急急忙忙娶娇杏为妾，显然有这爱情的推动作用。可以说，曹雪芹把这段恋情与婚事写得如此生动，证明他对法律认同婚姻的爱情基础，持赞赏态度，这一点同当今的婚姻立法精神是一脉相通的，其进步性令人叹服。

其次一点，是在处理婚事的说媒环节上，贾雨村以公差传唤家长封肃和写秘密信件的方式取代礼法上的说媒程序，有滥用职权，以权压法的嫌疑。封肃是甄士隐的岳丈，在士隐出家当了道人之后，其妻回娘家居住。贾雨村命一帮公差前来传唤封肃之时，“不容封肃多言，大家推拥他去了”，弄得“封家人个个都惊慌，不知何兆”。到深更半夜，封肃才带回贾雨村又看到了娇杏的消息。第二天，封肃就接到了贾雨村写来的求婚秘密信件。这些所作所为，纯属假公济私，滥用职权，有违礼法，惊扰百姓，对此曹雪芹颇有微词。贾雨村派公差来封肃家的时候，已到了晚上入睡之际，忽听到一阵敲门声，“封肃听了，唬得目瞪口呆，不知有何祸事。”请问：在普通老百姓那里，有这种求婚的事情吗?

第三点，贾雨村为娶娇杏花费了大量财礼。未娶之前，先派人送了两封银子、四匹锦缎，答谢甄家娘子即甄士隐之妻。既娶之后，又封百金送给封肃，另外又送甄家娘子许多“物事”。在这里，可议之法理有两点：一是当时社会上办婚事给女方送财礼的风气很盛，所以有关法律对婚姻纠纷的处理上是否“追还财礼”做出了连篇累牍的详细规定。贾雨村出手阔绰，大送财礼，意味着作为新上任的衙门官员，对此种民风不仅听之任之，而且还随波逐流，甚或有领风气之先的势头。如此为官，能使民风淳正吗?二是贾雨村作为财礼的巨额资金的来源大成问题。须知，他上任伊始，仅靠有限的俸禄，根本拿不出这些钱财。而靠贪污、受贿、侵占等非法手段敛财，又受为官时间极为短暂的条件的限制。是此，从逻辑推理上分析，贾雨村挪用公款的可能性极大。果真如此，则触犯了“那（挪）移出纳”律的规定。该条有云：“若监临主守不正收、正支，那（挪）移出纳，还充官用者，并计赃，准监守自盗论，罪止杖一百，流三千里，免刺。”按照曹雪芹的原话，贾雨村的大量钱财来源于他的“贪”。他在大如州知府的位置上“未免有些贪酷之弊”（第二回，着重号为笔者所加），故不到一年，便被参奏革职。贪污、受贿、侵占、挪用等，都可称之为“贪”。

第四点，贾雨村娶妾行为的自身，既有合法之处，又有违法之处。合法之处，在于清代法律跟历代封建法律一样，明文规定实行一夫一妻多妾的婚姻制度。在娶娇杏之前，贾雨村已有了妻子，现在娶妾，当然合法。

其违法之处，在于法律对娶妻妾之事除了做制度上的规定之外，还有另外许多限制，唯有同时满足有关一切条件的婚姻才是完全合法的。对于官员来讲，法律禁止他们在任职的地方娶当地百姓的妇女为妻妾，否则便视为犯罪。娇杏是“部民”的婢女，依法，贾雨村在任，不能娶之为妾。《大清律令·婚姻》设有“娶部民妇女为妻妾”的罪名，该条云：“凡府、州、县亲民官，任内娶部民妇女为妻妾者，杖八十。”依此，贾雨村该大吃皮肉之苦，只不过无人告发，他才得以幸免。

以上所谈四点，均是从贾雨村的角度来评论应有法理的。若从娇杏的角度来评论这起婚事的应有法理，则不能忽视下列材料：

却说娇杏这丫鬟，便是那年回顾雨村者。因偶然一顾，便弄出这段事来，亦是自己意料不到之奇缘。谁想她命运两济，不承望自到雨村身边，只一年便生了一子。又半载，雨村嫡妻忽染疾下世，雨村便将他扶侧做正室夫人了。正是：

偶因一着错，便为人上人。

从这里，引出的第五点意见就是：通过交代娇杏对待这一婚事的态度和法律地位的变化，把贾雨村娶妾婚事的法理空间向纵深方向拓展，引发出来的新的思路至少有三条：其一，上面谈到的这起婚姻的爱情基础，在这一则材料的补充说明之下，可知那爱情是贾雨村作为男人对意中女人的爱，而被他爱的娇杏，充其量只是对贾雨村的“雄壮”外表有一点好感，并未产生对等的爱情。也正因为如此，在处理婚事时爱得刻骨铭心的贾雨村始终处在主动求婚、迎娶的地位，而娇杏则一直处在被动应付的地位。这样看双方的爱情，才可算是真正看清了这起合乎法律的婚姻的情感基础的真相。

其二，由于贾雨村的正妻病逝，娇杏便有机会由妾变成为妻，即在贾家的法律地位有了一次大转折。换一句话说，贾雨村“扶侧做正室夫人”的行为，合乎清代法律，标志着娇杏由法定的妾变而成为法定的妻。贾雨村其人，在这一点上算是自觉守法的。《大清律例》云：“妻在，以妾为妻者，杖九十，并改正。”贾雨村“以妾为妻”的行为发在妻亡之后，故娇杏由妾变成妻就是合法的了。

请注意，这种“合法”只是就事论事的合法，并不能改变当初贾雨村娶妾时的违法行为本身的性质。因此，联系婚事的全过程来考察这由妾变妻的“合法”性质，全面、正确的评价，应当是：贾雨村在不合法的大前提之下，做了“合法”的小事情，而后者不能改变前者的违法性质。

其三，“偶因一着错，方为人上人”这两句话所包含的法律内容唯有揭示出来，方可便于大家接受。“一着”，是下棋的术语，即一步棋的意思。俗话云：一着不慎，满盘皆输。娇杏的“一着错”，指的是她当年无意间回眸贾雨村的情形。为什么说她“错”，因为礼法鼓吹男女有别、男女之大防，禁止女子对男子左顾右盼。故一个“错”字，表明了娇杏当年有失礼法之处。这里的“人上人”，具体表现为家庭生活中，妻、妾处在不平等的法律地位，法律明文规定妻妾有序，禁止“妻妾失序”。既然法律规定妻尊妾卑，那么妻在“上”，妾在“下”就是客观事实。娇杏如今由在“下”的妾成为在“上”的妻，自然就是所谓的“人上人”了。这种变化，对于丫头出身的娇杏来说，不失为一种幸运。在我看来，“便为人上人”的慨叹，与其说是在对娇杏的幸运表示赞赏，不如说是在对妻妾地位不平等的法律规定的不合理表示非议。这，也许就是曹雪芹的本意之所在吧。

二十一　在婢与妾之间“浑”着的袭人

这个“浑”字，出自贾宝玉的母亲王夫人之口，只可意会，难以言传。现在我们要指出的是，袭人的法律地位的突出特点，就是在婢与妾之间长期“浑”着。红楼人物群体中有这“浑”字标志的人物堪称绝无仅有。

（一）公开身份是婢

贾府的法定奴婢身份的人们，有四个不同的来源：花钱买来的；作为新媳妇的陪房一同嫁进贾府的；世代为奴婢的子女即所谓“家生子”；当年宁荣二公所受皇帝赏赐而来的战俘，后做了养马种地的奴婢。袭人的公开身份始终是婢女，是买来的，最初为贾母房里的丫头。

当初买袭人时，办了买断而不能赎身的“死契”手续。关于这一点，是有法律依据的。清代法律允许奴婢的人身买卖和赎身之类的行为，并按这些行为是否经过官方验明而分为“白契”和“印契”两类，前者为民间私下的行为，后者为经官方验明并盖有官印的行为。袭人的“死契”究竟属于“白契”还是“印契”，小说没有点明，不敢妄断。

刚买来之初的几年，袭人被安排在贾母房里，专门侍候贾母的内侄孙女，即常到贾府作客的史湘云，后来贾母将她送给了宝玉。她在宝玉身边的公开身份一直是婢女，职责是招呼宝玉的睡觉、起床之类的房中事务。在这个公开的岗位上，袭人全力以赴，任劳任怨，连贾宝玉把她的本来姓名花珍珠改为“袭人”二字也毫不在乎，可算得上是一个忠心耿耿的婢女。

（二）暗藏身份是妾

自从贾宝玉以违法犯罪的方式同袭人偷试“云雨情”之后，袭人就暗中成了妾。这一暗中隐藏的身份最初不为外界所知，后来被林黛玉率先发现，接着王夫人、王熙凤、贾母等也先后得知，于是成为贾府里一个公开的秘密。王夫人有意让袭人一直在婢与妾的两种身份中“浑”着自有其充足理由，可我们要说：这等于跟法律开了一个玩笑。须知，在《大清律例》中，奴婢就是奴婢，妾就是妾，不见有“浑”在二者之间的其他法定角色。这个玩笑，道出了现实生活中的法律现象不知比纸张上的法律概念要复杂、有趣多少倍。

是的，袭人作为暗中的妾，在处理同贾宝玉的夫妾关系时是谨慎的、微妙的、尴尬的。要言之，她既要光明正大地在明处尽婢之职，免得外界非议；又要谨小慎微地在暗处行妾之责，免得伤了小两口的爱情。这就是袭人做人的难处，其中的苦楚，是别人很难感知的。

贾宝玉有一个喜欢跟女孩子们厮闹的老毛病，袭人对此很反感。为此，她的对策是既可以婢的身份晓之以理，公开进行规劝；又可以妾的身份动之以情，暗中进行诱导。这种良苦用心，外界没有一个人知道，自然也不能向宝玉倾诉，故小说只能用心理描写的手法使读者来体会袭人这内心的辛酸。

> 原来袭人见他无晓夜和姐妹厮闹，若直劝他，料不能改，故用柔情以警之，料他不过半日片刻仍复好。不想宝玉一昼夜竟不回转，自己反不得主意，直一夜没好生睡好。今忽见宝玉如此，料是他心回意转，便越是不睬他。宝玉见她不应，便伸手替她解衣。刚刚解开了钮子，被袭人将手推开，又自扣了。宝玉无法，只得拉她的手笑道：“你到底怎么了？”连问几声，袭人睁眼说道：“我也不知怎么。”（第二十一回）

如此“用柔情以警之”的隐秘内心活动，是作为婢女的袭人所不能有的东西，而作为未明身份的妾所特有的内心秘密，连对夫君也不便坦言，这对袭人来说，该是多么委屈难受！暗中隐藏的妾的身份，给袭人带来了谁也不明真相的微妙、复杂、难以言表的变化。明察秋毫的曹雪芹能洞察、表现这种变化轨迹，不失为一个极高明的法制心理学家。

袭人不仅对外人极力掩盖暗妾的身份，连在宝玉的母亲王夫人面前也如此。其实，王夫人心里早就明白袭人跟儿子的这一层关系，但她在袭人面前故作什么也不知道的样子。于是发生了不少有趣的事情。有一次，袭人面对王夫人谈宝玉时口口声声“宝二爷”，俨然一副婢的口吻，就以这种口吻恳求王夫人要对“宝二爷”多加管教。由于她处处说得在理，深合这位慈母之心意，于是在彼此长时期交谈过程中，王夫人一连三次把袭人称为“我的儿”，并宣布从今以后把宝玉“交给你了”。此情此景，实乃和睦相处的婆媳之间才会发生，表明袭人的暗妾身份与言行，得到了王夫人作为公婆的认同与赞许。不知袭人本人对此是否有觉察。

（三）无形的分身术

细心的读者，可以发现袭人有一种把自己身上具有的婢与妾的双重身份区分开来的分身术。那做法就是：在跟宝玉单独相处时，以妾的姿态出现，从而让夫君体验到女性的柔情蜜意；在有第三者的公开场面，则以婢的面貌出现，极力表现出庄重模样，以掩饰暗妾的秘密。

例如，有一次宝玉喝酒醉了，进屋要喝枫露茶，茜雪回答说：宝玉的奶娘李奶奶把它喝了。宝玉一听生了气，把手上的茶杯猛地摔到地上，打了个粉碎，还扬言要把李奶奶撵走。这之后，小说写道：

> 原来袭人实未睡着，不过故意装睡，引宝玉来怄她玩耍。先闻得说字问包子等事，也还可不必起来；后来摔了茶钟，动了气，遂连忙起来劝阻。（第八回）

这是袭人使用分身术的一个好例子。起先，她在妾的角色中等待宝玉的到来，以便小两口在闺中亲昵；后来，见宝玉生气，又有茜雪在场，便以婢的身份出面劝阻。

袭人运用这种分身术的目的，无非是掩盖那不曾公开的妾的身份，并无其他什么用心。有意思的是，当这秘密逐渐被人们觉察以后，她还一如既往地掩饰自己。有一次，袭人和晴雯争吵，黛玉进来笑道："好嫂子，你告诉我，必定是你们两个拌了嘴，告诉妹妹，替你们和劝和劝。"袭人一听，严肃地说："林姑娘你闹什么？我们一个丫头，姑娘只是混说。"（第三十一回）

这是十足的婢女口吻。此时的袭人企图给林黛玉造成一种印象：自己跟宝玉之间除了奴婢与主人的关系之外，不曾有别的什么关系。是此，袭人的双重身份使她活得很累。

袭人一个人独处之时，内心的思前想后，则是一个不以外界条件为转移的真实灵魂——她认定自己是宝玉的妾，愿意在这妾的位置上跟宝玉生活在一起，但担心他娶妻之后自己的命运不好。第八十二回这样写她的内心活动：

> 忽又想到自己终身本不是宝玉的正配，原是偏房。宝玉的为人，却还拿得住，只怕娶了一个利害的，自己便是尤二姐香菱的后身。

也就是说，唯有在独处时的内心世界里，袭人才不使用分身术，不管婢女的身份，而只过妾的真实精神生活。这一心态，一直保留到贾宝玉出家当了和尚之后。其兄花自芳来向王夫人报告已将妹妹袭人许配给他人为妻的消息，得到认同。这时的袭人的内心世界，依然沉浸在作为宝玉的没有公开的妾的角色里：

> 如今太太硬作主张。若说我守着，又叫人说我不害臊；若是去了，实不是我的心愿。（第一百二十回）

袭人最后的结局，是嫁给了当年跟宝玉相好的琪官——蒋玉菡。

二十二　焦大骂人小议

有人在谈到焦大骂人时用"惊天动地"四个字加以形容，那用意在于让读者认识到这是反对封建主义的光荣战斗业绩。其实，任何形式和内容的骂人，都只不过是博大精深的中华文化主潮裹挟之下的一股污泥浊水。"文化大革命”时期，这股逆流大有泛滥成灾之势。“油炸×××”“火烧×××”“砸烂×××的狗头”之类的大标语、大字报一时间遍布大街小巷，真有“惊天动地”的威风。

文学、语言、历史、法律等学科的有识之士，无不对骂人持非议态度。《尚书·无逸》把骂人者称之为“小人”。《战国策·秦策二》中的《齐助楚攻秦》记载：楚王为表示与齐国绝交，竟“使勇士往詈齐王”。这种骂人外交手段，应是史家留给后人的一个笑柄。《史记·留侯世家》讲了一小故事：汉高祖刘邦求贤若渴，希望东园公、角里先生、绮里季、夏黄公四位年过八旬的贤士出任朝廷命官，但他们一起逃到山中隐居。后来，刘邦看见他们四人跟太子很亲近，便吃惊地问是什么缘故。这四个老人异口同声地说：“陛下轻士善骂，臣等义不受辱，故恐而亡匿。”刘邦因“善骂”而痛失贤才的教训是应当记取的。更难忘鲁迅先生曾先后写了《论“他妈的!”》《辱骂和恐吓决不是战斗》等著名文章，把口头禅般的骂语“他妈的”嘲讽为“国骂”。《辞海》对“骂”字的字义解释是：“以恶言加人”。

至于法律，则在唐、宋、明、清的法律中都能找到大量的条文，都明确规定对“詈”“骂”行为进行处罚。

我们认为，只有在上述深广的文化背景之下来研读焦大骂人的故事，才能把它所蕴含的法理法意品尝出来。焦大是宁府的老仆人，常常喝酒，喝醉了就骂人。这一天天色已晚，管家赖二派焦大送秦钟回家，喝醉了的焦大乘机又骂人了。他一口气骂了赖二、贾蓉、贾珍三人。

先骂大总管赖二，说他不公道，欺软怕硬。

> “有了好差事就派别人，像这等黑更半夜送人的事，就派我。没良心的王八羔子！瞎充管家！你也不想想，焦大太爷跷跷脚，比你的头还高呢。二十年头里的焦大太爷眼里有谁？别说你们这一起杂种王八羔子们!”

正骂的兴头上，贾蓉送凤姐的车出去，众人喝他不听，贾蓉忍不得，便骂了他两句，使人捆起来，“等明日酒醒了，问他还寻死不寻死了!”那焦大哪里把贾蓉放在眼里，反大叫起来，赶着贾蓉叫：“蓉哥儿，你别在焦大跟前使主子性儿。别说你这样儿的，就是你爹、你爷爷，也不敢和焦大挺腰子！不是焦大一个人，你们就做官儿享荣华受富贵？你祖宗九死一生挣下这家业，到如今了，不报我的恩，反和我充起主子来了，不和我说别的还可，若再说别的，咱们红刀子进去白刀子出来！”

众小厮见他太撒野了，只得上来几个，揪翻捆倒，拖往马圈里去。焦大越发连贾珍都说出来，乱嚷乱叫说：“我要往祠堂里哭太爷去。那里承望到如今生下这些畜牲来！每日家偷狗戏鸡，爬灰的爬灰，养小叔子的养小叔子，我什么不知道？！咱们‘胳膊折了往袖子里藏’！”众小厮听他说出这些没天日的话来，唬得魂飞魄散，也不顾别的了，便把他捆起来，用土和马粪满满的填了他一嘴。（第七回）

在《大清律例》中，关于“骂詈”的律文共有六条之多，它们视骂人者同被骂者之间的身份、地位、辈分等方面的不同而决定所应受法律处罚的轻重。焦大骂赖二，属于骂与被骂双方地位对等的情况，处罚最轻：“凡骂人者，笞一十。互相骂者，各笞一十。”

贾珍是宁府的家长，焦大点名骂出贾珍来，可依“奴婢骂家长”条治罪：“凡奴婢骂家长者，绞。”为什么在场的小厮们一个个吓得魂飞魄散，把他捆起来，满满地填了他一嘴土和马粪？就是因为焦大死罪难逃。

至于焦大骂贾蓉，所适用的法律为：“凡奴婢……骂家长之期亲及外祖父母者，杖八十，徒二年”。期亲，指“期服”之亲。期服，是丧服的一种，即齐衰。《大清律例》在“齐衰不杖期”条有云：“父母为嫡长子”。由此可知，贾蓉作为贾珍的唯一的儿子，属于所谓“期亲”。清代法律除了严惩奴婢胆敢骂家长的行为，还禁止和处罚骂家长期亲的行为。

请注意，在焦大骂人的时候，贾蓉骂了焦大几句，凤姐也骂了焦大，骂他是个“没王法的东西”。依清代法律也可以追究贾蓉和凤姐的罪责。这法律依据就是上面提到的“凡骂人者，笞一十”。我们要提醒大家注意的地方，在于这一法律规定在法制史上的进步意义。在唐宋两朝的法律中，关于禁止骂人的规定至少有两大弊端：其一，将打人与骂人两种性质不同的人身伤害行为混为一谈，称之为“殴詈”，所规定的刑罚手段，因而彼此也是等同的，或者也是相提并论的。例如，《唐律疏议》有云："诸詈祖父母、父母者，绞；殴者，斩；过失杀者，流三千里；伤者，徒三年。"《宋刑统》有云："诸部曲奴婢过失杀主者，绞；伤及詈者，流。"以现代法理而论，骂人给对方造成的是精神伤害，打人给对方造成的是肉体的伤害，其危害性及其后果、严重程度等都彼此有别，一概而论，就有失分寸，有失公正。

其二，唐宋两朝禁止骂人的法律所奉行的男尊女卑、父尊子卑、妻尊妾卑、主尊奴卑、长尊幼卑的等级制度和观念格外突出，仅仅只片面地禁止和处罚处于卑位的女、子、妾、奴、幼一方面的骂人行为，而对于处在男、父、妻、主、长一方面的骂人行为视而不见。事实是任何一方的骂人行为给对方都能造成精神伤害。作为社会关系的调节器的法律规范，因而唯有对一切骂人行为采取一视同仁的态度，才堪称公平、合理。

就是在这两个方面，明、清两朝的法律有所进步。从第一点来看，明、清的法律把打人与骂人严格区分开来，分别立法，各有名目：前者为"斗殴"，后者为"骂詈"，因而相应的犯罪行为可得到清晰规定，所应得到的处罚也较有分寸，可议之法理也能名正言顺。从第二点来看，虽然明、清两代依然沿袭，贯穿着封建等级制度和观念，但可贵的是开始注意到把一切骂人行为都置于违法而受刑的地位，不允许高等级的一方的骂人行为逃脱于法律的视野之外。这就多少显示出法律的应有的普适性和公正性。因此，就有充足的理由认定贾蓉和凤姐骂焦大的行为的违法性质。假如在唐、宋时期，这样非议贾蓉和凤姐就缺乏法律依据了。

有人可能会问：既然焦大骂贾珍犯下了死罪，为什么不见依法惩处焦大的故事发生呢？我们的回答要点有三：一是曹雪芹本人写作上追求的东西，在于通过醉骂的方式来暴露被骂一方贾府内部的丑恶、腐朽，即违法犯罪的劣迹，从一个侧面表现封建大家庭里"一代不如一代"的没落趋势，故抛弃了无关的生活枝节。二是在"奴婢骂家长"条里，还有一款明文规定："并亲告乃坐。"被骂的贾珍当时不在场，未能亲闻骂语，即使事后得知消息也不一定到官府去"亲告"，故很难进入立案、审判程序。三是在场听到骂人话语的贾蓉和凤姐，都心里有数，有苦难言——那些骂出来的话无不指向了客观事实，一旦诉诸法律，会丢尽贾府的脸面，因此他们二人"便都装作没听见"。

不明真相的贾宝玉倒觉得有趣，忙问凤姐“什么是爬灰”，被狠狠教训了一顿，吓得他连忙求饶。

当今中国的法律明文规定：“公民的人格尊严受法律保护，禁止用侮辱、诽谤等方式损害公民、法人的名誉。”（《中华人民共和国民法通则》）因此，骂人行为的违法性是不言而喻的。无论过去、现在和将来，对焦大式的骂人行为都只能说“不”。

二十三　死于“三假”的贾瑞

有人把贾瑞之死，归结为一个“妄”字，又把“妄”解释为一种没有多少社会内容的纯粹心态，这与小说固有的法律寓意相去甚远。

贾瑞二十来岁早夭的原因在于“三假”的夹攻，导致身心交瘁而结束了年青的生命。这三假是：假约会、假债务、假犯罪。每一“假”都有法理可议，从中可找到贾瑞死亡的真正原因。

依血缘关系，贾瑞是贾琏的同宗兄弟。不料，这个兄弟对贾琏之妻王熙凤产生了非分之想。用他挑逗的原话来讲，叫做“我与嫂子有缘”。凤姐见其言行，一下猜透了对方的心思，当即在心里咒骂、算计开来：“这才是知人知面不知心呢，哪里有这样禽兽的人呢。他如果如此，几时叫他死在我的手里，他才知道我的手段!”

凤姐的“手段”，就是两次假约会。其时已是冬天。凤姐骗贾瑞于晚上到西边穿堂来相会，腊月夜长风冷，傻小子几乎被冻死。回到家里，他企图撒谎骗过祖父贾代儒，又被打了三四十板。在这假约会中，凤姐的骗人的道德缺陷同贾瑞的犯罪动机在进行较量。贾瑞对凤姐的非分之想，用法律行话讲，叫做产生了犯罪动机。《大清律例》在“亲属相好”罪条里规定：“凡奸同宗无服之亲，及无服亲之妻者，各杖一百。”一旦苟合，凤、瑞二人都可依此论处。凤姐对贾瑞的不轨言行不正面劝止，而是设计欺骗、玩弄对方，这就等于是用道德的缺陷来同法律上的犯意（犯罪动机）进行对抗，故双方都应受到正义的谴责。

在第二次的假约会中，又派生出两笔假债务。第一次假约会之后，凤姐故意抱怨贾瑞不守信用，又约他到小过道里“那间空屋里等我”。这一次，凤姐在幕后指挥，贾蓉、贾蔷兄弟两人在台前表演：贾蓉装作凤姐，使贾瑞当真，一下将其抱住，紧接着就是一阵乱叫乱摸乱动，丑态百出。这时，贾蔷把灯点亮，故意问：“谁在这里？”待明白眼前这一切，贾瑞羞愧得无地自容。蓉、蔷乘机危言耸听，逼着贾瑞先后写下两张各欠五十两银子的欠条。从此，贾瑞背了这一百两银子的假债务的重压，两个债主常常登门索要银子，弄得他很难对付；加之思恋凤姐心切，功课又紧，还有两个晚上的挨冻气恼，终于酿成重病，百般医治无效。

这假债务，从两方面涉及法律。从贾瑞作为写有欠条的债务人来看，法律明文规定：“其负欠私债，违约不还者……五十两以上，违三月，笞二十，每一月加一等，罪止笞五十”，“并追本利给主。”一旦发生债务纠纷，诉诸法律，由于有欠条的文字凭证，官府很难发现此案债主方面的欺诈行为，贾瑞败诉的可能性极大。为此，他不能不心急如焚。

从逼写欠条的贾蓉、贾蔷兄弟俩的行为方面看，触犯了“诈欺官私取财”的法律规定。该条云：“凡用计诈欺官私，以取财物者，并计赃，准窃盗论，免刺。若期亲以下，自相欺诈者，亦依亲属相盗律，递减科罪。”把搞欺诈的兄弟俩的言行比较一下，可知贾蔷的欺诈情节更严重，带有恐吓的性质。他当时一把揪住贾瑞，恐吓说：

> “别走！如今琏二婶已经告到太太跟前了，说你无故调戏他。他暂用了个脱身计，哄你在这边等着，太太气死过去，因此叫我拿你。刚才你又拦住他，没的说，跟我去见太太罢！”
>
> 贾瑞听了，魂不附体，只说：“好侄儿，只说没有见我，明日我重重谢你。”贾蔷道：“你若谢我，放你不值什么，只不知谢我多少？况且口说无凭，写一文契来。”贾瑞道：“这如何落纸呢？”贾蔷道：“这也不妨，写一个赌钱输了外人的账目，借头家银子若干两便罢。”贾瑞道：“这也容易。只是此时无纸笔。”贾蔷道：“这也容易。”说毕，翻身出

来，纸笔现成，拿来命贾瑞写。他两个作好作歹，只写了五十两，然后画了押，贾蔷收起来。

贾蔷的行为，性质严重，犯了“恐吓取财”罪，与该条律文对应的条例有云：“凡恶棍设法索诈官民……或勒写借约吓诈取财，或因斗殴纠众系颈谎言欠债，逼写文券……不分曾否得财，为首者，斩立决”。真正追究起来，贾蔷死罪难逃。

还当注意的是，贾蓉与贾蔷的欺诈、恐吓勒索白银一百两的行为是事先由凤姐策划、指使二人行动的呢，还是他们二人在执行凤姐的捉弄贾瑞的指令过程中临时产生的犯罪行为呢？如果属于前者，凤姐就是共同犯罪的主谋者，应受到严惩；如果属于后者，则应由当事人贾蓉、贾蔷来负主要法律责任。以上所谈，是假债务中的真犯罪。

事情发展到这一步贾瑞的问题依然停留在仅仅只有过性犯罪动机的原有水平上，而凤姐等三人的行为已程度不同地触犯了刑法，构成了犯罪。

最后再谈贾瑞的假犯罪。在受到第二次假约会后的挨冻、受惊、债务、疾病、体弱等夹攻之下，贾瑞已经有生命危险了。这时，有个跛足道人送给他一个风月宝鉴。看其反面，里面是一个骷髅，照其正面，只见凤姐招手叫他，于是荡悠悠地感觉到走进了镜子，跟凤姐发生了性关系，并有遗精现象出现。以后，贾瑞便不顾一切反复照镜子的正面，频频跟凤姐苟合不止，终于丢了小命。

上面谈过，依这种性行为的双方的亲属关系而论，属于法律禁止的“亲属相奸”罪。然而，就客观事实而论，纯属子虚乌有。小说所写情形，实质上只是贾瑞的幻觉，这是一种没有客观事实做意识对象的不正常心理现象。所谓风月宝镜之物及其照正反面的情节，不可能实有其物其事，只不过是作家虚构出来借以写幻觉的手段罢了。既然只是幻觉中发生了性犯罪行为，所以我们称之为假犯罪。走到这一步，贾瑞的人生之旅就到了尽头。

在假犯罪这一阶段，葬送贾瑞生命的祸端，就是他的炽盛不熄的性幻想烈火熊熊燃烧，迫使他反复去做正常心态下根本做不到的事情。本来处在急流险滩上的生命小舟，终于在心头的逆风邪火交加之下彻底沉没。从这一点看，失常的性心理为害非浅。

法律虽然不追究心理、意识中的任何行为，但心理、意识中的一切行为是否合法，却是可以而且应当运用法律准绳来加以判断的。从贾瑞当初在假山石旁边看到凤姐当即“起淫心”为起点，到两次受欺骗、被捉弄，最后发展产生强烈的性幻觉，其心理活动的轨迹，应当说是一天天朝不健康、不正常的方向恶性发展，衰败、崩溃之势日益严重，难以遏制。这当然是他咎由自取。这是事情的一个方面。

事情的另一方面，是凤姐对贾瑞之死，既有道义的责任，也有法律的责任。其道义的责任，不仅表现在未能对贾瑞的不轨之心的苗头进行批评、教育，促使他悔过自新，反倒采取以恶抗恶的报复手段，故意设下所谓“相思局”的陷阱，引诱他自蹈绝境。在日后贾瑞病重，需要喝“独参汤”，贾瑞祖父贾代儒无力购买，求助于荣府之时，王夫人本命凤姐称二两给他，凤姐却“将些渣末泡须凑了几钱，命人送去”，并谎称为“二两”。就在这种小事上，她都要使坏心眼。凤姐的“害人之心”给了贾瑞以致命性的打击。

以法律责任而论，在贾蓉和贾蔷的乘机恐吓、勒索钱财的犯罪行为上，不管凤姐是否专门为此曾有出谋划策的举动，都有直接诱发犯罪的责任。假如在幕后策划、操纵这一犯罪，那么她就成为三人共同犯罪的主谋。《大清律例》有“共犯罪分首从”的条文云：“凡共犯罪者，以造意一个为首，随从者，减一等。”由此可知，幕后指使者凤姐如果真有“造意”勒索钱财的行为，她的罪行将比直接逼贾瑞写假欠条的贾蓉和贾蔷还严重，即应负主要的法律责任。

凤姐等三人骗人、害人、犯罪而活得很自在，而受骗、被害、尚未真正犯罪的贾瑞却丢了二十来岁的小命。相形之下，贾瑞之死显得有点冤枉，有令人同情之处。不用说，凤姐等三人遭读者唾弃也是必然的。

二十四　为丈夫纳妾积极说媒的邢夫人

贾赦、贾琏父子俩竞相纳妾，引出了婆媳二人截然不同的反应：儿媳王熙凤醋意大发，闹得宁荣二府天翻地覆；婆婆邢夫人却积极说媒，一心一意要成全丈夫意愿。有一种意见是认为邢夫人的这一举动“尤为可笑”，用“居然”的口吻指称她的“说媒”行为，由此得出了邢夫人是“畸形”的人物“形象和性格”的结论。假如究明了事情的法理之所在，我们不仅笑不起来，不仅不会感到不可思议，不仅不认为她身上有什么不正常的地方，相反倒会为其流同情之泪，所应得出的自然也就是另外的结论。

先看邢夫人说媒的积极态度。贾赦看中了母亲房里的丫头鸳鸯，决心纳为妾，并要妻子邢夫人出面说合这件事。邢夫人受命之后，找到的第一个商量对象，就是儿媳王熙凤。她说：“我想这倒是平常的事，只怕老太太不给，你可有法子？”凤姐表示反对，理由是：老爷如今上了年纪，子孙一大群，这么闹下去无脸见人。邢夫人冷笑道：“大家子三房五妾的也多，偏咱们就使不得？”凤姐见婆婆如此铁了心，也就采取了听之任之的态度。

紧接着，邢夫人找鸳鸯本人做思想工作。未曾开口，她就像职业媒婆那样，把鸳鸯浑身上下打量不止，连两边腮上“微微几点雀斑”都看出来了。不必再知道邢夫人如何开导鸳鸯甘心情愿给贾赦做妾的全部动听言词，仅从这仔细观察女方的相貌、穿戴这一点来看，就足以证明她为丈夫说媒的真心实意和尽职尽责达到了无可挑剔的地步。出乎意料的是，邢夫人遭到沉默到底的无言无声的反抗。

碰了软钉子的邢夫人还不死心，又找鸳鸯的嫂子金文翔媳妇，把道理细细说给她听，让她去劝说鸳鸯，不想被抢白了一顿，生气地对邢夫人说：“不中用，他倒骂了我一顿。”邢夫人这才无计可施，只得向贾赦报告了做媒失败的消息。

要谈邢夫人之所以如此为丈夫充当纳妾的媒婆的原因，我以为有三点：第一，她对法定的一夫一妻多妾的婚姻制度持认同态度。这一点，已经由邢夫人自己公开讲了出来。在她反驳儿媳凤姐的谈话中，就说过：“大家子三房五妾的也多，偏咱们就使不得？”这是一个从日常生活经验出发，通过一个简单的逻辑推理得出的一个反问式的结论，谁也否定不了。贾母舍不得鸳鸯给儿子做妾，同意花钱去买一个。果然，贾赦花了八百两银子买了一个十七岁的女孩子，名叫嫣红，收在屋内。事实证明，邢夫人做媒的行为，顺应了法定的婚姻制度的要求，是这种法定婚姻制度的产物。

我们看到，在数以百计的红楼人物中，敢于非议一夫一妻多妾婚姻制度的人，只有一个不起眼的小人物，她就是侍候林黛玉的丫头紫鹃。她在劝主子林黛玉应当尽早拿定婚姻大事的主意时，说道：

> 公子王孙虽多，哪一个不是三房五妾，今儿朝东，明儿朝西？要一个天仙来，也不过三夜五夕，也丢在脖子后头了，甚至于为妾为丫头反目成仇的。若娘家有人有势的还好些，若是姑娘这样的人，有老太太一日还好一日，若没了老太太，也只是凭人去欺负了。所以说，拿主意要紧。姑娘是个明白人，岂不闻俗语说："万两黄金容易得，知心一个也难求"。(第五十七回)

这段话的攻击点，集中在实行一夫一妻多妾制度的婚姻中，作为丈夫对待妻妾的情感难以专一的层面上，揭露了妻妾容易被冷落，甚至反目成仇的家庭悲剧性内幕，切中时弊，颇有火药味。可惜，持这种反对立场和观点的人实在少得可怜。而像邢夫人这样把丈夫纳妾当作"平常的事"的人们，倒是无计其数。

除此之外，还有两个原因是邢夫人本人未曾讲出来的，但存在于她的心灵深处是不容怀疑的。首先一点，是她作为贾赦的继室夫人，不曾生育。她曾对继女迎春坦言："我一生无儿无女的，一生干净，也不能惹人笑话议论为高！"这样，邢夫人的意识中，一定潜藏着担心贾赦"出妻"的忧虑。就是这种忧虑，足以迫使她以顺从丈夫的加倍努力来弥补过失，稳定为妻的地位。《大清律例》的"出妻"条规定有"七出"的理由："无子、淫佚、不事舅姑、多言、盗窃、妒忌、恶疾。""无子"，置于首位，可见其严重性。邢夫人既然清楚地知道自己无儿无女怕惹人笑话，自然也就知道丈夫容易找法定理由随时休掉自己的危险性。这样，加倍迎合丈夫，就多少有望趋利避险避害。即使是一个再不聪明的女人，她也会在生活中学会这样的生存技巧。

贾母似乎窥见了儿媳的这一内心秘密，当面批评说："我听见你替你老爷说媒呢。你倒也三从四道的，只是这贤德也太过了！你们如今也是孙子、儿子满眼了，你还怕他，劝两句都使不得，还由着你老爷那性儿闹！"邢夫人听这一席话，竟满面通红，羞愧难当，只好辩解说："我也是不得已。"

其次一点理由，是邢夫人出身卑微，嫁给贾赦之后，因贾赦身袭一等将军之职，她自然成了将军夫人，且置身于豪门大宅的贾府，除了贾母作为一家之长至高无上，摆在第二位的家庭主妇，理应是长媳邢夫人了。这种因婚姻关系而得到的荣华富贵，邢夫人自然要百倍珍惜，牢牢把握。那有效的对策，除了格外顺从丈夫作为首选的对策之外，还能有别的什么东西呢？邢夫人的胞弟邢德全，因喝酒、赌博而无钱花，老伸手向邢夫人讨要而得不到手，便在背后揭她在娘家时的老底：姐妹三个，邢夫人居长，母亲早逝，仅有的一点家私被她带到了贾府。二妹虽出了嫁，但夫家也很穷。三妹尚小，至今在家。出身于这样贫寒的家庭，如今嫁进贾府，可谓身价陡涨，她理所当然要把贾赦作为唯一的依靠和指望了。就这样，积极说媒以讨得丈夫欢心，也就不可避免了。从这一点看，邢夫人是一个懂得知恩图报的人，她的回报方式虽然有点特别，但仍在情理之中。

这里要强调的是：无论是邢夫人，还是紫鹃，尽管对一夫一妻多妾制度在然与否的两个极端，但她们同时都意识到，能够拥有成群妻妾的男人，并非寻常百姓，并非穷苦之人，而是"大家子"，是"公子王孙"。这种看似漫不经心的话语，实为明察秋毫的真知灼见，道出了一夫一妻多妾婚姻制度的本质在于维护封建统治阶级的中上层特权男子的利益，也是统治阶级意志的表现，还是男尊女卑的等级思想的反映。这一切在清代法律条文中都讳莫如深，却被红楼两位女性以语不惊人的朴素、简略说法在无形之间揭穿了真相。我们不禁要大声为之叫好。

综上所述，在邢夫人为丈夫纳妾而积极说媒的全部言行中，以及在她内心隐藏的思想意识中，无不打上了中国封建法律的烙印，没有任何不正常、不可思议的地方。用文学理论上的行话来讲，邢夫人为丈夫纳妾说媒，正是所谓"典型环境中的典型性格"的生动体现。这是我们应当得出的文学上的结论。

如果要从法律上得出一个结论，那就是：妻子为丈夫的婚事说媒的现象，只能出现在实行一夫多妻制度的国家，尤其只能出现在一夫一妻多妾的古老中国。早在周朝，《诗经》中就有"娶妻如之何，匪媒不得"（《齐风·南山》）和“娶妻如何，匪媒不得”（《邻风·伐柯》）之类的诗句。经过两千多年的发展演变，到清代社会出现妻子为丈夫纳妾说媒的邢夫人其人其事，就没有什么奇怪的地方了。

二十五　尤二姐的两种法律见解

尤二姐有两种值得称道的法律见解：其一，她认为为妾就是妻；其二，她懂得关于“威逼”的立法精神。前一种见解，表明了她的法律思想意识的深度，需要我们做法理上的挖掘。后一种见解，表明了她的法律知识的广度，需要我们对有关立法事实做介绍。一旦做过这挖掘和介绍的工作，尤二姐在法律上的两个闪光点，就会格外耀人眼目。

第一种法律见解，出自尤二姐嫁给贾琏做妾两个月之后的一次夫妻夜深人静的悄悄话之中。她对贾琏流着眼泪说：“我如今和你做了两个月夫妻，日子虽浅，我也知你不是愚人。我生是你的人，死是你的鬼，如今既做了夫妻，我终身靠你，岂敢瞒藏一个字。”这里两次提到“夫妻”，可见，在尤二姐的心目中，自己虽然在名分上是妾、二房，但在实质上，就是妻。这种妾就是妻的看法，跟贾母是不谋而合的。贾母也说过这样的话：“既是二房一场，也是夫妻之分。”

妾、二房就是妻，说法很朴素、很浅显，但在两百多年前能够说出这样的道理，那是非常不容易的。要知道，中国汉民族的语言文字异常丰富，在指称男子的配偶时其他少数民族语言以及世界各国立法语言中，都只有一个“妻”的词。例如，伊斯兰法律允许丈夫娶四个妻子，这四个配偶都是妻。可在古代汉语中，除了妻之外，还有许许多多花样，它们都被运用到了法律之中。在唐代法律中，明文禁止以妾、媵、客女、婢等为妻的现象。从这些法律条文中可以窥见，当时男子的配偶除了一名妻之外，还有人数不等被分别称之为各种名目的女人。她们的法律地位都在妻之下。如果男方为天子、皇帝，那么他们的配偶的名称就另有一套。《礼记·婚义》云：“古者天子后立六宫、三夫人、九嫔、二十七世妇、八十一御妻。”这些五花八门的概念往往给人们造成一种错觉，以为妻就是妻，妾就是妾，媵就是媵，后就是后，宫就是宫，她们天生的就是各有名分，各有地位，不能彼此混淆。历代法律也的确禁止混淆的事情。

其实，从法律哲学的高度来看问题的实质，这些都不过是古代的礼法和法律的制定者在玩弄文字游戏罢了。不管法律给女性配偶安上什么字眼，她都没有例外地要跟丈夫同床共枕，生儿育女，这是作为妻子的根本特征。可见，妻之外的那些五花八门的名目，纯属立法者的主观意志的表现，在各种不同名目下所给予的相应不平等的待遇，也是立法者主观意志的表现。这些主观意志的实质内容，在于歧视妻之外的其他配偶。

至此可知，尤二姐认为妾就是妻，表明了她善于抛弃立法者所玩弄的文字词语的游戏，敏锐地看到了问题的实质，从而表达了否定立法者歧视妻之外的配偶的主观意志的思想意识。这一点，在两百多年前是很了不起的，是一种超前的先进思想意识。

立法者之所以绞尽脑汁在妻之外运用妾、媵之类的一整套的名目，有着经济上的根本原因。丈夫的经济收入有限，如果妾们跟妻同等地享受聘礼、开销生活费用、分配财产，那么家庭经济就得破产。优待妻一个，虐待妾一群，就可使有限的经济收入维持一妻多妾的家庭秩序。这种根本原因的东西，立法者讳莫如深，从来不肯明白讲出来。尤二姐是否明白这一点，我们不能妄断。

即使尤二姐对这根本原因一无所知，我们也应高兴地承认，她的妾就是妻的法律意识足以跟现代接轨，能够用以正确涵盖中国从奴隶社会到封建社会的法定一夫一妻多妾制的婚姻制度的实质。现代婚姻法学家对此早已形成了共识。一个家庭妇女，能够在两百多年前法律明文禁止“妻妾失序”的时代条件下，意识到妾就是妻这一实质性的法理，其勇气和先进性，都堪称一绝。

尤二姐的又一种法律见解，出自她的妹妹尤三姐自刎而死的场合。尤三姐看中了柳湘莲，在贾琏的撮合之下，柳湘莲以祖传的鸳鸯宝剑为定礼，与尤三姐订了婚约。不久，柳湘莲想毁婚约，前来索取定礼，绝望的尤三姐便拔剑自刎而死。眼见弄出了人命的严重结果，贾琏忙揪住湘莲，命人捆了送官。这时——

尤二姐忙止泪反劝贾琏："你太多事，人家并没有威逼他死，是他自寻短见。你便送他到官，又有何益，反觉生事出丑。不如放他去罢，岂不省事。"贾琏此时也没了主意，便放了手命湘莲快去。湘莲反不动身，泣道："我并不知是这等刚烈贤妻，可敬，可敬。"湘莲反扶尸大哭一场。等买了棺木，眼见入殓，又俯棺大哭一场，方告辞而去。（第六十六回）

尤二姐的这番话中运用了"威逼"二字，认为妹妹的死亡，不是湘莲威逼所造成的，故没有法律责任，贾琏要送湘莲见官是不明法理的徒劳。此时此刻的尤二姐，像一个以案说法的法官或律师，不仅懂法，而且把法理讲得言简意明，叫人口服心服。由此我感到，尤二姐的法律知识很丰富，至少对关于"威逼"的立法精神懂得多而透。

在《大清律例》中，有"威逼人致死"的条文，该条云："凡因事威逼致死者，杖一百。若官吏公使人等，非因公务而威逼平民致死者，罪同。并追埋葬银一十两。"除此外，还有一系列律文和例文中反复使用"威逼"二字。据笔者统计，"威逼"二字在《大清律例》中出现了二十八次，有关法律条文多达十余条，可见是一个出现频率很高的法律术语。凡是出现这两个字的法律条文，无不与人命案件有关。唯有对这些立法事实有较多的了解，才能够在发生人命案的场合准确判明致死人命的原因中有无"威逼"的法律问题存在。我们认为尤二姐的法律知识丰富的理由，就在这里。

有没有法律知识是一回事，能不能正确、灵活运用所掌握的法律知识是另一回事。尤二姐的更可贵的地方，在于能够正确、灵活运用她的法律知识。这里的关键，在于对尤三姐自杀之时的法律细节有及时观察和公正的判断。湘莲来索要定礼时，贾琏与尤二姐在自己的新房中，尤三姐则在她的住房内。贾琏闻讯出来与湘莲见面，湘莲所说索要定礼的话，被身处不同房间姐妹俩听得清清楚楚。尤三姐的自杀，就发生在柳湘莲请贾琏外出谈话的时刻：

那尤三姐在房明明听见。好容易等了他来，今忽见反悔，便知他在贾府中得了消息，自然是嫌自己淫奔无耻之流，不屑为妻。今若容他出去和贾琏说退亲，料那贾琏必无法可处，自己岂不无趣。一听贾琏要同他出去，连忙摘下剑来，将一股雌锋隐在肘内，出来便说："你们不必出去再议，还你的定礼”。一面泪如雨下，左手将剑并鞘送与湘莲，右手回肘只往项上一横。

这就是尤三姐自杀而死的前前后后的细节。尤二姐虽然不知道妹妹心里在想什么，但对其言行却听得清楚，看得明白。这一切，纯属尤三姐的自杀性质。当时柳湘莲没有跟尤三姐直接见面，更没有任何对她“威逼”的言行。这种对客观事实的直接观察，为她正确运用自己的法律知识提供了依据。

与此同时，尤二姐并不因为亲妹妹的自杀而死所引起的悲痛情感而丧失理智控制，与柳湘莲横不讲理地纠缠，而是处在客观、公正的立场，批评不懂法律、不明法理的贾琏，友好地对待多少有道义责任的当事人柳湘莲，这就不能不使人敬佩。

在人命关天的法律事件一旦发生之后，死者的家属、亲朋，往往在悲痛之中丧失理智而对有某种牵连的人采取强硬手段的现象，时常发生，有时甚至闹得酿出新的法律事件或刑事案件，致使周围的无关人员都被弄得不能安宁。事后查处这类闹剧，往往能发现同死者的某些亲属不明事理、不懂法律和法理直接相关。我在想，假如尤三姐的自杀而死的事情发生在今天，而死者的姐姐没有尤二姐这种法律知识丰富、善于做理智思考的文化品位，那么闹事的结果将是不可避免的。这类社会见闻，人们都不陌生。比较一下就能知道，尤二姐对法律的熟悉与成功运用，把一场人命关天的事件处理得合法合理，没有造成任何不良社会影响，实在是了不起，对当今建构和谐社会、妥善处理民事纠纷也不失其有益的启示意义。

尤二姐是一个美丽而不幸的女人。就因为她有这两种了不起的法律见解，会加深读者对她的记忆和同情。

二十六　罪行累累而逍遥法外的薛蟠

薛蟠以无知、粗鲁、常闹笑话而给读者留下了难忘的印象。这里我们要说的是他从不被文学家所谈的另外一个方面：罪行累累，却始终逍遥法外。

（一）皇商身份的潜在违法性

薛蟠出身于皇商家庭。什么是皇商呢？有文学家做了这样的解释："专为宫廷采办购置各种用品的人。"这种完全消解了法律意味的说法，无助于了解薛蟠其人的身世以及他之所以一贯犯罪的潜在诱因。

皇商，是官商的一种。中国法制史学者在论述雍正、乾隆时期的民事经济立法时，对官商中的皇商做了这样的说明："皇商，是专门替清政府、皇室和军队采办官方用品、奢侈品及军需品的特权商人。他们持有官帑，特许经营某些重要商品的独占贸易；他们拥有减免税收的优待，与同行进行不平等竞争，甚至还可凭借官府的统治力量以及靠颁行一些法规、条例来抑挤同行，进行封建性的垄断贸易，掠夺社会财富，成为巨富商人。"（张晋藩《中国法制通史》）由此可知，当时的皇商具有潜在的违法性。薛蟠出身于这种皇商家庭，在其父去世后，又当起了皇商家庭的老板，高高在上，一切具体商务全靠他人操办。他的家庭和他本人的确是依靠这拥有特权和具有潜在违法性的皇商身份掠夺和积累了巨额财富。第四回在介绍薛蟠时写道：

> 家中有百万之富，现领着内帑钱粮，采办杂料。

《红楼梦》所写和法制史学家的有关论述，可以互相印证。是故，脱离了对当时的有关法制史史实的考察，就很难了解薛蟠其人的深厚社会现实根基。一旦做过较深入的了解，就会明白曹雪芹在塑造薛蟠这一人物形象方面有着丰硕的生活积累。

（二）罪行累累

很有意思的是，只要熟悉清代法律，并有意做一番法律考证和分析，就可知道薛蟠除了在指使众仆人打死冯渊案件上犯有死罪之外，还有其他一系列罪行，均未能受到法律追究。因此，只有通晓其所有罪行，才能更清楚地看到薛蟠作为逍遥法外的罪犯形象的多方面的危害性，同时更能清楚地看到清代刑法实施效果不好的弊端的严重性。

首先，薛蟠在“户部挂个虚名，支领钱粮，其余事体，自有伙计老家人等措办”，依清代法律，此种行为构成了“无故不朝参公座”的罪行。《大清律例》在该条规定：“凡大小官员，无故在内不朝参，在外不公座署事，及官吏给假限满，无故不还职役者，一日，笞一十，每三日加一等，各罪止杖八十，并留职役。”简单而通俗地讲，此种立法的目的，在于制止公职人员白拿工资不上班的现象。薛蟠作为皇商，具有官员和商人的双重身份，而他游手好闲，无所事事，于官于商都是如此。于官，他属于户部官员，却从不到户部任职处事，仅仅只是挂虚名、领钱粮而已。然而，这尸位素餐之人，并没有谁来追查他的失职的刑事法律责任，可见吏治的腐败、法律的软弱。

其次，薛蟠自从住进贾府的梨香院之后，与纨绔子侄们同流合污，“甚至聚赌嫖娼，无所不至”，比“当日更坏了十倍”。查《大清律例》可知，薛蟠犯有赌博罪和嫖娼罪。《赌博》罪应受处罚是：“凡赌博财物者，皆杖八十，摊场财物入官”。《官吏宿娼》罪的应受处罚是：“凡官吏宿娼者，杖六十。”“若官员子孙宿娼者，罪亦如之”。仅仅只是因为未能诉诸法律，薛蟠及贾氏子孙们的赌博、嫖娼两桩罪行均逍遥法外，而始终未曾受到处罚。

最后，第九回所写薛蟠的所谓“龙阳”之兴，实质上是“和奸”幼童的犯罪行为。有文学家对“龙阳”一词做了这样的说明：

龙阳君是战国时魏王的嬖臣，是男子而“以色事人”的。

这种引经据典的文学性解释，依然使读者只可意会，难以言传，同时也未能具体指明在清代社会中薛蟠与“小学生”的此种行为是否触犯了法律。再说，以战国的龙阳君的行为类比薛蟠的“龙阳”之兴，十分牵强，甚至根本讲不通。

倒是曹雪芹估计到读者不明“龙阳之兴”的意思何在，往下行文时逐步作了含蓄的暗示：

谁想这学内的小学生，图了薛蟠的银钱穿吃，被他哄上手了，也不消多记。

不料后来竟发生了类似男女关系上的争风吃醋纠纷，莽撞的茗烟一把揪住多管闲事的学生金荣，出口不逊，一下把曹雪芹本“不消多记”的事件的真相戳穿了：“我们肏屁股不肏，管他毛相干？横竖没肏你的爹罢了！”薛蟠所干的勾当，由此彻底露馅了。

至此，薛蟠的又一桩罪行昭然若揭。《大清律例》在《杂犯死罪》的“绞罪”里，列举有“和奸十二岁以下十岁以上幼童者”的罪行；在同一款里，有“鸡奸”字样先后两次出现。很清楚，一旦案发，薛蟠就将因犯“鸡奸”罪而被判处绞刑。

（三）打死张三的案件法律寓意甚丰

高鹗的后四十回续书所设计、描写的薛蟠打死张三的案件，贯穿在第八十五、八十六、九十一、九十九、一百、一百零九、一百二十等回之中，构成了具有丰厚法律寓意的最精彩的篇章，应仔细予以赏析。

此案案情不复杂：薛蟠外出做生意，途经太平县，进一个铺子吃饭喝酒，堂倌张三老是盯着跟薛蟠一起喝酒的戏剧演员蒋玉涵，引起薛的不满。第二天，薛跟该县吴良又来此铺子喝酒，酒后忽然想起头一天的不快之事，借口酒味不好要张三换酒，张三来迟了，薛蟠就骂人，对方不依，薛蟠就拿碗砸他脑袋，谁知他不躲避而把头伸过来挨打，就这样把张三砸死。案发后，薛蟠被关押于太平县监狱。其丰富法律意蕴既在案情自身，又在审理过程之中。

总的说来，可把丰富的法律寓意划分为两大方面来理解：其一，借案件的发生、审理、判决过程的描述来显示薛蟠形象之外的广阔法制生活图景，反映站在不同法律立场上的各种人物——被害者的亲属、执法办案人员、凶犯亲属等的不同心态和行为同法律的微妙关系；其二，以此案的发生和结局，完成薛蟠形象塑造的定型、润色的任务，使之成为一个完整的、独特的犯罪而漏网的艺术形象，在涉法文学史的众多法制人物形象画廊中占有不可缺少的重要地位。

关于薛蟠形象之外的法律寓意，主要有三点：一是形象地表现了人命重案的法定审判程序。首先，经由太平县初审，然后报府、解道，经过许多衙门之后，报到刑部遭到驳审。所有这些诉讼程序都符合清代司法机构设立和法定程序的实际。清代以县州为第一审级。府为第二审级，复审州县上报的刑事案件。道与府属同一审级。直隶州的一切案件须由道转解司。省按察司为第三审级。总督巡抚为第四审级。重大刑事案件、死刑案件经由四级审理、复审之后，才咨报刑部。（张晋藩《中国法制史》）薛蟠案件正是沿着这样的审级、程序一步步推进的。

二是太平县令接受薛家的行贿，贪赃枉法，把薛蟠打死张三的“故杀”性质，曲解为“误伤”，为此所有受贿的县衙役与县令串通一气，涂改口供，编造假案情，做伪证，以便减轻薛犯罪行。按《大清律例》，“故杀者，斩”；而“因斗殴而误杀伤旁人者，各以斗杀伤论”。依该条的立法解释可知，“误杀”的结果分为“死”和“伤”两种情况，若“误杀”致死，杀人者该判“绞”罪；若“误杀”成“伤”，杀人者该依“验轻重坐罪”。县令胆大妄为，不仅把“故杀”说成是“误伤”，而且进而又把张三已“死”说成是受“伤”。这样颠倒是非，是玩弄法律，把法律当儿戏。就这样，初审时薛蟠的死罪在“误伤”的假罪名的掩护下得以脱逃。不久，该知县因此案差错而丢了官。

三是薛蟠的所有亲属，包括其母薛姨妈、弟薛蝌、妹薛宝议和姨父贾政、姨母王夫人、舅父王子腾等贾府中所有人在内，没有一个例外地都对这个杀人凶犯持同情、支持态度，没有任何一点义愤与谴责的表示。在他们的感觉中，仿佛杀人行为不是最严重的犯罪，相反倒是一种义举。他们为什么有这种今天的人们大都不会具有的情感倾向呢？只要知道了清代法律规定的“容隐”原则，答案就在不言之中。我们认为，所有亲戚正因为对这法定的“容隐”原则产生了认同感，于是乎同情、声援杀人凶犯就成了正义感，成了应有的人之常情。可笑的立法原则，就这样扭曲了两百多年前中国人民群众的感情世界。

至于此案设计、描述对于刻画薛蟠形象所表现出的法律认识价值，主要之点还是在于突出当初的性格基调：把人命当儿戏。他第一次犯杀人罪时，曹雪芹写道：

> 人命官司，他竟视为儿戏。自谓花上几个臭钱，没有不了的。

这一次打死张三，为区区小事就借机发泄，把人往死里打，依然是犯的把人命官司当儿戏的老毛病。案发后，不见他有什么悔悟的表示，却只是一味唆使家中为他大把大把地花银子行贿，后又动用了上千两银子赎罪，这就依然是在花钱消灾上下工夫。综观薛蟠的前前后后的一贯言行、罪过，正如其妹薛宝钗所断言的那样，是一个“无法无天”之人。第二次杀人案的发生，对薛蟠形象所起的作用，犹如盖棺定论，将一个罪行累累的罪犯定格在逍遥法外的结局之中。若不信这个结论，请看他后来出狱后所发的誓言终究没有钻出犯严重罪行的怪圈：“若是再犯前病，必定犯杀犯剐!”

二十七　贾环的犯罪意识

我们曾零星地几次提到贾环。当打算专门谈论这个人物时，感觉到他的基本特征是具有强烈的犯罪意识，且以此为题目。

有没有主观上的故意，是区分重罪还是轻罪的一个重要标准。犯罪故意是犯罪行为的先导。当一个人头脑中一贯充斥着犯罪意识，就有随时随地犯罪的可能性。贾环就是这种人。在我们谈过的烫伤宝玉的人身伤害事件中，贾环出于平日对宝玉的仇恨，故意用热油烫瞎他的眼睛，结果只是烫伤了脸上的皮肉。此次贾环的故意犯罪导致了直接的犯罪结果。

在贾环向贾政打小报告，谎称宝玉“拉着太太的丫头金钏儿强奸不遂，打了一顿”，造成金钏儿投井自尽这件事情上，贾环无中生有，歪曲、虚构事实的心态，跟故意犯诬告罪的案犯是一致的、类似的，甚至可以认为是完全相同的。诬，意思是欺骗，言语不真实。法律上的诬告，指捏造罪状陷害人。一个在日常生活中习惯于撒谎、虚构事实、往别人头上泼污水的人，跟在法律上用捏造罪状的方式陷害别人，在行为人的主观心理机制上，并没有什么区别。尤其值得注意的是，中国封建时代的家，既具有民法意义，又具有刑法意义，家长有依法管教、处罚有违教令的子孙的权利。在这种情况下，贾环的上述小报告的诬告性质，跟刑法规定的诬告罪几乎完全一样。可见，此时贾环的心态，属于犯诬告罪的罪犯才有的心态，二者之间已经没有什么原则性的区别了。

由于贾环头脑中一贯生长、活动着犯罪意识，使他不免在许多日常生活小事上口无遮拦，大动肝火，说出一些关于作案犯罪的话语，让局外人感到此人年纪虽小，却有着不小的破坏性、危险性，不免担心他迟早要干出什么犯罪勾当。我们来看两个例子。

例一，有一次巧姐生病，用牛黄做药引子熬药给她喝。贾环到凤姐这里来玩，听说有牛黄，很好奇，不知是什么样子，要求看一看。

> 凤姐道："你别在这里闹了，妞儿才好些。那牛黄都煎上了。"贾环听了，便去伸手拿那吊子瞧时，岂知措手不及，沸的一声，吊子倒了，火已泼灭了一半。贾环见不是事，自觉没趣，连忙跑了。凤姐急得火星直爆，骂道："真真那一世的对头冤家！你何苦来还来使促狭！从前你妈要想害我，如今又来害妞儿。我和你几辈子的仇呢！"一面骂平儿不照应。（第八十四回）

贾环跑回住处，又被他母亲赵姨娘骂了一顿。这本是一支小小的生活插曲，在一般孩子那里，不至于引发其他更大的故事。不料贾环却口出要弄出人命关天的大事的狂言：

> "我不过弄倒了药吊子，洒了一点子药，那丫头子又没就死了，值得他也骂我，你也骂我，赖我心坏，把我往死里糟蹋。等着我明儿还要那小丫头子的命呢，看你们怎么着！只叫他们提防着就是了。"那赵姨娘赶忙从里间出来，握住他的嘴说道："你还只管信口胡吣，还叫人家先要了我的命呢！"娘儿两个吵了一回。赵姨娘听见凤姐的话，越想越气，也不着人来安慰凤姐一声儿。过了几天，巧姐儿也好了。因此两边结怨比从前更加一层了。（第八十五回）

此时的贾环，不反省自己妨碍别人熬药治病的过错，而是对挨骂之事耿耿于怀，诱发出一般报复杀人的欲望之火，于是才说出了"要那小丫头子的命"的恐怖大话。试想，那些报复杀人的恶性人命大案，不就是这样产生的吗？

例二，宝玉挂在脖子上的玉丢失了，大家在着急之际，不约而同地都想到很可能是贾环闹着玩拿去了。大家商量由平儿出面，找贾环问清楚他到底拿了没有。这里，谁也没有什么坏心眼，只不过想把事情弄清楚罢了。谁都没有料到，贾环一听平儿的问话，便非同小可——

> 贾环便急得紫涨了脸，瞪着眼说道："人家丢了东西，你怎么又叫我来查问，疑我？我是犯过案的贼么？"平儿见这样子，倒不敢再问，便又赔笑道："不是这么说，怕三爷要拿了去吓他们，所以白问问瞧见了没有，好叫他们找。"贾环道："他的玉在他身上，看见不看见该问他，怎么问我？捧着他的人多着咧！得了什么不来问我，丢了东西就来问我！"说着，起身就走。众人不好拦他。（第九十四回）

在这件事上，贾环跟大家所想的完全不一样，尤其是跟贾环的姐姐探春想的全然不同。探春否定了有人"偷"玉的可能性，理由是宝玉挂的那块玉，到了外人手里是废物，偷去有何用，故她断定是"有人使促狭"。什么叫"促狭"？就是开玩笑，捉弄人。第六十二回，香菱口中就有一句话运用了"促狭"二字。她的裙子不知怎么弄脏污了，便说了一句："谁知那起促狭鬼使黑心"。经探春一提醒，大家不约而同都怀疑这"使促狭"的人是贾环。可贾环根本不往开玩笑上面想，而是想到了"犯案的贼"。这样的犯罪意识，出乎大家的意料之外。

由这些大大小小的事例来看，在贾环的内心深处，仿佛有一块不断生长犯罪意识的肥沃土壤，只要外界有一点风吹草动，就可随时催发出他的关于犯罪的思维活动和相应的话语。日后的贾环，果真跌进犯罪深渊，有赌博、嫖娼、参与拐卖巧姐的共同犯罪等罪行。联系往日的那些犯罪意识，人们对贾环沦为劣迹斑斑的罪犯，一点也不会奇怪，只能认为是一种有前因的必然后果。

大家免不了要问：贾环为什么在孩童时代就开始形成了犯罪意识呢？我以为，贾政和赵姨娘教子无方，是一个根本性的原因。他们的教育子女的方式，除了骂就是打，没有见到应当提倡的说服、开导、谈心式的教育。资深老奴婢赖嬷嬷在孙子选上县官的喜庆日子里，曾对宝玉等人回忆当年荣宁二府教育子孙的情形，同时还拿如今跟当年比较，全是一脉相承的打骂式教育。请听她对宝玉的一番诉说：

“不怕你嫌我，如今爷不过这么管你一管，老太太护在头里。当日老爷小时挨你爷爷的打，谁没看见的。老爷小时，何曾像你这么天不怕地不怕的了。还有那边大老爷，虽然淘气，也没像你这扎窝子的样儿，也是天天打。还有东府里你珍大哥的爷爷，那才是火上浇油的性子，说声恼了，什么儿子，竟是审贼！如今我眼里看着，耳朵里听着，那珍大爷管儿子倒也像当日老祖宗的规矩，只是着三不着两的。他自己也不管一管自己，这些兄弟侄儿怎么怨的不怕他？你心里明白，喜欢我说；不明白，嘴里不好意思，心里不知怎么骂我呢。”（第四十五回）

赖嬷嬷用了一个“审贼”的比喻，形象、生动极了，恰到好处地道出了打骂式的暴力教育中，教育者如同大权在握的法官，被教育者如同可怜的罪犯，于是很有可能诱导出一种逆反心理：你不许我犯罪，我偏要犯罪！所以说，荣宁二府的子孙们一代不如一代的根源之一，在于“审贼”似的家庭教育容易使子孙产生心理上的暗示与联想，导致他们朝同教育者的愿望相反的犯罪道路上行进。

贾政、赵姨娘对贾环的教育的失败的教训就在这里。试想，贾环打小报告，近似于诬告宝玉，这时贾政除了极度生气，就是毒打宝玉，而对于贾环的诬告式的小报告及其捏造罪状的坏德性并不了解，更谈不上训斥了。如此一来，就会使贾环的阴险算计得逞，这等于是在强化他的犯罪意识，使他尝到了报复怨敌的甜头。至于赵姨娘的言行，对于贾环的不良暗示作用就更大了。赵姨娘所怨恨的人，就是凤姐和宝玉这两个人，而贾环的全部犯罪意识所指向的对象，也是凤姐和宝玉，这就有力证明上一代的怨恨与仇视心理，在打骂式的教育活动中，已逐渐传递到了下一代身上，天长日久，便难以避免地要导致外部的犯罪行为方式。

赖嬷嬷所总结的“审贼”式的家庭教育的又一个教训，是作为教育者“自己也不管一管自己”，就是说没有言传身教，没有以身作则。俗话有云：上梁不正下梁歪。这正是说的家长的弱点、短处、犯法犯罪之类的消极东西，被下一代接受，继承的必然性和规律性。在一代不如一代的贾府之中，贾环们只能受到不良教育和影响。他自孩童时代就有的犯罪意识，同长期耳濡目染地接受言传身教均有重大缺陷的家长们的不良影响关系极大。

要遏制人们的犯罪意识，预防犯罪，应当从对青少年的正确、有效的教育抓起。贾环这个不肖子弟的沉沦史，昭示着这样的结论。现代犯罪心理学的有关研究成果，也充分证明了对青少年的良好教育在预防、遏制犯罪上的重要性。

二十八　贾迎春误嫁中山狼的法律之误

《红楼梦》第七十九回的标题把贾迎春嫁给孙绍祖的婚事，称为“误嫁中山狼”。中山狼出自古代的一个寓言故事：赵简子在中山国打猎，把一只狼追赶得走投无路，东郭先生把它藏在所带的麻袋里，赵简子走后，被救的狼居然要吃掉东郭先生。从此之后，中山狼就用来比喻忘恩负义之人。孙绍祖就是此种小人。我们这里要谈的是贾迎春婚事上的法律之误。

这里的法律之误，既有法律自身的不足之处，又有人们在依法办事上的不尽职责的欠缺，共有五个方面：第一，清代法律自身剥夺了婚姻当事人自由、自主的权利，明文规定由家长主婚，贾赦、贾母、贾政等人在这里都有可议之处。请看小说这一回的描写：

原来贾赦已将迎春许与孙家了。这孙家乃是大同府人氏，祖上系军官出身，乃当日宁荣府中之门生，算来亦系世交。如今孙家只有一人在京，现袭指挥之职，此人名唤孙绍祖，生得相貌魁梧，体格健壮，弓马娴熟，应酬权变，年纪未满三十，且又家资饶富，现在兵部候缺题升。因未有室，贾赦见是世交之孙，且人品家当都相称合，遂青目择为东床娇婿。亦曾回明贾母。贾母心中却不十分称意，想来拦阻亦恐不听，儿女之事自有天意前因，况且他是亲父主张，何必出头多事，为此只说

“知道了”三字，余不多及。贾政又深恶孙家，虽是世交，当年不过是彼祖希慕荣宁之势，有不能了结之事才拜在门下的，并非诗礼名族之裔，因此倒劝谏过两次，无奈贾赦不听，也只得罢了。

贾赦是迎春的父亲，在依法为女儿主婚时一意孤行，不听别人劝告，是这一悲剧婚姻的决定者。可以认为，贾赦的失误是迎春的不幸的人为因素的根本之点。贾母是迎春的祖母，也是法定的最高家长，如果她极力反对儿子贾赦，完全有可能避免这一不幸婚事的出现。遗憾的是这位老母亲在不十分满意婚事的前提下，既信所谓的“天意前因”，又怕自己出面说话被儿子看成多管闲事，于是在听到请示话语之后，只表态说出“知道了”三个字，别的话一句也不肯多说。这样，贾母因不作为，成了造成迎春婚姻悲剧的一个老帮凶。

贾政作为迎春的叔父，看到了孙家往年趋炎附势的历史，故不满于眼前跟孙家联姻的现实，做过“劝谏两次”的努力，均遭到贾赦的拒绝。我们不能不想到：贾政再做第三次、第四次的“劝谏”会不会有收效呢？想到这一点，就有理由批评贾政还没有在劝说老哥哥上做最大的努力。

邢夫人是迎春的继母，在婚事商讨过程中根本不闻不问，完全站在旁观的立场上。在迎春出嫁后回娘家哭诉婚姻不幸的情形之后，她依然无动于衷。小说写道：“邢夫人本不在意，也不问其夫妻和睦，家务烦难，只面情塞责而已。”这位继母的旁观、冷漠，也助长了迎春婚姻的悲剧的形成。

第二，迎春的丈夫孙绍祖有着严重的道德缺憾，有的行为则触犯了法律（如，好赌）。依现代的法律，迎春完全可依法提出离婚诉讼，请求解除婚姻关系。但在我国封建法律中，只有丈夫以种种理由“出妻”的规定，而没有妻子主动提出离异的内容。所以，迎春回到娘家来，只能是哭诉自己的痛苦罢了：

那时迎春已来家好半日，孙家的婆媳妇等人已待过晚饭，打发回家去了。迎春方哭哭啼啼地在王夫人房中诉委曲，说：“孙绍祖一味好色，好赌酗酒，家中所有的媳妇丫头将及淫遍，略劝过两三次，便骂我是‘醋汁子老婆拧出来的’。”又说老爷曾收着他五千银子，不该使了他的。

> 如今他来要了两三次不得，他便指着我的脸说道：“你别和我充夫人娘子，你老子使了我五千银子，把你准折卖给我的。好不好，打一顿撵在下房里睡去。当日有你爷爷在时，希图上我们的富贵，赶着相与的。论理我和你父亲是一辈，如今强压我的头，卖了一辈。又不该做了这门亲，倒没的叫人看着赶势利似的。”一行说，一行哭得呜呜咽咽，连王夫人并众姐妹无不落泪。王夫人只得用言语解劝说：“已是遇见了这不晓事的人，可怎么样呢。想当日你叔叔也曾劝过大老爷，不叫做这门亲的。大老爷执意不听，一心情愿，到底做不好了。我的儿，这也是你的命。”迎春哭道：“我不信我的命就这么不好！从小儿没了娘，幸而过婶子这边过了几年心净日子，如今偏又是这么个结果！”（第八十回）

迎春被孙家接回去之后，王夫人和宝玉母子俩有一段对话，谈论的还是迎春的婚姻灾难。这里，社会阅历丰富的王夫人开导儿子宝玉的谈话中，道出了取决于封建法律不允许女性主动提出离婚而形成的两大社会习俗。二者都反映到至今仍在广泛流传的俗话之中。其一，是“嫁出去的女儿泼出去的水”，意思是任何人也改变不了既成的事实。这句俗话的实用对象是不幸女子的娘家人，他们只能眼巴巴看着女儿受苦，没有任何补救办法。其二，是“嫁鸡随鸡，嫁狗随狗”，其适用对象是不幸女子本人，她除了“随”从丈夫，别无出路。哪怕鸡狗不如的丈夫，也只得随从一辈子。就这样，可悲的两大社会习俗既取决于不公平的封建法律，一旦形成之后，又反过来极大地支持了不公平的法律，诱导那些不幸婚姻的妻子对不公平的法律采取自觉认同的态度。这两句俗话所概括、蕴含的法律与习俗的相互关系，富有法理学上的价值，法理学家、法律社会学家不应忽视。

第三，由于孙绍祖一贯作践贾迎春，使她身心健康不断受到损害，终于在一次大吵大闹中引发迎春在过度悲伤中突发重病。在这里的法律之误，是孙绍祖对妻子贾迎春的生命健康权采取冷漠、侵犯的态度，竟然不请大夫治疗，致使身亡。再说，由于当时贾母也在重病之中，众人顾不得迎春的丧葬之礼，孙家乘机草草办了丧葬之事。在礼法上大大打了折扣，也应是一种法律之误。第一百零九回末尾，是这样交代迎春短暂一生的如此可悲结局的：

彩云看了是陪迎春到孙家去的人，便道：“你来做什么?”婆子道：“我来了半日，这里找不着一个姐姐们，我又不敢冒撞，我心里又急。”彩云道：“你急什么?又是姑爷作践姑娘不成吗?”婆子道：“姑娘不好了。前儿闹了一场，姑娘哭了一夜，昨日痰堵住了。他们又不请大夫，今日更厉害了。”彩云道：“老太太病着呢，别大惊大怪的。”

岂知那婆子刚到邢夫人那里，外头的人已传进来说：“二姑奶奶死了。”邢夫人听了，也便哭了一场。现今他父亲不在家中，只得叫贾琏快去瞧看。知贾母病重，众人都不敢回。可怜一位如花似月之女，结缡年余，不料被孙家揉搓以致身亡。又值贾母病笃，众人不便离开，竟容孙家草草完结。

迎春暴病身亡，同孙绍祖不请大夫治疗关系极大。依现代民法的有关规定，可以追究孙某无视迎春生病健康权而造成生命夭折的民事法律赔偿责任。自然，清代法律在这里又存在着空白。

第四个法律之误，可从孙绍祖对贾迎春所说“你老子使了我五千银子，把你准折卖给我的”这句话中找到追问线索。这话所指事实，只有两种可能的选择：其一，为孙某所虚构，意在污辱贾氏父女的人格；其二，确有其事，那么贾赦身上的法律上道德的双重失误就很显眼。我以为，第二种可能性最大，也就是说确有其事。这样，贾赦作为法定的为女儿主婚的家长，在主婚之时，不是尽职尽责为女儿挑选一个好丈夫，而是把女儿当作商品，进行赤裸裸的金钱交易，把包办婚姻变成了买卖婚姻，贾赦这位父亲也就无异于出卖女儿的商人。

谈到买卖婚姻，这也是清代法律固有的弊端。在《大清律例》中，关于婚姻纠纷的处理的法律条文中，有一系列是否追还彩礼的具体规定。这就表明，法律对于女方向男方索要彩礼的现象，采取的是认同、支持的立场。至今，农村社会仍有封建买卖婚姻的遗风，局部地方把买媳妇当作光明正大的事业，根本不过问是否在按过时的旧法律办事、是否有违今天的法律。看来，贾赦把女儿的婚姻当作生意来做的法律之误，对于当今人们走出这法律误区仍有现实的教育意义。贾赦这反面教员因此会被很多人铭记在心的。

第五个法律之误，是孙绍祖在日常生活中一贯虐待妻子迎春，可清代法律中没有禁止虐待家庭成员的规定，这就不可能制止、处罚虐待者的施虐行为。第一百回，通过王夫人听到的消息，告诉读者迎春在夫家处于受虐待地位的苦处：经常受到丈夫的打闹，甚至不给饭吃。贾府派人送去的东西，她连摸都摸不到。王夫人派几个老婆子去看她，发现她大冷天还穿着几件旧衣裳。王夫人在诉说这些见闻时感叹说："如今迎姑娘实在比我们三等使唤的丫头还不如。"如果清代法律有关于禁止虐待家庭成员的规定，就可依法为迎春讨回公道。无奈这又是当年法律的一个空白。

上述五大法律之误，拧成一根无形的长绳，紧紧束缚迎春的身心，使她在不幸婚姻的折磨中不得解脱，以致葬送了短暂的一生。迎春的婚姻悲剧，是对封建家庭婚姻法律的众多弊端的深刻反思与深沉抨击，昭示着新时代的以人为本、关爱女性、男女平等的崭新婚姻法的创立的大方向。

二十九　批判孀妇"守志"的立法精神

早在唐代，我国法律就把孀妇守寡不再改嫁的行为，美其名曰"守志"。贾宝玉的寡嫂李纨，就是一个法定的"守志"者。《大清律例》云："其夫丧服满，果愿守志，而女之祖父母、父母强嫁之者，杖八十。"相应的条例也说："其孀妇自愿守志，而母家、夫家抢夺强嫁者，各按服制照律加三等治罪。"这种美化、保护寡妇的立法精神，在李纨身上得到了很好的落实，然而给她带来的却是深沉的精神创伤。可以认为曹雪芹通过李纨依法"守志"的痛苦和哀伤，有力批判了孀妇"守志"的立法精神。

这种法律，至少有三大弊病：一是歧视和贬低妇女，二是不人道，三是不公平。这正是曹雪芹写李纨的故事，批判该法律的三大攻击点。

在李纨尚未出场与读者见面之前，作者就在第四回开头的介绍性文字中定下了法律批判的基调，展示了三大攻击点的火力之威猛：

原来这李氏即贾珠之妻。珠虽夭亡，幸存一子，取名贾兰，今方五岁，已入学攻书。这李氏亦系金陵名宦之女，父名李守中，曾为国子监祭酒，族中男女无有不诵诗读书者。至李守中承继以来，便说“女子无才便有德”，故生了李氏时，便不十分令其读书，只不过将些《女四书》《烈女传》《贤媛集》等三四种书，使他认得几个字，记得前朝这几个贤女便罢了，却只以纺绩井臼为要，因取名为李纨，字宫裁。因此这李纨虽青春丧偶，居家处膏粱锦绣之中，竟如槁木死灰一般，一概无见无闻，惟知侍亲养子，外则陪侍小姑等针黹诵读而已。

请看第一个攻击点。李纨自幼所受到的“女子无才便有德”的教育，就是歧视女性的礼法教育。儒家的齐家治国平天下的理想与志向，从来都是男子的专利。可以认为，李纨日后的“自愿守志”，正是通过这种歧视女性的教育打下思想基础的，因为“女子无才便有德”，那么丧夫之后的孀妇的“志”，便只能是死守丈夫的亡灵。这岂不是活活葬送青年寡妇的应有聪明才智和创造力吗？

再看第二个攻击点。“守志”的法律，是女子婚嫁上从一而终的妇德的翻版。依现代法律，可见其剥夺孀妇再婚权利的不人道的实质。李纨丧偶后“守志”多年，竟形同“槁木死灰一般”，这正是对该法律不人道的一种生动概括。

第三个攻击点是“守志”的法律不公平。这一点，是在同男子的妻妾成群的对比中存在的。在贾府中，贾赦、贾政、贾琏等人，都不仅有妻有妾，而且还有婚外寻野食的恶习，作为孀妇的李纨，却要“守志”终身。如此禁锢女性，放纵男性，还有什么公平可言呢？一夫一妻多妾的封建婚姻制度，对于女性本来就不公平，加之孀妇“守志”的法律，这不公平就是显得更突出了。红楼世界老中青三代寡妇成群结队：老一代的有贾母、刘姥姥、尤老娘，中年的有薛姨妈、李纨的婶娘、夏金桂之母，青年一代的有李纨、贾芸之母、金荣之母，还有后来的史湘云，在丈夫病死后，也立志守寡。这些事实证明，“守志”的法律的弊病，在实施中造成了相沿成习的社会风气。

李纨出场与读者见面之后，我们的印象是：在通常情况下，她能够忍受苦苦“守志”的寂寞与忧伤，但到了某些伤心处，便情不自禁地流泪。例如，在宝玉挨打受伤后，王夫人大哭大叫，竟喊出了贾珠的名字。这时，李纨哗一下就哭叫了起来。这是积蓄了多年的哀伤、痛苦、烦恼、无可奈何的、一次小小的爆发。

李纨作为红楼世界的寡妇群体中的青年一代，最引人注目、同情的地方，就在她对“守志”生涯的精神创伤的体验与铭记。她的依法“守志”，应当解读为不人道的法律强制性地使她受苦、受害、受伤。李纨在对平儿等人回首往事时，用比较的方式，谈到了依法“守志”的艰难困苦：

> “你倒是有造化的。凤丫头也是有造化的。想当初你珠大爷在日，何曾也没两个人。你们看我还是那容不下人的？天天只见他两个不自在。所以你珠大爷一没了，趁年轻我都打发了。若有一个守得住，我倒有个膀臂。”说着滴下泪来。众人都道：“又何必伤心，不如散了倒好。”说着便都洗了手，大家约往贾母、王夫人处问安。（第三十九回）

这话中的“两个人”，自然指的是贾珠的两个妾。她们“两个不自在”，即对于寡妇生活反感，在依法“守志”上感到痛苦。李纨并非木石，之所以“守得住”，无非是为了守妇德、养遗孤而牺牲了作为女人的情感生活。也就是说，她的依法“守志”付出了高昂的人生代价。而守不住的两个妾的改嫁他人，倒是得到了现代才有的再婚自由。两相对比，李纨的内心痛苦格外显眼。更可贵的地方，在于她善解人意，宁可自己一个人孤独地“守志”，不让两个妾陪着自己一道受害、受苦，而是及时给予了她们一条再婚之路。

请注意，李纨当着众人的面“滴下泪来”，并非伤感于小户人家的孤儿寡母常有的物质生活的匮乏，而是伤感于精神生活的寂寞与痛苦。若论物质生活条件，李纨享受着令人眼红的特大优惠待遇。凤姐就曾当面点明了贾母、王夫人对李纨的格外关照。

> 你一个月十两银子的月钱，比我们多两倍银子。老太太、太太还说你寡妇失业的，可怜，不够用，又有个小子，足的又添了十两银子，和老太太、太太平等。又给你园子地，各人取租子。年终分年例，你又是

上上分儿。你娘儿们主子奴才总共没有十个人，吃的穿的仍旧是宫中的。通共算起来，也有四五百银子。（第四十五回）

这就是说，李纨和贾兰娘儿俩，连同侍候他们的奴婢，不仅不愁吃穿住，而且手头的零用钱也多得很。所以，她的伤心落泪事是看不见、摸不着的内在精神、情感上的存在。法律规范，重在约束人们的外部行为方式，不大过问内在精神生活的一切。只要寡妇不改嫁他人，纵然有天大的痛苦，海深般的忧伤，法律依然会认定为“自愿守志”者。曹雪芹用“槁木死灰”四个字所形容、概括的东西，正是李纨在“自愿守志”的法律名义之下的内心万念俱灰的僵死、贫乏状态。

最后，关于李纨有一个法律细节，关系到批判“守志”的法律主题的完整性，有必要加以解释。第九十七回，通过紫鹃的心理活动，告诉读者：李纨因为是寡妇，所以在贾宝玉与薛宝钗结婚的时候，她自然要回避而不能参加婚礼。果然，此时此刻，她正在住处给儿子贾兰改诗。这个小小的法律细节，充满了矛盾：由于这种“回避”是对寡妇的一种精神、人格的歧视与伤害，故同美化、保护孀妇“守志”的法律相矛盾，同时该法律又同喜庆的婚礼相矛盾，还同贾府对李纨的一贯性的物质生活条件上的优待做法相矛盾。李纨是个聪明人，她不能不知道这一切、感受到其中的苦处。因此，在这时得知林黛玉生命垂危的消息，待见到黛玉已不能说话的气息奄奄的样子，李纨又一次当众流泪了。这是依法“守志”的李纨的内心忧伤与痛苦的第三次外露。

当一个人一贯自觉守法，总是依法办事，却有着该法律带来的无穷的内心痛苦和伤害，不时以当众落泪的方式来发泄这郁积的精神伤害，那么这法律的弊端就是不言而喻的。曹雪芹及续书的作者，对“守志”的寡妇法律的批判，就这样既深沉、有力，又含而不露。

三十　薛宝琴四首怀古诗的法律解读

有一次雪后初晴，大家在一起编灯谜，薛宝琴以她从小游览名胜古迹的见闻，写了十首怀古诗，每一首中都暗隐着一件常见之物，请众姐妹来猜一猜。宝钗、黛玉、探春、李纨等人大发议论，又猜了一回，都没有猜中。有红学家说："这十首诗虽是用做谜语，但小说作者抑或另有寓意。"到底有什么寓意，不得而知。

在我们看来，排在第七、八、九、十位的后四首诗，有着明显的法律寓意值得解读。请欣赏这些诗：

青冢怀古　其七

黑水茫茫咽不流，冰弦拨尽曲中愁。
汉家制度诚堪叹，樗栎应惭万古羞。

马嵬怀古　其八

寂寞脂痕渍汗光，温柔一旦付东洋。
只因遗得风流迹，此日衣衾尚有香。

蒲东寺怀古　其九

小红骨贱最身轻，私掖偷携强撮成。
虽被夫人时吊起，已经勾引彼同行。

梅花观怀古　其十

不在梅边在柳边，个中谁拾画婵娟。
团圆莫忆春香到，一别西风又一年。

这四首诗的内容有一个共同点，即都是咏叹古代的女性的命运，她们分别是王昭君、杨贵妃、崔莺莺和杜丽娘。前两人是真实的历史人物，后两人是文学作品中虚构的人物。她们的命运中的法律内涵也有共同点，即都涉及婚姻法中缺少关于婚姻自由的精神。

《青冢怀古》：青冢，指王昭君的墓，在今内蒙古自治区呼和浩特市南大黑河岸上。王昭君，西汉元帝的妃子。入宫几年，一直没有跟汉元帝见过面。当时的匈奴不断骚扰边疆，朝廷无力抗击，便采取和亲政策，与之结成姻亲关系，以换取和平。这种政策意味着自诗经时代以来的古老婚姻法律屈从于政治的需要，变成了政治与战争的交换。呼韩邪单于来朝，汉元帝将昭君等五名宫女送给他，就这样昭君嫁给了呼韩邪。这首诗借昭君墓来发思古之幽情。开头两句，写的是墓前所见自然风景，寄托了哀悼之情。第三、四两句点明题意，批判汉元帝因无能而将昭君做牺牲。汉家制度，即汉高祖就奉行开来的和亲政策。樗、栎，是古人认为不能成材的树，故常用来比喻无用之人，这里指汉元帝。全诗的法律内容大约是：汉元帝用和亲政策取代男女婚姻上的法律，用内地女性去交换和平，应视为是一种千秋万代的羞耻。

《马嵬怀古》写的是唐玄宗缢杀杨贵妃的故事，反思的是皇权滥用，枉杀无辜的历史教训。杨贵妃受宠于玄宗，因而杨氏一家大富大贵，其兄杨国忠官至宰相。范阳节度使安禄山以讨伐杨国忠为名，起兵反唐，攻破潼关，直逼长安。玄宗带杨贵妃逃往四川，行至马嵬坡，护驾军士认为罪在杨门，杀了杨国忠，并请求诛杀杨贵妃。玄宗无奈，只得缢死杨贵妃。开头两句，写处死杨贵妃的情形。后两句是说玄宗对死了的杨贵妃念念不忘。在这里，寄托了对无辜而被处死的杨贵妃的同情。尽管有历史记载杨贵妃的罪行，有历史学家认为杨贵妃是一大祸根，但在这首诗中，她得到了温柔、风流、香之类的美好字眼的褒奖，表现的是玄宗对她的怀念，从而反衬出被处死的冤枉。死刑，是法定的最高刑罚。玄宗迫于战难和部卒的武力，就不经任何法律程序而处死杨贵妃，是皇权大于法律的表现，由此导致了罪与非罪界限的颠倒。这就是此诗的法律寓意之所在。

唐代元稹的小说《莺莺传》和元代王实甫的戏剧《西厢记》，都是写的崔莺莺和张生的爱情故事，但二者的主题思想不同。前者为张生的始乱终弃，后者为歌颂争取婚姻自由的反封建礼法的思想和行为。《蒲东寺怀古》应取材为后者。蒲东寺，是故事发生的地点，因在山西省蒲津之东而得名，在《西厢记》里称之为普救寺。这四句诗，浓缩了该杂剧的基本内容，只有熟悉全剧的所有人物和故事，才可知其法律内容是什么。故事发生在唐代贞元十七年（公元801年），崔相国在世之时，将女儿许配给内姪郑恒，因守父丧，到十九岁尚未出嫁。这普救寺原为武则天的香火院，经崔相国重修，故母女俩和女婢红娘等人都住在普救寺。书生张珙进京赶考，路过蒲津而认识了崔莺莺。在红娘的帮助下，张、崔终于结为夫妻。“小红骨贱最身轻”二句，概括了红娘为这对夫妇作媒的一切言行。“虽被夫人时吊起”二句，指的是郑氏夫人得知女儿与张生私自结合的消息之后，虽极力阻挠，但生米已做成了熟饭，不可挽回既定事实。“勾引”二字，对张生与莺莺未曾结婚而先有夫妻生活的违法行为有所贬责。依《唐律疏议》，张、崔在红娘的撮合下的肉体关系，犯有“奸”罪，“和奸者，男女各徒一年半”。红娘的撮合行为，也为唐代法律所不允许，应受处罚是，“其媒合奸通，减奸者罪一等”，疏议解释说：“和奸者徒一年半，媒合者徒一年”。“彼同行”，就是张、崔在有此犯罪行为之后的进一步私订终身的事实。

由于四句话的容量有限，还有隐含在字里行间的法律寓意不易觉察，不妨一并说明如下，可以谈四点：其一，郑氏夫人的法律意识很自觉，有可议之处。她先后两次夸耀地说，郑氏家门“无犯法之男，再婚之女”。“无犯法之男”，应是一种自觉守法的光荣，值得自夸。“无再婚之女”，反映的是对封建主义从一而终的礼法原则的认同，其实质是把剥夺女性再婚权利的封建礼法的残酷当作仁慈来肯定；其二，镇守河桥的军事长官孙飞虎，兴师动众，围困普救寺，企图强夺莺莺为妻，跟其失政的上司丁文雅一样，是杜将军所批评的“不守国法”的家伙；其三，郑夫人的侄儿郑恒，因为钟情于崔莺莺，极力维护当年的婚约，不得不谎称张生进京赶考中了状元之后已与卫尚书的小姐成亲，企图破坏张、崔的婚姻关系，后谎言被事实戳穿，郑恒当场触树而死。这是父母包办婚姻的传统合法行为所造成的一个生命悲剧；其四，王实甫在描写张、崔的犯罪性行为的方法上，跟《金瓶梅》中的赤裸裸的色情展览截然不同，是依照美的规律来进行艺术性的创造，这样就使触犯刑法的行为跟美学产生了有机联系。有文学家仅仅只是肯定了避免色情展览的事实，而看不到这一事实的本质在于刑法与美学挂钩，是很大的不足之处。在《金瓶梅》大肆展示床上工夫的场合，到《西厢记》中，仅仅是“露滴牡丹开”之类的双关、比喻的表现手段。如今不少文艺作品不厌其详地描写犯罪细节，许多影视作品的犯罪细节镜头大有渲染的势头，这些东西明为宣传法制，实为诲淫诲盗，确有负面影响，犯罪行为的审美表现手法，大有提倡的必要。

《梅花观怀古》咏叹的是明代戏剧家汤显祖的名剧《牡丹亭》的故事。宋代太守杜宝的女儿杜丽娘与书生柳梦梅的生死之恋、结为夫妻，是其主线。“不在梅边在柳边”，是杜丽娘为自己的画像所题诗中的最后一句，意思是将来看到这幅画的人与梅、柳密切相关。果然后来书生柳梦梅拣到这幅画。杜丽娘为什么要自画像并题诗呢？原来，她在梦中与柳梦梅相识，共成云雨之欢，后生病而亡。死前留下了画与诗。后来，柳梦梅也做梦，在梦中再一次与杜丽娘有云雨之欢。经柳梦梅开棺，救活杜丽娘，两人私下结为夫妻。这个充满神奇想象的浪漫主义爱情故事，被薛宝琴用四句诗概括出来。"个中谁拾画中婵娟"，即柳梦梅拾画的故事。"团圆莫忆春香到"：团圆，指故事最后大团圆的结局。杜宝夫妇与女儿、女婿见面、相认。春香，是杜丽娘身边的丫环。"一别西风又一年"，意为故事曲折多变化。杜丽娘死后三年复活，柳梦梅考状元时曾与杜丽娘分别很久。以上是怀古诗所概括的故事。

诗中的法理法意甚多，主要有六点：第一，杜丽娘和柳梦梅先后入梦，与对方发生性关系，虽不受法律追究，但可用法律尺度评论此事，判断其违法性质。《宋刑统》云："诸奸者，徒一年半"。注疏进一步指出："和奸者，男女各徒一年半"后来，这对男女先后在阴阳两界私下结为夫妇，有违"父母之命，媒妁之言"的礼法。作品的用意是强调男女间的性爱自由，但在文明社会中，婚外的一切性行为均有违法律规定，过去如此，现在如此，将来也如此。

第二，剧中石道姑出家前，曾因女性生理上的缺陷而有过婚姻破裂的历史。她的石女、石姑的称呼由此而来。此人物的命运，表明法定婚姻关系是以正常的生理条件为基础的，否则便不能受法律保护。文学史家不谈石道姑，有的认为这一人物多余，都表明对于法定婚姻的生理条件的基础被严重忽视。

第三，杜丽娘死后，在阴间遭到胡判官的审判，被称之为女囚，有衙役认为她犯有"梦中之罪"，还有衙役劝判爷把这女囚"权收做个后房夫人"，而判官本人的确是个贪赃枉法的贪官，写判词居然要收"润笔"费。总之，《冥判》这一场戏，实际上表现的是现实生活中司法衙门里的黑暗状况。阴间云云，不过是文学上的浪漫主义手法的运用罢了。

第四，柳梦梅开棺救活了杜丽娘，应视为救命恩人，而杜宝却把他当作劫坟贼进行审判，认为他开棺劫财有罪，判了死刑。柳梦梅当面口称岳丈，百般解释，杜宝始终不相信他所说的一切。这场岳丈审女婿的戏，充满了喜剧性，讽刺的是杜宝执法办案缺少机智，因而造成错误判决。就这样，从阳间的杜宝到阴间的胡判官，在执法办案上都令人失望。

第五，杜丽娘的家庭教师陈最良，迂腐守旧，六十岁还未中举，一生应考十五次之多，代表了封建教育对青年一代的正常爱情、美满婚姻的压抑的顽强势力。他极力要用诗书礼法这一套东西来束缚杜丽娘，连上家中后花园去看一看他都不允许。春香在背后骂他是“村老牛”“痴老狗”，大有反叛封建文化和礼法的斗争锋芒。

第六，在对柳梦梅一案不能定夺的情况下，杜宝奏闻皇上，致使皇上出面审案。皇帝扬言“朕闻有云：不待父母之命，媒妁之言，则国人父母皆贱之。杜丽娘自媒自婚，有何主见?”这时，一对敢作敢为的夫妻不畏皇权，据理力争。杜丽娘回答“保亲的是母丧门”，“送亲的是女夜叉”，意思是不需要世俗社会的什么保亲、送亲之人。当遭到“这等胡为”的指责时，柳梦梅回答说：“这是阴阳配合正理”。就这样，经过合理斗争，迎来了皆大欢喜的结局。

以上，就是四首怀古诗所概括的法律思想意义的基本思路。若细读细讲，纵千言万语也难尽其意。薛宝琴能写出这样的诗，表明她是一个深明法理法意的聪明女了。

三十一　探春打人值得歌颂吗

跟有人为焦大骂人大唱赞歌一样，又有人为探春打人唱赞歌。那是在抄检大观园的时候，探春在老奴婢王善保家的脸上打了一巴掌。为此，有文学家评论说：“这一掌，不禁使我们感到目醒神惊，同时又使我们感到爽心快意。这一掌，两百多年以来，一直在《红楼梦》读者耳边响着它那清亮的声音。我们从这个声音里所听到的，不是横暴的主子殴打善良的奴隶，而是处于历史压迫下的少女尊严，反击着封建社会里的邪恶。”（《细说红楼梦》）

果真如此吗？还是让事实说话吧。傻大姐拣到一个表示爱情的信物绣春囊，这便是王熙凤一伙人要抄检大观园的起因。他们的目的在于查出所谓伤风败俗的人。当查完探春的箱柜之后，就发生了打人的事件——

那王善保家的本是个心内没成算的人，素日虽闻探春的名，那是为众人没眼力没胆量罢了，哪里一个姑娘家就这样起来；况且又是庶出，他敢怎么。他自恃是邢夫人陪房，连王夫人尚另眼相看，何况别个。今见探春如此，他只当是探春认真单恼凤姐，与他们无干。他便要趁势作脸献好，因越众向前拉起探春的衣襟，故意一掀，嘻嘻笑道："连姑娘身上我都翻了，果然没有什么。"凤姐见他这样，忙说："妈妈走罢，别疯疯颠颠的。"

一语未了，只听"啪"的一声，王家的脸上早着了探春一掌。探春顿时大怒，指着王家的问道："你是什么东西，敢来拉扯我的衣裳！我不过看着太太的面上，你又有年纪，叫你一声妈妈，你就狗仗人势，天天作耗，专管生事。如今越性了不得了。你打谅我是同你们姑娘那样好性儿，由着你们欺负他，就错了主意！你搜检东西我不恼，你不该拿我取笑。"说着，便亲自解衣卸裙，拉着凤姐细细地翻。又说："省得叫奴才来翻我身上。"凤姐平儿等忙与探春束裙整袂，口内喝着王善保家的说："妈妈吃两口酒就疯疯颠颠起来。前儿把太太也冲撞了。快出去，不要提起了。"又劝探春休得生气。探春冷笑道："我但凡有气性，早一头碰死了！不然岂许奴才来我身上翻贼赃了。明儿一早，我先回过老太太、太太，然后过去给大娘赔礼，该怎么，我就领。"（第七十四回）

这就是探春打人事件的全过程。我们从中可以看到，探春不仅打人，而且还骂人，骂出了"你是什么东西""你就狗仗人势"等粗话。客观、公正的评价，应当对这骂人和打人行为做法律上的定位与分析。那位大唱赞歌的文学家，对骂人之事闭口不谈，而对打人之事采取掐头去尾的办法，抓住一点，不及其余，又没有一个衡量的客观标准，仅凭一己的想象和联想，就发表了一通高调赞歌，这就难免脱离事实，流于主观臆断，难尽批评家应有的职责。

对骂人行为的法律评论，在《焦大骂人小议》这一讲中，我们讲了三个要点：一是语言、文学、历史、法学等人文社会学科的有识之士都贬斥骂人的不文明行为，二是中国古代法律从禁止家庭中的子孙骂祖父、父亲发展到明清两朝禁止全社会的骂人行为，三是当代中国法律同样不允许以骂人的方式污辱他人人格。由此，探春当众骂人的污点，是不容否认的。评论者对此不予过问，有纵容的嫌疑。

现在着重谈其打人之事。我国法律禁止打人，由来已久。《唐律疏议》设有“斗讼”律，共有十五条。其开篇的疏议文字，对斗讼律沿革的历史线索，作了简明的勾勒：“从秦汉至晋，未有此篇。至后魏太和年，分击讯律为斗律。至北齐，以讼事附之，名为斗讼律。后周为斗竞律。隋开皇依齐斗讼名，至今不改。”后魏太和年，共有二十三年，即从公元四七七年至四九九年，至今已一千五百多年，可见法律禁止打人的历史是很悠久的。把探春打人的事件放到这一法制史的背景中考察，我们的第一个不同的意见，就是认为唱赞歌的评论者一笔勾销了一千五百多年的法制史的事实。正确的做法，应当是首先尊重法制史的事实，绝不能割断历史而任意发言。

清代关于禁止打人的法律称之斗殴律，分上下两卷，规定更加详细。我们能够从这里查找到适用于探春打人的具体法律规定吗？《大清律例·斗殴上》首当其冲的第一条指出：“凡斗殴，以手足殴人不成伤者，笞二十。”随律文之后有立法解释云：“但殴即坐。”这是关于禁止打人的基本规定，适用范围很广泛。探春一巴掌打在王保善家的脸上，不见红肿，即“不成伤”，显然可依此使探春受“笞二十”的法律处罚。既然已构成犯罪，难道文学家可以不顾法律而去热情歌颂这种罪行吗？这种明摆着的疑问，是不能回避的。

对打人者尚未打伤对方也要坐刑的理由，就在于打人的举动，有损于被打者的人格尊严，法律当然要主持公道，使打人者受到处罚，从而遏制这一罪行的蔓延。肯定探春打人的行为的评论家找到的一个立论理由，是王善保家的在对探春搜身时损害了这位少女的尊严。这里需要比较一下：到底是谁受到的人格尊严损害更大一些？王善保家的对于探春的全部行为，不过是“拉起探春的衣襟，故意一掀”，然后笑嘻嘻地说了一句话：“连姑娘身上我都翻了，果然没有什么。”平心而论，一个老婢女对一个少女有此言行，虽缺少一点尊重，但毕竟还谈不上污辱了人格尊严。稍微宽容一点的人，就不会去计较。而探春却小题大做，不仅“回敬”地在对方脸上打了一巴掌，还骂对方“什么东西”“狗仗人势”，这才是名副其实地损害了对方的人格尊严。我们不同意评论者的意见的又一个方面，正在于：如果从维护人格尊严的目的出发，首先应当为被严重损害了人格尊严的王善保家的讨回公道，对侵犯人格权的探春给予严正的批评，甚至追究其刑事法律责任。评论者同这应有的立场与看法恰恰是背道而驰，我们无论如何也不敢苟同。

问题还没有完结。探春是主子，王善保家的是奴婢，二者的法律地位有尊卑之别。清代法律的不公平的重要表现之一就是为主尊奴卑的等级制度服务，形成了一系列的区别对待尊卑的法律规定，造成了刑法上的“同罪不同罚”的现象。上面说过，打人本属于犯罪行为，这是一般法律规定。在这一般规定之外，其他一系列法律条文无不体现出等级制度的差异性。这样，在探春打人事件上，又有其他可以适用的法律，同时也伴有可议的其他法理。为探春打人大唱赞歌的评论家，无疑是把复杂的问题简单化了。

查“奴婢殴家长”条，有这样的规定：“若违犯教令，而依法决罚，邂逅致死，及过失杀者，各勿论。”这一款的立法解释指明，违犯教令的主体是“奴婢、雇工人”，所违犯教令的对象是“家长及期亲、外祖父母”，“依法决罚”指的是“于臀腿受杖去处”。这一规定，实质上是赋予家长及其亲属以殴打奴婢、雇工人的特权，连打死人也不负法律责任。王善保家的是邢夫人的陪房奴婢，探春是贾赦的侄女，把邢夫人称伯母。属法定的“期亲”。依此法律，探春打王善保家的根本谈不上是什么犯罪。从这里，我们可以看出，对探春打人事件不仅不应大唱赞歌，反而应当义正词严地批判封建法律的不公平的严重弊端，揭示其为等级制度服务的本质，对被歧视的奴婢和雇工人深表同情。

以上所谈，是探春打王善保家的这一行为所暗示的应有法理的若干方面。且看赞美探春打人的那些话语，诸如“处于历史压迫下的少女尊严，反击着封建社会里的邪恶”之类，让人做何理解呢？也就是说，什么是“历史压迫”？什么是“少女尊严”？什么是“封建社会里的邪恶”？作者均未能确指，也未加论证，用这样一些大而无当的模糊、笼统说法来极力称赞探春打人的具体行为，乍一看似乎很深刻，实际上是不知所云。法律视角的引进，使这种没有理性思维坐标的空泛之论的弱点暴露无遗。

三十二　为赵姨娘鸣不平（一）

——曹雪芹意在批判法律对妾的歧视

赵姨娘是贾政的妾。我们为她鸣不平的理由之一，是不少研究者未能明白曹雪芹塑造这一人物形象的意图，因而对赵姨娘泼了不少污水。

例一，脂砚斋在第二十回的总评中，把凤姐训斥赵姨娘的一番话，说成是"借环哥弹压赵姨娘"。弹压，意思是制服、镇压。这种说法简直把可怜的赵姨娘当作敌人，实在太冤枉了。

例二，有人认为曹雪芹在描写赵姨娘的"种种劣行"，要挖掘她的"恶"与"丑"，突出她的"鄙"与"俗"。

例三，有人大谈赵姨娘的愚蠢，所举例子是赵姨娘被马道婆骗去了大量钱财。

例四，有人对曹雪芹和赵姨娘完全不能理解，说出了下面一大段话：

> 《红楼梦》的作者对"妾"似乎也没有什么好感。书中写到的许多"妾"，德行言动都大成问题。最突出的是赵姨娘，作者的态度不是一般的对自己作品人物的批评、贬抑、谴责，而是充满了情感上乃至生理上的厌恶。曹雪芹的笔墨本来很忠厚，即使是反面人物，也决不流于简单化。……惟有赵姨娘，可以说一无是处。《红楼梦》中没有第二个人物被作者描写得如此不堪。我们简直不明白作者为什么要这样做。也许只有一种解释，那就是他特别厌恶"妾"，成心与"妾"过不去。（刘梦溪：《红楼梦与百年中国》。）

两百多年来，评论者们诸如此类的隔膜与误解，无不取决于他们法律知识上的空白。以曹雪芹描写包括赵姨娘在内的众多妾的弱势群体的本意而论，应当是批判封建法律对妾的歧视。在《唐律疏议》中，这样评论妻与妾的截然不同的法律地位："妻者，齐也，秦晋为匹。妾通买卖，等数相悬。"《大清律例》继承了这种妻尊妾卑的立法思想和内容，设有“妻妾失序”的罪名，规定：“凡以妻为妾者，杖一百；妻在，以妾为妻者，杖九十，并改正。”人道主义思想浓厚，关心婢、妾这些下层妇女命运的曹雪芹对法律公然歧视妾的不公平、反人道的立场与内容，无疑是持否定、批判态度的。

在第一回借空空道人之口谈《红楼梦》的内容时，提到了其中的“几个异样女子”。历来人们把这“几个异样女子”理解为金陵十二钗，我以为是不妥当的。那些婢女和妾，都应在“异样女子”之列。不这样理解，我们就不能解释一个突出问题：为什么曹雪芹花那么多笔墨把赵姨娘写得活灵活现？

当然，最能说明曹雪芹的写作意图的事实，是赵姨娘本身的故事。依照这些故事的法律内容，可将它们分为三类：一类是显示王夫人作为贾政的妻和赵姨娘作为妾的截然两样的不同地位和待遇，另一类是反映贾府中人对付赵姨娘的险恶环境，还有一类是富有同情心的人们情不自禁地站出来说公道话。曹雪芹同情弱者，批判法律的倾向性，无不贯穿在每一类型的每一个故事之中。

先看第一类故事。王夫人的月钱是每月二十两银子，而赵姨娘和周姨娘每月才二两，二者的比例是十比一。贾母房中的大丫头每月一两。可见，妾的月钱比婢女仅多一两，这证明妾的法定地位低下，导致了她们的经济地位的低下。

尤其不公平的是王夫人动不动就当众辱骂、奚落赵姨娘，而赵姨娘只有忍气吞声的份，不敢有任何表白的举动，这等于是让妻骑在妾头上任意作威作福，以维持“妻妾有序”的法律秩序。贾环把宝玉烫伤了，王夫人乘机当着大家的面骂赵姨娘：“养出这样黑心不知道理下流种子来，也不管管！”薛蟠、薛宝钗送给贾环好些礼物，赵姨娘想到这兄妹俩是王夫人的亲戚，就想到王夫人那里卖个好，这本是人之常情，可王夫人不买账，冷淡地说：“你自管收了去给环哥顽罢。”弄得赵姨娘一鼻子灰，又不敢流露不满情绪，只得回自己房里生闷气。宝玉脖子上挂的玉不见了，赵姨娘不过说了一句“外头丢了东西，也赖环儿”，王夫人大声喝道：“这里说这个，你且说那些没要紧的话！”赵姨娘照例不敢言语。甚至在赵姨娘死后，王夫人还习惯成自然地当众骂她。小说末尾，王夫人抓住贾环的一个错处，就骂娘儿俩：“赵姨娘这样混账的东西，留的种子也是这混账的!”

再看第二类故事。贾府中的老幼几代人都欺负赵姨娘。我们率先看到的是凤姐的训斥。论辈分，赵姨娘是长辈，凤姐该叫她婶子。论年龄，赵姨娘人到中年，凤姐才是二十出头的小青年。可凤姐训斥起来，竟如同长辈训晚辈、大人训小孩。有一次为一点小事，凤姐斥责说：“环兄弟小孩子家，一半点儿错了，你只教导他，说这些淡话做什么！凭他怎么去，还有太太老爷管他呢，就大口啐他！他现是主子，不好了，横竖有教导他的人，与你什么相干!”

马道婆行妖术之后，宝玉生了重病。赵姨娘实话实说，话还没说完，就被贾母照脸吐了一口唾沫，还骂她是“烂了舌头的混账老婆”，甚至连“淫妇”的脏话都骂了出来。

作为丈夫的贾政，一心向着母亲，“便喝退赵姨娘”。

连芳官等一伙小丫头，也不把赵姨娘放在眼里。为一点小事，曾有四个小丫头跟赵姨娘手撕头撞，闹成一团，不可开交。

中国社会自古以来在人际关系中的从众心理习惯，足以造成某种一边倒的“人场”，相当于看不见、摸不着而实际上客观存在的磁场一样，可发挥某种定向作用。例如，只要有人想整某一个人，造出不利于这一个人的舆论，其他一大帮人就会不管三七二十一地跟随而上。久而久之，此人就莫名其妙地被众人另眼相看，成了孤家寡人。在家庭、单位、社交圈内等有人群的地方，莫不可以见到这种人和事。有俗话云：一屋嫌赵老，赵老嫌一屋。我在想，这俗话正是对这种微妙的“人场”现象的逼真而确切的概括。

赵姨娘所处“人场”情形，取决于歧视妾的法律，形成于从众的法制心理氛围，曹雪芹深有所感，故产生了一系列有关故事。

最后看第三类故事。不为“人场”所吸引而独立思考和作为的人，毕竟历代不绝如缕。否则，中国这块盛产“人场”的古老国土就不会发展、进步，就不会有繁荣、昌盛、和谐的当今之世。站出来为赵姨娘说公当话的第三类故事，自然是曹雪芹有感于那些不为“人场”所左右的独立思想者的言行而形诸笔端的。我们要谈的是三个女人，她们是平儿、袭人和周姨娘。她们三个都是妾。我以为正是因大家同是法律歧视妾的受害者，故才有心灵深处的共鸣，才有感同身受的公平话语自然流露出来。

平儿眼见耳闻大家把坏事都往赵姨娘身上推的场面，悄悄发表不同意见：

> 罢了，好奶奶们。墙倒众人推，那赵姨奶奶原有些倒三不着两，有了事都就赖他，你们素日那眼里没人，心术利害，我这几年难道还不知道？二奶奶若是略差一点儿的，早被你们这些奶奶治倒了。（第五十五回）

袭人听到芳官用歇后语“梅香拜把子——都是奴儿”当面骂赵姨娘的时刻，连忙加以制止：“休胡说！”

周姨娘在赵姨娘断气后无人料理之际，有一段心理活动，虽未曾言表，也算得上是为赵姨娘鸣不平的内心独白。她想到：“做偏房侧室的下场头不过如此！况他还有儿子的，我将来死起来还不知怎样呢！”

为弱者鸣不平，是作家、艺术家的天赋。曹雪芹决不会向着霸道地骑在赵姨娘头上的王夫人，也不会跟目中无人的贾母、王熙凤等“人场”中排斥异己者一个鼻孔出气，他的心是跟自然而然讲公道话的平儿、袭人、周姨娘息息相通的。在这里，应当为续书的作者说句公道话：且不论整个后四十回的得失，单讲为周姨娘写上的这一段心理独自，应当承认深得曹雪芹的本意，从而把这一片段写得很到位，使这个像影子一般的人物陡然有了生息。因此，周姨娘的这一内心活动能叫人过目不忘。这位受法律的歧视的妾对“偏房侧室”们即法定的妾们的不幸命运的哀叹，正是曹雪芹所写赵姨娘的全部揪心故事的思想锋芒之所向——批判法律对妾的歧视和欺压。

三十三　为赵姨娘鸣不平（二）

——探春不认母亲和舅舅有违法理

我们为赵姨娘鸣不平的又一个理由，是探春作为赵姨娘的亲生女儿，竟然不认母亲和舅舅。这不仅不合人之常情，而且有违法理，应当受到谴责，然而有评论者为探春大唱赞歌，把她誉为宁荣二府中的“巾帼英才”，并且说：“按照封建伦理教条，探春的母亲大人确实不是赵姨娘，而是王夫人”。按照这种说法，探春不认母亲和舅舅的言行，不仅不应批评，反而应视为这个巾帼英才顺从封建伦理教条的光荣业绩。请问：中国历史上有这样荒谬绝伦的“封建伦理教条”吗？

批判封建主义，并不等于可以不顾事实地乱讲封建主义的坏话。这是常识。有不少纯文学家恰恰是在法律常识上出差错，致使学术研究不免出现使斯文扫地的大谬不然的纰漏。如此一来，披露探春的法理错误，为赵姨娘鸣不平，在文学和法律两大学科以及二者之间的交叉学科研究上，都有重要的学术意义，不可小瞧。

不妨先把探春的错误事实摆出来。有一次，为做鞋这点小事，探春跟宝玉在背后议论赵姨娘，不仅一再骂她母亲“糊涂”“昏愦”，而且还在骂声中表示不认生身母亲：

> 他那想头自然是有的，不过是那阴微鄙贱的见识。他只管这么想，我只管认得老爷、太太两个人，别人我一概不管。就是姊妹弟兄跟前，谁和我好，我就和谁好，什么偏的庶的，我也不知道。论理我不该说他，但忒昏愦的不像了！（第二十七回）

别人受法律歧视妾的不公平的左右，跟丈夫一样，跟着欺负做妾的女人们，如果说情有可原，难以避免，那么作为妾的子女，却不能随波逐流，也跟着别人一道来欺负自己的母亲。探春的过错，正在于她没有明白这一层法理，成了欺负母亲的上述“人场”中的一员猛将。如果说她是“巾帼英才”，只能说是这种欺负妾的“人场”上的昧于法理的莽撞英才。

“敏探春”的“敏”，只能说明她对外部世界事物的反应灵敏、迅速，这不等于她所反应的内容的正确、深刻。昧于上述明摆着的法理而自以为“明白”这一点，正好证明了探春之“敏”的幼稚之处。

探春所不明的法理，在《大清律例》中可以找到有力证据。在《服制》的《斩衰三年》中，明文规定：“庶子为所生母，为嫡母”。就是说，庶子女在守孝方面，对生母和嫡母完全一样，都是斩衰三年。还有一条法律规定更明确："其嫡母、继母、慈母、养母，与亲母同。"这又一次证明，法定的母亲们，无论她们本人的法律地位彼此间有怎样的差异，对于子女来说，都处在等同的法律地位之上。探春表示只认王夫人这个法定的嫡母，而不认赵姨娘这个法定的"生母""亲母"，明明白白违犯了这两处的法律规定。

同样，探春不认赵国基是她的舅舅也有违法律。在《服制》的《缌麻三月》中有一条规定："为舅之子"，还有立法解释是"即母兄弟之子"。既然子女为"舅之子"尚且要守孝三月，那么同舅舅本人的亲属关系就更加密切了。这是一个简单的逻辑推理就可明白的法理。探春在这里又一次有违法律和法理。

这里所说的"老爷、太太两个人"，指的是贾政和王夫人。贾政是探春的父亲，王夫人是探春的嫡母，承认这两个人的父母地位是合情合理合法的。对"别人一概不管"，主要指的是不管赵姨娘，这就有可议之处了。

后来，凤姐生病，探春有机会出面临时管理荣府家务，适逢她舅舅赵国基死了，赵姨娘来向探春要安葬费，为此母女俩发生了争执。探春当着母亲的面，跟别人一样，口口声声"姨娘"，根本不叫"母亲"或"妈妈"，这表明她的确一贯没有把赵姨娘当母亲对待。当时赵姨娘没有计较的表示，大约对女儿不认亲娘的言行已经习惯、麻木了。于是，她只是就事论事地强调说：

> 你如今现说一是一，说二是二。如今你舅舅死了，你多给了二三十两银子，难道太太就不依你？分明太太是好太太，都是你们尖酸刻薄，可惜太太有恩无处使。姑娘放心，这也使不着你的银子。明儿等出了阁，我还想你额外照看赵家呢。如今没有长羽毛，就忘了根本，只拣高枝儿飞去了！（第五十五回）

平心而论，赵姨娘此时此刻的一番话语，说的是客观事实，也说出了真实的希望，并没有什么过分之处，出乎读者意料的是——

> 探春没听完，已气的脸白气噎，抽抽咽咽地一面哭，一面问道："谁是我舅舅？我舅舅年下才升了九省检点，哪里又跑出一个舅舅来？我倒素习按理尊敬，越发敬出这些亲戚来了。既这么说，环儿出去为什么赵

国基又站起来，又跟他上学？为什么不拿出舅舅的款来？何苦来，谁不知道我是姨娘养的，必要地两三个月寻出由头来，彻底翻腾一阵，生怕人不知道，故意表白表白。也不知道给谁没脸？幸亏我还明白，但凡糊涂不知理的，早急了。”李纨急得只管劝，赵姨娘只管还唠叨。（第五十五回）

就这样，探春果然实现了当初的“别人我一概不管”的诺言，公然表示不认母亲，不认舅舅，而她承认的舅舅是王夫人的弟弟王子腾。尤其富有讽刺意味的是，探春的言行明明无理，而她本人却感觉良好，自以为“明白”，自以为不是那种“糊涂不知理”的人。

实际上，探春不认母亲和舅舅，具有违法性质，而在她的意识中则不明白如下法理：法律歧视妾，是对丈夫而言的，即法律禁止丈夫把妻当作妾、把妾当作妻，保护丈夫以妻尊妾卑的原则处理妻与妾的关系。这样的法理，丝毫没有允许妾的子女可以歧视、否认亲母的意思。

因此，以上所说法律和法理，仅限于民法范围。若从刑法范围看，探春先后向宝玉及当着众人的面诉说、辱骂赵姨娘，犯有“十恶”大罪中的第七条“不孝”。其立法解释有云：“谓告言咒骂祖父母、父母”。探春先后两次的大段对话中，既有对母亲的“告言”，又有“咒骂”，犯“不孝”之罪确凿无疑。对此，探春有所觉察，她对宝玉就承认说，“论理我不该说他”。这应“论”之“理”，就在“不孝”的刑法规定及其立法解释之中。

清代法律还有关于“骂祖父母、父母”的罪名，规定“凡骂祖父母、父母……者，并绞。须亲告乃坐。”探春骂赵姨娘的脏话很多。如果这当母亲的动真格告探春，那就难保小命了。极力称赞探春的论者看不到问题的严重性，反倒把她骂母亲的原话“不过是那阴微鄙贱的见识”拿来作为贬责赵姨娘的论文的标题，我们认为这既歪曲了探春的形象，又对赵姨娘太不公平。

清代法律并不是我们今天正确评论探春、赵姨娘这两个人物的标准，而只是一种视角。正是从这个特定的视角，我们看到了探春骂母亲及不认母亲和舅舅的言行违犯民法，触犯刑法的严重性。也正是法律的视角，使我们进一步看到，即使用当今之世的法律来看探春，她的有关言行也是不能成立的。

例如说，现行婚姻法明文规定，“禁止家庭成员间的虐待和遗弃”。探春对待赵姨娘，在精神上属于典型的虐待和遗弃性质。至少，可以这样的法理启示来判断和批评探春的失误。

封建法律以宗法制度为一大支柱。是此，封建法律不仅歧视妾，而且歧视妾的子女（被称之为庶出子女）。说穿了，探春的“敏”，就是对法定的“庶出”子女的身份及不公正的待遇弄得神经过敏，甚至扭曲了她少女的心灵，自觉不自觉地把生母当作发泄郁闷的对象。这种更深层的法理，是探春本人所根本不能意识到的东西，却是人物身上固有的法律内涵。作为读者和研究者，唯有挖掘出这一深层法理，才算找到了为赵姨娘鸣不平的关键，才算发现了这对母女之间缺乏正常的上慈下孝的情感关系的症结。

三十四　为赵姨娘鸣不平（三）

——她是喜剧人物，还是悲剧人物

我们为赵姨娘鸣不平的第三个理由，是有评论者认为这个人物是“喜剧角色”：这种意见，抹杀了人物固有的美学价值，对一个已问世两百多年的文学典型来说，这自然也是不公平的事情，很有必要从法律的角度加以探讨。

本文认为，赵姨娘是一个悲剧人物。关于法律与悲剧，我们曾用林黛玉的故事做过讨论。鉴于赵姨娘的悲剧同林黛玉的悲剧有着不同的法律内涵，这里的讨论重在说明这种特有的法律内涵的方面。

赵姨娘如果是一个喜剧人物，依据阅读经验可以知道，她身上应有来自法律的笑料，能够使我们感受到立法或执法、守法中滑稽、幽默的元素。这种情形，已在《法律与幽默》中谈过。王熙凤、刘姥姥等人身上就有喜剧色彩。现在要说的是，赵姨娘浑身上下没有丝毫引人发笑的任何法律元素，也没有丝毫引人发笑的日常生活现象，故不能认为她是喜剧人物。

我们认为她是悲剧人物，有不同于林黛玉的悲剧的三个法律元素。法律视角的悲剧的共同点，都在有价值的东西因法律的参与而毁灭。林黛玉的悲剧的法律元素的要义，在于她的美、才华和生命，因法律而全部丧失无存。与之相比，赵姨娘身上有价值的东西在于对封建法律歧视妾的不公平采取抗争态度，抗争的结果是彻底失败：一方面是抗争没有一点效果，另一方面是抗争者在失望中暴病而死。

具体说来，其悲剧的三大法律元素是：第一，她在难以改变自己的命运时，把翻身出头的希望寄托在儿子贾环身上，法定的嫡子宝玉与庶子贾环之间的矛盾，使这渺茫的希望只能归于破灭；第二，在欺压赵姨娘的邪恶势力包围圈中，她最反感的是凤姐，然而凤姐是人之妻，她自己则是人之妾，法律所保护的“妻妾有序”的家庭秩序，又只能使她处在劣势：第三，在无可奈何之际，赵姨娘抗争的最大手段，不过是借助于法律所禁止的马道婆的行妖术整人的犯罪行为，随着马道婆的被判死刑，赵姨娘的抗争努力也等于被判了死刑。

以上三个法律元素，在赵姨娘花重金收买马道婆行妖术的故事中，都有着生动的体现。当马道婆来到贾府，走进赵姨娘房间的时刻，只见到炕上“堆着些零碎绸缎湾角，赵姨娘正在粘鞋呢”，这个细节显现的是赵姨娘作为妾受欺的情形，所以她解释说，“你瞧瞧那里头，还有一块是成样的？成了样的东西，也不能到我手里来！有的都在这里，你不嫌，就挑两块子去。”就是因为妾处处受欺负，所以赵姨娘经常到庙里上供，求菩萨保佑环儿将来出人头地。看出了她的心事的马道婆连忙安慰说：“你只管放心，将来熬的环哥儿大了，得了一官半职，那时你要做多大的功得不能？”

贾环将来能不能得一官半职？这里碰到了第一个法律元素。贾政是政府官员。依清代“官员袭荫”的法律，贾环若想袭贾政的官职，几乎没有一点希望。那法律规定是：“凡文武官员应合袭荫者，并令嫡长子孙袭荫。如嫡子孙有故，嫡次子孙袭荫。若无嫡次子孙，方许庶长子孙袭荫。”这样，只要嫡子贾宝玉活着，贾环这个庶子就只能靠边站。赵姨娘一点儿都不傻。她知道这种法律是宝玉大受宠爱的原因，是贾环将来没有指望当官的原因，故听到马道婆的安慰话之后，不以为然地冷笑道：

“罢，罢，再别说起。如今就是个样儿，我们娘儿们跟的上这屋里那一个儿！也不是有了宝玉，竟是得了活龙。他还是小孩子家，长得得人意儿，大人偏疼他些也还罢了；我只不服这个主儿。”一面说，一面伸出两个指头儿来。马道婆会意，便问道：“可是琏二奶奶？”赵姨娘唬得忙摇手儿，走到门前，掀帘子向外看看无人，方进来向马道婆悄悄说道：“了不得，了不得！提起这个主儿，这一分家私要不都叫他搬送到娘家去，我也不是个人。”（第二十五回）

在这段话中，又涉及第二法律元素：作为人之妾的赵姨娘，尽管是长辈，年龄大，但斗不过作为人之妻的凤姐这个晚辈、年轻人。不敢明言，只能“伸出两个指头”来暗示的神态，还有“这个主儿”的模糊说法，都表明了赵姨娘对凤姐的畏惧程度很深。是的，凤姐年轻、聪明、泼辣，掌管着荣府的家务大权，连丈夫贾琏都怕她三分，没有任何长处的赵姨娘哪里是她的对手！

就这样，取决于前两个法律元素的第三个法律元素出现了——赵姨娘用衣服、首饰和五百两银子的欠条的大代价，换取了马道婆整人妖术手段。这种触犯刑法的罪行，清代法律规定的处罚非常严厉。在“禁止师巫邪术”条里有云：“凡师巫假降邪神，书符咒水，扶鸞祷圣……一应左道异端之术……煽惑人民，为首者，绞；为从者，各杖一百，流三千里。”果然，后来马道婆又一次作案，被人告发，判其死刑。可悲之处，就在于赵姨娘本人对歧视妾和庶子的法律毫无对策，对受此种法律而形成的邪恶社会势力也无能为力的时候，竟然把最后的一线希望寄托在死刑犯罪者的身上。赵姨娘对马道婆说：“你是最肯济困扶危的人，难道就眼睁睁看人家来摆布死我们娘儿两个不成？难道还怕我不谢你？”

经过一番讨价还价，终于酿成了这起意在把宝玉和凤姐往死里整的邪教妖术案件。其整人方式是：马道婆向裤腰里掏了半晌，掏出十个纸铰的青面白发的鬼来，并两个纸人，递与赵姨娘，又悄悄教他道：“把他两个的年庚八字写在这两个纸人身上，一并五个鬼都掖在他们各人的床上就完了。我只在家里作法，自有效验。千万小心，不要害怕！”

马道婆的这种办法，纯属邪教妖术，是反科学的，对任何人都根本不可能有实际的人身伤害。赵姨娘对此却信以为真，这是她可悲的一点。

在此应当顺便指出：后来宝玉和凤姐果然先后发病，差一点有死亡的危险，以此来体现那邪教妖术的“效验”，这是小说的败笔。有读者对此津津乐道，深信不疑，这应视为此处败笔容易在有迷信思想的读者群中产生消极影响。

赵姨娘在这里的又一可悲之处，是她不明白，即使真正整死了宝玉和凤姐，歧视妾和庶子的法律的不公平，依然如故，不会因死去两个人而有丝毫改变。就是这两点，决定了她的反抗必然彻底失败的结局。正因为如此，赵姨娘在以后的岁月里，受人轻视、欺负、嘲弄的处境日益恶化，直至发生亲生女儿探春当面不承认母亲和舅舅的最严重的事件。

时至今日，有人为达到个人的某种目的，也不惜采取雇凶伤人、杀人的犯罪方式。这是不是类似赵姨娘的与法律有关的悲剧呢？我以为，这不是悲剧，而是闹剧。美学意义上的与法律有关的悲剧，必备条件是有价值的东西遭到毁灭或遭到失败。赵姨娘对封建法律歧视妾与庶子的不公平、不人道进行反抗，不管方式如何，结果如何，那反抗本身是有价值的。因其中包括三点法律元素，故构成了美学意义上的悲剧。当今雇凶杀人之类，无论动机如何，都没有社会价值可言，只能是违犯社会公德、触犯刑法的犯罪行为，是无理可讲的闹剧。

读赵姨娘的全部故事，我们一点也笑不起来，这可充分证明她不是喜剧人物。与此同时，我们一点也不想哭，这从一定程度上证明赵姨娘的悲剧还缺乏震撼人心的力量。我在设想，如果续书的作者写赵姨娘的死亡不是暴病而死，而是依然有法律歧视上的某种原因，其悲剧性一定比现在要强烈得多。这种读后感，权作对续书不足处的一种批评吧。

法律与悲剧，是一个有待深入探讨的题目，可从文学中得到许许多多可资运作的资料。

三十五　宁国府一代不如一代的法律内涵

早在第二回中，冷子兴就对贾雨村大发感叹地指出：贾府如今的儿孙，

“竟一代不如一代了”。这一代不如一代的评价，自然是综合运用各种社会价值尺度的结果。这里，我们仅对宁国府一代不如一代的法律内涵做一番梳理和评论。

宁国府自宁国公以下的五代人，用法律尺度来衡量，的确是一代不如一代。先说宁国公。宁国公是宁府的创建人，他取得了显赫的法律地位，得到了受法律保护的一系列权利。一是他曾驰骋沙场，流血受伤；建立了战功，成为法定的功臣；二是得到了由皇帝下令、政府出资建造的高门深院的豪华住宅，这就是“敕造宁国府”，宁国公成了这功臣之家的法定家长；三是取得了可以按照法律世代承袭的官职；四是拥有按照“功臣田土”的法律规定所赐拨的公田，这些公田免交税粮；五是得到了朝廷赏赐的奴隶若干名，他们是宁国府按法定存养的奴婢的来源之一。就是这五个方面，使宁国公在宁国府的家史上的法律地位无与伦比。他所创建的家业富贵辉煌，受法律的全方位关照和保护。中国封建法律以家为本位的基本特征，通过宁国公成家立业的历程和成就得到了充分显示。

贾代化是宁府第二代传人，在宁国公死后，依法袭了父亲的官职。他作为法定家长，充其量只是继业守业，没有什么大作为，故比宁国公逊色多了。值得称道的仅有一点，这就是他在履行法定的家长职责上是尽力而为的，故全家没发生违法犯罪的先例。

豪华富贵无比的宁国府，到第三代贾敬手上，就开始了不停顿地走下坡路的衰落历程。贾敬在法律上的过错，主要有三点：一是放弃了依法承袭的官职，二是推卸了法定的家长职责。第二回交代说，贾敬如今一味好道，只爱烧丹炼汞，其余一切均不放在心上，故离家出走，在城外玄真观里跟道士们混在一起，后来服用自己炼的所谓长生不老仙丹，中毒而死。这就有了法律上的第三点可议之处。我们在讲法律与宗教的专题时曾说过，清代法律有歧视宗教的许多内容。贾敬甘心情愿与道士们为伍，等于是自觉自愿抛弃原有的受法律关爱和保护的优越地位而接受法律的歧视。这些法律地位的大转换、大跌落，虽然直接发生在贾敬身上，但对宁国府这个封建大家庭的衰落所造成的直接、间接影响和危害是不可低估的。第五回有歌词云：

箕裘颓堕皆从敬，家事消亡首罪宁。

曹雪芹的看法非常明确：宁国府是贾府二宅走向衰败的罪魁祸首，贾敬是使贾府日暮途穷的带头的败家子。不过，宁府颓败到贾敬这一代的时候，尽管祖孙三代人的法律地位落差很大，如同从山顶下滑到山腰再落到山脚下一样，但毕竟保住了一个基准的底线，就是还没有出现触犯刑法、危害社会的犯罪现象。

宁国府的第四代贾珍，虽然依法袭了其父抛弃的官职，成了其父抛弃的家的一家之长，但他极不争气。年轻的时候，他一味贪图享乐，把宁国府闹翻了天，也没有人来管他。也就是说，他亵渎了法定的家长职责，把宁国府弄得乌烟瘴气。这些败家行为，尚停留在未能遵循民事法律的水平之上。

待宁府第五代贾蓉长大成人，娶了媳妇秦可卿之后，贾珍竟然跟儿媳淫滥，造成了“秦可卿淫丧天香楼”的下场。

后来，曹雪芹听从“老朽”者的建议，删改了这一局部情节，但这丑恶的违法性关系依然在现存《红楼梦》中留下了蛛丝马迹。例如，秦氏死后，贾珍如丧考妣，“恨不能代秦氏之死”的过度悲伤，在天香楼上设祭坛的行为等，都流露出他和儿媳生前关系的不正常。

依照清代法律，贾珍跟儿媳秦可卿的乱伦性行为，犯有死罪。《大清律例》云：“若奸……子孙之妇、兄弟之女者，各斩。”立法解释指出，“奸夫、奸妇”均该“决”斩。这就是说，贾珍和秦可卿都犯有死罪。红学家通常都认为这是乱伦的道德败坏行为，根本看不到法律上犯有死罪的严重性质，其片面性之大不能不在这里指出来。

贾珍还有一桩罪行，就是他的妻妹尤三姐因与柳湘莲的婚事未成而自刎，对这种死于非命的事件，本应履行报官、尸检的法律手续，贾珍却是径直埋葬死者，后被御史参奏皇上，终于被追究刑事法律责任，其罪名是“私埋人命”。皇上的判处结论是：

身系世袭职员，罔知法纪，私埋人命，本应重治，念伊究属功臣后裔，不忍加罪，亦从宽革去世职，派往海疆效力赎罪。（第一百零七回）

就这样，贾珍在锦衣军查抄贾府时跟贾赦一同被捕。较之宁国公处在法律保护的功臣地位，贾珍成为受法律惩处的罪犯，这二者之间的差距该有多大呀！从这一点看，宁国府简直是从令世人瞩目的顶峰，跌落到了深渊。唯有法律的尺度，才可衡量出这巨大的落差。

在贾珍被捕入狱的同时，宁国府的房屋、财产、奴婢一并被入官、造册收尽。小说写道："可怜赫赫宁府只剩得他们婆媳两个并佩凤偕鸾二人，连一个下人没有。"婆媳俩，指的是贾珍之妻尤氏和贾蓉的续弦夫人。佩凤和偕鸾，是贾珍的两个妾。此时的宁国府除了这四个女人，已一无所有。贾母只得把她们四个接到荣国府来居住。就这样，宁国府这个法律保护的功臣之家的家业，跟其主人的命运一样，也从宁国公时代的富有顶峰，猛地下跌到深渊，到了一贫如洗的地步，其根源就在于贾珍犯罪所致。显然，还是只有法律的尺度，才可准确衡量出这巨大的落差。

贾蓉是宁国府的第五代，跟他父亲贾珍一样，也是一个不肖子孙。他日后的人生之旅，只能是比贾珍沉沦得更深更糟。且看他目前法律上的处境，有三点不光彩的记录。一是在他父亲与他的亡妻生前的犯罪的性行为罪案中，他处在受害者的地位，依法不能状告父亲而只能默默忍受内心的痛苦。有两条法律禁止贾蓉控告其父的淫妻重罪。一条叫做"亲属相为容隐"，规定亲属中有人犯罪其他亲属均应采取容隐态度。另一条叫做"干名犯义"，规定子孙不能控告犯罪的祖父和父亲，否则就视为犯罪。是此，贾蓉对犯有死罪的父亲贾珍和妻子秦可卿，只能忍气吞声而已。

贾蓉的第二个不光彩的法律记录，是他曾受凤姐的指使，伙同贾蔷强迫贾瑞写下一张五十两银子的欠条，触犯了有关刑法，构成了犯罪。这一点，在讲贾瑞死于"三假"的故事时已经谈过，这里不重复。

贾蓉的第三个不光彩的法律记录，是经常调戏他母亲尤氏的两个妹妹尤二姐和尤三姐。依照清代法律，这种调戏行为构成了犯罪。《大清律例》第四七卷罗列了三十条"比引律条"，指出："律无正条，则比引科断，今略举数条，开列于后，余可例推。"其中有一条云："兄调戏弟妇，比依强奸未成律，杖一百，流三千里。"贾蓉所调戏的是两个长辈，应称之为姨妈，性质比兄调戏弟妇严重，故至少可依此规定，对其处以"杖一百，流三千里。"

就是这样三条法律上的黑色记录，使贾蓉处在或应受法律处罚的犯罪地位，或受害而不能表白的尴尬困境，从而同宁国府的创建人宁国公形成了天壤之别，又一次标志着宁国府一代不如一代的衰败史上的巨大落差中包含有丰富的法律思想。

在我看来，如全然抹杀上述五代人身上固有的法律内涵而企图谈论宁国府由盛而衰的没落趋势，除了讲一些空话和套话之处，是无论如何也讲不出什么新鲜而切实的话语来的。一旦运用法律价值观念的尺度来谈论宁国府五代人的所作所为，就有说不完的思绪和话题。我相信，在大有心得的读者心目中，此处所讲一切连发言提纲都谈不上。这绝不是我的谦虚，而是客观事实本来如此。

第三辑
红楼案件法律分析

三十六　红楼第一案的法律悬念

中国古代专门描写法律诉讼案审理情况的小说、戏剧很多，它们被称之为公案小说、公案戏剧。《包公案》就是大家最熟悉的公案小说，《铡美案》就是大家最熟悉的公案戏剧。《红楼梦》虽不是公案小说，但所描写的案件有几十起。红楼第一案，当然是开卷第一回写到的甄英莲的失踪案。其失踪情形是：

> 真是闲处光阴易过，倏忽又是元宵佳节矣。甄士隐命家人霍启抱了英莲去看社火花灯，半夜中，霍启因要小解，便将英莲放在一家门槛上坐着。待他小解完了来抱时，哪有英莲的踪影？急得霍启直寻了半夜，至天明不见，那霍启也就不敢回来见主人，便逃往他乡去了。
>
> 甄士隐夫妇，见女儿一夜不归，便知有些不妥，再使几人去寻找，回来皆云连音响皆无。夫妻二人，半世只生此女，一旦失落，岂不思想，因此昼夜啼哭，几乎不曾寻死。看看的一月，士隐先就得了一病；当时封氏孺人也因思女构疾，日日请医疗治。

这起幼女失踪案自从发生，一直到小说结束，随着当事人命运的一波三折，不断引出各种各样的法律悬念，旧的法律悬念冰释了，又会出现新的法律悬念。到小说结束的时候，最后一个悬念才得到消除。且说失踪案发，就有三大法律悬念：一是甄英莲是否被别人收留？二是会不会被拐卖？三是有没有被杀害的危险？若是被别人收留，可按“收留迷失子女”条的规定处罚收留者：“凡收留人家迷失子女，不送官司，而卖为奴婢者，杖一百，徒三年。”若是被拐卖，可按“略人略卖人”条规定处罚拐卖者：“凡设方略而诱取良人，及略卖良人为奴婢者，皆杖一百，流三千里。”若是被杀害，杀人者应当偿命：“凡谋杀人，造意者，斩；从而加功者，绞。”

一年多过去了，三大法律悬念不仅没有尘埃落定，反倒又增加了一个新的悬念，而制造这新悬念的人不是别人，正是失踪者甄英莲的父亲甄士隐当年大力帮助过的贾雨村。甄父送给贾雨村五十两白银、两套冬衣，帮助他进京赶考。当上了大如州新任太爷的贾雨村急急忙忙要娶甄家的丫头娇杏为妾，于是表态说："我自使番役务必探访回来。"这就提出了又一个法律悬念：司法执法官员的贾雨村说话算数吗？

转眼间过去了七八年。通过贾雨村的门子之口，当年的三大法律悬念才有了答案。原来英莲被拐子拐到所租住的门子的房屋里，静养到如今十二三岁，要把她卖给别人作妾。由于拐子同时把她卖给冯渊和薛蟠，企图取得双倍的身价钱，结果造成了薛蟠主仆打死冯渊的人命案。贾雨村审理此案时明知失踪七八年的英莲终于有了下落，却既不向甄家报告消息，又不想办法把英莲送回老家去，这就表明他是一个忘恩负义、说话不算数的人。

薛蟠自己的家有钱有势，他的姨父是贾政，他的舅父是王子腾，二者都是出身豪门的官员——贾政为员外郎；王子腾为九省统制，后升九省检点。贾雨村于是徇情枉法，使犯有杀人罪的薛蟠逍遥法外。这时，又有新的法律悬念产生了：英莲是不是成了薛蟠的妾呢？清代实行的是法定的一夫一妻多妾的婚姻制度，英莲从拐卖案件的受害人到一旦成为妾，将是一种法律地位的大转换。

曹雪芹不急于解开这个悬念，先交代她被卖到薛家之后日常生活中的小插曲：被改名为香菱，长得像东府的秦可卿，不知道自己几岁到薛家来的，不知道父母如今在何处，不知道自己今年十几岁，也不知道是哪里的人。有人问她这一切，她都摇摇头说："不记得了。"就这样一个身世悲凉的小丫头，等待她的命运是给不成器的薛蟠当妾。

到第十六回，从凤姐口中，我们得知香菱作妾的经过和迅速遭到薛蟠冷落的不幸：

> 那薛老大也是吃着碗里的看着锅里的，这一年来的光景，他为要香菱不能到手，和姨妈不知打了多少饥荒。也因姨妈看着香菱模样好还是末则，其为人行事，却比别的女孩儿不同，温柔安静，差不多的主子姑娘也跟他不上呢，故此摆酒请客的费事，明堂正道的与他做偏房了。过了半月，也看得马棚风一般了，我倒心里可惜了的。

在富有同情心的读者目中，此时此刻又将产生一个法律悬念：香菱的妾的法律地位，有没有转变的可能性呢？当这个悬念出现之后，我们看到的是香菱刻苦学诗的故事。她拜林黛玉为师，林老师告诉她：要把王维的五言律读一百首，再读一二百首杜甫的七言律，还要读李白的七言绝句一二百首。肚子里先有了这三个人做底子，然后再读陶渊明等诗人的作品，不用一年的工夫，不愁不是诗翁了。果然，自此之后，她刻苦读诗，又积极写诗，由此得了一个“诗呆子”的绰号。

香菱学诗的故事非同小可。我国古代长期把诗作为文学的正宗，这使曹雪芹格外看重诗，故他笔下的贾宝玉、林黛玉、薛宝钗、迎春、探春等公子、小姐一个个都才华横溢，善于写诗作文。香菱不甘落后，日夜读诗、写诗，终于大有长进。一个自幼失去父母、被拐卖作妾的不幸女子凭着自己的刻苦勤学好问，竟可跻身于诗的高雅殿堂有所作为，实属难能可贵。她应是那些刑事案件的受害者中自暴自弃、怨天尤人的消沉的人们学习、奋起的榜样。即使不去学诗，也应向她学习从不幸、痛苦中彻底摆脱出来的那种顽强、乐观的人生态度和拼搏精神。

从薛蟠娶夏金桂为妻的第一天起，就产生了一个新的法律悬念：在强调妻妾有序、禁止“妻妾失序”的法制生活条件下，夏氏与香菱的妻妾关系将会处理得怎么样呢？不料这出身富贵的夏氏原来是个泼妇，进门不到两个月就挫败了丈夫薛蟠的锐气，紧接着薛姨妈作为公婆、薛宝钗作为小姑子，都不被她放在眼里。至于对作妾的香菱，更不当一回事：先是在香菱的名字上大做文章，说薛宝钗给起的这个名字在事理上讲不通。于是，自作主张，把香菱改作“秋菱”。

从此之后，香菱就成了夏金桂的主要攻击对象，不断借机闹事，弄得香菱在妾的位置上待不下去了。薛姨妈无奈之下要将她卖掉。在香菱哀求之下，她跟薛宝钗在一起过日子。过了不久，她身心交瘁，得了干血之症这种妇科病。

后来，薛蟠外出做生意时打死了张三，被关进了监狱。与此同时，独自在家的夏金桂耐不住守空闺的寂寞，企图勾引薛蟠的弟弟薛蝌，闹得鸡犬不宁，又闹出了人命案：夏金桂企图毒死香菱，反倒自食其果而死。这时，两大法律悬念浮出了水面：一是犯了死罪的薛蟠能不能保住性命？二是连妾都做不成的香菱在正妻夏金桂死后能不能成为薛蟠的正妻？

第一百二十回终于解开了这最后的两个悬念。薛家花费了无数银子，使薛蟠赎罪出狱。薛姨妈对儿子说："香菱跟了你受了多少的苦处，你媳妇已经自己治死自己了，如今虽说穷了，这碗饭还有得吃，据我的主意，我就算她是媳妇了，你心里怎么样？"薛蟠点头愿意。就这样，香菱身上的最后法律悬念就完全化解了。

香菱身上的法律悬念不断出现，意味着她的法律地位在不断变化。从最初的失踪案发生，命运未卜，到成为拐卖人口案的受害者，再到为人妾，最后为人妻，无不是所处法律地位的大转换，都涉及相应的法律。香菱是红楼人物中法律地位变化最多、最剧烈的一个。就凭这一特点，她令读者永志难忘。

三十七　一场大火引出的法律思考

《红楼梦》开卷第一回所写的一场大火，给读者留下了深刻的印象：

> 不想这日三月十五日，葫芦庙中炸供，那些和尚不小心，致使油锅火逸，便烧着窗纸。此方人家多用竹篱木壁者，大抵也因劫数，于是接二连三，牵五挂四，将一条街烧得如火焰山一般。彼时虽有军民来救，那火已成了势，如何救得下？直烧了一夜，方渐渐熄去，也不知烧了几家。只可怜甄家在隔壁，早已烧成了一片瓦砾场了。只有他夫妇并几个家人的性命不曾伤了。

俗话说，水火无情。水灾或火灾给社会带来的危害和损失，实在无法估量。单说和尚炸供引起的火灾，几乎烧毁了一条街，损失不算小。现在要讨论的是火灾所涉及的法律。

清代关于火灾的法律有两条，其一为"失火"，其二为"放火故烧"。二者的区别是：作案者没有主观上的故意而引发的火灾为“失火”，有主观上的故意为“放火”，因此对前者的法律处罚比后者轻。由此可知，和尚因“不小心”引起的火灾为“失火”。依《大清律例》“失火”条的规定，“凡失火烧自己房屋者，笞四十，延烧官民房屋者，笞五十，因而致伤人命者，杖一百。罪坐失火之人。”因为尚未造成人员伤亡，和尚们的失火行为仅仅只是应“笞五十”。这是此案引出的法律思考之一，表明可依法对火灾的法律性质、当事人所应受到的法律处罚，都能做出准确的判断。

法律思考之二，是如何追究失火和尚的罪责，或者说怎样做才能使上述“笞五十”的法律规定得到落实。在法律的实施中，有一条“不告不理”的原则。我国古代从奴隶社会到封建社会，曾一直恪守这条原则。无论是民事案件还是刑事案件，只要没有人出面告状，衙门的各级官员都不会主动立案，进入审判程序。这就意味着，即使罪行再严重，在缺乏告状环节的前提条件的时候，刑法处罚犯罪的一切规定都等于零。和尚的失火案，虽有“军民来救”，但无人告状，故“失火”和尚就逍遥法外了。

谈到“军民来救”火之事，会引出又一法律思考：在唐代法律中，明文规定：“见火不救者有罪”。《唐律疏议》云：“诸见火起，应告不告，应救不救，减失火罪二等。”“减失火罪二等”的意思，是“若于私家，从笞五十上减二等，笞三十。”这里的“告”和“不告”，不是指的告状，而是向大家报告失火的消息，号召更多的人来救火。见火灾发生不叫喊别人来救，自己也不积极救火，就视为有罪。和尚失火案发生后，“有军民来救”，使我们得以知道，唐代古老的告火情、救火灾的立法精神得到了传承。虽然清代法律没有这样的明文规定，但军民依然主动“告”和“救”，这积极作为除了见义勇为的道义力量的支撑作用之外，可以认为有唐代立法精神的潜在影响，或者说合乎古老的法律精神，这是可以肯定的。

当代中国作家周梅森的长篇小说《国家公诉》的开头，也写了一场火灾的发生，对照曹雪芹所写的火灾，我们不由得又联想到一个更重要的法律问题。《国家公诉》的第一章题目是《大火骤起》，一开笔就写道：

二○○一年八月十三日，长山那把大火烧起来的时候，叶子菁正在人大常委会主任陈汉杰家汇报工作。

叶子菁当时就觉得问题很严重，这场大火不论怎么发生的，反正是发生了，将来的公诉，不可避免。出于职业性敏感，叶子菁当即想到了收集、固定现场证据。以往的办案经验证明：在这种混乱时刻，能够证明案情真相的原始证据很容易换位，甚至消失。于是，叶子菁在陈汉杰打电话的同时，也操起手机紧张地打起了电话，找到了手下的副检察长张国靖和陈波，要他们立即带人赶往火灾现场待命。

叶子菁注意到，他们的警车一路过去时，不断有救火车呼啸着，从几个方向赶往解放路……

我们所要说的这个重要法律问题，就在上述三个画面同《红楼梦》所写火灾场面的区别之中。和尚炸供引起的火灾，没有引起司法执法官员的注意，加之无人告状，很容易使对失火负有罪责的和尚逃脱法律的追究。而《国家公诉》所写的火灾，从一发生就受到了叶子菁的关注。她是长山市人民检察院的检察长，其职责的根本是代表国家积极、主动地追诉犯罪行为，从而保证法律得到及时、公正的实施。因此，她面对火灾的发生，立即表现出职业的敏感性：想到公诉不可避免，想到要注意搜集证据，想到指派副检察长赶到现场待命。她的部下们果然迅速行动起来，行动步调比救火车还快。这一切，形象地表现出现一个重要的法律问题，显示出一个重要的法学道理，这就是：当代中国的人民检察院是国家的公诉机关，在检察院工作的所有检察官，都有一个共同的职责：代表国家追诉犯罪行为，从而彻底改变了中国古代历史上“不告不理”的古老诉讼原则下产生的司法执法上的消极、被动状况。作为检察长的叶子菁的职业敏感性，同这消极、被动的东西是针锋相对的，是我国社会主义条件下的法律和司法机关的先进性的生动体现。

清代的三法司衙门，是刑部、都察院和大理寺。刑部是皇帝掌握下的全国最高司法审判机关，主持全国最高级别的审判和管理全国性的行政事务。都察院是皇帝掌握下的法纪监察机关，主要任务是与刑部、大理寺共同复核全国的死刑案件，参加“秩审”等。大理寺的主要职责是“平反”冤狱，纠正错案。地方上没有相应的三法司机构，行政衙门的长官都兼任司法执法办案的工作。这就是说，中国自古以来一直到清代，都始终没有代表国家追诉犯罪的检察院这样的专门司法执法机构，自然也就没有这样的专负其责的检察官。

就世界范围而言，检察院的机构和检察官的职业，诞生于法国资产阶级大革命的十八世纪末。巴尔扎克写于十九世纪上半期的许多小说中出现了检察官的形象，就取决于法国生活的这种变化。新中国的检察机关诞生于1954年。文学描写检察官在近几年有了大发展，出现了《国家公诉》《检察官》等长篇小说。

总之，由和尚炸供引发火灾所联想到的最后一个法律问题是：当时中国离世界上诞生检察机构和检察官职业还相距几十年，故在进行惩处失火等犯罪行为上显得很消极、很被动。这是法律的时代局限性的表现。

如果把第一回写到的失火场面同第三十九回写到的发生在贾府马棚里的失火事故联系起来，加以比较，我们对以上所谈法律内容，会看得更清楚。南院马棚里发生的失火事故，发现及时，抢救迅速，没有造成任何损失，既无社会危害性，又没触犯刑法，不能以失火罪论处。这样，罪与非罪的界限，就可通过这种比较来加以解释。不管曹雪芹主观上是否有意于通过这一比较来显示罪与非罪的区分，作品自身在客观上的确足以昭示这种法理。若加上这一层法律思考，那么这一场大火所能引发的法律思考就构成了一个有四个层面的法律知识结构，谈论起来，会使人觉得饶有趣味。

三十八　“糊涂案”到底糊涂在哪里

在《护官符：人情干扰法律的铁证》里，讲的是贾雨村“徇情枉法”的前两个字“徇情”，即用人情干扰法律这一问题中的“人情”是什么，而这里主要讲的是后两个字“枉法”。

第四回的标题的后一句为“葫芦僧乱判葫芦案”。“葫芦”谐音为糊涂，“葫芦案”因而就是糊涂案。贾雨村的“枉法”，具体表现为对薛蟠的人命所涉及的全部法律一概稀里糊涂，都没有弄明白，从而糟蹋了法律。

贾雨村对于法律的糊涂之处总共有七个方面：

其一是贾雨村不知道他的前任不受理此案有罪的严重性。《大清律例》设有“告状不受理”的罪名，规定“告杀人及强盗不受理者，杖八十。”正确的做法，当是向有关法司衙门陈告前任府尹的罪行。即使不告发，也应心中有数，而贾雨村压根儿没有意识到这一点，这自然是“乱判”的首要一种表现。

其二是审此人命案的法律程序有误。《大清律例》中有关条例明文规定：“凡人命重案，必检验尸伤，注明致命伤痕，一经检明，即应定拟。”贾雨村置验尸法定程序于不顾，径直审问原告，自然为有关程序法所不允许。

冯渊已死一年，尸体很可能已经腐烂无存，但对此不闻不问，纯属“乱判”的表现之一。正确的做法，至少应当询问尸体情况。事实是，冯渊死了一年多，尸体至今尚未埋葬，贾雨村却完全不过问。

其三是贾雨村部下的门子本已指明应“将拐子按法处治”，而贾雨村在说门子的计策“不妥”的同时，把这本来妥当的东西也否定了。拐子当年拐骗三岁的英莲，如今又出卖被拐之女，都触犯了清代法律。《大清律例》设有“略人略卖人”的罪名，规定：“凡设方略而诱取良人，及略卖良人为奴婢者，皆杖一百，流三千里；为妻妾、子孙者，杖一百，徒三年……被略之人不坐，给亲完聚。”贾雨村在这里有两种法律错误：一是没有依法处治拐卖英莲的拐子，二是没有依法使被拐十多年的受害人“给亲完聚”。若从道德上看，英莲的父亲甄士隐曾有恩于贾雨村，现在本应知恩图报，可他置若罔闻。

其四是贾雨村根本不懂门子有罪的有关法律规定。门子在给贾雨村出谋划策时，毫无掩饰地说过，“偏这拐子又租了我的房子居住”，被拐来的英莲被迫称拐子为“爹”，二人以父女的名义租住于门子家中。依清朝法律，门子是拐卖人口罪中的名副其实的“窝主”。就在上述“略人略卖人”罪名中，有一款明文规定“窝主”与拐卖犯人“同罪”。贾雨村根本不知道有此种法律规定。为了自保，贾雨村担心门子把他当年丧魂落魄、寄居于葫芦庙的“贫贱”之事说出来，就节外生枝地“寻了他一个不是，远远充发了才罢”。其实，真要挟私整治门子，有现成的法律可治其罪，何须费心思去“寻”借口呢！贾雨村无论为公为私，都始终不明白门子有罪。

其五是贾雨村在公堂上审案的全过程，从未引用过任何一条法律，这是他不知法律为何物的又一明显表现。《大清律例》以醒目的法律条文指出“断罪引律令”，规定：“凡断罪，皆须具引律例，违者，笞三十。”仅此一端，贾雨村就得吃“笞三十”的皮肉之苦，却浑然不知自己犯有此罪。

其六是贾雨村根本不懂依法该判处死刑的案件的审判程序。《大清律例·刑律·断狱下》对“有司决囚等第”做出了明文规定：“凡狱囚鞫问明白，追勘完备；军流待罪，各从府、州、县决配：至死罪者，在内法司定议，在外听督抚审录无冤，依律议拟，法司覆勘定议，奏闻回报，委官处决，故延不决者，杖六十。”这一规定，对该判死罪的案件的审判程序做了一系列严格的限制要求。之所以如此，是为了防止在人命关天的案件审理上发生无可挽回的差错。贾雨村竟胆大妄为，就在自己手上了结死刑案件。

其七是贾雨村徇私枉法，让薛蟠主仆逍遥法外，罪行严重，他本人竟毫无觉察。冯渊之死，系薛蟠与之争买英莲为妾发生纠纷，薛呵令众奴仆一起动手把他活活打死。依清朝法律，薛氏主仆都犯有死罪。《大清律例·刑律·人命》有“谋杀人”的罪名，规定：“凡谋杀人，造意者，斩；从而加功者，绞。”依此，薛作为“造意者”该判斩刑，其奴仆作为“加功者”该判绞刑。如此重罪被贾雨村一笔勾销，在法理上大谬不然，在法律的适用上，贾雨村的枉法行为构成了犯罪，其罪名是“官司出入人罪。”《大清律例》的相应规定是：“凡官司故出入人罪，全出全入者，以全罪论。”以“全罪论”的立法解释是：“谓官吏因受人财，及法外用刑，而故加以罪，故出脱之者，并坐官吏的全罪。”贾雨村的行为属于“故出脱之”，应依法坐以“全罪”，即判其斩罪或绞罪。对此严重的法律后果，当事人贾雨村恐怕连做梦都没有想到。

如此昧于法律，实在是使清代立法者大失所望。《大清律例·吏律》的首要一条，是“讲读律令”，提倡“百司官吏务要熟读，讲明律意，剖决事务”，规定每年对官吏学习法律的成绩进行“考核”，一旦发现有“不能讲解，不晓律意者，官，罚俸一月；吏，笞四十。”贾雨村就属于该“罚俸一月”的对法律一窍不通的糊涂之官。若加上以上所谈该受到的处罚，贾雨村该受到的法律处罚不知有多少！

俗话说，糊涂官打糊涂百姓。贾雨村有一系列法律错误和严重罪行却一无所知，是个典型的糊涂官，他在公堂上煞有介事地审案判案，纯属民间俗话所讥刺的糊涂官打糊涂百姓。唯有在法律的视角下，才可还贾雨村其人不通法律的全部糊涂行径和糊涂心态的本来面貌。

不懂法律的糊涂，除了不懂各种具体法律之外，还包括不明法理，缺少法律的知识、理论修养。贾雨村在这一方面，也是很糊涂的。例如，对人情干扰法律的法律社会学问题，他就只知道做徇情枉法的事，而不懂这样做的危害性在于架空了法律，使法律成为一纸空文。若要讲这里的道理，大约是这样一回事："徇情枉法"所指的情，既有个人的喜怒哀乐的情感体验，更有社会上的人之常情、人情世故，例如拉关系、走后门、感恩戴德、求情说情等人际关系网中的东西，都属于情、人情范畴。这种人情的东西，自古至今一直都是法制道路上的大障碍、大公害。在贾雨村的主观意识中，这种法理他是不会明白的。

有人可能会说，贾雨村曾对门子表示过这样的态度："岂可因私而废法？是我实不能忍为者。"其实，这是贾雨村奸诈的漂亮话，并非真心实意的正确见解和态度。对此，脂砚斋的评语是："奸雄""全是假"。

中国古代执法官员中像贾雨村这样糊涂于法律的官员，为数众多，且有其共同的传统根源。中国不像西方那样早就有职业法官，专司审判案件的职责。中国历代的传统，都是地方政权机关，同时就是审判机关，地方行政长官也就是法官。加之中国的法学教育的落后，致使充当法官的地方行政长官无从接受专门的法律训练。于是，执法办案的官员不明法理、不懂法律的现象就在所难免。贾雨村这个执法而不懂法，处处违法甚至犯罪的官员的典型性格，就是在这样的典型环境之下形成的。

三十九　冷子兴成为被告的案件

古董商人冷子兴是贾雨村的朋友，在第二回中出场时，曾侃侃而谈，大讲宁荣二府的家史，感叹如今贾府的儿孙“竟一代不如一代”。不料这个能说会道、被贾雨村称赞为“有作为、大本领的人”成了被告，被告到衙门里去了。此案的案情，是通过冷子兴的妻子之口向其母亲周瑞家的讲出的，而她讲案情的落脚点在于求情以化解官司。她笑着对母亲说：

“实对你老人家说，你女婿前儿因多吃了两杯酒，和人分争，不知怎的被人放了一把邪火，说他来历不明，告到衙门里，要递解还乡。所以我来和你老人家商议商议，这个情分，求那一个可了事呢？”

出乎女儿意料之外的是，她母亲周瑞家的并不把这官司放在眼里，只是轻描淡写地回答道：“这有什么大不了的事！你且家去等我，我给林姑娘送了花儿去就回家去。此时太太二奶奶都不得闲儿，你回去等我。这有什么，忙得如此。”女儿听说，便回去了，又说：“妈，好歹快来。”周瑞家的道：“是了。小人儿家没经过什么事，就急得你这样了。”说着，便到黛玉房中去了。母女俩谈话之后，小说对这起官司作了如下简单的交代：

原来这周瑞的女婿，便是雨村的好友冷子兴，近因卖古董和人打官司，故教女人来讨情分。周瑞家的仗着主子的势利，把这些事也不放在心上，晚间只求求凤姐儿便完了。

冷子兴成为被告的案件，在小说中只写出了这样简略的三四百字，然而应当讲出的法理却一言难尽，足以写成一篇洋洋洒洒的大文章。我们且讲几个要点：

首先一点，可以断定案件的性质是诬告。何以见得呢？冷子兴的妻子说得很明白：丈夫“被人放了一把邪火”。这是一种通俗、形象的说法，用规范的法律概念来说，自然就是法律明文规定的“诬告”。

我们认为案件的性质是诬告，还有一个理由，是告状者所告罪名不能成立，纯属诬陷不实之词。冷妻说，别人告状说冷子兴“来历不明”。这话不值一驳。读者都记得，冷子兴在第二回中出场时，曾通过贾雨村的亲眼观察，交代“此人是都中古董行贸易的号冷子兴者”，他们二人“旧日在都相识”。这两次提到的“都”，就是京城、京都。既然如此，冷子兴就是地地道道的京城人，怎么是“来历不明”呢？

“来历不明”，也是民间的通俗说法。如果用法律概念来讲，“来历不明”意味着触犯了《大清律例》中关于“人户以籍为定”的法律规定。这里的“籍”，指各色人等的籍贯，法律明文规定每一个人，每一户的籍贯，都以“原报册籍为定”，若有弄虚作假的行为，就将判处“杖八十”。冷子兴作为老京城人，能对贾府人老几辈的历史沿革、家庭现状和一代不如一代的没落趋势都了如指掌，从根本上不存在籍贯有假的问题。故“来历不明”纯属那告状者的无中生有。

第二，既然“诬告”性质已明，那么一旦进入诉讼过程，打起官司来，冷子兴胜诉是毫无疑问的。而诬告者，就将按“诬告”条治罪。该条有云：“凡诬告人……流、徒、杖罪，加所诬罪三等，各罪止杖一百，流三千里。”因诬告者所捏造罪名在上述法律规定中为“杖八十”，故诬告者就该适用这里的“杖一百，流三千里”的规定接受处罚。这是明摆着的法理。

任何真正懂法律、明法理的当事人，面对这起被诬告的案件，就会心中有数，从容不迫地走向公堂，拭目以待，静观公正判决的出现、诬告者的失败和受刑。如若不然，就可在公堂上据理力争，或提出上诉。

第三点，我们要说的是，冷子兴夫妻二人都是法律的门外汉，既不知道“放邪火”是法律不允许的“诬告”，又不明白诬告者将要受到严惩所适用的具体法律，也不能预料被诬告能够讨回公道的胜诉结果，而只感觉到成了被告的危险和可怕，于是就稀里糊涂地求情，把明摆着的法律和法理抛在一边，根本不去过问。法盲，就是这样可气可笑又可悲。

最具有讽刺意味的，自然是冷子兴其人。他在议论别人的家事时，头头是道，口若悬河，简直是无所不知、无所不晓。可在自己遭诬告的小小案件上，竟然黔驴技穷，一筹莫展，在万般无奈中只得派妻子去向丈母娘求情。而老丈母娘所仰仗、依靠的不是别人，却正是被冷子兴嘲笑的“一代不如一代”的贾府中人。有一句俗话说：自己搬石头砸自己的脚。冷子兴此时所做的正是这样的蠢事。

第四点，在对待这起案件的态度上，周瑞家的母女俩形成了鲜明对比，这也有可议之法理。女儿显得焦急，无计可施。她焦急的是听说要将丈夫

“递解还乡”，这岂不等于家破人亡、流离失所吗？无计可施，说明她见识短，无经验，少办法。这一切，盖在不懂法律，不明法理。母亲周瑞家的显得从容不迫，老练能干，仿佛见过大世面，根本不把女婿的官司放在心上。所以，她一再对女儿开道说，“这有什么大不了的事”“这有什么”“小人儿家没经过什么事，就急得你这样了”。那么，周瑞家的是不是就懂法律，明法理呢？也不是。她虽比女儿年岁大，见识多，其实同样是法律的门外汉。故她把女儿的焦急和女婿的官司不当一回事，不放在心上，另有原因，这就是对贾府的迷信，对主子们的敬仰。在这老奴仆心目中，贾府是她的最大靠山，贾府的主子们是她的希望，是她的主宰，没有贾府主子们办不成的事情。她在内心打定的主意，说出来极其简单：向凤姐求情。就在求情这一点上，母女两代人走到一起来了。以截然不同的态度，站在完全不同的起点，却走向了完全相同的终点——以人情干扰法律，在法律之外瞎忙活。在此，我不由得又一次敬佩曹公的一双艺术家的慧眼，把法盲们在法外瞎忙活的必然性，竟洞察得如此深透。

最后一点，我们想说的是，本案以不了了之的方式结束，给读者留下了一个悬念：凤姐作为被求情的对象和希望之所在，到底有怎样的作为呢？小说只用“晚间只求求凤姐儿便完了”这十一个字结束了此案例。作者无意于再写凤姐如何行动、案件终结时出现了怎样的结果。因为，第四回的那张“护官符”已经告诉过读者：以贾府为首的四大家族早已名声在外，令官府上上下下望而生畏。故读到此处，尽管凤姐没有出面有所作为，读者也可想象到官府买账的应有结果：办案官员像贾雨村一样徇情枉法。

值得关注的是，本案的诬告性质既已明白无疑，真正打起官司来，冷子兴胜诉是必然的，故周瑞家的母女俩的求情活动纯属多此一举。凤姐出面为其说情因而也就毫无必要。那么，是不是曹雪芹着眼于这一点而不再往下写本案的后续故事呢？我以为是的。如此一来，小说实质上是以这种留空白即不了了之的手法，对法盲们在法律以外的人情旋涡里乱折腾、瞎忙活的言行进行无言无声的冷嘲，较之那满纸千言万语的热讽，这不着笔墨的静观式的冷嘲，也许别有效果。

人情干扰法律的话题，是红楼众多案件共同涉及的一个舆论中心。它们如同众星捧月一样，从不同的方位和侧面，把这舆论中心的法理的方方面面一一映照、烘托出来。例如已经讲过的薛蟠打死冯渊的案件，昭示的是执法官员的徇情枉法，而本案说明的是民间的盲目求情风气。

四十 三千两银子和两条人命

一件小小的婚姻纠纷案，竟闹出了耸人听闻的结果：一方面，是王熙凤从中大发横财，捞到了三千两银子的所谓“谢礼”；另一方面，是一对青年男女殉情自杀而死。我们认为，这一案例所鞭挞的主要目标，自然在于凤姐通过插手法律诉讼活动捞取钱财的贪婪和丑恶，同时也暗示出一系列的法理，值得一一分析、评论。

首先要指出的是，就案件本身来说，案情简单，适用法律明确，依法律程序审理很容易做出正确判决，王熙凤根本无从下手捞钱。长安县内大财主张家有个女儿名叫金哥，本来受到原任长安守备的公子的聘定，不料长安府太爷的小舅子李衙内看中了张金哥，打发人上门求亲。张家想退亲，又怕守备不依，便回答说已许配了人家。那李公子非娶张小姐不可，张家无计可施，两头为难。守备家闻讯后到张家扯皮，指责说一个女儿许几家，不许退定礼，就打官司状告张家。

案情发展到这一步，如果张家不节外生枝，等候法律判决下达，事情就很容易解决。《大清律例》规定，女方已订婚，“若再许他人，未成婚者，杖七十；已成婚者，杖八十。后定娶者知情，与同罪，财礼入官；不知者不坐，追还财礼。女归前夫。”还有一条与此律对应的条例云：“凡女家悔盟另许，男家不告官司强抢者，照强娶律减二等。其告官断归前夫”。依这两条法律规定，张家将败诉，金哥将判归守备公子为妻；主婚者张父会受到“杖七十”的处罚；后接受的定礼或“入官”，或“追还”，视李公子对金哥先订婚事是否知情而论。仅此而已。这样一来，上述死人、破财的两大严重后果就不会发生，凤姐一文钱的好处也捞不到。

其次，灾难诱发出来的契机，在于张家成为被告之后，沉不住气，一急之下就进京找门路，决心赌气把守备的定礼退掉。显然，这种赌气的行为，是违背上述两条法律的。张家找门路的目的，在于同法律较劲，一意孤行地企图干出法律所不允许事情。因此，张金哥之死的一个重要原因，在于张父不懂法律，不通法理，由此埋下了葬送女儿性命的祸根，也给凤姐发横财造成了可乘之机。张父把个人意气置于法律之上的教训，是不能不记取的。

第三，从中牵线搭桥的老尼姑，在法律之外讲人情，拉关系，走后门，在人为制造灾难上，应负有重要责任。老尼姑原来在长安县善才庵内出家，张财主是她的施主，熟知张金哥的婚姻纠纷的来龙去脉。后来，老尼来到了贾府的家庙水月庵当尼姑，于是趁凤姐到庵里来给秦可卿办丧事的机会，干起了说情、求情的勾当。老尼认为，长安节度使云光与贾府关系密切，只要贾府有人出面求云光，让云老爷去做守备的思想工作，便不怕守备不依张家的退婚。老尼的行为，实质是以情压法，以权压法。以情压法，表现在她根本不管法律，而是在法律之外寻找各种可以利用的人情世故，她对人情世故的东西了如指掌，而对法律却不闻不问，甚至一窍不通。以权压法，表现在老尼对官职大小的了解使她采取了倾向官高权大者的办法。守备是掌管守城堡、钱粮的官员。节度使是掌管军事防务的长官。长安县府太爷则是地方最高行政长官。老尼出主意让贾府动员云光去做守备的工作，使之认输，其实就是在巴结贾府，利用中层官员去压服下层官员，从而为上层官员效劳。这种尘世间的势利行径——趋炎附势，欺软怕硬，居然在一个皈依佛门的老尼身上运用自如，成为干扰法律的一大阻力。就这样，法律、宗教、政治这些意识形态的相互纠缠不清通过老尼的说情求情活动折射出来。

第四，在插手这一法律诉讼活动中王熙凤的贪婪、虚伪、狡诈及其日后的变本加厉，都暴露得一清二楚。我们着重要谈的是那三千两银子是怎样被凤姐捞到手的。第一步，她从老尼姑求情的话语中看出了张财主是个财大气粗、出手大方的主，于是自己狮子大开口说可以稳操胜券。老尼说："我想如今长安节度使云老爷与府上最契，可以求太太与老爷说声，打发一封书去，求云老爷与那守备说一声，不怕那守备不依。若是肯行，张家连倾家孝顺也都情愿。"第二步，为了独吞所要敲诈的巨款，凤姐对老尼声称太太即王夫人

"再不管这样的事"，果然老尼接过话头说，"太太不管，奶奶也可以主张了。"这所谓"奶奶"，指的就是王熙凤。可见王熙凤这时已为自己插手捞钱做好了舆论准备。第三步，口出狂言，毫无畏惧地说："凭是什么事，我说要行就行。你叫他拿三千银子来，我就替他出这口气。"第四步，当老尼满口答应"有，有！这个不难"之后，凤姐滴水不漏，连忙解释，"这三千两银子，我分文不要他的，不过是给打发说去的小厮做盘缠。"第五步，为了把三千两银子落实下来，凤姐在听了老尼的一番奉承之后，两人又详细攀谈起来。当面索要巨额钱财的全部谈话过程，大约经历了这五个步骤。

费尽心机的谈话中，凤姐撒了个弥天大谎。"盘缠"云云，根本站不住脚。长安离京城，不过百里路程。步行往返一次，能花几个钱？老尼本人就曾从长安来到京城，何尝不知凤姐在说谎呢？

谈话之后，凤姐的幕后操作也是诡计多端的：只把此事托付给奴仆来旺儿，指使他假托贾琏的名义，找卖文的相公写了一封信，连夜送往长安县。两天工夫，这件事便办妥了。

云光为什么肯买贾府的账呢？因为他久欠贾府的人情，这次正好有了回报的机会，故当即应允，写了回信。

下而是此案的最后结局：

> 那凤姐却已得了云光的回信，俱已妥协。老尼达知张家，果然那守备忍气吞声地收了原聘之物。谁知那张家父母如此爱势贪财，却养了一个知义多情女儿，闻得父母退了前夫，他便一条麻绳悄悄的自缢了。那守备之子闻得金哥自缢，他也是个极多情的，遂也投河而死，不负妻义。张、李两家没趣，真是人财两空。这里凤姐坐享了三千两，王夫人等连一点消息也不知道。自此凤姐胆识愈壮，以后有了这样的事，便恣意作为起来，也不消多记。（第十六回）

关于这结局的法律寓意，主要有三：一是张家退婚，迫使守备家收回聘礼，属于违法行为，同上述律例格格不入，而这种违法行为是法律之外的人情，权力大肆干扰、破坏的结果；二是张金哥和守备公子的双双殉情而死，不仅仅表现了对合法的爱情的珍惜，更是对父母主婚中出尔反尔的不负责任的态度的一种抗议，还是对法律之外的阻碍法律的人情、权势的一种抨击；三是王熙凤插手法律诉讼，大发横财的罪恶行径此后愈演愈烈，既反映了封建大家庭破坏国家法律的消极作用的持续存在，又反映了司法执法官员的腐败。

综合以上所谈各个方面，我们清楚地看到，发生在法律审判公堂之外的那些同法律运行轨道相抵牾的社会邪恶势力，平常时节暗藏在各个角落，无声无息，毫不引人注意，一碰到有诉讼案件发生，它们就从四方八方蠢蠢欲动，有时甚至如同洪水猛兽，把法律运行之路堵塞得寸步难行。这应是张金哥的婚姻纠纷案给我们的综合性的法理启示之所在。

四十一　贾宝玉为见证人的两起犯奸案

《红楼梦》中的法律描写，如同百花盛开，美不胜收。在赏析其法律思想意义时，从方法上应当注意的一点，是既要看到曹雪芹的主观意图，又要看其客观效果，唯如此心中有数，才可选取恰当的评论话题。这里以贾宝玉为见证人的两起犯奸案为例，来说明这一方法的要点。

第十五回所写秦钟与馒头庵里的小尼姑智能的犯奸案，第十九回所写茗烟与宁国府的丫头万儿的犯奸案，案情相同，所适用的法律大同小异，见证人都是贾宝玉，其结果都是得到了宝玉的宽容而安然无恙。因此，可以合并作为例子来说明法律描写的主观意图和客观效果的问题。

先看两起案件的案情。

秦钟为给姐姐秦可卿办丧事，留宿于馒头庵，乘机去找相识的智能。他“一口吹了灯，满屋漆黑，将智能抱到炕上，就云雨起来。”正在这时，宝玉突然出现，当场按住二人。从笑声得知来人是宝玉后，害羞的智能摸黑逃走了。秦钟则央求说：“好人，你别嚷的众人都知道了。”

另一起案子的案情是：宝玉到宁府的一个小书房里去，本想看那幅美女画，不料发现自己的小厮茗烟按着一个女孩子，也干那警幻所训之事。宝玉禁不住大叫："了不得!"一脚踹进门去，将那两个唬开了，抖衣而颤。

茗烟见是宝玉，忙跪求不迭。宝玉道："青天白日，这是怎么说。珍大爷知道，你是死是活?"一面看那丫头，虽不标致，倒还白净，些微亦有动人处，羞得脸红耳赤，低首无言。宝玉跺脚道："还不快跑!"一语提醒了那丫头，飞也似去了。宝玉又赶出去，叫道："你别怕，我是不告诉人的。"急得茗烟在后叫："祖宗，这是分明告诉人了!"那跑走的丫头就是宁国府的万儿。

曹雪芹写这两起案子的主观意图，应当是通过展现案件的犯奸事实，来告诉读者：宝玉因为自己跟婢女袭人有过所谓"云雨情"在先，故对后发生的两起类似事实不免同病相怜，从而极为自然地采取了纵容的态度。充其量，不过是赞赏了宝玉对有过失的两对青年男女的宽容、大度胸怀。

然而，从两案的客观效果即读者阅读案例故事后的心理活动来看，却可以产生法律上的许多联想、思考和追问，这些都是出乎曹雪芹意料之外的东西，或者说并非刻意追求的东西。

首先，以两起案件的当事人的行为的犯罪性质本身而论，有着适用的法律供考察、定位。《大清律例》的"犯奸"条云："凡和奸，杖八十。"这一规定，是判处"和奸"通用的准则或前提。随着行为人的法定身份的不同，还有更具体的附加规定。智能是尼姑，应适用的具体法律是："若僧、尼、道士、女冠犯奸者，各加凡奸罪二等。相奸之人，以凡奸论。"由此可知，对智能的处罚依法应比秦钟重。至于茗烟与万儿，因同属奴婢，清律有专门规定："奴婢相奸者，以凡奸论。"也就是说，茗烟和万儿，都该接受"杖八十"的处罚。

同样"犯奸"的罪行，为什么对作为尼姑智能的处罚是"加凡奸罪二等"，即杖九十六呢？为什么又对奴婢相奸的处罚做出专门的规定呢？原来，清代法律是不平等的，是为维护封建等级制度服务的，这表现在刑法上，就是相同的行为，随着当事人的法律地位的不同，而有的被视为不是犯罪，有的被视为罪轻，有的则被视为罪重。法制史学家和刑法家，把这种情形称之为"同罪不同罚"。对秦钟等人的犯奸罪作定罪量刑上的分析，就可看到这种同罪不同罚的现象。这是封建刑法不公平、不合理的地方之一。

其次，在明确了各自适用的法律之后，进而思考这些法律如何实施的问题，就是必然的。保证法律实施的法律，被称为程序法。依清代程序法，罪案发生后，若使实体法的刑法得到实施，有两条途径：一是作案者自首，二是知情人告状。依照“犯罪自首”条规定的一般原则——“凡犯罪未发而自首者，免其罪”，然而“犯奸”者得不到免罪的奖励，因为此条中另有一款云：“若私越度关及奸者，并不在自首之律。”因此，秦钟等四名男女走自首而从轻处罚的路是行不通的。

告状的途径，因为宝玉的纵容态度也被堵死了。在这里，有可议之法理，这就是罪案的知情人对作案者的道德上的仁慈、宽容，同刑法威慑、惩处罪犯的立法精神处在矛盾、对立状态，成为刑法实施中的一大阻力。宝玉身上，就因为纵容秦钟等四名作案男女，而成为法律与道德矛盾的载体，同时也成为法律实施的阻力，先后两次阻挡在法律运行的路途中，不知不觉地发挥着阻挡作用。

第三，我们由此可以自然而然地提出一个问题：宝玉如此私自纵容犯奸罪行，是否触犯了法律呢？回答是肯定的。清代法律没有“私和公事”的罪名，规定：“凡私和公事，减犯人罪二等，罪止笞五十。”此律文后，还有这样的立法解释：“若私和人命、奸情，各依本律，不在此止笞五十。”依此，贾宝玉的私和奸情案的行为，比私和一般“公事”的罪行更严重，就跟犯奸者一样受“杖八十”的处罚。

然而，滑稽的是，在“私和公事”条的条目之下，有立法解释云：“发觉在官。”意思是说，“私和公事”的罪案一旦发生之后，只有被官方及时发觉，才可以追究私和者的法律责任，否则就不存在“私和”问题。这种说法，等于是取消了这一罪名，至少是在其实施上大大打了折扣。贾宝玉敢于在不长的时间内先后两次私和奸情案，是不是同“私和公事”罪名的立法上的如此漏洞有直接关系呢？我们不能不产生这样的疑问。

此外，宝玉对犯奸的四名男女的宽容行为，还涉及清代法律的“容隐”原则。该法定原则规定，有亲属关系的人们，若其中有人犯罪，其他人互相包容而不揭发合乎法律。若以此而论，秦钟是宝玉的侄媳秦可卿的弟弟，故宝玉对他“容隐”合法。然而，该条有立法解释云：“家长不得为奴婢、雇工人隐者，义当治其罪也。”依此，宝玉“容隐”茗烟和万儿的奸情是违法的。

至此，读者可以知道，凡是法律意识自觉的人们，从两件犯奸案的案情的实际出发，对犯罪的四名男女当事人的犯罪行为和贾宝玉作为见证人的“私和”“容隐”行为，做以上逐一的法律定位和法理阐释，完全合乎作品的实际。这些法律上的定位和法理阐释，显然是由两起奸情案的案情及其有关当事人、见证人的行为作为信息本源而引发的水流，故称之为法律描写的客观效果。

任何涉法文学作品的法律思想意义，都可以区分为作家的法律描写的主观意图和法律描写的客观效果这两个互相依存、相对独立的方面。贾宝玉为见证人的上述两起案例，足以表明这两个方面的大体情形。由此，也就定义掌握阅读、分析涉法文学中的法律思想内容的一种基本方法。

在运用这一方法的全部实践活动中，如果不是有意讲解涉法文学的法律解读方法的特定场合，通常不必生硬地程式化地先讲作家的主观意图（法律上的追求），再讲作品的客观效果（法律思想意义），而是直截了当地做法律、法理上的分析和议论，这是更适用、更常用的普遍方法之一。

基本方法和普遍方法，各有其特点和用途，并且后者包含了前者。之所以要将基本方法从普遍方法中分离出来，把一个完整作品或某一局部情节、某一案例故事的法律内容划分为作家的主观意图和作品的客观效果这两个方面，那是因为涉法文学中的法律内容自身，因为作家主观意图上是否存在法律上的主观追求而有种种差异，只有分门别类加以讨论，才能做到从作家的实际出发，从作品的实际出发。这两个从实际出发缺一不可。

就作家创作上的法律追求的大体倾向而论，可划分为三种类型：一是有法律上的预定追求，二是没有法律上的预定追求，三是仅有某种不确定的法律意识，研究者条分缕析的法律和法理的阐释出乎作家预料之外。对于《红楼梦》这部法律思想内容极为丰富、深刻的涉法文学经典名著来说，曹雪芹在法律寓意上的主观意图，不可一概而论，而应当依各种人物、案件、场景的具体情形而予以认定。总体说来，这三种不同的主观追求在《红楼梦》中都有所运用，有所反映。例如，对宝玉为见证人的这两起犯奸案，曹公大约只有某种不很确定的法律预想，属于第三种类型，故我们的法律解释不一定尽在他的预定意图之内。然而，只要我们坚持从作品实际出发，即使是作家完全没有预料到的法理法意，也应视为必然的客观存在。文学作品的法律认识上的价值与意义，是不以作家主观上有无法律预想为转移的。

四十二　两起人身伤害事件的法理

贾环烫伤贾宝玉和贾宝玉踢伤袭人，是有一定可比性的两起人身伤害事件，我们不妨用比较的方法，来讨论其中的法理。

贾环烫伤贾宝玉的事件，发生在第二十五回：

> 宝玉便和彩霞说笑，只见彩霞淡淡的，不大答理，两眼睛只向贾环处看。宝玉便拉他的手笑道："好姐姐，你也理我理儿呢。"一面说，一面拉他的手，彩霞夺手不肯，便说："再闹，我就嚷了。"
>
> 二人正闹着，原来贾环听得见，素日原恨宝玉，如今又见他和彩霞闹，心中越发按不下这口毒气。虽不敢明言，却每每暗中算计，只是不得下手，今见相离甚近，便要用热油烫瞎他的眼睛。因而故意装作失手，把那一盏油汪汪的蜡灯向宝玉脸上只一推。只听宝玉"嗳哟"了一声，满屋里众人都唬了一跳。连忙将地下的戳灯挪过来，又将里外间屋的灯拿了三四盏看时，只见宝玉满脸满头都是油。

等满屋人叫喊、吵骂、折腾了一阵之后，才看到：宝玉左边脸上烫了一溜燎泡出来，幸而眼睛竟没有动。养了一个多月后伤痕才平复。

宝玉踢伤袭人的事件，发生在第三十回、第三十一回。其时正是端阳节前一天，下着大雨，宝玉叫了半天门不见有人来开门，后来袭人听见叫声来开门，宝玉很生气，误以为是哪个小丫头，便一脚踢在肋上，一低头发现是袭人，方知踢错了。到晚间洗澡时，袭人看到肋上青了碗大一块。睡梦中痛得不停叫唤，宝玉点灯照见袭人吐出一口鲜血。这些表明伤势不轻。

首先要指出的法理是，如果要打官司二者有共同适用的法律，这就是"保辜限期"律。这是一项关于刑事案件中附带的民事赔偿的法律规定，其立法解释是："保，养也；辜，罪也。保辜，谓殴伤人未至死，当官立限以保之。保人之伤，正所以保已之罪也。"

该律条正文中，区分有两种不同限期，可分别适用于小说中的伤害事件。"手足及以他物殴伤人者，限二十日。"袭人受伤适用此规定。"以刃及烫火伤人者，限三十日。"此规定，适用于宝玉被烫伤。事实也正是如此：宝玉伤痕平复历时三十三天，可见此规定符合法学原理。

其次，以当事人（行为人）的主观方面而论，贾环伤害宝玉有主观故意，企图达到弄瞎其眼睛的目的。这样，其犯罪性质严重。再从导致这犯罪故意的原因看，既有由来已久的嫡子与庶子之间的矛盾，又有由爱引发恨的激情式的情感原因。贾环与彩霞之间，彼此有好感，或者说产生了一定的爱情。贾环亲眼看见自己的意中人与他一向仇恨的贾宝玉有说有笑，尤其是见到贾宝玉对彩霞伸手动脚，他便立即因爱而生恨，从而加剧了一向埋藏在内心的仇恨，就是这种消极的情感，推动他做出了恶意伤人的违法之事。

贾宝玉伤害袭人的事件中，没有主观的故意，也没有预定的伤害目的，其犯罪性质也就谈不上严重了。如果一旦诉诸法律，因二人主观方面的有故意和无故意的区别，所应负的法律责任也就由此有重与轻的不同了。贾环甚至可用故意伤害的有关法律追究其刑事责任。

第三，要指出的法理，在于两起人身伤害事件均未诉诸法律，而是采取了私下化解，不惊动官府的习惯方式，这里有其法律上的必然性，也有法律与人情的相互关系上的必然性。

从受伤的宝玉来看，他对贾环不失为兄的风范，并不责怪他，更不深究他内心有什么不轨之处，而是不把身体的疼痛放在心上，并不愿让更多的人知道此事是贾环所为。他说："有些疼，还不妨事。明儿老太太问，就说是我自己烫的罢。"第二天，宝玉见了贾母，果然自己承认是自己烫的，不与别人相干。

无论在任何时代，民事纠纷上采取宽大为怀，容忍、谦让的态度与做法，都是极为宝贵，值得提倡的。贾宝玉在这一点上的大度是应当肯定的。现在有人以保护自己的合法权益为由，动不动就将别人告上法庭，与民法实施中应有的礼让精神是不吻合的。民事争讼中，法庭判决之前为什么总要先行调解、协商？理由就在于充分调动争讼双方的互谅、互让的积极性，这比法律上的强行判决效果好得多。如果双方在走上法庭之前，就以互谅、互让的精神化解矛盾，解决争端，岂不是更如人意的好事吗？所以说，贾宝玉宁可自己忍受痛苦，也不责怪贾环，在当今社会也不失为好样子。

还应当指出，贾宝玉对伤害自己的贾环采取宽容、大度的态度和做法，有自觉坚持法定的“容隐”原则的意义，或者说是一种自觉守法的表现。《大清律例》的“亲属相为容隐”律云：“凡同居，若大功以上亲，及外祖父母、外孙、妻之父母、女婿，若孙之妇、夫之兄弟，及兄弟妻，有罪，相为容隐。”“相为容隐”就是容忍、隐瞒、不去告状。贾宝玉与贾环，是“同居”一家的兄弟，依此律想告状就不合法，容忍则完全合法。

受伤害的袭人，对伤人者宝玉也采取了容忍、大度的态度与做法。当时，有别人在场，袭人“又是羞，又是气，又是疼”，还要声称“没有踢着”。待夜深人静，发现伤势很重之后，她才拉了宝玉的手，笑着说：“你这一闹不打紧，闹起多少人来，倒抱怨我轻狂。分明人不知道，倒闹得人知道了，你也不好，我也不好。正经明日你打发小子，问问太医，弄点药吃吃就好了。人不知鬼不觉的可不好吗？”就这样，在外界毫不知情的隐秘状态下，他们私下化解了这起人身伤害事件。

不过，鉴于他们双方属于主子与婢女、夫与妾的关系，在法律的适用上、法理的讨论上，都应另当别论，不可与上面所讲混为一谈。以法律适用而论，在上述“亲属相为容隐”的律文中，另有一款云：“奴婢、雇工人为家长隐者，皆无论。”意思是说，奴婢、雇工人为家长“容隐”犯罪行为，合乎“亲属相为容隐”原则，故不受法律追究。袭人被踢之后，不仅自己忍气吞声，而且还要宝玉做到“人不知鬼不觉”，可见她的做法跟上述立法原则，完全吻合。

此外，《大清律例》还有“干名犯义”的罪名，规定：“凡子孙告祖父母、父母，妻妾告夫及告夫之祖父母、父母者，杖一百、徒三年。”袭人作为深爱宝玉的妾，且又未明妾的身份，她怎么会犯傻去公开告宝玉踢伤了自己而招致罪名呢？

宝玉作为伤人者，深有愧疚感，当夜尽心服侍袭人。天刚亮，他也顾不得梳洗，就请教医生，讨好了药丸，赶回来给她医治，总算是尽了应尽的职责。在这里，宝玉身上的道德补偿行为与法律上的人身伤害行为是一种矛盾对立的统一体，是法律与道德的矛盾现象的反映。

鉴于以上所议的法理，还可推断出又一个带结论性质的法理：清代法律条文中自相抵牾的东西很多，“保辜限期”同“亲属相为容限”“干名犯义”之间，就是互相对立的，故后二者完全架空了前者。清代许多法律不能实施，形同虚设，就有着类似的立法上矛盾百出的一大原因。这种立法上的缺陷，既有立法思想上固有的不可克服的矛盾性、落后性，又有立法技术上的粗糙漏洞，应当作为立法领域的一大教训来反思，总结和吸取。

最后，我要补充说明一点：上面所说两起人身伤害事件，从法律适用上讲，的确可依“保辜立限”的法律规定论处，但小说并未运用这种法律概念，也未刻意在显示法理上花费笔墨。有兴趣的读者可能会问：我国文学史上，有没有使用“保辜”法律概念的文学作品的例子呢？我们的回答是：有。元杂剧《勘头巾》的第一折中，王小二怕刘员外家门口的一条恶狗，便手拿一块砖头朝那狗打去，不想没打着狗，却把门口的尿缸打破了。刘员外与王小二争吵起来，王小二声称刘家的狗咬伤了自己。这时，刘员外据理力争，当着众街坊的面说：“若是我家狗咬他，我便写与你保辜文书。若不曾咬你，你便赔我缸来。”这里的“保辜文书”，正是依“保辜立限”的法律规定办事的一种法律文书。早在唐代，就有了“保辜”的法律规定。以后历代法律一直将其沿袭至清。这样，小说、戏剧中就有了相应的法律描写与思考。

四十三　众人挟妓饮酒引发案中案

神武将军冯唐之子冯紫英在自己家中宴请宝玉、薛蟠等人，出席酒宴的有锦香院的妓女云儿。就是在这次酒席上，引发了案中有案的连环案，涉案人员有冯紫英、宝玉、薛蟠三个人，但他们的法律责任各不相同，应彼此区分开来。

云儿是引发连环案的一个关键性人物，故事可由她讲起。云儿跟薛蟠很熟悉，二人不断在众人面前打情骂俏。云儿本人会弹琵琶，会唱曲，行起酒令来也很内行，善于用双关的修辞方式来歌唱男女之事，粗心的读者会忽略她的挑逗男性的隐蔽用心。其唱词云：

开花三月三，一个虫儿往里钻。钻了半日不得进去，爬到花儿上打秋千。肉儿小心肝，我不开了你怎么钻？（第二十八回）

脂砚斋在这段唱词之后评论说："双关。妙！"双关，是一种修辞方式，要义是在字面的意义背后暗藏着另外一层意思。以此歌词为例，字面上是虫钻花心，钻不进去的意思，背后暗藏的却是男女交合之事。席间的薛蟠的文化修养大大不如妓女云儿，竟在行酒令时把云儿不愿直接唱出来的事情用不堪入耳的粗鲁词句叫喊了出来。

故事讲到此处，熟悉清代法律的读者已能从中看到众人挟妓饮酒的案件早已发生。《大清律例》在"官吏宿娼"条规定："凡官吏宿娼者，杖六十。"还有立法解释指出："挟妓饮酒，亦坐此律。"另一条款规定："若官员子孙宿娼者，罪亦如之。"参加酒宴的虽有冯紫英、宝玉、薛蟠、蒋玉菡、云儿等人，但从他们的身份看，应追究法律责任的只有前三人。冯紫英和宝玉，属于官员之子，薛蟠在户部挂名领取俸禄属于官吏编制，故他们三人挟妓饮酒均为法律所不允许。至于蒋玉菡是戏剧演员，云儿是妓女，上述法律不认为他们有罪。

此案如果进入法律诉讼程序，在定罪量刑时，除了适用上述法律之外，还应考虑到此案的犯案人有三个，属于共同犯罪。对此，清代法律另有规定，称之为"共犯罪分首从"，该条云："凡共犯罪者，以造意一人为首，随从者，减一等。"宴请的主人冯紫英，是法定的"造意者"，妓女云儿是他请来的，当宝玉和薛蟠到冯家时，云儿早已在场。故为首的冯紫英应依法"杖六十"，而宝玉和薛蟠则"减一等"，即在"杖六十"之上"减一等"，该杖"五十"。

以上所说，是挟妓饮酒案。此案发生过程中，还引出了两件案子。其一是薛蟠跟云儿的打情骂俏中，暴露出他经常出入于妓院锦香院，故不仅跟云儿很熟悉，而且还认识妓院的老板娘。薛蟠在云儿行酒令，说到"女儿愁，妈妈打骂何时休”这一句时，薛蟠又一次插话说：“前儿我见了你妈，还吩咐他不叫他打你呢。”这就表明，该妓院是薛蟠经常涉足的地方。显然，这里暗示着“官吏宿娼”案在挟妓饮酒案发生之前，早就发生了，是一起屡犯的旧案。若不是此次薛蟠乘酒兴不打自招，外界根本不知道。

此外，酒席间还吐露出宝玉作为官员之子涉嫌嫖娼的罪案的消息。这一案，小说写得更加隐晦，不留心就容易忽视。请注意那些蛛丝马迹。蒋玉菡在行酒令结束之际，念了一句陆游的诗：“花气袭人知昼暖”。于是引来了下面的又一小插曲——

> 众人倒都依了，完令。薛蟠又跳了起来，喧嚷道：“了不得，了不得！该罚，该罚！这席上又没有宝贝，你怎么念起宝贝来？”蒋玉菡怔了，说道：“何曾有宝贝？”薛蟠道：“你还赖呢！你再念来。”蒋玉菡只得又念了一遍。薛蟠道：“袭人可不是宝贝是什么！你们不信，只问他。”说毕，指着宝玉。宝玉没好意思起来，说：“薛大哥，你该罚多少？”薛蟠道：“该罚，该罚！”说着拿起酒来，一饮而尽。冯紫英与蒋玉菡等不知原故，云儿便告诉了出来。蒋玉菡忙起身赔罪。众人都道：“不知者不作罪。”（第二十八回）

在这一段叙事中，线索有明暗两条，手法上有详略两种。明线详写的是宝玉用陆游的诗句中的字眼做了身边丫头的名字的故事，交代出这故事中隐藏着的袭人暗中成了宝玉的妾的秘密——袭人妾的身份始终没有向外界公开挑明。

薛蟠所说“宝贝”，指的就是妾。暗线而略写的是妓女云儿知道此中秘密，故能当场向不知内情的冯紫英和蒋玉菡两人做解释。宝玉嫖娼的罪案，就极隐晦地暗藏在云儿知道宝玉的私生活内幕这个骨节眼上。这是文学中的法律描写的艺术手段的巧妙运用。脂砚斋对“云儿便告诉了出来”这句话中潜藏的玄机有这样的点评：“云儿知怡红细事，可想玉兄之风情意也。”怡红，指宝玉在大观园的住处怡红院，玉兄即贾宝玉，风情意借用来指跟妓女关系密切之事。总之一句话，上面这个小插曲暗示了众人挟妓饮酒案中的又一起官员子弟嫖娼案，案犯为贾宝玉。

如果仔细品味一番，把上述小插曲中宝玉“没好意思起来”、“蒋玉菡忙起身陪罪”、众人都道“不知者不做罪”等情形集中起来推敲一番，则可发现这些语句的言外之意，在于揭示宝玉使袭人成为暗中的妾的那件不为外人所知的所谓“初试云雨情”的犯罪性质。这前后呼应的笔墨，在这里终于最后一锤定音，道出了当事人掩藏了许久的罪行。如此一来，挟妓饮酒案中，前前后后牵扯出来的旧案，一共有三起，它们合起来构成了一个四连环的复杂案件。

如果是在现代侦探小说中，这样的四连环案件，往往会花费千言万语来展示那紧张、曲折的故事情节，大肆渲染刑侦人员破案的大智大勇，最后才交代案犯落网的结局。《红楼梦》全书没有采取这种写法，此处的四连环案也没有采取这种写法。在日常生活现象的描绘中，捕捉、暗示那些富有法律内涵的图景、场面、细节、人物的种种法理法意，是曹雪芹运用到了得心应手、出神入化的基本艺术手段。只要我们对这艺术手段了然如心，就可处处明察秋毫，不放过每一个闪耀着法律光芒的看点。

那么，此处四连环的案件的法律内涵仅仅在于告诉读者发生了什么样的案件、该适用什么法律吗？我以为不能如此简单地看问题。应当肯定，四连环案件自身的性质，应适用的法律，的确如我们上面所谈，这是不容怀疑的基本之点。此外，还有两点法律寓意不可忽视：第一，宝玉是《红楼梦》中的主人公，通过这四连环案件的描写，已有与袭人的通奸案、跟云儿的嫖娼案、与众人挟妓饮酒案等三起罪案在身，评论这个主人公就不能不顾这严酷的犯罪事实。不少文学家把宝玉美化为“叛逆者”，实际上是一个一再犯罪的游手好闲的封建公子。法律视角所看到的贾宝玉的本来面貌，宣告了纯文学家的“叛逆者”论根本不能成立。第二，薛蟠是一个罪行累累而逍遥法外的人物，通过这四连环案件的描写，把以前概括交代的其人嫖娼的罪行在此做了具体描写，使其跟他犯的杀人罪一样，有了具体罪行的展示，能给读者造成对于罪犯形象的更完整的印象。第四回的末尾，提到薛蟠的劣迹之一时只有“嫖娼”二字的概念，在这四连环案的故事中，才有可见闻的事实与之呼应，从而使该罪行得到具体化表现。

如果有人对我们最后强调指出的两点法律寓意有所怀疑，那么我们不妨再列举一个有力的证据，供讨论、定夺之用。在这次酒宴开初，薛蟠三杯下肚，来了酒兴，忘乎所以地拉云儿的手笑说着，要她唱一支“梯己新样儿的曲子”。云儿只得拿起琵琶弹唱道：

两个冤家，都难丢下，想着你来又记挂着他。两个人形容俊俏，都难描画。想昨宵幽期私订在酴醾架，一个偷情，一个寻拿，拿住了三曹对案我也无回话。

联系后来逐渐展开的连环案前前后后的案件，再考虑宝玉和薛蟠这对表兄弟都跟同一个妓女云儿有瓜葛的重要因素，可以断定，云儿所唱“两个冤家”即宝玉和薛蟠。唱词末尾的“三曹对案”，属法律术语，指诉讼活动中的原告、被告和证人。因审案时，这三方面的人须同时到公堂之上，故称之为三曹对案。在唱词的内容上表现的是二男一女之间的矛盾和纠葛，解决的途径是法律诉讼。这样的唱词之后，才是连环案的依次展现，足见这段唱词对烘托连环案的法律氛围、统率所有案件的法律寓意，起到了重要作用。正是充分顾及到这一点，我们才提出和强调了上述两个方面的法理法意。

四十四　贾雨村制造的一起假案

《红楼梦》先后写了两起假案：第一起假案是由官方制造的，造假者为贾雨村；第二起假案是由民间制造的，造假者为王熙凤。由于两个造假者的身份、地位、目的、手段等方面各不相同，故给我们的法理启示也彼此有别。

这第一起假案，是由平儿当作“新闻”对薛宝钗讲出来的：

且说平儿见香菱去了，便拉宝钗忙说道：“姑娘可听见我们的新闻了？”宝钗道：“我没听见新闻。因连日打发我哥哥出门，所以你们这里的事，一概也不知道，连姐妹们这两日也没见。”平儿笑道：“老爷把二爷打个动不得，难道姑娘就没听见？”宝钗道：“早起恍惚听见了一句，也信不真。我也正要瞧你奶奶去呢，不想你来了。又是为了什么打他?”

平儿咬牙骂道：“都是那贾雨村，半路途中，哪里来的饿不死的野杂种！认了不到十年，生了多少事出来！今年春天，老爷不知在哪个地方看见了几把旧扇子，回家看家里所有收着的这些好扇子都不中用了，立刻叫人各处搜求。谁知就有一个不死的冤家，混号儿世人叫他石呆子，穷得连饭也没的吃，偏他家就有二十把旧扇子，死也不肯拿出大门来。二爷好容易烦了多少情，见了这个人，说之再三，把二爷请到他家里坐着，拿出这扇子略瞧了一瞧。据二爷说，原是不能再有的，全是湘妃、棕竹、麋鹿、玉竹的，皆是古人写画真迹，因来告诉了老爷。老爷便叫买他的，要多少银子给他多少。偏那石呆子说：‘我饿死冻死，一千两银子一把我也不卖！’老爷没法子，天天骂二爷没能为。已经许了他五百两，先兑银子后拿扇子。他只是不卖，只说：‘要扇子，先要我的命！’姑娘想想，这有什么法子？谁知雨村那没天理的听见了，便设了法子，讹他拖欠了官银，拿他到衙门里去，说所欠官银，变卖家产赔补，把这扇子抄了来，做了官价送了来。那石呆子如今不知是死是活。老爷拿着扇子问着二爷说：‘人家怎么弄了来?’二爷只说了一句：‘为这点子小事，弄得人坑家败业，也不算什么能为！’老爷听了就生了气，说二爷拿话堵老爷，因此这是第一件大的。这几日还有几件小的，我也记不清，所以都凑在一处，就打起来了。也没拉倒用板子棍子，就站着，不知拿什么混打一顿，脸上打破了两处。我们听见姨太太这里有一种丸药，上棒疮的，姑娘快寻一丸子给我。”（第四十八回）

平儿所说的“老爷”，指的是贾赦，“二爷”指的是贾琏。贾赦这次打儿子贾琏，原因是贾赦拿贾琏比较，感到不如贾雨村有本事，当贾琏对贾雨村有所非议时，贾赦便大打出手，把贾琏打得皮破肉绽，动弹不了。几句话，就把贾雨村制造假案之后的社会危害之一——致使贾氏父子失和，引发家庭暴力事件，摆在读者面前。这是对贾雨村制造假案的行为的一种批判。平儿骂贾雨村是“饿不死的野杂种”，更加大了这一批判的力度。

紧接着，平儿的话中说明了贾雨村之所以制造假案的缘由，在于巴结贾赦。贾雨村被革职后重新做官，得力于林黛玉的父亲林如海介绍他与贾政相识，贾雨村乘机自认是贾府的“宗侄”，成了贾赦、贾政兄弟俩的平辈之人，以此他自然感激涕零。这回得知贾赦想要石呆子的二十把名贵古扇而不能到手，便觉得知恩图报的时机降临，于是迫不及待地利用当官的职权，不费吹灰之力，就制造了一起不为外人所知的假案。一句话，执法者私人交情上的需要，是贾雨村故意制造假案的唯一理由。这一现象，是我们曾经谈过的人情干扰法律的又一具体表现。

贾雨村制造假案的手段，没有过多的花样，不过是两点：一是谎称石呆子“拖欠了官银”，二是“把这扇子抄了来”，“做了官价”来“赔补”所欠官银。有句成语叫假公济私。贾雨村造假案坑人手段的性质，是典型的假公济私。果真拖欠官银，这是法律不允许的！有损于国家财政收入的公事，作为地方官员，当然有责任追查、处理这种事。贾雨村把自己私人巴结权贵的需要，贴上为公事效力的标签，无非是要遮掩见不得人的丑恶真相罢了。这是一切假公济私的人们的惯用伎俩。

“石呆子如今不知是死是活”，仅一句话，就点明了这起假案的又一社会危害性在于使当事人深受打击，弄得生死不明。据第一百零七回的交代，因“倚势强索石呆子古扇”，造成石呆子“自尽”的严重后果。这就是说，贾雨村制造假案的直接受害人石呆子的结局是人财两空。贾雨村罪责极为严重。

然而，当我们依案情的方方面面来具体考查贾雨村造假案到底触犯了哪些法律，却不容易。

用《大清律例》的有关规定来衡量此案，颇有使人困惑之处。一方面，我们明显看到贾雨村的行径，具有多方面的违法、犯罪性质，然而在法律的适用上，却难以准确定位和定性。我以为，曹雪芹描写此案的目的并不在于简单地告诉人们贾雨村制造假案到底犯有何罪，而在于告诉读者：现实生活的复杂性远远有立法者预料不到的东西。至少案件的客观效果是这样的。是故，我们在这里有了探讨法律的很大的余地，可领悟到文学的法理的趣味性。

有人认为贾雨村“诬告”石呆子。《大清律例》确有官员犯“诬告”罪的条文，但其方式是“进呈实封诬告人”，而不是直接在自己掌管的衙门里“诬告”他人。故按“诬告”规定来治贾雨村之罪，有所不当。

依案情，贾雨村似可按《大清律例·刑律·断狱律上》规定的“故禁故勘平人”罪加以惩处。尤其是石呆子做被“故禁故勘”的“平人”，是准确无误的。其立法解释是：“平人的平空无事，与公事毫不相干，亦无名字在官者。”石呆子的的确确属于这法定的“平人”。然而，一旦依此定贾雨村制造假案的罪名，其主观动机又与立法精神相违背。官员“故禁故勘平人”的原因，立法上的认定是“怀挟私仇”。贾雨村与石呆子，原本互不相识，根本没有任何“私仇”可言，从这一点看，“故禁故勘”之说难以成立。而其实际做法，又纯属“故禁故勘”之列。

若从贾雨村强行“抄”石呆子的古扇手段着眼，可按“隐瞒入官家产”条治其罪。该条规定，应当“抄没人口、财产”的，限制在犯有“谋反、谋叛及奸党”等罪之内，“其余有犯，律不该载者，妻子财产，不在抄没入官之限。违者，依故入人罪论。”贾雨村“抄”古扇有违此律。而“故入人罪”属于有违诉讼程序法方面的罪行。《大清律例·刑律·断狱下》的首要一条罪名就是“官司出入人罪”，所应受的处罚是：“凡官司出入人罪，全出全入者，以全罪论。”然而依此律论罪，依然有疑点，因为此条后的立法解释指出了犯此罪的官员通常是因为“受人财”而“故加以罪”或“故出脱之”。贾雨村对石呆子固然“故加以罪”，但并未受贾赦之“财”，而只是有意讨好罢了。看来，贾雨村犯此罪的动机同样出乎之立法者的意料。

经过多方面的分析，可以看出贾雨村制造的陷害石呆子的假案，虽属于犯罪的性质，但对其定罪量刑却不是容易的事情。这种情形，表明了作家坚持的现实主义创作方法，是一丝不苟的。从现实法制生活的实际出发，写出官员执法犯法的复杂性，决不依葫芦画瓢，简单图解现成的法律条文。

当今之世，法律工作者出于多种原因有意编造虚假案件的新闻，不时见诸报端。文学中抨击制造假案的艺术描写，就根源于现实生活中的这种客观存在。贾雨村陷害石呆子的案件就是广大读者所熟悉的一个著名例子。

无论古今中外，无论是刑事案件还是民事案件，只要是出自官方造假案，那么作为被告的当事人，毫无疑问会成为受害者。面对这些受害者，法律的严肃性、公正性、保护公民的合法权益的职能等，就无从谈起。贾雨村制造假案的深层法理启示，就包含在我们的这种总体性的感受之中。

四十五　王熙凤制造的一起假案

如果说贾雨村作为官方的假案制造者在造假案过程中不费吹灰之力，那么王熙凤作为民间的假案制造者在造假案过程中则绞尽了脑汁，费了九牛二虎之力。惟其如此，第六十八回至第六十九回花费了很大篇幅来描述王熙凤制造假案的各种具体情形。

首先，王熙凤制造假案的缘由，不是要巴结某一个人，而是为了整一群人。贾琏偷娶尤二姐为妾，使王熙凤醋意大发，这一对夫与妾，是首要的整治对象。贾蓉为这起婚事说媒，其父贾珍不加制止，故这父子俩是她怀恨在心的次要整治对象。用凤姐自己的原话说，这原因就是"借他一闹，大家没脸"。所谓"大家没脸"，其实就是要弄得这四个人丢脸。

其次，为了达到整这一伙人的目的，必须选择时机，制造条件。王熙凤选择的是丈夫贾琏外出到平安州办事之际，这样做可把他一直蒙在鼓里，让他吃哑巴亏。制造条件，就是把尤二姐从秘密住地骗进大观园，让她暂时住在有"大菩萨"之美名的李纨那里，乘她立足未稳之时下手，可使她更加惶恐不安。

第三，制造假案的一个必备条件，是要有一个原告出面告状，才能使假案像真案子一样进入法定的诉讼程序。这是一个关键。在此，王熙凤派仆人旺儿做调查得知，张华曾与尤二姐有过指腹为婚的婚约，在贾琏与尤二姐成婚前，通过张华之父办退婚手续的事，张华根本不知道，现在他每天只在外面嫖赌，不干正经事。为此，她决定用二十两银子收买张华来当原告，告贾琏强逼退亲等。迫于贾府的势力，张华不敢告贾琏。这时，凤姐便交底说了要闹得大家没脸的话，同时还安抚说，"若告大了，我这里自然能够平息的"。张华终于鼓起勇气答应当原告。

告谁呢？起初，王熙凤只让告贾琏，后来，又吩咐旺儿，"他若告了你，你就和他对词去。"如此如此，这般这般开导一遍之后交代说，"我自有道理。”旺儿见主子这样费心思，便命张华在状子上添上自己：“你只告我来往过付，一应调唆二爷做的。”事实上，贾琏娶尤二姐之事，与旺儿没有任何联系。让张华告旺儿，更是假中有假。而这样掺假的动机，无非是使告假状要达到的“闹”和整人目的更容易实现。须知，贾琏外出未归，一旦打起官司来，怎么能到公堂去“对词”呢？加上旺儿的名字之后，既可随叫随到，又避免了家里的许多麻烦。王熙凤的这一步棋，真是一举数得。

第四，旺儿和张华共同商议，写好状子，第二天便往都察院喊了冤，递交了状子。到这一步，王熙凤幕后策划、操纵的假案子就开始进入了法律诉讼程序。这里，请注意：到都察院喊冤、递状子，又一次证明王熙凤懂法律。这里涉及的是清代的京城北京实行的司法审判的管辖制度。北京实行两级审判。第一级为五城巡城御史和步军统领衙门。“五城”指北京的中、东、南、西、北五城。五城御史衙门称为五城察院。察院，为其简称。其职责是审判发生在本管界的田土、户婚、钱债、斗殴等一般民事案件和轻微刑事案件。用刑至笞、杖、枷，超过此限则无权过问。徒罪以上案件，由第二审级的刑部审理。（参见张晋藩主编《中国法制通史》第八卷）状告贾琏娶妾的案件，依法理所当然归察院审理。

第五，到了升堂对词之时，察院命将状子给旺儿看，不料旺儿节外生枝——

> 旺儿故意看了一遍，碰头说道：“这事小的尽知，小的主人实有此事。但这张华素与小的有仇，故意攀扯小的在内。其中还有别人，求老爷再问。”张华碰头说：“虽还有人，小的不敢告他，所以只告他下人。”旺儿故意急着说：“糊涂东西，还不快说出来！这是朝廷公堂之上，凭是主子，也要说出来。”张华便说出贾蓉来。察院听了无法，只得去传贾蓉。

第六，王熙凤又派庆儿暗中打听案子的审理进程，得知告了起来，便忙叫来王信，拿出三百两银子去连夜打点察院，托察院只虚张声势而已。

第七，在暗中策划、操纵和实施了上述六个步骤之后，王熙凤风风火火地从幕后跳到了台前，亲自出马，先是大闹宁国府，借以威胁贾珍父子俩，再到荣国府装好人：大造有人告状舆论，弄得上上下下人尽皆知大事不妙，然后再劝说尤二姐，安慰贾母，仿佛是一个救世主，能帮大家渡过这一劫难。

这七个步骤的制造假案的活动，王熙凤挖空心思，身体力行，表演得很充分。尤其令读者意料不到的是，在前前后后共花了百金来收买、利用张华告假状之后，王熙凤担心张华日后向外界说出了真相坏了自己的名声，又害怕他将来翻案留下后患，于是命旺儿去诬告他或暗中算计他，总之是要将他治死。若不是旺儿为自己留下一条后路，有意放张华一马，将会惹出命案。

以上所说，就是王熙凤制造假案的基本情况。这一切表明，在这个家庭妇女心目中，法律、政府衙门、法律诉讼活动，都只不过是她用来整人、出气、报复的工具，其违法犯罪的性质是很清楚的。审理这起假案的察院，如果严格、认真执法，应当对所有的当事人一一进行调查取证，进行合乎实际的判处，那么——

第一个应当判处的人就是贾琏。王熙凤所认定的他偷娶尤二姐为妾犯有“四层罪”，所有罪名都基本上成立，既然已惊动了官府，依法治其罪就势所必至，无可置疑。

第二个应当判处的人是一手策划、制造假案的王熙凤。《大清律例》在“教唆词讼”条云：“凡教唆词讼，及为人作词状，增减情罪诬告人者，与犯人同罪。”张华告贾琏“强逼退亲”的行为，不成立，属于诬告性质。为什么？张华与尤二姐的指腹为婚的婚约，是法律所禁止的，没有法律效力。有关条例云：“男女婚姻各有其时，或有指腹、割衫襟为亲者，并行禁止。”这是一。二是贾琏成婚前，曾通过张华之父已办理了退婚手续，只不过张华不知道罢了。因这两条理由，张华与尤二姐之间，毫无任何法律关系。因此，王熙凤收买、唆使张华诬告，触犯了刑法。

第三个应受法律惩治的人是张华。就在上述“教唆词讼”条中，有一款云：“若受雇诬告人者，与自诬告同。受财者，计赃，以枉法从重论。”

然而，作为京师的第一审级机关的察院官员既受贿，又徇情，致使一系列法律形同虚设。以受贿而论，察院先后接受的贿赂银子有王熙凤的三百两、贾珍的二百两。以徇情而论，该察院“又素与王子腾相好……况是贾府之人，巴不得了事，且都收下，只传贾蓉对词”。这样，公堂上的审判活动便如同儿戏。第一次升堂，察院“只说张华无赖，因拖欠了贾府银两，枉捏虚词，诬赖良人”。

王熙凤闹到这个份上还不罢休，又掀起了一次告假状的浪潮：

凤姐一面使人暗暗调唆张华，只叫他要原妻，这里还有许多赔送外，还给他银子安家过活。张华原无胆无心告贾家的，后来又见贾蓉打发人来对词，那人原说的：“张华先退了亲。我们皆是亲戚。接到家里住着是真，并无娶嫁之说。皆因张华拖欠了我们的债务，追索不与，方诬赖小的主人那些个。”察院都和贾王两处有瓜葛，况又受了贿，只说张华无赖，以穷讹诈，状子也不收，打了一顿赶出来。庆儿在外替他打点，也没打重。又调唆张华：“亲原是你家定的，你只要亲事，官必还断给你。”于是又告。王信那边又透了消息与察院，察院便批：“张华所欠贾宅之银，令其限内按数交还；其所定之亲，仍令其有力时娶回。”又传了他父亲来当堂批准。他父亲亦系庆儿说明，乐得人财两进，便去贾家领人。

假案在公堂上来回折腾了几个回合，弄到这个时候，又受贿又徇情的察院，无异于王熙凤手中随意摆布的傀儡，叫他咋动就咋动。公堂上的所谓执法活动，跟演木偶戏也就没有本质上的区别了。

执法官员沦为金钱的俘虏和私情的奴隶是王熙凤制造假案畅行无阻的实质之所在。

四十六　被私了的匿名揭帖案

我们先看案件怎么发生的。有一天早上，贾政要到衙门去上班，看见奴仆们在交头接耳地议论什么，追问之下，才得知贾府门上贴着一张白纸，上面写着六句韵文：

西贝草斤年纪轻，水月庵里管尼僧。

一个男人多少女，窝娼聚赌是陶情。

不肖子弟来办事，荣国府内出新闻。

这一处贴得很牢实，揭不下来，被抄下原文之后洗去了。李德又从别处揭下一张写有同样文字的帖子，贾政接过来一看，气得头昏目眩。紧接着，贾蓉送来一封写着“二老爷密启”的匿名信，打开一看，所写的话与门上贴的话完全相同。就这样，匿名揭帖案发生了，弄得贾府上上下下一片惊恐不安。

传递这一消息的平儿和凤姐，都知道这张贴的东西，名叫“匿名揭帖”。这四个字，是规范的法律概念，出自《大清律例》，有关法律条文不在少数。在“投匿名文书告人罪”条中，规定：“凡投（贴）隐匿（自己）姓名文书告言人罪者，绞。见者，即便烧毁。若将送入官司者，杖八十。官司受而为理者，杖一百。被告言者（虽有指实），不坐。”该律文之后，有两条例文，都使用了“匿名揭帖”的概念。在“绞罪（决不待时）”类型的法律条文中，还有两条关于“投贴匿名揭帖”和“布散匿名揭帖”的法律规定。依据这些法律，我们可对此案的方方面面做出切合实际的分析。

第一，投贴匿名揭贴的行为，是严重的犯罪，依法该判处绞刑。案件发生之后，贾府的主仆中没有哪一个致力于追查作案者，仅仅是荣国府的管家奴仆赖大对贾琏发表了一个没有兑现的口头空洞宣言。他说：“那个贴帖儿的，奴才想法儿查出来，重重的收拾他才好。”这些都表明法律严惩投贴匿名揭帖的威慑力未能深入人心，或者说不被人们关心和注意。

第二，案件中的“被告言者”，是“西贝草斤”，即贾芹。“西贝”二字合起来是一个“贾”字。“草斤”，指的是草头下面一个“斤”字，合起来是一个“芹”字。贾芹负责管理贾府的家庙水月庵，乘机跟年轻的女尼姑、女道士鬼混。“因那小沙弥中有个名叫沁香的和女道士中有个叫鹤仙的，长得都甚妖娆，贾芹便和这两个人勾搭上了。”由此可见，匿名揭帖公布贾芹的越轨行径，并非无中生有的诽谤，而是一种有事实依据有正义感的揭露、斗争方式。既然清代法律将其视为犯罪，那么以现在的法律眼光来看，正确的做法，应当是既追查投写匿名揭帖的犯罪者，又追查被揭发的贾芹的法律责任问题。

然而，清代立法对于“被告言者”采取“不坐”罪的态度，其立法解释强调说，“虽有指实”也不“坐罪”。这种立法意图，在于孤立、打击投贴匿名揭帖者，不给他们以可乘之机。但这样做有难以避免的副作用，那就是势必容忍、姑息、迁就被告言者的为非作歹行为。

投贴匿名揭帖，除了有意陷害他人的一个可能性，更有对真正犯罪行为的举报作用。今天的许多重大案件的侦破，都是由群众的匿名或署名信件的举报得到线索的。我们有充足的事实依据认为清代一刀切地不追查被告言者的罪行的立法内容，存在着明显的绝对化、片面性的弊病。

第三，贾政、贾琏、王熙凤、王夫人等主子和赖大等奴仆，对此案不约而同地采取了私下了结而不告状的态度和做法，原因有两点：一个原因是法律不允许这种案件在审理上的告状、审理的法定程序的存在。“若将送入官司者，杖八十。”谁会去自讨苦吃呢？再说，即使你去告状，懂法的官员也不敢受理，因为“官司受而为理者，杖一百”，故也没有哪一个明白官员去干自找麻烦的蠢事。由此，我们又一次看到了该条法律前后的自相矛盾之处：先是规定犯投贴匿名揭帖罪的人处以死刑，后是既不许告状，又不许审理，那么请问：通过什么途径来判处死刑呢？不管贾政等人是否看到了这种立法上的前后矛盾，他们采取私下了结的办法，在客观上是合乎法律规定的。

另一个原因，贾府之人私了此案的内心深处，还各有各的不尽相同的具体原因。贾政，是贾府里的正人君子，一贯顾及贾府的脸面，这种出乖露丑的事，不能不使他担心害怕，所以一听到案发的消息之后，除了极度生气，就是“赶着叫门上的人不许声张，悄悄叫人往宁荣两府靠近的夹道子墙壁上再去寻找”，他要尽可能限制如此坏消息进一步传播。然后，就是找贾琏来商量对策。由于贾政既要上白班，又要替生病的张老爷补夜班，故案子的事在没有任何进展的情况下，他就撒手不管了。

王熙凤对此案比别人多了一层害怕的原因。命贾芹去管水月庵，是凤姐的主意。如今贾芹出丑，自然就会牵扯到凤姐。因此，一听到这个消息，凤姐又气又急又怕，竟然——

> 这一唬直唬怔了，一句话没说出来，急火上攻，眼前发晕，咳嗽了

一阵，“哇”的一声，吐出一口血来。（第九十三回）

贾琏之所以极力站在私了的立场上，并非有什么主见，而是在贾政生气、一再强调不许声张、不许向外界泄露的直接影响下产生了认同感；同时对妻子王熙凤出主意让贾芹去管水月庵的事情极为不满，也就是怕她受到牵连。此外，贾芹在案发后向贾琏下跪求饶也使他产生了恻隐之心。当时贾琏想的是：

“老爷最恼这些，要是问准了有这些事，这场气也不小。闹出去也不好听，又长那个贴帖儿的人的志气了。将来咱们的事多着呢。倒不如趁着老爷上班儿，和赖大商量着，若混过去，就可以没事了。现在没有对证。”想定主意，便说：“你别瞒我，你干的鬼鬼祟祟的事，你打谅我都不知道呢。若要完事，就要老爷打着问你，你一口咬定没有才好。没脸的，起去罢！”叫人去唤赖大。（第九十二回）

贾琏此时此刻的所思所言所为，对于案件的私了起到了关键性的作用。他在认同贾政的私了态度和做法的基础上，又有新的意识产生。那就是担心把贾芹整厉害了会长贴帖儿的歹徒的志气，灭了贾府的威风，于是主张乘贾政上班不在家的时机，和管家商量混过去的对策。在这“混过去”的思想支配下，他作为叔叔，不仅要放贾芹一马，还要他否认在管理水月庵上有什么过错。这自然是姑息养奸的勾当，暴露了贾府内部的腐朽，同时也证明上述立法不追究“被告言者”罪行的有关法律内容的谬误的客观存在。

当赖大来和贾琏商量对策的时候，赖大本来不乏正义感，当着贾芹的面也敢批评：“这芹大爷本来闹得不像了。奴才今日到庵里的时候，他们正在那里喝酒呢。帖儿上的话是一定有的。”这时，贾芹红着脸不敢说什么，不料贾琏竟央求赖大：“护庇护庇罢”。赖大作为奴仆，见主子这般一心一意要按下这件事，只得答应了贾琏。在赖大心目中，也存在着再闹下去“名声不好”的念头。

最后定夺私了此案的具体办法的人是王夫人。当时贾政有紧急公务在身。多日不能回家，便捎信给贾琏说：“该如何办就如何办，不必等我。”贾琏奉命之后，便回明王夫人，请她定夺。贾琏怀有很重的私心，既然由王夫人最后拍板，就是没有办好，他也没有任何责任。有意思的是王夫人听到案情的来龙去脉之后的第一个反应，也是顾及到贾府的名声。她诧异地表示："这是怎么说！若是芹儿这么样起来，这还成咱们家的人了么！"一通议论之后，王夫人的私了办法有三：一是那些女尼姑、女道姑一个也不留，全部放出，令其自谋出路；二是命贾琏要把贾芹好好教训一顿，以后不许他随便到荣国府来；三是派人到水月庵传老爷的口谕：除了上坟烧纸，若有本家爷们到那里去，不许接待。

一起涉及死刑判决的重大案件，就这样被贾府的主仆们私下了结。其结果，自然是使死刑犯得以漏网，有过错的"被告言者"贾芹也是有惊无险，平安过关。

依照清代法律，民间私了官司和公事，本来属于违法犯罪行为。由于此案所适用的上述法律自身前后矛盾，故除了私了的方式之外，别无选择。这样，就难以认定贾政为首的主仆们私了重大案件的违法性质，更难以追究其法律责任了。在此，我很想说的一句话就是：法律自身有矛盾，实施效果不好就是必然的，怪不了别人。

四十七　贾政被参而降三级的案件

实事求是地说，贾政是一个遵纪守法秉公办事、官运亨通的清官。皇上当年赐给他的官衔是主事，后来升任员外郎，又升任郎中，相当于现在的司长，属于高干；所任职的部门先后有学政、工部、江西粮道。被参而降三级的案件，就发生在贾政出任江西粮道长官之时。

本来，贾政一如既往地企图做有所作为的清官，并有实际的好行动，第一，上任伊始，便约法三章，声明依法办事。若发现有违禁令者，严惩不贷。第二，各州县馈送礼物，一概拒收。第三，官库不足，便自掏腰包，解决办公费紧张的难题。实践证明，贾政的这三大行动既不能持久，又招致所有部下和随从人员的反对。特别值得注意的是这三大行动都是合法的。《大清律例》明文规定，上级官员接受“所部内馈送土宜礼物，受者，笞四十；与者，减一等”。这就是说，赠送与接受礼物双方都被视为犯罪。贾政的举措，实质上是自觉依法办事，努力避免违法犯罪。出乎意料的是，守法的正确举措竟然行不通，这就有发人深省之处。

有一个管门人名叫李十儿。在万般无奈之际，贾政便向李十儿做调查研究，从而得知一个严峻事实：那些书吏衙役的职位，都是花钱买来的，故个个想发财，人人要养家糊口，自然对贾政的廉政举措大为不满。为此，贾政诚恳希望李十儿说出心里的话。以下就是主仆的一场推心置腹的对话：

贾政道：“依你怎么做才好？”李十儿道：“也没有别的，趁着老爷的精神年纪，里头的照应，老太太的硬朗，为顾着自己就是了，不然，到不了一年，老爷家里的钱也都贴补完了，还落了自上至下人抱怨，都说老爷是做外任的，自然弄了钱藏着受用。倘遇着一两件为难的事，谁肯帮着老爷？那时办也办不清，悔也悔不及。”贾政道：“据你一说，是叫我做贪官吗？送了命还不要紧，必定将祖父的功勋抹了才是？”李十儿回禀道：“老爷极圣明的人，没看见旧年犯事的几位老爷吗？这几位都与老爷相好，老爷常说是个做清官的，如今名在那里？现在几位亲戚，老爷向来说他们不好的，如今升的升，迁的迁。只在要做的好就是了，老爷要知道‘民也要顾，官也要顾’。若是依着老爷，不准州县得一个大钱，外头这些差使谁办？只要老爷外面还是这样清名声原好；里头的委屈，只要奴才办去，关碍不着老爷的。奴才跟主儿一场！到底也要掏出良心来。”贾政被李十儿一番言语，说得心无主见，道：“我是要保性命的！你们闹出来不与我相干！”说着，便踱了进去。（第九十九回）

通过主仆这次谈话之后，贾政不曾预料的可悲可叹的局面逐渐形成：

李十儿便自己做起威福，勾连内外一气哄着贾政办事，反觉得事事周到，件件随心，所以贾政不但不疑，反都相信。便有几处揭报，上司见贾政古仆忠厚，也不查察。唯是幕友们耳目最长，见得如此，得便用言规谏，无奈贾政不信，也有辞去的，也有与贾政相好在内维持的。于

是，漕务事毕，尚无陨越。（第九十九回）

后来，节度使向皇上参了一本，所参罪名是“失察属员，重征粮米”，故“请旨革职”。我们认为，所参罪名是符合事实的。所谓“失察属员”，主要事实是对李十儿偏听偏信。“重征粮米”是事实，当是李十儿等人瞒着贾政干出的违法犯罪勾当。贾政若明白真相，是绝不会去干此种加重百姓负担的坏事的。可悲的是，当贾政对李十儿言听计从，把旁人的规劝不当一回事时，那些假公济私的犯罪行为一再发生，贾政竟一无所知。这种没有主观上的犯罪故意、且由部下直接实施的犯罪行为，对于长官贾政来说，确系典型的“失察属员”性质的犯罪，是一种严重的渎职行为。

贾政在此罪案中暴露出来的为官之道的缺陷，或者说应当吸取的深刻教训，至少有三点：第一，他缺少依法行政的才干、能力，难以担当重任。且不多说别的，仅以那一天拜客为例，所有部下绝大部分都不尽职责，场面很不景气：

隔一天拜客，里头吩咐伺候，外头答应了。停了一会子，打点已经三下了，大堂上没有人接鼓。好容易叫个人来打了鼓。贾政踱出暖阁，站班喝道的衙役只有一个。贾政也不查问，在墀下上了轿，等轿夫又等了好一回。来齐了，抬出衙门，那个炮只响得一声，吹鼓亭的鼓手只有一个打鼓，一个吹号筒。贾政便也生气说：“往常还好，怎么今儿不齐集至此。”抬头看那执事，却是搀前落后。勉强拜客回来，便传误班的要打，有的说因没有帽子误的，有的说是号衣当了误的，又有的说是三天没吃饭抬不动。贾政生气，打了一两个也就罢了。隔一天，管厨房的上来要钱，贾政带来银两付了。（第九十九回）

贾政亲眼见到部下如此磨洋工、混日子，大大有损于自己作为长官的威严，同时也使粮道衙门的工作局面涣散、疲软，然而他没有及时扭转的对策和方法，竟在无可奈何之际去求助于管门人李十儿。贾政的平庸、无能在拜客事件中暴露得很充分。正因为如此。对李十儿等人采取隐蔽、欺骗的方式进行的犯罪，贾政就既无从发现，也无从制止。

第二，贾政用人不当，缺少忠诚、能干的助手。他所信赖的李十儿，虽能说会道，有时能讲真话，也能独当一面办事，但此人阴险狡诈，两面三刀，胆大妄为，竟敢于背着贾政大干“重征粮米”的犯罪勾当。尤其要指出的是，李十儿在跟贾政做上述谈话之前，曾跟书办单会密谋假公济私之事到深夜，并试探过贾政的意向，遭到贾政的一顿责骂。然而，在别无良策、别无依靠的困境中，贾政还是把李十儿当作了心腹之人，于是铸成大错。

第三，在贾政内心深处，对朝廷、皇上的愚忠思想观念有余，开拓、进取、革新的精神严重不足，加之缺乏当地方职能部门长官的实践经验，故在江西粮道衙门的工作局面始终未能有效开展起来。贾政总在想的一些事情是，自己的官是皇上给的，祖父是朝廷的功臣不能给他脸上抹黑，要做清官不能做贪官，不能猫鼠同眠即不能跟贪官污吏们同流合污。这种不忘皇恩祖德、洁身自好的思想观念，正是封建时代清官们惯有的愚忠的具体表现。至于如何大刀阔斧地革新，把为官一方的职责尽可能履行得完美一些，在贾政这类愚忠的官员心灵深处，往往是一片空白，恐怕连做梦也没有想过。这样，心怀不轨的李十儿之流便可乘虚而入，大肆为非作歹。

就因为这三个弱点，本来不同于贾雨村、察院、太平县知县等贪官的贾政，最终还是跌入了犯罪的泥坑。他被参奏革职，是有其必然性的，难以避免的。

所幸皇上接到奏本，没有依照法定程序把案子交送刑部，而是直接下旨：“失察属员，重征粮米，苛虐百姓，本应革职，姑念初膺外任，不谙吏治，被属员蒙蔽，着降三级，仍然到工部衙门任职上班，令其即日回京。”案子的这种审判结果，属于从轻发落，贾政自然大喜过望。在今天看来，皇上如此宽大贾政，除了贾府是功臣之家、皇亲国戚的原因之外，还有一个法律上的症结，就是我们谈过的皇权大于法律，使贾政逃脱了被革职的法律处罚。否则，他就会跟贾雨村一样，丢掉乌纱帽，成为平头百姓。

贾赦在得知贾政被降三级的消息之后，连忙让贾琏去向王夫人传话，并叮嘱不要告诉老太太，此时贾赦没有料到，法律追究的阴影马上就要降临到他的头上。这就是下面要讲的贾赦受法律制裁的案子。

四十八　贾赦被参而革职、支边的案件

如果说正人君子贾政的犯罪案件出乎读者意料之外，那么贾赦因为劣迹斑斑而发生罪案，就完全在读者的预料之中。此案在法律上有五大看点：第一大看点，案件因案犯贾赦身系京官，故也属于皇上直接审理范围。案发之初，西平王带领锦衣府赵全等人到贾府，当面宣旨："贾赦交通外官，依势凌弱，辜负朕恩，有忝祖德，着革去世职。钦此。"贾赦即将被捕入狱。紧接着，北静王也来到贾府宣旨："着锦衣官惟提贾赦质审，余交西平王尊旨查办。钦此。"就这样，赵堂官提取贾赦回衙门去了。也就是说，贾赦已被正式逮捕入狱。

"革去世职"，指的是革去世代承袭的官职——一等将军。革职，是对犯有公、私罪名者的法律处罚方式之一。贾赦的案子在刚刚发案、被逮捕之初而尚未进入审理阶段就先行革职，反映了皇帝办案不依法律程序的任意性，应当是皇权大于法律的又一现象。

第二大看点，在于封建法律所坚持的"有罪推定"原则。有罪推定，指的是刑事被告人在未经审判之前，就被当作罪犯对待。中国封建时代一直实行有罪推定的原则。贾赦的案件，把这一原则实施的全部法律细节都暴露无遗。上面谈到的被捕入狱、革去世职两个方面，都是这一原则的具体表现。现在，进一步看在审理案件中这一原则的其他表现形式与现象。

第一百零七回开头，通过北静王与贾政的先后两次对话，表明了在审判此案中洗刷和落实罪名的大致过程和最后判决结果，有罪推定的若干法律细节，尽在其中若隐若现，值得分辨：

> 话说贾政进内，见了枢密院各位大人，又见了各位王爷。北静王道："今日我们传你来，有遵旨问你的事。"贾政急忙跪下。众大人便问道："你哥哥交通外官、恃强凌弱、纵儿聚赌、强占良民妻女不遂逼死的事，

你都知道么?”贾政回道:“犯官自从主恩钦点学政任满后,查看赈恤,于上年冬底回家,又蒙堂派工程,后又任江西粮道,题参回都,仍在工部行走,日夜不敢怠惰。一应家务,并未留心伺察,实在糊涂。不能管教子侄,这就是辜负圣恩。只求主上重重治罪。”北静王据说转奏。

不多时,传出旨来,北静王便述道:“主上因御史参奏贾赦交通外官,恃强凌弱。据该御史指出平安州互相往来,贾赦包揽词讼,故严鞫贾赦。据供平安州原系姻亲来往,并未干涉官事,该御史亦不能指实。唯有倚势强索石呆子古扇一款是实的,然系玩物,究非强索良民之物可比。虽石呆子自尽,亦系疯傻所致,与逼勒致死者有间。今从宽将贾赦发往台站效力赎罪。”

这里要注意的关于“有罪推定”的法律细节是:贾赦“交通外官”等一系列罪名,来自一个御史的参奏文本,即都是纸张上写的文字,并非都是查证落实了的犯罪事实,就凭这一系列不曾落实的罪名,贾赦被革职、遭逮捕和囚禁。经过审讯贾赦,只落实了强索石呆子的古扇这一件罪行,这就意味着对贾赦的法律处罚只应针对此一罪行而论处,然而贾赦的被捕、革职是众多罪名起作用的结果。换句话说,假如当初御史的参奏文本中没有那一系列的大罪名,而仅仅只有索取石呆子古扇一件罪行,很有可能避免皇上下旨革职的结果出现。此外,御史参奏的众多罪名,既然他本人不能当面“指实”,那么就属于无中生有,也就是有诬告的嫌疑,可依法追究其法律责任,可由于有罪推定原则的作用,御史的凭空指控也就不算一回事了。总之,从审判过程和结果,我们可看到上述三个关于有罪推定的法律细节,或法律现象。

第三大看点,是“将贾赦发往台站效力赎罪”的法律处罚的等级。仅看这判处结果本身,完全看不出什么名堂来。小说中有一句解释性的叙事话语,叫“比军流减等”。这就定出等级来了。清代法律中的刑事法律处罚等级,从轻至重依次是:笞刑、杖刑、徒刑、流刑、死刑。“军流”,指充军、流刑。充军,相当于流刑,但不是“五刑”中的正式法定刑种。比军流减等的意思,是在徒刑之上而在流刑之下,即介于徒流之间。显然,这种处罚等级超越了法律规定的刑种档次,应是法定五刑在实施中出现的特殊法律现象之一,反映了现实生活中的法律比预定的法律条文复杂。《大清律例》中没有关于充军的具体法律条文。

“台站”，是清代设置在边远地区的中转站，其职责是报告军情、传递公文、押送犯人等。把贾赦安置这种地方工作，很有一点现代化的下放、支边的意味，可见其法律处罚力度之轻微。

第四大看点，是贾政插手其间，徇情枉法的行为。跟贾赦同时被捕、受罚的还有贾珍。贾珍被发配到海疆。贾母很想在他们远离家门之际见一见儿子和侄孙，就问贾政：他俩能不能回家一趟？贾政回答说：

> “若在定例，大哥是不能回家的。我已托人徇个私情，叫我们大老爷同侄儿回家好置办行装，衙门内业已应了。想来蓉儿同着他爷爷父亲一起出来。只请老太太放心，儿子办去。”（第一百零七回）

果然，不久，贾赦、贾珍都回来了，不仅跟贾母见了面，而且还住了一两天，在分别之时，贾政还骑马赶到城外，举酒送行，与贾赦等挥泪而别。

我们说过，清代人情干扰法律的社会风气很浓厚。在唐诗、宋词中我们也一再看到，文人墨客为犯罪的亲朋好友设宴送别的场景。贾政在这种文化传统和社会风气的裹挟之下，一再干诸如此类徇情枉法的事情。作为姨父，他曾为薛蟠的人命官司向太平知县说过情。这次，作为弟弟、叔父，他又为贾赦和贾珍说情，从而办了依法根本不可能办到的事情。这是人情干扰法律的又一个例子。

第五大看点，是此案的结局。贾赦在配所病重，贾琏前往探视，父子相见，痛哭了一场，病也渐渐好转。贾琏返家途中，听至大赦的消息。不久，贾赦便免罪回到家中。就这样，对于贾赦的法律处罚可以说因遇大赦就半途而废了。同样刑期未满遇大赦回家的还有贾珍。我个人认为，中国封建时代的大赦制度，实质是皇权大于法律的制度化，只要皇帝一时心血来潮，就可做出大赦天下的决定。这就意味着，全国各地的许许多多法律审判活动等于白费气力，各种刑事罪犯的罪行都不存在了，对他们的法律处罚都要宣布作废。刑法惩治犯罪的功能为此大受损害是必然的。若从人们的心理上分析，大赦带来的是普天下的人们对皇帝个人的感恩戴德，对于法律的反感和疏远。也许，这正是历代皇帝乐于大赦的不可告人的动机。且说贾赦们这次碰到的大赦，就是皇帝看到一个写有“海宴河清，万民乐业”的歌功颂德的奏本，圣心大悦之下决定的。试想，即使奏本所写是客观事实，同贾赦们的犯罪服刑有什么内在联系呢？这种宣扬皇帝个人恩德、特权而不利于刑法实施的大赦制度，有害无益，应当作为法制史上的一个教训来吸取。

中国当今的法律没有关于大赦的规定，应当肯定这样做很正确。从法理上讲，可以认为这样做是对封建时代的大赦制度的彻底扬弃。

贾赦案件的上述五大看点，有一个明显的共同之处，这就是不约而同地展示清代法律实施中各种不尽如人意的缺陷，又一次把读者引向批判封建法律的思索之路。

第四辑
红楼法理问题讨论

四十九　法律与道德

法律和道德，都是人们的社会行为规范。法理学家从学理上对二者的关系有所研究，出现了富有成果的专著。美国法学家富勒的《法律的道德性》一书，把道德划分为义务的道德与愿望的道德这两种类型，以此为轴心，论述法律与道德的关系，发人深省。在这里，我所要强调的是：在现实生活中，当人们面临这两种行为规范的约束的时候，其动态的关系有哪些规律性呢？文学名著对此有着可喜的探索成果。不妨用平儿的故事作为一个实例说明。

跟世界各国文学名著所探索的结果一样，在平儿身上，也能看到法律与道德既有一致的时候，也有矛盾的时候。先看其一致的情形：平儿是凤姐的陪房丫头，二者的法定关系是主与奴。后来，为拴住贾琏的心，也为了显示自己的贤良，凤姐又逼平儿成了贾琏的妾，这就使原有的主奴关系加上了一层妻妾关系。在清代法律中，主子、妻与婢女、妾处在截然不同的尊卑地位。对这种法律规定，平儿采取的是认同、接受、忍让的态度。也就是说，平儿甘心情愿处在逆来顺受的地位，任凭法定的主子、妻怎样歧视、亏待自己，也无怨无悔。这就是法律与道德的一致性。

第四十四回，凤姐把一个小丫头的两腮打得胀起来，平儿忙劝道："奶奶仔细手疼。"主子打奴婢，是法定的特权之一。平儿完全站在维护这特权的立场上，不是关心挨打受伤的小婢女，而是关心行凶打人的主子，这种道德上的同情心跑到了法律一边，有助纣为虐的意味。紧接着，因贾琏与鲍二家的奸情案发，极为恼怒的凤姐在打了奸妇之后又把平儿打了几下，把她也骂成了"淫妇"。事实上，这起奸情案跟平儿没有半点关系。大受来自主子兼嫡妻的王熙凤的冤枉、打骂之际的平儿，有苦难言，有冤无处诉，气得干哭，骂了一句，也跟鲍二家的厮打起来，成了凤姐打骂别人的帮凶。事后，李纨把平儿接到大观园自己的住处，予以安慰。这时，有人传话来说，贾母知道平儿受了委屈，明天一定叫凤姐赔不是。容易满足的平儿，听完这话，顿时觉得脸上“有了光辉”，于是化解了这场风波。正是平儿如此长期、一贯地以宽容、忍让、不记仇、不记恨的善良道德行为来对待威风凛凛的主子、妻的法定特权与优势地位，才使他们的夫、妻、妾的关系得以正常运行。这就是法律与道德的一致性表现在平儿身上的大体情况。再来看法律与道德的矛盾性。能说明二者的矛盾性的事例也不少。且说尤二姐被凤姐骗进大观园之后，凤姐和秋桐这一妻一妾联手来整治尤二姐，其方式是辱骂，给粗劣的饭菜，挑拨是非引起贾母、王夫人对尤二姐的不满等。就在尤二姐要死不能、要生不得的困苦处境中，只有平儿一人时时关照她。例如在虐待尤二姐的饭菜这件事情上——

> 平儿看不过，自拿了钱来弄菜与他吃，或是有时只说和他园中去顽，在园中厨内做了汤水与他吃，也无人敢回凤姐。(第六十九回)

平儿的关爱同凤姐的虐待，是对立的矛盾的。这种对立的、矛盾的生活琐事背后，乃是法律与道德的矛盾在平儿身上的反映。这就是问题的实质。为什么？以法律论之，贾琏偷娶尤二姐为妾，从多方面触犯了法律。凤姐以妻的权势来整治尤二姐，不仅维护了“妻妾有序”的家庭法律秩序，而且带有用家法私刑来遏制贾琏的犯罪行为的意味。如果平儿站在法律的一边，她势必要成为虐待尤二姐的势力中的一员，而她却反过来站在同情、帮助受虐待的尤二姐的立场上，这是她善良品德的生动体现。就这样，这种道德行为同法定的奴婢、妾应当依附和顺从主子、妻的立场是对立的、矛盾的。

此外，在平儿对待和处理婢女坠儿、彩云的偷窃事件上，法律与道德矛盾的情形也历历在目。坠儿是宝玉房里的小丫头，她偷金手镯的事件发生后，平儿为顾全作案者及其主子的名声，考虑得周全又稳妥。她对麝月这样解释其中的种种细节：

> “那日洗手时不见了，二奶奶就不许吵嚷，出了园子，即刻就传给园里各处的妈妈们小心查访。我们只疑惑邢姑娘的丫头，本来又穷，只怕小孩子家没见过，拿了起来也是有的。再不料定是你们这里的。幸而二奶奶没有在屋里，你们这里的宋妈妈去了，拿着这支镯子，说是小丫头

子坠儿偷起来的，被他看见，来回二奶奶的。我赶着忙接了镯子，想了一想：宝玉是偏在你们身上留心用意、争胜要强的，那一年有一个良儿偷玉，刚冷了一二年间，还有人提起来趁愿，这会子又跑出一个偷金子的来了，而且更偷到街坊家去了。偏是他这样，偏是他的人打嘴。所以我倒忙叮咛宋妈，千万别告诉宝玉，只当没有这事，别和一个人提起。第二件，老太太、太太听了也生气。三则袭人和你们也不好看。所以我回二奶奶，只说：'我往大奶奶那里去的，谁知镯子褪了口，丢在草根底下，雪深了没看见。今儿雪化尽了，黄澄澄的映着日头，还在那里呢，我就拣了起来。'二奶奶也就信了，所以我来告诉你们。你们以后防着他些，别使唤他到别处去。等袭人回来，你们商议着，变个法子打发出去就完了。"麝月道："这小娼妇也见过些东西，怎么这么眼皮子浅。"平儿道："究竟这镯子能多少重，原是二奶奶说的，这叫做'虾须镯'，倒是这颗珠子还罢了。晴雯那蹄子是块爆炭，要告诉了他，他是忍不住的。一时气了，或打或骂，依旧嚷出来不好，所以单告诉你留心就是了。"说着便做辞而去。（第五十二回）

坠儿的行为，犯有法定的"窃盗"罪，若诉诸法律，她将受到在右小臂膊上刺"窃盗"二字的刑事处罚。平儿对此事有三大顾忌：一怕损害了争胜要强的宝玉的虚荣心和自尊心，二怕贾母、王夫人生气，三怕连累了麝月等一大帮婢女，于是采取了私和的手段，编了一个善意的谎言，把坠儿偷窃的事实掩盖得严严实实，终于骗过了凤姐，使之不再追查。与此同时，又提出了把私和手段进行到底的建议，即找一个别的借口，让坠儿走人便算完事大吉。平儿的这些善良的想法、做法无疑是合乎道德的，无论对贾府的上下三代人的名声还是对坠儿本人的切身利害，都是很好的关爱。然而，这种美德同法律尖锐对立，有着不可调和的矛盾。清代法律有关于"私和公事"的罪名，所应受的法律处罚是："凡私和公事，减犯人罪二等，罪止笞五十。"由此可知，平儿关爱别人而极力私和偷窃案，竟使自己无形之中走上了犯罪的歧途。平儿身上法律与道德的矛盾是很突出的，思索、分析起来是很有趣味的，能受到活生生的启迪与震撼，可把这种阅读感受称之为审美快感。不做法律解读，此种特有的审美快感就无从产生。

平儿在处理彩云的偷窃事件上，法律同道德的矛盾性质，跟坠儿事件大体相同，有所不同的地方在于：其一，彩云的行为虽也构成了犯罪，但情有可原；其二，此事与别的类似事件纠缠在一起，接二连三发生，一时间是非莫辨。正是有这两个特殊之处，更显得平儿既善良，又机智，从而使她身上的法律与道德的矛盾中增添了更多的耐人寻味的法理法意。

先说彩云本人的行为。彩云是王夫人房里的婢女，因赵姨娘央求再三，便偷了玫瑰露和其他一些零碎东两，送给贾环。玉钏发现丢失了东西，便把事情闹开了。严格地讲，彩云既无行窃的故意，又无占有所得之物的目的，只是行为方式为法律所不允许罢了。因此，即使对簿公堂，彩云也能免受法律处罚。

再看事情的复杂性。追查失物的过程中，从五儿那里搜出一个露瓶，还找到一包茯苓霜，于是她成了嫌疑犯，受到盘问和软禁。从五儿口中又牵扯出芳官，是芳官把玫瑰露送给五儿的。在扯去扯来不可开交时，宝玉出面承认玫瑰露和伏苓霜两件事都是自己所为。彩云终于在一片折腾不清的混乱中站出来澄清了事实，承认了罪责，希望不要错怪了别人。此前，还有蔷薇硝、茉莉粉事件的纠缠。

就在这起被闹得一波三折的事件中，平儿细心调查真相，极力顾全芳官、五儿、彩云等人的名声，主张不留痕迹地处理这件事。平儿对林之孝家的说出了自己主张的理由："大事化为小事，小事化为没事，方是兴家之本。"显然，如此私了罪案，虽然案情轻微，毕竟还是为法律所禁止的私和公事的行为。从这里的法律与道德的矛盾中，我们感到鼓舞人心的东西，是平儿与人为善的道德感召力。在备受感动之际，我不禁想到：如果法律果真要追究平儿私和公事的罪责，那该是多么不公平，多么叫人扫兴和失望！不用说，这种心胸难平的阅读心理状态，同样是一种法理启示下的审美快感。抛弃了对法律与道德的矛盾的分析，这种特有的审美快感同样无从产生。

五十　护官符：人情干扰法律的铁证

有一位律师朋友曾对我说：如今打官司，完全是打人情。言外之意，是人情对法律的干扰太厉害。读《红楼梦》第四回，我深深体会到，当今律师界感叹的人情干扰法律的问题，早在二百多年前就是一种普遍存在。红楼人物面对法律诉讼的第一个反应，不是进行法律咨询，而是到处求情，请有权势者说情，然后使执法官员徇情。法律往往被人情挤压得失去了应有的位置。那张所谓的“护官符”，白纸黑字，成为我们今天反思、讨论人情干扰法律的铁证，具有法律社会学上的极珍贵的认识价值。

什么是“护官符”呢？刚刚当上应天府尹的贾雨村对此一无所知，他的一个部下及时告诉他：

“这还了得！连这个不知，怎能做得长远！如今凡做地方官者，皆有一个私单，上面写的是本省最有权有势、极富极贵的大乡绅名姓，各省皆然；倘若不知，一时触犯了这样的人家，不但官爵，只怕连性命还保不成呢！所以绰号叫‘护官符’。方才所说的这薛家，老爷如何惹得他！他这件官司并无难断之处，皆因都碍着情分面上，所以如此。”一面说，一面从顺袋中取出一张抄写的“护官符”来，递与雨村，看时，上面皆是本地大族名宦之家的谚俗口碑。其口碑排写得明白，下面所注的皆是自始祖官爵并房次：

宁国荣国二公之后，共二十房分，除贾不假，白玉为堂金作马。宁荣亲派八房在都外，现原籍住者十二房。

保龄侯尚书令史公之后，阿房宫，三百里，住不下金陵一个史。房分共十八，都中现住者十房，原籍现居八房。

都太尉统制县伯王公之后，东海缺少白玉床，龙王来请金陵王。共十二房，部中二房，余在籍。

> 丰年好大雪，珍珠如土金如铁。紫薇舍人薛公之后，现领内府帑银行商，共八房分。

原来，所谓“护官符”，指的是官场中大小官员人手一份的一种私单，即今天人们常用的记事手册。私单上记录着本地有权有势、极富极贵的社会名流的姓名，提醒官员千方百计地去巴结这些人，从而保住自己的性命，保住自己的乌纱帽，因此这种私单就有了“护官符”的绰号。这是关于“护官符”的一般性的说明，揭示了官场中人因害怕地方上的有官有权有钱有势的而徇情枉法的通病。

紧接着，部下对贾雨村解释了薛蟠主仆打死冯渊的人命案告状一年多无人受理的原因：不是官司本身难断，而是作案者薛蟠大有来头——护官符上写得清清楚楚。值得仔细研究的这张与众不同的私单上面，用民间的俗话、谚语的方式，形象化地概括了贾、史、王、薛这四大家族的大富大贵的态势。我们可以用现代汉语把这护官符上的四句话的意思更详尽、更准确地表达出来：

> 贾家的富贵一点都不掺假，用白玉建造房屋，把黄金当作马。阿房宫号称绵延三百里，却住不下金陵城里的史姓家族。东海龙王没有白玉做的床，竟请来金陵城里姓王的来帮忙。姓薛的家气势壮观如同丰年大雪，他们把珍珠视为土，把黄金看成铁。

四句话后面的四条注释意在告诉地方官员：这四大家族都是由来已久的，房分众多，分布在京城内外，形成了四股极其强大的社会势力。

更发人深省的地方，还在于这四大家族互相通婚，通过婚姻关系的线索，把四大家族彼此联络为一张强大的社会关系网，一损皆损，一荣俱荣，互相照应，互相提携，令外人望而生畏，万万不敢冒犯。单说贾府里的主人们，无不是这张社会关系大网中的一员。荣府的家长贾母，来自赫赫有名的史家，贾赦、贾政兄弟俩都是史家的外甥，贾琏、贾宝玉则是史家的外孙。贾政的妻子王夫人，来自四大家族中的王家，贾琏的妻子王熙凤也来自同一个王家，这样在娘家是姑妈和侄女的关系，到婆家之后变成了婶娘和侄媳的关系。还有客居于贾府的薛姨妈本姓王，是王夫人的亲姐妹，故也是王熙凤的姑妈，是宝玉的姨妈，宝玉与薛蟠是姨老表。可见，贾、史、王、薛四大家族的关系网仅在贾府里就形成了极为强大的势力。

在现实生活中如此强大有力的社会关系网面前，作为司法执法的地方官员，只能有两种选择：要么无私无畏，做一个秉公执法的清官；要么自私自利，惧怕和巴结有权势之人，做徇情枉法的昏官。曹雪芹凭着他对官场的了解和观察，发现选择清官之路的人很少很少，而选择昏官之路的人却很多很多。贾雨村、察院、云光、知县等官员，无不是昏官。他们虽各有官职，各有人生经历，但在惧怕四大家族的权势、徇情枉法这一点上彼此完全相同。

贾雨村所审理的薛蟠主仆打死冯渊的命案，如果依法办案，所适用的法律清清楚楚，毫无疑问。其案情是：薛蟠跟冯渊争买英莲，喝令手下仆人一起动手，把冯渊打死。依清代法律，薛氏主仆都犯有死罪。《大清律例·刑律·人命》有“谋杀人”的罪名，规定：“凡谋杀人，造意者，斩；从而加功者，绞。”依此，薛作为“造意者”该判斩罪，其奴仆作为“加功者”该判绞罪。在护官符的提醒之下，贾雨村把明文规定的法律处罚抛到九霄云外，徇情枉法，胡乱判结此案，使薛家主仆一伙死刑犯安然无恙。就这样，贾雨村所了解、运作的那张“护官符”，成为他徇情枉法的铁证。

司法执法官员在法律诉讼中徇情枉法，是人情干扰法律盼一个很主要的表现。贾雨村的所作所为，极有代表性。

其次，民间发生法律诉讼活动习惯于求情，是人情于扰法律的又一表现。平民百姓习惯于向贾府这样的官府富豪人家求情。例子很多：第七回周瑞家的女婿冷子兴，被人告到衙门，她女儿来向母亲周瑞家的求情，周瑞家的便求情于凤姐；第十五回，张金哥的婚姻纠纷案，由老尼姑向凤姐求情；第九十二回司棋与表兄双双自杀的命案发生后，一听说地方上要报官，司棋的母亲连忙派人到贾府里来找凤姐求情。第一百零四回所写倪二被贾雨村关押的案件，本无足轻重，可他的妻子也先后两次请人去说情。

再次，如果像贾府这样的封建大家庭一旦发生官司，那么他们就会直接出面向执法办案官员求情，甚至到朝廷里找高官求情。贾政为薛蟠的人命案曾求情于太平知县，为贾赦的案子曾求情于朝廷高官。

后面两种情形，虽然在“护官符”上没有记载，但依然能够得到证实，理由是：一是四大家族既然威名远扬，震动了全省官府所有大大小小的衙门，广为官场所熟知，那么民间受其影响也就有着各种各样的渠道。例如，贾雨村的部下门子，就是当时的贱民之一，连他对“护官符”都了如指掌，那么作为良民的一般百姓，自然不会比门子了解得更少。二是被官场奉若神明的四大家族，在遭到官司时，也不免心虚、害怕，从而与遭官司或将要遭官司的普通百姓有了心理上的沟通之处，于是也被迫去做求情的事情。从这一点来看，贾雨村们把“护官符”上写到的四大家族看得过于强大，过于神圣，是与事实不完全符合的。这样，“护官符”不仅是人情干扰法律的铁证，而且我们应当对这“护官符”作出更合乎法理的正确解释。惟其如此，才不至于辜负曹公苦心设计描写出来的“护官符”的法律文化景观。

五十一　法律与新闻

现实生活中的法律不同于纸张上的法律的突出之点很多，跟新闻的互相联系便是不可忽视的一大突出点。尤其是当今之世新闻事业空前大发展，使法律与新闻的相互联系也比以往任何时候都显得特别密切，产生的社会影响也格外广泛。

法律与新闻的联系表现在两个方面：一是新闻事业的各项工作，都要在法律的约束之下进行，这种专门性的法律总称为新闻法；二是新闻作品的内容可以法制生活信息为源泉，从而形成法制新闻作品，简称为法制新闻。《红楼梦》中有四段关于法制新闻的故事，能帮助我们认识关于法制新闻的历史、内容、传播途径、在生活中的作用、法制新闻与文学的关系等问题，增加这一方面的许多知识。

在第三回、七十五回、九十九回、一百零一回中，出现的新闻媒体是两种报纸，名称是邸报和抄报。我国最早的报纸在学界说法不一，有的认为产生于周朝，有的说产生于汉朝，还有的认为产生于唐朝。因此，在《红楼梦》

中出现这两种报纸不足为奇。据笔者所知，法制新闻产生的源头，可追溯到报纸产生的同一时期。这样，我国法制新闻的历史是很悠久的，即使从唐代算起，至今也有一千多年。

那么，红楼人物从“报纸”上看到的法制新闻的内容是什么呢？贾雨村是率先阅读法制新闻的红楼人物。他从当年被同一案参革的同僚张如圭口中得知京都奏准起复旧员的消息，感到东山再起的机会到了，但不知消息是否可靠，于是“忙寻邸报看真确了”。这就是说，邸报报道了法制生活的动态，其作用是为人们提供行动上的指针和依据。

有一句俗话说：口说无凭。意思是口头流传的信息，许多时候同事情的真相不相符合，故不能当作判断事情、评论人物的凭证。而新闻讲究真实性的原则，同时又以不容易流变的白纸黑字为物质表现手段，可使人们随时随地查阅，这就使法制新闻足以为大家在日常生活中处理有关法制事务提供可以信赖的依据。这就是贾雨村急忙去找邸报来看的原因。

第七十五回，关于第二则法制新闻的故事，是这样写的：

> 话说尤氏从惜春处赌气出来，正欲往王夫人处去。跟从的老嬷嬷们因悄悄地回道：“奶奶且别往上房去。才有甄家的几个人来，还有些东西，不知是做什么机密事。奶奶这一去恐不便。”尤氏听了道：“昨日听见你爷说，看邸报甄家犯了罪，现今抄没家私，调取进京治罪。怎么又有人来？”老嬷嬷道：“正是呢。才来了几个女人，气色不成气色，慌慌张张的，想必有什么瞒人的事情也是有的。”

这一段故事讲出了几层意思：一是法制新闻流传的渠道是先由贾珍阅读，然后口头传递给其妻尤氏，再由尤氏口头传递给几个老年女仆，表明法制新闻信息在接受、传播过程中发挥了使人们广泛知晓的作用。第二层意思是表明了法制新闻的内容在于报道江南甄府犯罪的刑事案件的审理、查抄的消息。第三层意思是告诉我们，报纸上的法制新闻报道的事实，同发生在贾府里的现实生活事实——甄府派了几个人到贾府来报告甄府里的机密事，可以互相印证，从而又一次显示了法制新闻报道所坚持的真实性原则得到了人们的认同。

关于法律与新闻的第三个故事，写得有头有尾，可以当作一篇微型小说来欣赏。它出现在第九十九回的末尾：

一日，在公馆闲坐，见桌上堆着一堆字纸，贾政一一看去，见刑部一本："为报明事，会看得金陵籍行商薛蟠……"贾政便吃惊道："了不得，已经提本了！"随用心看下去，是"薛蟠殴伤张三身死，串嘱尸证捏供误杀一案"。贾政一拍桌道："完了！"只得又看，底下是：

据京营节度使咨称：缘薛蟠籍隶金陵，行过太平县，在李家店歇宿，与店内当槽之张三素不相认，于某年月日薛蟠令店主备酒邀请太平县民吴良同饮，令当槽张三取酒。因酒不甘，薛蟠令换好酒。张三因称酒已沽定难换。薛蟠因伊倔强，将酒照脸泼去，不期去势甚猛，恰值张三低头拾箸，一时失手，将酒碗掷在张三囟门，皮破血出，逾时殒命。李店主趋救不及，随向张三之母告知。伊母张王氏往看，见已身死，随喊禀地保赴县呈报。前署县诣验，仵作将骨破一寸三分及腰眼一伤，漏报填格，详府审转。看得薛蟠实系泼酒失手，掷碗误伤张三身死，将薛蟠照过失杀人，准斗杀罪收赎等因前来。臣等细阅各犯证尸亲前后供词不符，且查《斗杀律》注云："相争为斗，相打为殴。必实无争斗情形，邂逅身死，方可以过失杀定拟。"应令该节度审明实情，妥拟具题。

今据该节度疏称：薛蟠因张三不肯换酒，醉后拉着张三右手，先殴腰眼一拳。张三被殴回骂，薛蟠将碗掷出，致伤囟门深重，骨碎脑破，立时殒命。是张三之死实由薛蟠以酒碗砸伤深重致死，自应以薛蟠拟抵。将薛蟠依《斗杀律》拟绞监候，吴良拟以杖徒。承审不实之府州县应请……以下注着"此稿未完"。

贾政因薛姨妈之托曾托过知县，若请旨革审起来，牵连着自己，好不放心。即将下一本开看，偏又不是。只好翻来覆去将报看完，终没有接这一本的。心中狐疑不定，更加害怕起来。

正在纳闷，只见李十儿进来："请老爷到官厅伺候去，大人衙门已经打了二鼓了。"贾政只是发怔，没有听见。李十儿又请了一遍。贾政道："这便怎么处？"李十儿道："老爷有什么心事？"贾政将看报之事说了一遍。李十儿道："老爷放心。若是部里这么办了，还算便宜薛大爷呢。奴才在京的时候听见，薛大爷在店里叫了好些媳妇，都喝醉了生事，直把个当槽儿的活活打死的。奴才听见不但是托了知县，还求琏二爷去花了好些钱各衙门打通了才提的。不知道怎么部里没有弄明白。如今就是闹破了，也是官官相护的，不过认个承审不实革职处分罢，哪里还肯认得银子听情呢。老爷不用想，等奴才再打听罢。不要误了上司的事。"贾政道："你们哪里知道，只可惜那知县听了一个情，把这个官都丢了，还不知道有罪没有呢。"李十儿道："如今想他也无益，外头伺候着好半天了，请老爷就去罢。"贾政不知节度传办何事，且听下回分解。

故事交代了此次阅读法制新闻的人是贾政，他的阅读过程是先看到标题，再看正文。正文的内容，是报道最近发生的薛蟠打死酒店的服务员张三的人命案的审理过程中的波折：太平县令弄虚作假，把"故杀"说成是"误杀"；京营节度使在复审中发现疑点，故向刑部呈文咨询；刑部官员仔细审阅案卷材料，找到《大清律例》中被曲解的法律条文，从而用犯罪事实与应适用的法律相结合的说理方式，反驳了基层审判中的法律错误，提出了应当坚持的正确做法。

饶有趣味的是，贾政关注这则法制新闻的缘由、心理、神态以及同现实中正在审理的薛蟠人命案的联系，都写得清清楚楚，栩栩如生，从而把法制新闻与现实生活融为一体，使读者身历其境，感觉到这一切就像发生今天，发生在我们身边一样。贾政是薛蟠的姨父，因受薛姨妈之托，曾向太平知县说过情，如今要将贪赃、徇情而枉法的知县革职查办，岂不是要牵连到自己吗？他就是为这件事吃惊、害怕、发怔。由此我认为，法制新闻跟法律本身一样，也具有一定的威慑力。

企此应指出，该法制新闻中引用的《斗杀律》的注释文字"相争为，相打为殴"，并非虚拟，而的确是《大清律例》固有的法律解释，置于《斗殴律》条之下律文之前的位置；至于"杀"字，应是"殴"的记忆上的失误所造成的。这就证明，后四十回续书的作者高鹗熟悉《大清律例》。写作时引用律文凭借的是记忆，并未去翻查原文。

第四则法制新闻出自第一百零一回：

至次日五更，贾琏就起来要往总理内庭都检点太监裘世安家来打听事务。因太早了，见桌上有昨日送来的抄报，便拿起来闲看。第一件是云南节度使王忠一本，新获了一起私带神枪火药出边事，共有十八名人犯。头一名鲍音，口称系太师镇国公贯化家人。第二件苏州刺史李孝一本，参劾纵放家奴，倚势凌辱军民，以致因奸不遂杀死节妇一家人命三口事。凶犯姓时名福，自称系世袭三等职衔贾范家人。贾琏看见这两件，心中早又不自在起来，待要看第三件，又恐迟了不能见裘世安的面，因此急急穿了衣服，也等不得吃东西，恰好平儿端上茶来，喝了两口，便出来骑马走了。

这一次的看报的人是贾琏，所看到的是另一种报纸——抄报上面的两起刚刚破获的刑事案件简讯。这又一次证明，清代报纸刊登的法制新闻的内容，通常是形形色色的刑事案例的报道。此外，从贾琏看报的心理活动可以知道，他的家庭、宗族观念极强。两起案件的作案者因为是“贾化家人”和“贾范家人”，他就感到“心中不自在起来”，似乎有辱他所在的贾府的名声似的。再说，贾琏的所作所为触犯法律的地方并不少，此时此刻“心中不自在”极有可能是从两起案件的作案人的罪行，联想到自己的劣迹，如果暴露于世，说不定也要作为案犯登上报纸。这就表明，法制新闻对于违法犯罪者的威慑作用，是通过阅读时刻的心理联想的途径来实现或来发挥的。

我在想，如果是新闻工作者，尤其是对法制新闻情有独钟的新闻工作者，对以上几则故事的感受和理解一定比一般读者要深刻得多。事实上，就有研究法制新闻的学者引用上述故事中的材料。

类似《红楼梦》这样把法制新闻引进小说、戏剧的情形很常见。比《红楼梦》更早问世的《金瓶梅》里，就有法制新闻。美国作家马克·吐温的《竞选州长》则是把现代化的法制新闻写成了小说。这类现象是文学、法律、新闻这三种意识形态互相影响、有机结合的生动体现，应是这三大学科交叉领域的有意义的课题。

五十二　法律与文艺

法律与文艺的联系，可分为外在联系和内在联系两个方面。外在联系，是法律对文学和艺术的创作、编辑、出版、发行、表演、欣赏、批评、研究等活动的规范与保护，这一切活动都必须以守法、合法为前提，否则，就会引发民事纠纷，或构成刑事犯罪。内在联系，指的是现实生活中的法律现象与问题，给作家、艺术家带来了创作源泉与艺术灵感，从而在各种门类各种形式的文艺作品中描写、表现丰富多彩的法律思想意义，构成了法律与文艺之间的交叉学科的研究对象，可以将它们称为涉法文艺作品，其中涉法文学格外发达、兴旺，对其做专门研究迄今至少有近八十年的历史。

从《红楼梦》中，对法律与文艺的外部联系与内部联系，都能看出某些端倪。换一句话说，《红楼梦》对于法律与文艺的内在联系与外部联系，都有所认识和思考，取得了值得一谈的成果。

先谈法律与文艺的外部联系。贾府内的戏剧演出活动很频繁。关于剧本的内容和演出的方式，清代法律有明文规定。是否按照这些法律规定来从事戏剧演出活动，便是法律与文艺的外部联系的一个方面。贾府上演的剧目很多，如《豪宴》《乞巧》《仙缘》《离魂》《相约》《相骂》《丁郎认父》《黄伯央大摆阴魂阵》《孙行者大闹天宫》《姜子牙斩将封神》《刘二当衣》《鲁智深醉闹五台山》《白蛇记》《满床笏》《南柯梦》，以及《八义》中的《观灯》、《牡丹亭》中的《寻梦》、《西厢记》中的《惠明下书》等，除《乞巧》演的是唐玄宗与杨贵妃的悲剧故事之外，其余都与皇帝、后妃无关。这不是巧合，而应是贾府的戏班子依法办事的体现。《大清律例》在“搬做杂剧”律中明文规定：“凡乐人搬做杂剧戏文，不许妆扮历代帝王后妃，及先圣先贤、忠臣烈士神像，违者杖一百。官民之家，容令妆扮者，与同罪。其神仙道扮及义夫、节妇、孝子、顺孙劝人为善者，不在禁限。”这是以法律规范戏剧演出活动的法律条文之一。贾府的戏班子所演剧目，基本上都符合“不许妆扮历代帝王及后妃”的规定。至于《乞巧》这一例外之戏，出于曹雪芹的有意为之，而不是戏班子自愿演这出戏。在曹雪芹的主观意图里，是想用这出戏中的杨贵妃夭折的悲剧，预示贾元春贵妃的结局，故不得不让他笔下的戏班子演了违法的剧目。

清代法律禁止夜晚演戏。有条例云：“城市乡村，如有当街搭台悬灯，唱演夜戏者，将为首之人，照违制律，杖一百，枷号一个月。不行查拿之地方保甲，照不应重律，杖八十。”贾府举行的戏剧演出活动共有五次，其中日场三次，夜场两次，这两场夜戏唱演活动是否违犯了该条例呢？仅着眼于“夜戏”二字，似乎违法无疑，但该条同时还有演出空间上的“当街搭台悬灯”的限制，而贾府的戏班子的演出仅限于大观园之内，从未有“当街”之举。可见，这一条例，也被贾府的戏班子所一贯遵守。

戏剧演出活动，属于艺术范畴。以上所谈，是法律与艺术的外部联系在贾府内的具体表现的两方面的实际事例。

在贾府内，还发生有文学阅读活动触犯刑法、构成犯罪的事例，这是法律与文学的外部联系的产物。当事人是贾宝玉和他的书僮茗烟。宝玉住进怡红院之后不久，心烦意乱，似痴似呆，茗烟便见机投其所好：

> 因想与他开心，左思右想，皆是宝玉顽烦了的，不能开心，唯有这件，宝玉不曾看见过。想毕，便走去到书坊内，把那古今小说并那飞燕、合德、武则天、杨贵妃的外传与那传奇角本买了许多来，引宝玉看。宝玉何曾见过这些书，一看见了便如得了珍宝。茗烟又嘱咐他不可拿进园去，“若叫人知道了，我就吃不了兜着走呢”。宝玉哪里舍的不拿进去，踟蹰再三，单把那文理细密的拣了几套进去，放在床顶上，无人时自己秘看。那粗俗过露的，都藏在外面书房里。（第二十三回）

有一天，贾宝玉正在看元代杂剧《西厢记》，被林黛玉发现了，问他在看什么书，他谎称是《中庸》《大学》之类。待明白了真相，林黛玉便认为这些书是“淫词艳曲”，还批评宝玉用这些书里的“混话来欺负我”，扬言要“告诉舅舅舅母去”。

请注意：为什么茗烟叮嘱不要让外人看到这些书？为什么宝玉把“粗俗

过露的”都藏起来？为什么黛玉有“淫词艳曲”的斥责之语？这里自有法律原因，或者有着法律上的奥秘。

清代法律中有禁止出卖、购买、阅读所谓“淫词小说”的规定：“市卖者，杖一百，徒三年”，“买看者，杖一百”。到底哪些书属于“淫词小说”的范畴，法律无明文规定，也不见有相关的立法解释。这样，只要执法当局认为不合时宜的书籍，便都可以装进这口袋式的宽泛罪名之中。面对这种严厉的法律，茗烟作为“买者”，宝玉作为“看者”，自然不能不考虑到后果的严重性，故主仆二人的惊恐与小心，其实就是法律的威慑力所引起的必然心理、精神状态。宝玉与茗烟主仆二人的违法犯罪行为是确凿无疑的。这一罪案所涉及的法律问题，就是法律与文学的外部联系。

法律与文艺的内在联系，表现在文艺作品思想内容涉及法律，涉及的方式与数量千差万别。以方式而论，可以描写法律诉讼案件，可以塑造法制人物形象，可以透视法律文化景观，可以写成小说，可以编成剧本，可以讴歌法律的真善美，可以鞭挞法律的假恶丑，可以思考法律本身的法理问题，也可以在引申比喻的意义上运用法律概念和法律理论等，自由创造的天地广阔无边。以数量而论，可以是整个作品以表现法理法意为主题，也可以是把法理法意的表现作为副主题或主题的一个侧面，甚至可以只是把法律思想意义作为穿插性的小片段、小花絮，没有一成不变的固定模式。《红楼梦》没有也不可能如此全面地探讨法律与文艺的内在联系。但请读者不要失望。第五十四回所写贾母对残唐五代的故事《凤求鸾》之类的文学作品内容上的“陈腐旧套”的分析与批评，简明扼要表明了法律与文学的内在联系的一般情形，足以使我们知道这种内在联系是怎么一回事。下面是贾母“破陈腐旧套”的议论：

> 这些书都是一个套子，左不过是些佳人才子，最没趣儿。把人家女儿说的那样坏，还说是佳人，编得连影儿也没有了。开口都是书香门第，父亲不是尚书就是宰相，生一个小姐必是爱如珍宝。这小姐必是通文知礼、无所不晓，还是个绝代佳人。只一见了一个清俊的男人，不管是亲是友，便想起终身大事来，父母也忘了，书礼也忘了，鬼不成鬼，贼不

成贼，那一点儿是佳人？便是满腹文章，做出这些事来，也算不得是佳人了。比如男人满腹文章去作贼，难道那王法就说他是才子，就不入贼情一案不成？可知那编书的是自己塞了自己的嘴。再者，既说是世宦书香大家小姐都知礼读书，连夫人都知书识礼，便是告老还家，自然这样大家人口不少，奶母丫鬟服侍小姐的人也不少，怎么这些书上，凡有这样的事，就只小姐和紧跟的一个丫鬟？你们自想想，那些人都是管什么的，可是前言不搭后语？（第五十四回）

在这段议论中，贾母深入浅出地不仅指出了故事所涉及的法律是什么，而且说明了编故事的作家们在表达法律思想内容上存在的弊端。她运用了“礼”和“王法”这两个被《大清律例》所运用的法律术语，一方面批评作家们讲才子佳人的老一套恋爱故事时不合情理、破坏礼法的毛病；另一方面，认为如果才子一旦行窃，就会受到“王法”的追究，不可能在一见钟情式的恋爱中那样一帆风顺。这样一来，贾母的议论既说明了文学作品内容上与法律挂钩的情形，又看到了文学描写、表现法律内容上存在的普遍弊端在于创作上有“陈腐旧套”，即当今文学界一再反对的公式化、概念化创作倾向，暗示着只有从生活实际出发，大胆创新，才能更有效地在文艺作品中表现法律思想内容。

法律与文艺的联系的课题，是法律与文学的两大学科的交叉学科、跨学科研究对象。在纯法学和纯文学研究模式和习惯中，这一课题无从提出，也无从探讨。出乎意料的是，两百多年前问世的《红楼梦》竟然能够以文学人物和故事形象，生动地表现出法律与文艺的外部联系和内部联系的若干情形，尤其是出现了贾母的涉法文学评论的新颖、深刻见解，这种超前的、开创的学术意义，令人震惊，令人折服。

如果把贾母的涉法文学评论作为中国涉法文学研究的最早尝试，那么至今已两百五十多年的历史。今天重温这古老的故事，那激发有志于涉法文学研究的后来者的热情与活力的功效，是指日可待的。

五十三　法律与宗教（一）

——罪犯·英雄·教徒

法律与宗教，是《红楼梦》的一大热门话题，可以做许多层面的探讨。缺乏交叉学科意识的学人，既看不到其中的法律，也看不到其中的宗教，更看不到法律与宗教互相影响、互相渗透、融为一体的复杂、微妙之处。

例如，有人在谈到《红楼梦》的宗教描写时，不以为然地说：“《红楼梦》是写了宗教，但它对宗教的描写是从艺术需要出发而进行取舍和加工的，因此决不能对宗教教义、宗教礼仪、组织、结构等有详细具体的记叙。真要了解当时的宗教还得从史籍和宗教典籍中寻找答案，这是很显然的事。”在我看来，这是莫大的误解。《红楼梦》中的宗教描写，不仅不能正确认识它在宗教描写上的成就，同时还会糟蹋它在法律描写上的成就，自然就更不能正确阐释它对法律与宗教的相互关系的一系列探索成果。

我们想用薛宝钗所喜欢的戏剧故事“鲁智深醉闹五台山”来讨论法律与宗教的关系的课题之一——法律上的罪犯、道德上的英雄、宗教上的教徒这三者集于一身的现象。薛宝钗十五岁生日的这一天，贾府内照例有演戏的庆贺活动，贾母先后两次要宝钗自己点戏。她先点了一出《西游记》，后点了一出《鲁智深醉闹五台山》。贾宝玉说：“我从来怕这些热闹。”宝钗笑道：“要说这一出热闹，你还算不知戏呢。你过来，我告诉你，这一出戏热闹不热闹。”紧接着，宝钗就极力称赞鲁智深所唱的《寄生草》“填得极妙”，并当场把这支曲子的全部唱词背诵了出来：

> 漫揾英雄泪，相离处士家。谢慈悲，剃度在莲台下。没缘法，转眼分离乍。赤条条来去无牵挂。哪里讨，烟蓑雨笠卷单行？一任俺芒鞋破钵随缘化！

只要我们把《鲁智深醉闹五台山》的前前后后的经过弄清楚了，把这段唱词的意思弄明白了，鲁智深这一人物兼具法律上的罪犯、道德上的英雄、宗教上的教徒这三种身份的复杂现象，也就走进了我们的意识之中，该讲的交叉学科的道理也就会一一呈现出来。

鲁智深本姓鲁名达，是渭州经略府的一个提辖。一天在酒楼上喝酒，听到卖唱女金翠莲的不幸遭遇：渭州财主郑屠谎称以三千贯钱作为身价钱，买金翠莲为妾，立下文书，实际上分文未付，就强使她做了妾。不到三个月，郑妻将金氏赶出家门，并让所住店主向金氏索要文书上写的三千贯。金氏父女俩就这样有苦无处诉。鲁达听到郑屠如此欺人太甚，便当即伸出了无私援助之手：送给他们十五两银子过日子，然后打死了郑屠——替受害的父女两个出气、报仇。鲁达意识到自己将要吃官司，便逃离了经略府。州衙门很快就四处张贴缉捕文书，悬赏一千贯，捉拿杀人逃犯鲁达。文书上称："如有人停藏在家宿食，与犯人同罪。"

戏剧演到此处，鲁达身上就有了双重身份：首先，他助人为乐，一身正气，对在光天化日之下骗良家女子为妾、又敲诈钱财的郑屠疾恶如仇，勇敢地进行反抗斗争，不失为道德上的英雄。从这一点看，鲁达值得肯定，应当受到尊敬和歌颂。上述《寄生草》中的第一句话"漫揾英雄泪"，正好唱出了鲁达本人的英雄自我意识。作案后在现场的"洒家须吃官司"的心理活动，则表明他对打死郑屠的法律责任有清醒的认识。这就是说，综合小说与戏剧的故事可看到鲁达本人对自己的罪犯与英雄的双重身份的判定，是合乎事实的，从而证明法律与道德的矛盾对立现象在鲁达身上的客观存在。

《寄生草》唱词的第二句"相离处士家"，概括了鲁达犯杀人罪之后，逃到赵员外家躲避官方追捕，后又出逃的经过。原来，经人做媒，金翠莲嫁给赵员外为妾，当赵员外得知鲁达杀人前后的过程之后，便让鲁达到他的庄园七宝村去避难。住了几天后由于走漏了消息，鲁达只得离开赵家。赵员外的行为，也具有法律上的罪犯与道德上的英雄矛盾对立的性质。追捕文书上写得明明白白，窝藏罪犯者，"与犯人同罪"。《宋刑统》云："诸斗殴杀人者，绞。""同罪"，就是跟鲁达一样，应判绞刑。赵员外为搭救妾的恩人，不惜冒如此犯罪的风险，也不失为道德上的英雄壮举。

尤其值得注意的是，鲁达在罪犯、英雄的双重身份的基础上，又加进教徒的第三重身份的契机，在于赵员外的真诚推荐。五台山文殊院有五七百僧人，为首的智真长老是赵员外的弟兄。赵员外家从祖先以来一直是文殊院的施主，并早已买下一个剃度僧的名额，于是推荐鲁达上五台山当了和尚：被长老赐名智深。长老当即口授宗教上的“三归五戒”的清规戒律。三归为：一要归依佛性，二要归奉正法，三要归敬师友。五戒是：一不要杀生，二不要偷盗，三不要邪淫，四不要贪酒，五不要妄语。谁知，鲁智深出家七八个月，就先后两次违犯教规：喝醉酒后闹事。第二次闹得特别厉害——打伤了几十个和尚，打坍亭子，打坏了金刚。鲁智深成了犯清规的和尚，被赶出了山门。

《寄生草》后面的五句话，唱的就是鲁智深在五台山出家和被赶出山门的情形。至此，鲁智深集罪犯、英雄与教徒于一身的身份，把法律、道德、宗教这三种意识形态的东西交融在一起的现象，就有目共睹了。确认这种“三合一”的现象，无论在理论上还是在实践上，都有重要意义，这就是：作为社会行为规范和价值尺度的法律、道德、宗教，在许多时候三者往往交织在一件事、一个人身上，故在认识和处理上，就应当注意做全面、深入的分析，再作出综合性的正确结论。如果各执一端，就会失之偏颇。薛宝钗为什么喜欢《鲁智深醉闹五台山》这出戏？为什么特别欣赏《寄生草》这段唱词？为什么取笑贾宝玉“不知戏”？我认为，其全部答案，就是要告诉读者这样一个道理：必须注意观察和思考法律、道德、宗教三者合而为一的社会现象，不要把复杂的问题简单化。

上面提到的那位学者，之所以认为《红楼梦》对宗教的描写没有什么认识价值，就失之于就宗教论宗教的简单化方法。类似的单学科方法，在人文社会科学的各个学科研究中习以为常，至今盛行不衰。对于多学科、交叉学科来说，这种单学科方法是阻碍学术发展，妨害学术成果的真理性的公害和大敌，必须引起深切的关注，并努力减少乃至排除它的负面作用。

也许有人会说，你上面讲的这一些虽然有道理，但毕竟不是《红楼梦》自身的成果，而是写鲁智深的小说《水浒传》和戏剧《山门》的功劳，既然这样，怎么能够认为是在评论《红楼梦》的法律描写呢？我不同意这样的反驳意见。《水浒传》和《山门》中鲁智深的故事与《红楼梦》中的故事，经过曹雪芹的艺术加工，如同水乳交融，难以分离，完全可以认为是《红楼梦》的有机组成部分。更重要的一点是，曹雪芹的用意在于用《水浒传》和《山门》的故事来表现薛宝钗、贾宝玉认识上的区别：贾宝玉不大注意戏文的内容的妙处，而只注意场面上的“热闹”，而薛宝钗批评宝玉“不知戏”，她自己对认为“极妙”的戏文竟能做到背诵如流。显然，在这里，薛宝钗比贾宝玉高明得多。

于是，我们不能不想到：如此喜爱《山门》的薛宝钗，是不是对鲁智深身上的三重身份以及法律、道德、宗教三者合一的意识形态现象有所认识呢？她能由此讲出多少道理呢？我的看法是，有所意识，但不一定能够把其中的道理讲得一清二楚。因为，她毕竟是个只有十五岁的小姑娘，又不可能接受现代化的多学科、跨学科专门教育和训练。连二十一世纪的成年学者都难以做到的事情，拿来让十八世纪的知识青年去做，太不近情理了。不过，曹雪芹是个伟大作家，他很有可能拿只会看热闹而不会看门道的贾宝玉和既会看热闹又会看门道的薛宝钗做两把尺子，启发读者扪心自问：自己属于哪一类的人呢？

我愿广大读者莫学贾宝玉只会看“热闹”，而要学薛宝钗会看门道。法律、道德、宗教三合一，就是人文社会科学领域的门道之一，即《红楼梦》对法律与宗教关系问题探索的层面之一、成果之一。

五十四　法律与宗教（二）

——宗教处在封建法律歧视之下

历代封建法律都有歧视宗教的倾向。发展到清代，歧视宗教的法律规定尤为完备，具体内容大约是三个方面：一是宗教设施的修建有限制，二是不许私自出家充当宗教人士，三是宗教人士犯罪所受处罚比世俗之人重。

《红楼梦》所描写的宗教呈现着明显的没落趋势，而那衰败景象，主要表现在宗教设施破旧不堪和宗教人员青黄不接两个方面。联系清代法律歧视宗教的具体内容，其没落的原因就显而易见。应当说，曹雪芹描写宗教的没落趋势的客观效果，就在于启示读者去联想致使没落的法律根源。

（一）宗教设施破旧不堪

《红楼梦》里的宗教设施分有名称和无名称两类。有名称的占多数，依次被读者耳闻目睹的是：葫芦庙、智通寺、水月庵/馒头庵、铁槛寺、善才庵、牟尼庵、玉皇庙、达摩庵、清虚观、栊翠庵、水仙庵、蟠香寺、玄真观、天齐庙、散花寺、地藏庵、元帝庙等。其中，智通寺和天齐庙两处的破败景象给人印象尤深。智通寺坐落在茂林深竹之中，隐约可见，待走近一看，只见：门巷倾颓，墙垣朽败，还有一副破旧的对联——“身后有余忘缩手　眼前无路想回头”。

至于天齐庙，“本系前朝所修，极其宏壮。如今年深岁久，又极其荒凉。”

另一类无名的宗教设施，只要出现，往往就是“破庙”“破寺”。

查一查《大清律例》，到处寺庙残破的原因就在不言之中。有一条法律规定：“凡寺观庵院，除见在处所外，不许私自创建增置，违者，杖一百，僧、道还俗，发边远充军，尼僧、女冠，入宫为奴。”何为“见在处所”？立法解释是：“先年额设。”这就是说，目前读者耳闻目睹的近二十处寺庙庵院之类的宗教设施，绝大多数是从前按照定额修建的，如今则一律不许“私自创建”，而国家公建之事则不见于法律。就这样，新的不能修建，旧的年久失修，现存的自然只能是残壁断墙了。

其中少数寺庙，如铁槛寺、水月庵，为当年贾府宁荣二公所建造，属于家庙性质，里面的僧尼跟贾府的奴婢一样，按月领取例银。如果说这些家庙的状况稍好一点，那应当别论，另有原因，就是沾了封建大家庭的光。

清代法律为什么要歧视宗教，对宗教设施的建造进行严格限制呢？这里有历代皇帝不喜欢宗教的历史原因。北魏太武帝、北周武帝、唐武宗、后周世宗共四次灭佛，南宋从高宗起一直限制佛教发展，封建法律直接体现皇帝的意志，限制、歧视宗教的法律内容就直接导源于此。《红楼梦》是现实主义小说，不可能揭示这历史的原因，它所注意的是现实的原因。这现实的原因就是，中国城乡在修建宗教设施上有一种弊端：不是根据宗教信仰和宗教事业发展的需要来兴建土木工程，而是随心所欲，有劳民伤财的嫌疑。

贾宝玉针对水仙庵的修建所发的一通议论，就批判了这种弊端：

我素日原恨人不知原故，混供神混盖庙，这都是当日有钱的老公们和那些有钱的愚妇们听见有个神，就盖起庙来供着，也不知那神是何人，因听些野史小说，便信真了。比如这水仙庵里面因供的是洛神，故名水仙庵，殊不知古来并没有个洛神，那原是曹子建的谎话，谁知这起愚人就塑了像供着。（第四十三回）

很清楚，法律“不许私自创建增置”宗教设施的现实原因，正在于抑制民间这种“混供神混盖庙”的不良倾向。贾宝玉的一通议论，站到了维护封建法律的立场上，在很大程度上解除了读者心中的疑问。

在高鹗的续书中，散花寺的姑子大了对王熙凤解释了散花寺的来历：

这个散花菩萨来历根基不浅，道行非常。生在西天大树国中，父母打柴为生。养下菩萨来，头长三角，眼横四目，身长三尺，两手拖地。父母说这是妖精，便弃在冰山之后了。谁知这山上有一个得道的老猢狲出来打食，看见菩萨顶上白气冲天，虎狼远避，知道来历非常，便抱回洞中抚养。谁知菩萨带了来的聪慧，禅也会谈，与猢狲天天谈道参禅，说的天花散漫缤纷。至一千年后飞升了。至今山上犹见谈经之处天花散漫，所求必灵，时常显圣，救人苦厄。因此世人才盖了庙，塑了像供奉。（第一百零一回）

这又是“混供神混盖庙”的一个例子。有鉴于此，法律禁止民间随意供神修庙就有其合理之处。曹、高两位作家对这合理处是认同的，并表明宗教衰落趋势在很大程度上取决于法律的这种必要限制的副作用——压抑了确有宗教信仰的人们的愿望与需要，堵塞了宗教事业延续的通道。

（二）宗教人士青黄不接

跟宗教设施的破烂腐朽相关联的是宗教人士的青黄不接。那些和尚、尼姑、道士，要么是老的老，要么是小的小，要么是中年的疯疯癫癫，或癞或跛或脏或臭，很少有年富力强、像模像样的站在读者面前。这种青黄不接，后继无人的衰落趋势，同封建法律的苛严与歧视关系密切。

智通寺的那老僧，既聋且昏，齿落舌钝，所答非所问，过着煮粥度日的清贫日子。

被贾母请来给宝玉治病的和尚、道人，一个是癞头，一个是跛足，有诗为证：

见那和尚是怎的模样：
鼻如悬胆两眉长，目似明星蓄宝光，
破衲芒鞋无住迹，腌臜更有满头疮。
那道人又是怎生模样：
一足高来一足低，浑身带水又拖泥。
相逢若问家何处，却在蓬莱弱水西。

清虚观里的张道士，身为众道士的头头，已八十多岁还未退休，而那小道士才十二三岁，不知到哪一天才能接班。

小说快要结束时，贾宝玉所见到的和尚，也是“满头癞疮，浑身腌臜破烂”。读者自然又有疑问：宗教人士为何如此窝囊，让人看不上眼呢？这里也有法律原因。早在唐代法律中，就有“私入道”罪名，规定“诸私入道及度之者，杖一百，已除贯者，徒一年”。其疏议云：“私入道，谓为道士、女官、僧、尼等，非是官度，而私入道，及度之者，各杖一百”。清代法律同样禁止“私度僧道”，规定：“若僧、道不给度牒，私自簪剃者，杖八十。若由家长，家长当罪。寺观住持及受业师私度者，与同罪，并还俗。”此律文后，共有七条例文，其首要一条云：“民间子弟，户内不及三丁或在十六（岁）以上而出家者，俱枷号一个月，并罪坐所由。僧道官及住持，知而不举者，各罢职，还俗。”僧、道、尼，老的老，小的小，后继无人，便是这一系列法律规定的产物。

如果民间有愿意建造寺庙之类的宗教设施，有自愿出家之人，法律规定的审批手续极为严格和困难。前者由地方政府申报，“奉旨方许营建”，皇帝不批准而“擅行兴造”就视为犯罪；后者则由礼部颁发度牒，“方准披剃”，还要由地方官吏严查，“违者从重治罪”。普通老百姓同皇帝、礼部的距离，何其遥远，怎么能够得到那圣旨和度牒呢！于是乎，只能任凭那些旧寺庙一天天残破下去，那些后继无人的老僧尼一天天衰老下去。

贾府在准备迎接元妃省亲的日子里，曾买回十个小尼姑和十个小道姑，经过一番训练，她们才学会了念几卷经咒。这一“买”的举措，显然是针对家庙空虚，无人接班的状况采取的。还有玉皇庙和达摩庵两处的十二个小和尚并十二个小道士，为迎接元妃省亲而住进了大观园，事后被送到了贾府家庙铁槛寺。这二十四个小和尚、小道士的出家，因为年纪小而不到法律禁止的“十六岁”的界限。总共四十多人的后来者，是清一色的儿童团，他们跟八十多岁的张道士在年龄上隔着三至四代人！宗教人士的青黄不接现象，被这些年龄的数字、人数的数字渲染得触目惊心。

如果考虑一下这四十多人组成的小和尚、小道士、小尼姑、小道姑的队伍的来历，会发现其中隐藏着的一个法律问题：贾府仰仗着功臣之家和皇亲国戚之家的地位和权势，公然大钻法律的空子，专门网罗法律不禁止的十六岁以下的小男小女，来充实其家庙。这样做，孤立地看，贾府的家庙后继有人，而宏观地看全局，则极大地衬托了宗教人士的青黄不接现象的严重程度。

五十五　法律与宗教（三）

——宗教人士法律地位的分化

从立法上看，宗教人士都处在封建法律的歧视之下。然而在现实生活中，这种统一的法律地位会发生因人而异的分化。这是法律与宗教的关系的又一具体表现。由此观之，红楼世界中的所有宗教人士可划分为四种彼此有别的法律地位：一是放弃法定的袭官权利和家长地位，二是摆脱法律歧视的阴影，三是在尘世人情干扰法律的时代潮流中沉浮，四是沦为触犯刑法的犯罪者。

贾敬的道士身份和行径，是以放弃法定的袭官权利和家长地位为代价的，这意味着他从受法律恩惠、关照的特殊地位，下滑到受法律歧视的不平等地位，是所有宗教人士中的独树一帜者。用世俗社会的法律价值尺度来看，贾敬的所作所为，得不偿失。若用道教的眼光看，他又没有什么正经的宗教信仰。故贾敬甘心情愿处于这种不伦不类的地位，自有其糊里糊涂的追求：把所袭官职让给了儿子贾珍，把继承的家长地位也让给了儿子贾珍，自己一味好道，只爱烧丹炼汞，以求长生不老，飞升到天国做神仙。曹雪芹用“胡羼”两个字点明了这种人生追求的荒唐、可笑。

俗话有云：看破红尘。贾敬之所以梦想飞升成仙，就是因为看破了红尘。他把人世社会看成是一个“是非场”，对他的子孙们公然宣称：“我是清净惯了的，我不愿意往你们那是非场中去闹去。”孙媳秦可卿死了，他得到消息后，想的是自己早晚要“飞升”，不必“回家染了红尘，将前功尽弃”，听凭贾珍料理一切。

贾敬选择的是悲观厌世、痴心妄想的人生道路。贾府没落的趋势，是从贾敬这一代开始的。第五回太虚幻境的仙女们演唱的歌曲《好事终》里，有这样的词句：“箕裘颓堕皆从敬，家事消亡首罪宁。”意思是：贾府的儿孙们不能继承祖辈家业的人，以贾敬为第一人；贾府二宅的家事消亡的下沉之势，宁国府是罪魁祸首，开路先锋。贾敬的结局，是吞服仙丹而中毒死亡。

摆脱了法律的歧视阴影的宗教人士，以清虚观里的张道士为代表。《大清律例》中那些歧视宗教的条文，对张道士都不管用。因为，他是开国功臣荣国公的替身，贾府几十年来一直是其强大的靠山。他还得到两代皇帝的垂青，先皇曾亲口乎为“大幻仙人”，当朝皇帝又封他为“终了真人”，王公高官们都跟着称他为“神仙”。张道士如今成为宗教界的领导人，掌管着“道录司”的大权。就是这三大原因，使张道士坐享荣华富贵，活到八十多岁，在贾母面前自称“小道”，不无骄傲地宣称自己身体“倒也健壮”。如果说贾敬是悲观厌世、痴心妄想的唯一宗教人士，那么张道士的超然于法律之外的优越地位也是独一无二的。

在世俗社会以人情干扰法律的时代浪潮中沉浮的宗教人士，以水月庵中的那位老尼姑为代表。她为一起婚姻纠纷案向凤姐求情而闹出两条人命的严重后果的故事，我们已经谈过，这里不再多说。在这里，只需补充一句：身在佛门而卷入人情干扰法律的漩涡的宗教人士，除了这位老尼，再也没有第二人，故她也是一个很有特色的出家人。

触犯刑法，沦为罪犯的宗教人士，人数较多，不过所犯罪行的性质各不相同，故他们彼此也是互相区别开来的。智能、马道婆、王道士，是这一类宗教人士的代表人物。智能所犯的是“犯奸”罪，法律对宗教的歧视，在这一犯罪的规定里表现为对智能所受法律处罚为“加凡奸罪二等”，而占主动的与之“相奸之人”秦钟，却“以凡奸论”。法律的这种歧视宗教人士的倾向，大约为当时的社会各界所知晓，故智能私自跑进城来跟秦钟见面时，秦钟之父秦业极为生气，把智能赶出了家门，又把秦钟打了一顿，自己则气得老病复发，三五天就死了。不久秦钟也夭折了。作品似乎意在用父子两人的死亡，来警示佛门少女犯奸罪的严重危害性。在我看来，这是不公正的封建法律，引发了人们价值观念的倒错，从而造成了对犯罪现象的不公正的评价。秦氏父子之死，除了生理上的疾病的原因，应当说更有封建法律不公平给人们带来的精神压力的伤害的人为原因。

马道婆是贾宝玉的名义上的干妈，因一贯行“魔法”害人而被判了死刑。她犯罪的社会危害性，既有骗取钱财的经济犯罪性质，又有损害他人身心健康的人身伤害性质。赵姨娘因为恨王熙凤和贾宝玉，企图通过马道婆行魔法的手段来达到整死两个仇敌的目的，马道婆乘机索要了不少钱子、首饰，还让她写了五百两银子的欠条。平常时节，马道婆以点海灯为借口，不断向施主们索要灯油钱。据她说，最大的海灯一天要点四十八斤油，次一等的一天二十四斤油，还有五斤、三斤、一斤的。仅此一项，她捞的钱财就不是一个小数。后来罪行败露，被人告发，关进了刑部监狱，将被判处死刑。查《大清律例》，确有凡“假降邪神”“一应左道异端之术”的为首之人，判以“绞”刑的规定。这是宗教人士犯罪案件中处罚最重的案例。

关于此案的描写，有容易引起误解误导的败笔夹杂其间，必须予以披露和批评。这就是，在马道婆行邪术之后，果然应验，使王熙凤和贾宝玉两人同时如同走火入魔一般，一个拿着刀到处乱跑乱叫，扬言要杀人，一个昏昏沉沉，不省人事，跟死过去了差不多，以至于有人连忙做了两副棺材，被贾母大骂了一顿。我们认为，邪教邪术之类的东西，不管其做法本身怎么花样翻新，说得神乎其神，归根结底对被其诅咒、整治的人们，不能造成实际的人身伤害。即使是心理、精神上的刺激，也只有在知晓其邪术的前提之下才可能有一定的作用。王熙凤和贾宝玉两人，则是在完全对马道婆的所作所为不知不觉的情况下，突然变疯变痴生病的。如此写来，不合乎科学原理，宣扬了封建迷信和鬼神观念，应视为是《红楼梦》这部伟大文学名著中的一大瑕疵。有读者对此津津乐道，深信不疑，可见这一败笔产生了一定的副作用。

天齐庙的王道士所犯罪行是制造、出卖假药。他扬言所制膏药用药一百二十味，百病千灾，无不立效；甚至有一种“疗妒汤”，连女人爱嫉妒的毛病也能治好。后来被贾宝玉纠缠得说了实话：“实告你们说，连膏药也是假的。我有真药，我还吃了做神仙呢。有真的，跑到这里来混?”这王道士虽说一贯制售假药有罪，但在案发前就自己承认是以假药骗人，这一点还是“可爱”的。如今那些制造、推销假冒伪劣商品的人们，当场抓住了也百般狡辩，死活不认账，被司法人员取缔之后又卷土重来，大大不如王道士敢说造假的真话。

以上所谈，是红楼世界宗教人士法律地位分化的大体情形。较之世界各国文学所描写的同一情形，本可见到的宗教信仰和宗教戒律在法律地位分化中所起作用的各种景象，在红楼世界中几乎完全绝迹，从而显示出中国文学在描写法律与宗教的关系上的一个突出特色：封建时代中国宗教人士普遍缺乏宗教教义上的信仰，也普遍不受宗教的清规戒律的约束，他们同世俗之人的区别似乎只在：出家。曹雪芹作为现实主义文学大师，对于中国宗教人士的这一特色，了如指掌，故能典型地表现出这一特色在宗教人士的法律地位分化上的具体情景——看不到宗教信仰和宗教戒律参与其间起作用的任何蛛丝马迹。

假如不提出和讨论宗教人士的法律地位分化层面的问题，漫长的中国封建社会生活中客观存在的宗教人士游离于宗教教义和戒律之外的特色，就无从识别和阐释。两百多年来的红学研究史上，我们如此谈论贾敬、张道士、智能、马道婆、王道士等的视角、话题和话语一直迷失的原因之一，就在于这种特色的东西被研究者严重忽视。加之对法律的淡忘，如同没有立足之地一样，到哪里去寻找那根本没有注意到的东西呢?

例如说，外国文学作家笔下的宗教人士一旦犯罪，迟早会有宗教上的忏悔意识发挥作用，对所犯罪行进行忏悔，从而产生弃旧图新的意向与行动。

在中国文学中，在红楼世界里，宗教人士似乎全然不懂忏悔犯罪这码事。今天，我们总算打开了这个难开的话匣子。

五十六　法律与宗教（四）

——世俗男女出家的法律性质与原因

法律与宗教的关系的又一层面，是世俗男女出家，成为宗教人士，既具有法律性质，又有法律原因。在红楼人物中，甄士隐、妙玉、柳湘莲、宝玉、惜春等，先后成为出家人——有的当道士，有的当和尚，有的当尼姑，有的当道姑，无不具有法律性质，无不有着法律原因。

以法律性质而论，他们出家都没有履行法定手续，属于法律禁止的“私度僧道”的犯罪行为。甄士隐出家时，将疯跛道人肩上的褡裢抢过来背着，竟不回家，同他飘飘而去，当下轰动街坊，众人当作一件新闻传说。妙玉出家才七八岁，到十八岁进入贾府的栊翠庵时，已有十多年出家的历史。湘莲在一座破庙里落发出家，跟一个跏腿疯道人飘然而去。贾宝玉是在参加科举考试之后莫名其妙地出家的。惜春则是以道姑姿态出现，就在家里修行。他们之中没有哪一个曾想到要去领取礼部颁发的度牒，故全部属于违法的“私度僧道”的性质。若要严格地追查起来，除了惜春可以不负法律责任之外，其余四人都难以幸免。

以法律原因而论，则各不相同。甄士隐的出家，根本原因是女儿英莲被拐卖与和尚失火这两起刑事案件使他深受其害——既失去了唯一的女儿，又烧毁了赖以存身的家，于是在失望与痛苦中产生了厌世思想。他给疯癫道人的《好了歌》所做的注解，就是一首宣扬人生变幻无常，消极悲观的厌世思想的诗。全文如下：

> 陋室空堂，当年笏满床；衰草枯杨，曾为歌舞场。蛛丝儿结满雕梁，绿纱今又糊在蓬窗上。说什么脂正浓、粉正香，如何两鬓又成霜？昨日

黄士陇头埋白骨，今宵红绡帐底卧鸳鸯。金满箱，银满箱，展眼乞丐人皆谤。正叹他人命不长，那知自己归来丧！训有方，保不定日后做强梁。择膏梁，谁承望流落在烟花巷！因嫌纱帽小，致使锁枷扛；昨怜破袄寒，今嫌紫蟒长：乱哄哄，你方唱罢我登场，反认他乡是故乡。甚荒唐，到头来都是为他人做嫁衣裳！

全诗以对比的手法，把处在两个极端的许多人生现象相提并论，非常形象地表现出由一个极端走向另一个极端很容易、很普遍。诗中列举的两极变化事例，多达十三种，依次是官变民、荣变枯、美变丑、青春变衰老、死人之悲变结婚之喜、富变穷、生变死、望子成龙变子孙堕落、挑选佳婿变女儿沉沦、在官场争权夺权变刑罚加身、贫寒变富贵、你唱罢变我登场、他乡变故乡。正因为人生如此变化莫测，所以甄士隐用一句话来总结他对人生的总体的悲观失望：人死之后万事皆空。由此可知，甄士隐之所以出家当道人，就是把宗教当作避难所，到空门中去寻求安慰和解脱。

这首诗使用的是文学语言，若用法律语言写出，作为甄士隐出家的法律原因，就可看得更清楚。“笏满床”意为官员之家，“陋室空堂”，即庶民之家，前者变为后者，显然是官员因犯罪被革职为民的缘故。“歌舞场”是有钱有势之人享乐的地方，变成“衰草枯杨”般的破败境地，隐喻着当事人的法律地位的大落差。“金满箱，银满箱”即百万富翁，“展眼乞丐人皆谤”，就是失去巨额财富后变成了乞丐，此种巨变之缘由，要么是当事人触犯了刑法，家产被官方抄没；要么是遭到强盗被洗劫一空；要么是出了其他天灾人祸，弄得家贫如洗。三者必居其一。无论属于哪一种情况，都有着法律的因素。“训有方”，指的是家长履行法定家长的职责有效地管教子孙，“保不定日后作强梁”，则是被管教过的子孙很可能走上打家劫舍的犯罪道路。“因嫌纱帽小”意为政治上有野心，故不惜采取钻营手段；“致使锁枷扛”，指招致犯罪而受刑事法律处罚的下场。如此等等，不必一一细讲。概括这些法律内容，对甄士隐出家的法律原因可以做出这样的表述：甄士隐作为一个有声望的乡绅，本过着殷实的生活，由于接连遭受两起刑事案件的危害，失去了唯一的女儿，又失去了安身之家，变成了流离失所之人，寄人篱下不到一二年，便贫病交攻而难以维持生计。就这样，他对刑事法律实施效果不好导致的社会治安状况欠佳的普遍现实问题，深怀忧患意识，以致彻底失望。于是，他逃到心目中的宗教这个避难所。

甄士隐的这种主观感受，仅从反映外部世界的社会治安状况不好的层面上看，是合乎实际的。曹雪芹在《红楼梦》开篇所要告诉读者的社会治安状况，本来就是叫人不能满意的。就在那场火灾刚刚发生之后，小说就写道："偏值近年水旱不收，鼠盗蜂起，无非抢田夺地，鼠窃狗偷，民不安生，因此官兵剿捕，难以安身。"此时，离甄士隐出家还相距一二年。等过了一二年，甄士隐越来越穷困，社会治安状况也不见好转，故他的忧患意识一天天加剧，终于诱发了出家的愿望。基于上述理由，他的感叹人生变幻无常的诗，可当作一首讽刺社会治安状况糟糕的涉法诗歌来研读。

妙玉的出家，有自小多病而希望通过带发修行的途径治病的生理上的原因，而深层的社会原因，却是"不合时宜，权势不容"。她是苏州人，祖上曾为读书仕宦之家。如今无父无母，长成为十八岁的少女，已有十多年出家的历史，对当初出家的社会原因中的法律内容有了深切感悟。她喜欢《庄子》，依据《庄子·大宗师》中的故事，自称为"畸人"。这个"畸人"的概念，包含有深刻的法律内容。就字面上说，"畸"，指的是零碎的小块土地。古代实行井田制的时候，把那些不在井田范围内的零散小块土地称之为畸。畸人，即守着这些零碎土地的人们。《大宗师》是一篇哲学论文，提出了"道""真人"等哲学概念。"畸人"的概念，是孔子的学生子贡在跟老师讨论礼法问题的时候提出来的。子贡问："敢问畸人?"孔子回答说："畸人者，畸于人而侔于天。故曰：天之小人，人之君子；天之君子，人之小人。"在这个语言环境里，畸人是指跟世俗礼法不吻合的人。孔子的意思，是说跟世俗礼法不吻合的所谓畸人，是人为的礼法造成的，但这种人合乎大自然的要求。所以，从大自然方面看是小人的人，却是人们称之为君子的人，而从大自然方面来看是君子的人，在人们心目中却是小人。这段话，含有辩证法，也含有自然法的观念，对于礼法的急功近利有所反思和批评。由此可知，妙玉出家的法律原因，在于对现实生活中的礼法有所反感，有所叛逆。

柳湘莲的出家，在法律的诱因上，有着更切实、更具体的内容。他曾先后两次在意识中遭受法律与道德的矛盾对立的冲撞。第一次，酷爱男风的薛蟠对他有非分之想和肉麻的言行，使他把薛蟠狠狠打了一顿，触犯了刑法。薛蟠扬言要告他，他不得不畏罪逃亡。不料薛蟠外出做生意途中遭遇强盗抢劫钱财，柳湘莲见义勇为，赶走了强盗，夺回了被劫财产，如数归还给薛蟠，两人于是结拜为兄弟。这样，柳湘莲便成为集法律的罪犯与道德的英雄于一身的传奇人物。第二次，在贾琏的说合之下，柳湘莲以祖传鸳鸯剑为定礼，与尤三姐结下婚约。后来，他借口姑母已为之订婚，提出了悔婚约、退定礼的要求。他的借口是合法的。《大清律例》云："若卑幼或仕宦或买卖在外，其祖父母、父母及伯叔父母、姑、兄妹后为订婚，而卑幼自娶妻，已成婚者，仍旧为婚。未成婚者，从尊长所定。违者，杖八十。"然而，借口所说事实却是虚构的，即说了有违道德的假话。这就意味着，柳湘莲找退婚礼、悔婚约的借口的本身，就有着法律与道德的矛盾。这一矛盾引发的后果，是尤三姐自刎而死。这一突发事件，给了柳湘莲以巨大的打击，产生了自我谴责的痛苦，于是跟一个疯跛道人出家去了。可以认为，他出家的原因，在于承受不了一再袭来的法律与道德的矛盾冲突所造成的精神撞击的压力与痛苦。

惜春的出家虽然不彻底，甚至只是徒俱名义和形式，但也有其法律原因。家，是具有法律意义的社会小单元。惜春从小很少有家庭温暖：母亲去世早，父亲贾敬当了道士，她只好跟叔祖母即贾母过日子，贾母去世后，她就几乎失去了一切依靠；虽有大哥贾珍，却是一个不争气的败家子；跟嫂子关系也不好。就是在这种家庭环境之下，由跟嫂子吵架为导火线，引出了惜春出家的决心。可以把惜春出家的法律原因归结为民事法律纠纷的影响。如果当时有今天的民事调解的法律机制，惜春的出家之事就可以化解而不会发生。

至于贾宝玉的出家，完全出于家长主婚所造成的婚姻悲剧的逼迫。

综合以上所谈，红楼人物出家的宗教现象折射出两条意识形态上的道理：一是他们普遍缺乏法律意识，没有谁去履行法定的出家手续；二是他们出家的原因，不在于对宗教有什么自觉信仰和追求，而是取决于他们自身各不相同的法律问题的牵引和导向。而这两条道理，构成了红楼世界中法律与宗教的关系的一个层面的景观。

五十七 法律与宗教（五）

——宗教对法律的影响

宗教对法律的影响，是二者相互关系的一个极重要的层面。说它极重要，是就全世界各国的总体而言的，在世界范围内，绝大多数国家不仅信教人数多，而且宗教拥有自己的法律与法庭，足以同世俗法律和法庭相抗衡，许多时候世俗法律不得不屈从于宗教法律。鉴于宗教对法律的如此巨大的左右力量，不能不承认宗教对法律的巨大影响占据了二者关系的极重要的地位。

与之相比，中国宗教既无为广大教徒所熟悉、遵从的清规戒律，更无什么宗教法庭，故对世俗法律的影响就显得若有若无，微乎其微。我们这里想指出的是，在红楼世界里，或者说在《红楼梦》的作者心目中，中国宗教对法律的微弱影响是客观存在的，倘不留心观察，就会失之交臂。

首先，应当指出，在世界各国文学中所能见到的宗教影响法律的许多方式，在中国文学中，在《红楼梦》里，都全然不见踪影。这些方式是：宗教戒律与法律规范互相渗透，互相支持，难以分割。《圣经》《古兰经》《摩奴法论》等是集宗教、法律、文学于一体的奇书，基督教、伊斯兰教和婆罗门教的教义、戒律，在很大程度上就是信仰这些宗教的国家、地区的世俗社会的法理、法律规范。从法律的实施来看，中世纪在法国、意大利、西班牙等国建立有宗教法庭，从此两种法庭处在既斗争又联盟的状态中，此种现象一直延续到二十世纪。宗教人士可以参与法律诉讼的许多环节，如把教堂盖在监狱里，每天在犯人中举行宗教宣传、祈祷活动，对死刑犯执行死刑前举行灵魂忏悔仪式等。这一切，都与中国文学无缘，也是红楼世界中的空白。由此，也就可以推知，中国宗教对于法律的影响几乎微弱到了可以忽略不计的程度。

那么，红楼世界里，宗教是怎样影响法律的呢？请看第一百零一回所写王熙凤到散花寺去求签的故事：

这里凤姐勉强挣扎着，到了初一清早，令人预备了车马，带着平儿并许多奴仆来至散花寺。大了带了众姑子接了进去。献茶后，便洗手至大殿上焚香。那凤姐儿也无心瞻仰圣像，一秉虔诚，磕了头，举起签筒默默地将那些见鬼之事并身体不安等故祝告了一回。才摇了三下，只听“唰”的一声，筒中撺出一支签来。于是叩头拾起一看，只见写着“第三十三签，上上大吉”。大了忙查签簿看时，只见上面写着“王熙凤衣锦还乡”。凤姐一见这几个字，吃一大惊，惊问大了道：“古人也有叫王熙凤的么?”大了笑道：“奶奶最是通今博古的，难道汉朝的王熙凤求官的这一段事也不晓得?”周瑞家的在旁笑道：“前年李先儿还说这一回书的，我们还告诉他重着奶奶的名字不要叫呢。”凤姐笑道：“可是呢，我倒忘了。”说着，又瞧底下的，写的是：

去国离乡二十年，于今衣锦返家园。

蜂采百花成蜜后，为谁辛苦为谁甜!

行人至，音信迟，讼宜和，婚再议。

求签、卜卦之类，纯属封建迷信活动，它们往往作为宗教人士的日常功课出现，人民群众对此都非常熟悉，并拥有众多的信奉者，至今仍有不小的市场。宗教对法律的影响，大约都是借诸如此类的迷信活动，以隐蔽的方式来宣传、扩散某些法律思想意识，间接地影响法律。假如想让这种影响变成现实，恐怕毫无指望。在这个故事里，签文中的“讼宜和，婚再议”这两句话，都涉及法律，其用意无非是奉劝世人在法律事务中妥协、忍让，对家长主婚法定权利的运用要多思考、多讨论。仅此而已。这种若有若无、不痛不痒的法律意识的传播，充其量只在人们的意念中提供了可供参考的思想因素，对社会上的法律实务的影响极其有限。

流风所及，像毛半仙这类迷信职业者，在其卦语中，也有“讼有忧，惊”的惧讼言词，跟上述“讼宜和”的签文的息讼劝告相呼应，进一步证明宗教对法律的影响的微不足道。

注意这种现象，对于比较文学研究有特别重要的意义：可由此揭示中外文学思想内容上的一种巨大差异之所在。上面谈到的外国文学中宗教对法律的影响巨大、直接、有目共睹，而在中国文学中，在《红楼梦》里，这种影响却微小、间接，没有可见可闻之事实发生在法律实施的过程中。一旦注意到这种迥然不同的差异，该讲的法律、宗教、文学上的道理就会层出不穷，源源不断。为了说明这一点，不妨再看一个例子。

第一百零二回写到的贾赦请道士到大观园来做法事驱邪逐妖的故事，若当作一个纯粹的宣扬封建迷信的故事来阅读，将只会看到恶作剧一般的热闹场面，若置于宗教对法律的影响的视点上来考察，则可窥见宗教性的迷信活动对法律文化现象的影响不仅存在，而且同样具有上面所谈到的区别于外国文学所描写的情形——微小、间接、不能有目共睹而只能在意识中感悟。

贾府的人们，大多数有迷信思想观念，于是谣传大观园里神鬼出没，弄得大家身心不宁。昔日宏伟壮丽、热闹非凡的大观园，竟因而人去楼空，“以致崇楼高阁，琼馆瑶台，皆为禽兽所栖”。独有贾赦不大相信里面有神鬼妖怪，带人进园察看动静。青年仆人拴儿看到一只五颜六色的野鸡飞过去，不知为何物，吓得大叫。众奴仆乘机编了个有鬼出现的谎言，使贾赦听了也害怕起来。于是决定请道士来做法事。道纪司便派了四十九名道众进园折腾了一整天。那做法事场面、经过，纯属有违科学的迷信活动，不必一一介绍。这里着重讨论的是兴师动众的宗教性的封建迷信活动影响法律文化的若干法理。

大观园，是物质性的法律文化现象，凝聚、隐喻着的法律和法理有这么几个方面：一是我们曾经说过，像大观园这样巨大的土木建筑工程，本为清代法律所禁止，但因奉当朝皇帝旨意修建，故法律让位于皇权，于是大观园是皇权大于法律的见证物；二是大观园修建的目的，在于为元妃省亲时专用，妃的法律地位跟庶民百姓的妾完全一样，可由于是皇帝的妾，故从称呼到享有的特权，都大大超出了法律的规定，故大观园不仅在又一次见证皇权大于法律，同时还在昭示妃与妾的法律地位本应等同的朴素法理；三是贾府是法定的功臣之家、官员之家，所拥有的不同寻常的大观园从建造到荒废的趋势，同整个贾府由盛而衰的没落趋势呈现出同一步调，因其凝聚、隐含有上述两层法律内容，故这种没落趋势在一定程度上是封建皇权和封建法律，乃至全部封建制度的没落趋势。这三个方面是对大观园作为物质性的法律文化现象做法律内涵分析所行进的大致思路。

现在要进而讨论的是，贾赦所请来的几十名道士的所谓驱鬼赶邪的宗教性的迷信活动，到底产生了怎样的影响。以科学眼光视之论之，结论很清楚：不正视人间的上述客观存在的法律、法理及其没落趋势，硬要说有什么神鬼妖怪在其中作祟，并用荒唐的迷信活动来驱赶那本来就不存在的怪物，自然不会有任何效果。续书的作者在写这个驱妖孽的故事的时候，是坚持的唯物主义态度，在故事的末尾点明了仆人们用谎言吓唬贾赦的真相，告诉读者：道人们的法事活动，其实是一场恶作剧。浓缩以上所说法律内涵，这场恶作剧归根结底是借宗教活动来同法律开玩笑。这就是中国式的宗教对法律的影响的又一生动例证。

就这样，大观园一天天荒废下去。封建皇权的没落，封建法律的没落，封建大家庭的没落，整个中国封建制度的没落，是历史的必然，这时代的车轮的运行轨道，谁也阻挡不住，大观园的荒废不止，使我们感受到这一切。读者如果嫌我们的这种抽象说法没有趣味，那么第五回中曹雪芹用诗的语言所咏叹的东西，正好是我们这里所感受到的东西。这首诗就是《收尾·飞鸟各投林》：

> 为官的，家业凋零；富贵的，金银散尽；有恩的，死里逃生；无情的，分明报应。欠命的，命已还；欠泪的，泪已尽。冤冤相报实非轻，分离聚合皆前定。欲知命短问前生，老来富贵也真侥幸。看破的，遁入空门；痴迷的，枉送了性命。好一似食尽鸟投林，落了片白茫茫大地真干净！

可以认为，大观园一天天地荒废下去，象征着这诗中咏叹的一切。贾赦企图用宗教性的迷信活动来挽救这包括法律在内的一切江河日下的衰败之势，岂不是太荒唐可笑了吗？

五十八　法律与语言（一）

——用人生图画替代法律概念

文学是语言的艺术。文学中的法律，在很大程度上表现为文学语言现象。作家们描写法律跟法学家的法学研究的一个区别就是：法学论著离开了抽象的法律概念寸步难行，而文学作品却是用人生图画替代法律概念。这样，解读文学中的法律，就要求解读者善于从人生图画中找到那些被替代的法律概念，领悟其中隐含的法理法意。

《红楼梦》在用人生图画替代法律概念这一方面，有四种基本方法：一是单幅图画的展示，二是两个单幅图画的拼贴，三是若干内容互相联系的图画集中依次连接与转换，四是各种系列图画的互相交错与穿插。法律概念及其表述的法理法意，就是由用这四种方法描绘、组合的人生图画暗示出来的。

先谈单幅图画的展示。我们谈过的王熙凤出场时的服饰，就是一个典型例子。这幅图画中，只有对凤姐的首饰、衣服的款式、面料、颜色、图案的描绘，除此之外，没有任何一个法律概念。然而，将其跟《大清律例》中的有关律文和例文对照一番，就可发现其中隐含有"服舍违式"的法律概念，抓住这一关键词，有关法理法意就不难加以阐释了。

再举一个例子。第九十六回，有如下画面：

> 到了正月十七日，王夫人正盼王子腾来京，只见凤姐进来回说："今日二爷在外听得有人传说，我们家大老爷赶着进京，离城只二百多里地，在路上没了。太太听见了没有？"王夫人吃惊道："我没有听见，老爷昨晚也没有说起，到底在哪里听见的？"凤姐道："说是在枢密张老爷家听见的。"王夫人怔了半天，那眼泪早流下来了，因拭泪说道："回来再叫琏儿索性打听明白了来告诉我。"凤姐答应去了。

王夫人不免暗里落泪，悲女哭弟，又为宝玉耽忧。如此连三接二，都是不随意的事，哪里搁得住，便有些心口疼痛起来。又加贾琏打听明白了来说道："舅太爷是赶路劳乏，偶然感冒风寒，到了十里屯地方，延医调治。无奈这个地方没有名医，误用了药，一剂就死了。但不知家眷可到了那里没有？"

这一画面所替代的法律概念是什么？只要你看到了王子腾死于误用药剂的要害内容，就可顺利找到相应的法律概念。"没有名医"，自然只有庸医，"误用了药，一剂就死了"，纯属误诊造成了不正常死亡。这是凭生活经验进行直观的逻辑推理得到的结论。查一查《大清律例》，可立即发现"庸医杀伤人"的法律概念，并找到有关法律规定："凡庸医为人用药，针刺，误不如本方，因而致死者，责令别医辨验药饵穴道，如无故害之情者，以过失杀人论，不许行医。"于是乎，把此案昭示的法律思想意义揭示出来，就会顺理成章，毫无挂碍了。

再谈两个单幅画面的拼贴。俗话说，福无双至，祸不单行。法律事件、案件、现象和问题，常常跟天灾人祸相联系，并且往往会同时发生两起灾难，加害于不幸者，这样一些有法律上的并列、因果等关系的生活现象，为法律描写上的两个画面拼贴的艺术方法提供了依据。第一回所写英莲失踪案和炸供失火案，就是两幅紧紧拼贴在一起的图画，二者均无任何法律概念。我们所概括出来的"失踪案""失火案"的法律概念，是经过解读之后的产物。从这拼图中，可看到甄士隐一家所受到的女儿丢失、家被烧毁的双重损害，而这是两起刑事罪案的结果。这个例子又一次表明，作家表达法律思想意义的方式是用文学的形象语言，而不用或少用抽象的法律概念。

用人生图画替代法律概念的第三种方法，是若干内容上互相联系的图画的集中依次连接与转换。这种方法的优越性，在于可用较少的语言文字表现尽可能多一些的法律思想意义。我们谈过的第四十四回的三连环案，即贾琏与鲍二家的通奸案、王熙凤为主的威逼人致死案和贾琏的私和公事案，就是一个典型的例子。这三个案件依次衔接，呈因果关系，把一个案件引发另一个案件的法律逻辑表现得严谨、清晰，夫妻二人言行的犯罪性质也一清二楚。

从《大清律例》中，可轻松地找出一系列蕴藏在三连环的画面中的法律概念系统。

以上所说三大基本方法，着眼于文学作品中的局部细节、具体章节的文学语言的使用事实，属于微观式的方法。若从整个作品的谋篇布局出发，就有一种宏观的方法，也就是我们要说的第四种用人生图画替代法律概念的方法，这就是各种系列图画的互相交错与穿插。想了解《红楼梦》怎样运用这种方法的成功经验，唯有在读完全之后，再反复加以研究，才可达到目的。这是因为，这部一百多万字的古典文学名著涉及法律的人生画面，数量庞大，内涵丰富、深刻、系统而富创建性，把它们组合为一个天衣无缝的艺术世界的整体，是一个浩大的创造工程。没有对红楼法律智慧世界的登堂入室的全面而深入的观察与思索，这种宏观性综合性的方法，就难以被我们所认识清楚。

我们曾谈到的《红楼第一案的法律悬念》，就是可以用来说明这一方法如何运用的一个小例子。这里讲的是甄英莲的法律地位的变化史，从她失踪开始，一直追寻她后来的人生轨迹：被拐卖、引发人命案、做人妾、苦学诗、丈夫又一次犯下人命大案、夏金桂以妻欺妾、薛蟠被释放后她由妾一变而成为妻等，除了使用了妻、妾等几个法律概念之外，其余无不是用人生图画讲话的。关于英莲即香菱的全部人生图画，集中到一起，就构成了一个系列。有人统计过，红楼人物多达几百个。由此可以说，红楼人物的人生图画也多达几百个系列，其中就夹杂着富有法律意义的许许多多系列，它们都替代着相应的法律概念，各有法理可议。

无论研读用哪一种方法描绘的人生图画，都有一共同的原则，这就是密切注意关键词语。它如同一个穴位，抓准了，就可进而找到相关联的法律概念及其法理的经络。例如，第十回开头有两个拼贴的画面：

话说金荣因人多势众，又兼贾瑞勒令，赔了不是，给秦钟磕了头，宝玉方才不吵闹了。大家散了学，金荣回到家中，越想越气，说："秦钟不过是贾蓉的小舅子，又不是贾家的子孙，附学读书，也不过和我一样。他因仗着宝玉和他好，就目中无人。他既是这样，就该行些正经事，人也没有说。他素日又和宝玉鬼鬼祟祟的，只当人都是瞎子，看不见。今日他又去勾搭人，偏偏撞在我眼睛里。就是闹出事来，我还怕什么不成?”

他母亲胡氏听见他咕咕嘟嘟地说，因问道：“你又要争什么闲气？好容易我望你姑妈说了，你姑妈千方百计的才向他们贾府里的琏二奶奶跟前说了，你才得了这个念书的地方。若不是仗着人家，咱们家里还有力量请先生？况且人家学里，茶也是现成的，饭也是现成的。你这两年在那里念书，家里也省好大的嚼用呢。省出来的，你又爱穿件鲜明衣服。再者，不是因为你在那里念书，你就认得什么薛大爷了？那薛大爷一年不给不给，这两年也帮了咱们有七八十两银子。你如今要闹出了这个学房，再要找这么个地方，我告诉你说罢，比登天还难呢！你给我老老实实的玩一会子睡你的觉去，好多着呢。”于是金荣忍气吞声，不多一时他自去睡了。次日仍旧上学去了。不在话下。

前一个画面，是儿子金荣放学回家发牢骚，发泄在学校受顽童闹学时的窝囊气的不满。后一个画面，是金荣的母亲劝告和警告儿子的情形。拼贴的画面中，似乎没有任何法律的影子可言。其实，你若抓住了金荣母亲谈话中的关键词——“那薛大爷一年不给不给，这两年也帮了咱们有七八十两银子”，就不愁没有可以谈论的法律了。原来，这薛大爷就是薛蟠，他借读书为名，行犯罪之实，不少眉清目秀的男童被他以金钱利诱而哄上了手。金荣就是其中一个。这“七八十两银子”其实就是赃款，也是金荣受害的物证，然而糊涂的金母见利忘法，甚至把一个犯罪者当作恩人来感谢和铭记。第十回的标题有道是“金寡妇贪利权受辱”，这“辱”字从何而来？就来自金荣成了薛蟠犯罪的牺牲品。依据这样的理解，既可从《大清律例》中找到相应的法律概念，又可以刑事案件的受害者及其亲属的法律立场的角度，谈出相应的法理。我们这里且不作解释，留待读者自行思考和议论。

五十九 法律与语言（二）

——法律概念的运用

《红楼梦》跟所有涉法文学作品一样，也运用法律概念。然而跟法学论著使用清一色的规范法律概念的方式相比，具有多样化的特点。依据这一特点，可将《红楼梦》中的所有法律概念分为三大类型：一是规范的法律概念，二是有所变异的法律概念，三是文学化的法律概念。

规范的法律概念。规范的法律概念的规范性，表现在跟立法文本保持一致，不允许使用者自行发明创造。《红楼梦》中的规范法律概念为数众多，数以百计。若考察其规范性，上可追溯到《周礼》《仪礼》《礼记》，下可跟《大清律例》相对照，无不有案可查，无不可与法学论著媲美。例如，《红楼梦》里的礼仪、大礼、国礼、凶服、礼法、家礼、礼节、无礼等，都可从《周礼》中找到源头。《周礼》是西周的立法文本，主要内容是礼法，也有刑法夹杂其间。由这种一致关系，可以断定，曹雪芹读过《周礼》一书。

至于跟《大清律例》一致的规范法律概念，数量就更大了。如婢、嫡妻、盗、窃、参、革职、袭（官）、妾、庶出、捐（官）、人命、审理、官司、审、原告、拐子、凶身、告状、凶犯、拷问、实供、枉法、判、审问、越礼、租子、告、王法、囚、诽谤、家生子、赎身、则例、仵作、庶民、威逼、状子、察院、谋反、自首、赃、官盐、私盐、匿名揭帖、赎罪、误杀、题本、相争为斗、相打为殴、具题、拟、秋天大审、死罪、刑部、相验、丁忧、失单等，无不见于《大清律例》。

仅仅拿这一语言事实来说，从法律的角度来研读《红楼梦》就很有必要。试问，全书从头至尾充斥着大量的或古色古香的法律概念，或现实生活中正在广泛使用的法律概念，它们都指向、概括着种种法律现象，而阅读中对此一概不管不顾，能够读懂其中的思想意义吗？

礼，在《红楼梦》一百二十回版本中，出现了三百多次。据笔者对庚辰本的统计，共出现了三百二十五次。如果不明“礼”到底为何物，可以认为就不能把《红楼梦》的思想内容的最深刻、最精彩的东西读出来。有红学家在第一回给“涛礼”二字做注解，把“礼”说成是“讲礼仪”，这会对读者造成莫大的误导。实际上，此处的礼，是泛指的，解释为“礼法”才算贴切。“礼仪”仅只是礼法中浅层的仪式一类的东西，切不可以偏概全。

仅从大量运用规范性法律概念这一点看，曹雪芹和续写的作者高鹗都懂得法律，故他们的法律描写出于法律上的自学意识与动机，并非我们常常见到的无心插柳柳成荫那种不自觉状态。这样，我们从法律视角研读《红楼梦》是符合两位作家的心意的。反之，拒斥法律上的解读，倒有违作家的自觉追求。

有所变异的法律概念。在记忆有误、有意省略、人物口语化的需要等条件下，所使用的法律概念的字面形式略有变化，这就形成了有所变异的法律概念。例如第一百一十八回借众人的议论来交代妙玉被劫走之后的下落时，有如下对话：

> 众人道：“你听见有在城里的，不知审出咱们家失盗了一案来没有?”两人道：“倒没有听见。恍惚有人说是有个内地里的人，城里犯了事，抢了一个女人下海去了。那女人不依，被这贼寇杀了。那贼寇正要逃出关去，被官兵拿住了，就在拿获的地方正了法了。”众人道：“咱们栊翠庵的什么妙玉不是叫人抢去，不要就是他罢?”贾环道：“必是他!”

这里的“下海”，就是适应对话时的口语化需要而将“违禁下海”的规范法律概念省略了前面“违禁”二字而形成的。查《大清律例》，在《兵律·关津》中有“私出外境及违禁下海”的罪名。可见，“下海”是简化了的法律概念。

第一百零五回，有锦衣军向王爷汇报查抄宁国府的财产时说：“东跨所抄出两箱房地契又一箱借票，却都是违例取利的。”这里的“违例取利”同《大清律例》中的“违禁取利”仅一字之差，显然是士兵口误所致。

在谈规范的法律概念时，我把来自《周礼》的“国礼”当作一个实例。这里需要补充说明一下：严格地讲，“国礼”应属于有所变异的法律概念，因为在《周礼》中，不见“国礼”，而有“主国之礼”和“邦国之礼”。“主国”，显然是大一统的西周王朝，而“邦国”则是指诸侯国，如秦、齐、楚、燕、韩、赵、魏之类。“国礼”，显然是将二者合并而成的新概念。在清代，只有统一的清王朝，故这个新概念从来源上不太规范，但从现实生活的实际看却很规范。“国礼”这一法律概念，凝聚了曹雪芹在语言上的创造性劳动的智慧。唯有从法律与语言关系着眼，才可看到这一点。

法律概念的文学化。我以为，法律概念的文学化，是作家描写法律的一个很具体、很常见的艺术手段。从这一特定的语言现象出发，我们可以发现文学中的法律的一个基本特征：不追求外在的、字面上的跟现实生活中的法律形似，而追求本质的、内在的神似，把形似的东西留给读者去联想、补充和发挥。而这样做的结果，是使文学中的法律思想内容既丰富多彩，有趣味，又不失深刻，还富有力度。

用典故、用修辞方式、用民间的习惯说法、口语化等，是法律概念文学化的一些具体方法和途径。例如，《大清律例》明文禁止的“鸡奸”行为：在《红楼梦》里从来都不用这一法定的规范概念，而是用不同的手段来将其文学化。在第四回中，提到冯渊时，说成“酷爱男风”。红学家注释云：“男风——即男色，也叫男宠。”第九回，说到薛蟠，有“不免偶动了龙阳之兴”的说法。红学家在注释中依据《战国策·魏策》，以龙阳君以男色事魏王而得宠的典故，又一次提到了所谓的“男色”。第二十一回在写到贾琏的同一行为时又说成是“出火”。读者读到这些地方，即使见到注释，依然是只可意会，难以言传。而事情的法律性质，在这三个男人身上都是共同的，即法律禁止的犯罪行为，在《大清律例》中有关法律条文不少。

官方的规范法律概念，在民间往往有许多相应的习惯说法。文学作家自然也乐于运用它们。第一百一十二回中先后出现了“营”“文官衙门”“文武衙门”等概念，显然来自民间口语，与之对应的是：“营”即步军统领衙门，“文官衙门”即五城御史衙门，也称之为五城察院，二者都是京城的司法机关，但隶属关系不同，职责也有分工：前者为军队序列，负责巡察社会治安、保卫，而后者为国家监察系统，负责管理各种地方组织，审理民事案件和轻微刑事案件。“文武衙门”是二者的合称。

文学化的法律概念，还有一种特殊用法，即在比喻、引申的意义上使用法律概念，而其指向的人和事却与法律自身不相干。这种情况，在《红楼梦》中很常见。例如开卷第一回，曹雪芹谈自己的人生经历时，一连用了两个“罪”字，有“半生潦倒之罪”“我之罪固不免”的说法。“罪”，本是法律概念，指触犯刑法、危害社会的行为。在曹雪芹的话中，只不过用来指不幸、不尽如人意的事情，是一种比喻的说法，与法律无关。

究明法律概念，是进一步弄清法律思想意义的起点。《红楼梦》中的法律概念的三种类型告诉我们，这部文学名著中的法律内容在起点的地方，就跟法学家的法学研究成果有同有异，故不可把二者等同起来。以相同之处而论，都离不开运用大量的规范性的法律概念，而如此运用所仰仗的功力都来自对法律文本的学习、熟悉，都反映着运用者主观上的法律自觉性。以相异之处而论。在于二者的任务有别，达到的目的也不相同。法学家运用规范的法律概念的目的在于建构一整套概念系统，其任务就是对法律问题给予学理上的解释。而文学作家则不然。他们的任务是对法律实施于社会的一切现象和问题进行思考和探索，至于法律文本的内容如何、法律上的制度怎么样这类法律本身的问题，他们并不关心。因此，他们的目的，在于以自己的作品对法律实施效果上的成败得失做评价，做褒贬，并总是把这目的上的追求尽可能表现得完善，让广大读者喜闻乐见。在这里，《红楼梦》堪称经典，堪称榜样。它的三大类型的法律概念的运用，无不以法律的实施核心问题为归依，根本不顾各种散见于各处的法律概念是否能构成某种理论系统。就这样，全书数以百计的法律概念在作家手中，招之即来，挥之即去，星星点点，随处可见，几乎互不干涉。

那么，这些法律概念的作用是什么呢？简单说来，它们对于上面说过的人生图画来说，只肩负一个使命：画龙点睛。有这么数量不等、类型不一的法律概念的闪现，该法律上的人生图画就意蕴盎然，值得一谈。例如，全书共出现的三百二十五个“礼”，就是红楼世界依照礼法办事，把礼作为行动指南的最完备、最充足的一个证据链，以此作为研究红楼礼学的对象材料，将大有可为。仅此一点，就可看到法律概念的运用，对于涉法文学的法律描写与解读的极为重要的作用和意义。

六十　法律与语言（三）

——古今法律词语的小同大异

法律概念，从语言现象上看，就是词语，只不过其词义含有特定的法律内容罢了。因此，解读《红楼梦》和所有中国古代文学名著中的法律，一个基本任务，就是对其运用的所有法律词语固有的法律内容进行解释。

之所以要进行解释，有两大原因：一是古代汉语不同于现代汉语的差异，造成了法律词语古今从形式到内容的彼此有别，二是古今法律词语系统本身各有归属，是两个完全不同的法律体系的产物。在现代汉语的语境中阅读《红楼梦》，较之在古汉语的语境中读《红楼梦》，就因为这两个原因，存在着同一语种上的语言障碍，需要做类似不同语种之间的翻译的工作，而这种翻译较之人们所熟悉的古汉语译成现代汉语，有很大区别，这就是缺少对应的词语系统，故不是将文言文译成白话文这样直接、了当的事情。

从第一个原因上看，古代汉语与现代汉语的差异，使古今法律词语呈现“小同大异”的现象。所谓“小同”，就是说在中国古代法律词语中，只有为数极少的一些词语跟当今完全相同，没有发生变化，例如法、法律、告状、状子、原告、被告、招供、口供、审问、判决等。所谓“大异”，就是除若干相同法律词语之外，其余整个词语系统古今完全不同。

这里，还有一种有趣的词语现象，就是第二十九回和第一百零二回先后几次出现了“法官”“法令”的词语，从字面上看，古今完全一致，然而其词义却迥然有别。二者均属宗教文化范畴，指称的是宗教人士及其经文。在第二十九回，“法官”指的是张道士。在第一百零二回中，“三位法官”，指的是贾赦请到贾府来举行宗教性的迷信活动的三个道士。人们当场称赞的“好大法令”，指的是道士们念出的经文。当今的“法官”是指法律工作者，“法令”则指的是国家法律法规。二者的词义完全不可混同。

从第二个原因上看，中国古代的法律，在全世界法律体系上的内分类属于中华法系，它所拥有的法律概念系统，亦即是语言上的词汇系统，仅仅属于中华法系所专用，跟其他法系不能通用。而中国当今的法律，则属于社会主义法系，在形式因素上跟民法系接轨的东西很多；尤其在法律概念系统方面，亦即是法词语方面，跟民法法系接轨、通用的东西更多。由于这样的原因，当今的文学爱好者如果想把《红楼梦》中的法律读懂读透，除了具备关于当代中国的法律修养之外，还应懂中国的法制史，对中华法系有较多的了解，起码应当熟悉那些法律词语。

谈到这里，我们可将《红楼梦》全书中最难懂的一段话作为例子。这段话中的法律词语多达十几个，自成一个小系统，这就是我们曾谈过的第九十九回贾政看报纸的故事。重温这段故事，考察充斥其间的法律词语，可知其专业性极强，一般读者根本读不懂。请看：

一日，在公馆闲坐，见桌上堆着一堆字纸，贾政一一看去，见刑部一本："为报明事，会看得金陵籍行商薛蟠……"贾政便吃惊道："了不得，已经提本了！"随用心看下去，是"薛蟠殴伤张三身死，串嘱尸证捏供误杀一案"。贾政一拍桌道："完了！"只得又看，底下是：

据京营节度使咨称：缘薛蟠籍隶金陵，行过太平县，在李家店歇宿，与店内当槽之张三素不相认，于某年月日薛蟠令店主备酒邀请太平县民吴良同饮，令当槽张三取酒。因酒不甘，薛蟠令换好酒。张三因称酒已沽定难换。薛蟠因伊倔强，将酒照脸泼去，不期去势甚猛，恰值张三低头拾箸，一时失手，将酒碗掷在张三囟门，皮破血出，逾时殒命。李店主趋救不及，随向张三之母告知。伊母张王氏往看，见已身死，随喊禀地保赴县呈报。前署县诣验，仵作将骨破一寸三分及腰眼一伤，漏报填格，详府审转。看得薛蟠实系泼酒失手，掷碗误伤张三身死，将薛蟠照过失杀人，准斗杀罪收赎等因前来。臣等细阅各犯证尸亲前后供词不符，且查《斗杀律》注云："相争为斗，相打为殴。必实无争斗情形，邂逅身死，方可以过失杀定拟。"应令该节度审明实情，妥拟具题。

今据该节度疏称：薛蟠因张三不肯换酒，醉后拉着张三右手，先殴腰眼一拳。张三被殴回骂，薛蟠将碗掷出，致伤囟门深重，骨碎脑破，立时殒命。是张三之死实由薛蟠以酒碗砸伤深重致死，自应以薛蟠拟抵。将薛蟠依《斗杀律》拟绞监候，吴良拟以杖徒。承审不实之府州县应请……以下注着“此稿未完”。

贾政因薛姨妈之托曾托过知县，若请旨革审起来，牵连着自己，好不放心。即将下一本开看，偏又不是。只好翻来覆去将报看完，终没有接这一本的。心中狐疑不定，更加害怕起来。

如果明白这段故事中所有的法律词语，会看出这些法律概念构成了一个小小的、相对独立的法理逻辑系统，表明了清代死刑案件的审判程序的大体框架。与此同时，从这段故事开头贾政的“了不得，已经提本了”的惊叫声中，以及看完报纸后“心中狐疑不定，更加害怕起来”的心理活动，内行能够看到贾政对于清代法定的死刑审判程序很熟悉，因为他仅从报纸上的这条新闻的标题就已知道薛蟠案件的地方上的审理进行到最后阶段了，一知半解的人根本做不到这一点。现在，全部有关材料都在这里，读者朋友从中看到了什么呢？

如果说什么都看不出来，那么碍事的就是那些今天完全不用了的法律概念。要想走上这固有的一条法理小道，就非一一搬除阻挡在路途的障碍不可。

我们搬除路障的工作从张三被薛蟠打死，人命案件发生的起点开始。

死者的母亲张王氏，到命案现场看到儿子已经死去，便到县衙门报案。“赴县呈报”，是依法到基层政府衙门报案、告状之意。唯有告状前提，命案才能进入地方上的审判程序。

“署县诣验”，即开始初审之前，进行勘验尸伤。这一步骤，在《大清律例》中有明文规定。“仵作”即验尸的衙役，其职责相当于现在的法医。“填格”，即“填写尸格”，将验尸结果记录在案。“尸格”是一种法律文书。县，是命案的初审衙门。

“详府审转。”府，是复核衙门之一。详府，即将命案案卷材料报送至府。审转，就是下级衙门逐级向上报送材料，构成上一级衙门审判、复核的基础。这种流程，称为审转。

“准斗杀罪收赎。”准，即“拟律”的又一说法。拟律，就是依法提出定罪量刑的意见。斗杀罪，即“斗殴律”。收赎，即收收监，可赎罪。“杀”为“殴”之误写。

“相争为斗，相打为殴。”这是《大清律例》中关于“斗殴律”的立法解释。京营节度是继府之后参与审转的衙门，该衙门长官对“准斗杀罪收赎”的意见有异议，故查阅《大清律例》，意在依法提出反驳意见。

“妥拟具题。”这是刑部对京营节度使的咨询所提出的建议中的话，意思是提出稳妥的拟律意见，再向皇上写结案报告。“具题”，也写作“题目”，家政所惊叫的“提木”亦即是“题木”就是结案报告。通常是一案一报：故云“专案具题”。具题，是向皇帝报告。其结束语，有固定的格式：“臣谨具题，状乞皇上睿鉴。饬下法司核拟施行，谨题请旨。”

“应以薛蟠拟抵。”抵：杀人偿命的意思。“拟抵”，是说按杀人偿命的法律原则提出定罪量刑意见。

“拟绞监候。”绞，是死刑的方式之一。清代另一死刑方式是斩。“监候”是“立决”的对称，收监而等候秋审的意思。“立决”则是立即执行死刑。

“吴良拟以徒杖。”徒，是有期徒刑。杖，是肉体上的罚刑，少则杖一十，多则杖一百。吴良是薛蟠打死张三的证人，因为前后口供不一，故触犯了刑法。

当相关联的一系列法律词语的障碍搬除之后，新闻报道中的薛蟠死刑案的审判程序就清楚了：县衙门初审后，经府审转到了京营节度使，节度使发现适用法律不当，向刑部提出咨询，刑部审核后向其提了建议，以便最后向皇帝写出结案报告。

这则新闻，并不是完整地报道死刑案件的全部审判程序，而只是大体报道了地方上的审判程序。至于“具题”之后的中央审判程序，由于是未完稿，故不曾报道出来。

至于贾政读报纸而害怕的原因，在于他作为薛蟠的姨父，曾向太平县令说过情，如果县令执法有误，就会牵连到他头上。

这一段故事的例子，足以说明弄懂古今法律词语的差异之所在，对于读懂《红楼梦》全书的法律内容至关重要。

六十一　法律与美学（一）

——美与民法

美学，是研究美的学问。人对世界的审美认识的特点和按照美的规律进行艺术创造的一般原则就是美学的研究对象。俗话说，爱美之心人皆有之。这句俗话就道出了美感心理的普遍性这一重要的美的规律。美学的任务，就是揭示、解释诸如此类的美的规律。

在美学论著中一再谈论法律的美学家的代表人物是德国的黑格尔。他的《美学》针对世界许多国家的英雄史诗、戏剧中的法律描写发表了一系列评论意见，遗憾的是他没有谈到中国文学。《红楼梦》这部文学名著，他没有见到过，否则定会忍不住要议论一番。

的确，曹雪芹在按照美的规律写《红楼梦》中的法律故事的时候，在若干方面探索了美与法律的内在联系，形成了美学研究非关注不可的课题。美与民法的关系是首当其冲的题目，因为有关故事发生在读者非常喜爱的美女晴雯身上。

民法，是调整财产关系和人身非财产关系的法律规范的总称，包括的范围很广泛，如婚姻家庭关系、债务、继承等，都属于民法范围。正因为民法的活动空间广阔，而爱美之心又人皆有之，于是二者难解难分的故事就不免时常发生。

且说晴雯：就是因为美，在民法关系中动荡不安，既讨人喜欢，更惹人怨恨，最后弄得她连法定的奴婢资格都被剥夺了，在又病又气的煎熬中丧失了花季的小生命。从民法关系上着眼，每一次波折与打击，无不以她的美为诱因。

首先，因为美，她从小就失去了人格尊严，像商品一样被买卖，又像礼品一样辗转相送。晴雯当初是荣国府的管家赖大用银子买回来的，那时她才十岁，买的动机很可能是美，招人喜欢。因为跟赖大之母赖嬷嬷经常进贾府，贾母见她伶俐标志，十分喜爱，赖嬷嬷就把她拿来孝敬了贾母，听贾母使唤。由于贾母溺爱贾宝玉，又把这小美人送给了贾宝玉，做他的房中丫头，地位在袭人之下。在这样的金钱交易和人情往来中，未成年的晴雯根本没有民法所保护的人格尊严可言，她完全被物化为商品和礼物，任凭别人卖出买进、送来送去。对家乡在何处、谁人是父母，她都不记得。这里很可能包含有十岁之前就开始流浪的不幸经历。只有年龄太小的婴幼儿时期的经历才不能进入正常人们的记忆。

以文学人的感受而论，我偏爱民法张扬和保护人格尊严、人的平等地位的立法精神和内容，而中国古代的民法恰恰缺少这两样最宝贵的东西，甚至是反其道而行之，把污辱人格尊严、鼓吹不等当作光荣的事业加以肯定。在唐代法律中，把买奴婢作为正常的商业行为，跟买马牛驼骡驴这一类大型牲畜相提并论，有着把奴婢不当作人对待的法律条文："诸买奴婢、马牛驼骡驴，已过价，不立市卷，过三日，笞三十；卖者，减一等。"

清代法律虽然废除了这种法律，但依然有买卖奴婢的法律内容，如规定"买奴仆，俱写立文契，报明本地方官钤盖印信"。并且在现实生活中，尤其在人们的意识中，依然存在着把奴婢不当人对待的思想观念。

由以上这些民法条文和相应的思想观念来看，晴雯因为美，故在法律认定的如同牲畜一般的奴婢交易市场上成了紧俏商品，而在成交之后，买主又把她当作一件精美礼品，特意送给尊敬的人（贾母），然后又转送给所钟爱的人（贾宝玉）。这就是晴雯的美与民法的联系的一个令人痛苦的方面。

其次，因为美，晴雯长成青春少女后成了主子贾宝玉钟情的对象之一，晴雯对贾宝玉也逐渐产生了爱意。唯有在爱情这个圣洁的殿堂里，晴雯的美——美好的容貌、美好的心灵以及民法所保护的人格尊严——才得了认同，得到了歌颂。贾宝玉对她发过"千金难买一笑"的感叹，有请她共浴的要求，不乏拉她的手表示亲昵的举动，但晴雯始终只把双方的爱恋限制在精神领域，绝不像袭人那样有任何肉体的接触。晴雯越如此高洁，贾宝玉越觉得她美丽，越爱之深切。晴雯含冤早逝后不久，宝玉为她写了一篇长长的祭文，这样讴歌她的身心之美：

其为质则金玉不足喻其贵，其为性则冰雪不足喻其洁，其为神则星日不足喻其精，其为貌则花月不足喻其色。（第七十八回）

显然，唯有在贾宝玉的心目中，晴雯作为法定的奴婢的身份与地位消失了，那被视为牲畜、商品、礼物之类的传统立法精神与法律思想观念被彻底否定，而她的女性身心之美得到了应有的尊重和爱惜，她的人格尊严得到了应有的认同和推崇。这一切，意味着这对青年男女已经超越了封建法律的全部歧视与约束，站到了人格平等的高台之上，构成了一尊理想的男女平等的塑像。由此可知，晴雯的美，具有征服人心、批判封建法律的不人道的内容的魅力和武力。

第三，因为美，晴雯被袭人从贾宝玉心目中的爱情圣洁殿堂里强拉硬扯了出来，一下跌落到家庭妾与别的女人争风吃醋的是非旋涡之中。贾宝玉为晴雯遭人妒忌、排挤的遭遇鸣不平，在跟袭人谈话时，用孔子、诸葛亮、岳飞等人和松柏、海棠一类的常绿、美丽的树木、花卉比喻晴雯的美好品貌，不料使这位未明身份的妾醋意大发地说："那晴雯是个什么东西，就费这样心思，比出这些正经人来！还有一说，他纵好，也灭不过我的次序去。便是海棠，也该先来比我，也轮不到他。"袭人所用的价值尺度，正是清代的家庭、婚姻的民法立法规定，依此来看，他们三人的地位依次应当是：主子兼丈夫贾宝玉—婢兼妾袭人—婢晴雯。袭人吃醋的理由就在于维护她所认定并采用的这种法律价值尺度和她的既得法律地位、身份、利益。在她这样说这样做的时候，晴雯的美，就遭到了抹杀。

第四，因为美，晴雯被王夫人剥夺了法定的奴婢地位与资格。王夫人作为贾宝玉的母亲，依法享有管教他的权利和责任。问题在于这位母亲"原是天真烂漫之人，喜怒出于心臆，不比那些饰词掩意之人"，故总是当众发表不顾儿子对晴雯一片痴情的事实又有损于晴雯的美和人格尊严的言论。在宝玉看来美得无以复加的晴雯，到他母亲眼里却变得又丑又可怕，被她说成是"水蛇腰、削肩膀"，一副"轻狂样子"。她还当晴雯的面冷笑说："好个美人！真像个病西施了。你天天做这轻狂样儿给谁看？你干的事，打量我不知道呢！我且放着你，自然明儿揭你的皮！"过了一会儿，王夫人又大声呵斥道："去！站在这里，我看不上这浪样儿！谁许你这样花红柳绿的妆扮！"这之后，王夫人在背后对王熙凤还把晴雯称为"这样妖精似的东西"。就在如此恨之入骨的宣言发表之后不几天，王夫人把病了四五天、水米不曾沾牙的晴雯赶出了怡红院。临行时，王夫人还吩咐，只许带走贴身的衣服，其余好衣服留下给好丫头们穿。

在王夫人看来，晴雯"坏"得不可救药，将会把儿子也勾引得不可救药，只有把她赶走才是保住儿子的唯一好办法。而晴雯的全部"坏"，没有别的任何事实，就只有一个字：美。爱子心切，急功近利，缺乏理智，是王夫人把"美"看成"坏"的心理上的根源。当这种心理因素过于强烈之时，人皆有之的爱美之心的普遍规律被破坏就是必然的。

晴雯被买进贾府的五六年中，命运之旅，一波三折，最后连奴婢的地位都保不住，而招致灾难的东西和唯一赖以从宝玉那里得到高度评价和安慰的东西，就是她的美。在一定意义上说，她的夭折，就是美因为缺乏法律保护机制而遭到毁灭的必然结局。贾宝玉就有这样的感悟：晴雯"虽然他生得比人强，也没甚妨碍去处……想是他过于生得好了，反被这好所误"。说完这话，竟当着袭人的面又哭了起来。

美貌，是人与生俱来的美。在当今之世，美容事业大发展造就了不少人工美女俊男。有鉴于晴雯因美惹祸上身的历史教训和当今现实生活的需要，我以为用法律形式保护美的问题应当尽快提到民法的立法议事日程上来。

六十二　法律与美学（二）

——美与刑法

美与刑法有瓜葛吗？读了胡君荣因美的诱惑而犯罪的故事之后，大约心里就会有谱了。

尤二姐在被贾琏纳为妾之后，凤姐将她骗进贾府整来整去，一转眼就过去了半年。这时尤二姐既病得又黄又瘦，还有身孕，担心自身和胎儿都难保性命。贾琏便请来太医胡君荣来给尤二姐治病。他把脉之后，要求尤二姐露脸以观气色，做为下药的依据。贾琏只得命人将帐子掀起一缝，让尤二姐露出脸来。不料——

> 胡君荣一见，魂魄如飞上九天，通身麻木，一无所知；一时掩了帐子，贾琏就陪他出来，问是如何。胡太医道："不是胎气，只是迂血凝结。如今只以下迂血通经脉要紧。"于是写了一方，做辞而去。贾琏命人送了药礼，抓了药来，调服下去。只半夜，尤二姐腹痛不止，谁知竟将一个已成形的男胎打了下来。于是血行不止，尤二姐就昏迷过去。贾琏闻知，大骂胡君荣；一面再遣人去请医调治，一面命人去打告胡君荣。胡君荣听了，早已卷包逃走。(第六十九回)

胡君荣在胎儿已经成形的情况之下，竟下结论说"不是胎气"，下药之后又造成堕胎的严重后果，可依"庸医杀伤人"条的规定治其罪。该条有云："若故违本方，诈療疾病，而取财物者，计赃，准窃盗论。"贾琏要去"打告"胡太医，胡太医畏罪潜逃，均有这一法律依据。

在此案中，胡太医犯罪的原因，在于被尤二姐的美貌所痴迷，以致失去理智，胡乱开了药方。就这样，女性美貌，诱发了男性医生心理上的痴迷状态的出现，形成了暂时不能正确行医术、开药方的心理障碍。此种犯罪诱因，把美与刑法很自然联系到了不可分开的程度。由此引出我们讨论的兴趣是极其自然的，以往长期无人在这里问津是不正常的。我甚至在想，两百多年来，文学家一直不谈论胡太医因痴迷于异性之美而犯罪的问题，有负于曹雪芹的良苦用心和探索成果。我这样说，不仅有此案的材料依据，更有相关联的其他一系列材料做支撑。

在曹雪芹笔下，男性对女性容貌之美敏感、赏心悦目之际不免痴迷，是很普遍的美感心理现象。惟其普遍，才带有规律性。这样，美与刑法的联系，就不再是偶然的特例，而是这规律性的美感心理现象发挥作用所产生的必然结果。胡君荣犯罪的必然美感心理原因，是曹雪芹在反复描述这美感心理现象的基础上，不露声色地揭示出来的。

早在第一回，就有贾雨村对娇杏之美"不觉看得呆了"的事例。在其看来：这娇杏“生得仪容不俗，眉目清明，虽无十分姿色，却亦有动人之处”。

到第二十五回，薛蟠在大观园里偶然“一眼瞥见了林黛玉风流婉转，已酥倒在那里”。

紧接着第二十六回，贾宝玉到潇湘馆来看林黛玉，只见她“星眼微饧，香腮带赤，不觉神魂早荡”。

第二十八回，贾宝玉对薛宝钗所产生的美感心理状态，得到了比前几回更加细致的描述：

> 可巧宝钗左腕上笼着一串，见宝玉问他，少不得褪了下来。宝钗生得肌肤丰泽，容易褪不下来。宝玉在旁看着雪白一段酥臂，不觉动了羡慕之心，暗暗想道：“这个膀子要长在林妹妹身上，或者还得摸一摸，偏生长在他身上。”正是恨没福得摸，忽然想起“金玉”一事来，再看看宝钗形容，只见脸若银盆，眼似水杏，唇不点而红，眉不画而翠；比林黛玉另具一种妩媚风流，不觉就呆了，宝钗褪了串子来递与他也忘了接。

就是在这样反复铺垫之后：胡君荣在尤二姐的美貌吸引、诱惑之下，从日常所见到的“看得呆了”“酥倒”“神魂早荡”“忘乎所以”等心理、精神状态变本加厉，突发为“通身麻木，一无所知”这种深沉的程度。这时，在胡太医那里，只有美感心理的情绪激昂，丧失了理智控制，对应有的医术医道失去了记忆，自然就不能正确运用了。误诊的犯罪行为和严重后果，就这样身不由己地出现了。

把上述几回的故事串穿起来研读，既有利于完善犯罪学的理论，又有利于纠正有关文学理论的偏颇。以前者而论，从来不见有人谈论美与刑法的关系、美感心理原因的犯罪现象。以后者而论，文学家总是把诸如此类涉及女性貌美的文字，称为侧面描写，即用旁人的观察、反应来衬托女性之美，而闭口不谈观察、反应者的美感心理状态，这种认识是片面的。如果任凭这种片面性的理论认识持续下去，曹雪芹所探究的胡君荣的犯罪的心理原因，将永远失落在这种理论的偏颇的误导之中。

不错，娇杏、黛玉、宝钗、尤二姐等女性的美，在我们所举描写文字中，基本上都属于侧面描写的手法表现出来的，但与此同时，也写出了美的欣赏者的美感情绪体验一时间压抑了理智控制的心理状态。因此，这类艺术描写的功效是一举两得的，我主张把这种文学描写手法概括为“美感心理描写的一举两得法”。唯有在这种理论的导引之下，才能使读者和研究者既感受侧面描写的美的境地和效果，又能发现美感心理的普遍现象和规律性，同时还能顺藤摸瓜发现美与刑法、犯罪的必然性联系。

为了说明问题，有必要讲一讲跟胡君荣案例有相通之处的一篇外国小说，这就是法国作家莫泊桑的短篇小说《莫兰那只公猪》。这篇小说的内容，也在于表现美与法律的联系。莫兰在火车站看见一个二十岁左右的美丽女子，竟情不自禁地跟她一道上了火车；沿路上一再有意盯着她娇艳的容颜，未曾发生什么风波。第二天天亮之后，女郎始终向他报以友好的微笑，后来竟大笑起来。美人的开心、友好，令莫兰一时间神魂颠倒，难以自制地把她抱一个满怀，并吻了她。不料到站后，保安警察逮捕了莫兰。接着，那女子又以侵犯人身权为由告到了法院。“我”是莫兰的朋友，受托前往女方家中调解，也为她的美貌所倾倒；并向美丽小姐表白说：“小姐，在我这方面，倘若心上有一个欲望，那就是希望自己为了一个和莫兰相同的原因也到法庭上去受审。”说着，“我”把她抱住，从头发、额角到眼睛、脸蛋、嘴唇全吻遍了。事后，“我”平安无事，莫兰却得到了一个广为人知的“公猪”的骂名。

十一年前，在拙著《法律与文学的交叉地》中，我曾这样评论莫泊桑和他的这篇小说：“爱美之心，人皆有之。男婚女嫁的人们，大抵都希望自己的意中人有漂亮的容貌；尤其男子，寻求美丽女子做配偶的心情更普遍、更迫切。可法律对此保持着沉默，既不提倡，也不禁止。因此，婚姻法学也没有相应的章节加以论述。然而，莫泊桑却以天才作家的洞察力发现并表达了这样的生活真谛：爱情上的美感心理是普遍的客观存在，法律对此若熟视无睹，将会造成某些不为人所注意的冤案”。我还说：“我”与莫兰“同样陶醉同一女性的美丽而得到两种不同的结果的对比，既肯定了婚恋上的爱美心理的普遍性，又为莫兰的冤案叫屈，颇有呼吁为爱情美感心理立法的感召力量。”

现在，当我们把这篇小说和胡君荣案件放在一起讨论的时候，我想补充指出，生活在十八世纪中国的曹雪芹和生活在十九世纪法国的莫泊桑，在感知他们各自所处生活中美与刑法的内在联系的问题上，竟突破时空条件的限制，有不谋而合之处。由此可以进一步肯定，普遍的美感心理在一定的条件之下，足以诱发刑事犯罪，从而同刑法的适用联系起来，这种性质的犯罪在定罪量刑上可以做许多学理上的讨论，迄今为止的刑法学、犯罪学在这里是一片空白，中外作家却早已做了填补空白的探讨。

如果我们再读中国当代女作家迟子建的中篇小说《九朵蝴蝶花》，关于“美和刑法”的讨论还可向纵深推进。小说中的沈史卫强奸、杀人达九人次之多，实属法官们习惯上称之为“不杀不足以平民愤”的极恶大罪之人。要问其犯罪原因，他会直言不讳地说：“因为她们美丽。”就是这个原因，他一共杀了八个女人。第九个目标是沈妮。有一次，沈史卫、沈妮、王再伦三人碰到了一起，就沈史卫杀人的原因，进行了下面的对话——

“你杀前八个女人是因为她们美丽”，王再伦指着我说，“要杀她也是同样的理由吗?”

“当然”，沈史卫颇为认真地说，“这个女人的尖下巴很好看。”

王再伦吃惊不已地看着我。

“你为什么要杀美丽的女人呢?”我有些气短地问。

“因为美丽的女人不属于我。我得把她们破坏了，消灭了，她们才会属于我。”

由美感心理的普遍性可以知道，像沈史卫这种恶性犯罪的案例，也是有现实生活的依据的，并非凭空捏造。故这篇小说的思想意义，当在于继曹雪芹、莫泊桑之后，以更加耸人听闻的犯罪事实，把文学对美与刑法的关系探讨引向了新的层面，从而开拓了新的认识空间，这就是：当正常而普遍的爱美之心突破了极限，由此产生了对美的强烈占有欲望，甚至企图毁灭美的时候，就必定引出破坏美的对象——人或物——的恶性犯罪行为。对这种罪犯进行美的教育，已为时太晚。

很有意思的是，两百多年来的中外三位作家在各自探讨“美与刑法”问题时，仿佛冥冥中做过明确分工一样，各有其侧重点，写出了各不相同的犯罪方式：曹雪芹笔下的胡君荣是因为痴迷于美而有失医生职责，导致了误诊的严重后果；莫泊桑笔下的莫兰，是因为爱美而有侵犯美人人身权利的嫌疑；

迟子建笔下的沈史卫则是爱美之心病变而产生了不可抑制的占有美、毁灭美的思想意识，故犯有令人发指的极恶大罪。

我相信，在作家们的笔下，这一问题的探讨还会深入下去。

六十三　法律与美学（三）

——悲剧与法律

美学意义上的悲剧，必须具备三个特征：一是文艺作品的主人公死亡，二是有悲剧冲突，三是有一定程度的悲剧性。美学悲剧与法律的联系，意味着悲剧性的三个特征中多少交汇着法律内容，所交汇的法律内容越丰富、越深刻，这种联系越值得注意，否则，就会大大妨碍对悲剧的美学价值的欣赏和评论，使美学理论失之肤浅、片面。传统美学研究在这里的损失不可谓不大。

且说女主人公林黛玉的形象，不仅具备了悲剧的三个特征，而且注入了实质性的法律内涵，唯有做法律与法理的考察与剖析，才有可能提升对林黛玉形象的悲剧意义的认识水平，进一步看到曹雪芹和续书作者高鹗在塑造林黛玉这一形象上的美学成就。

历来谈《红楼梦》的文学家虽然看到了它是“悲剧中的悲剧”，也看到了林黛玉是这“悲剧中的悲剧”的主人公，但并没有揭示出林黛玉作为悲剧形象的美学上的特质的东西。我以为，其缺憾就产生于对悲剧人物的特质的法律内涵不能确认和揭示，于是只能像评论其他红楼人物一样地来评论林黛玉。

悲剧人物的特质的法律内涵，不是该人物身上的一切法律认识价值，而只是关于他的死亡的悲剧意义上的特定法律认识价值。因此，我们已经谈到的林黛玉对法律的敏感、对婚姻悲剧的预感、对情敌的反感和对寄人篱下的痛感四个方面，并不是对林黛玉作为悲剧人物的美学评论。唯有针对她的死亡的美学基本特征包含的法律内容做透视，才是法律与悲剧的关系所要求做的工作。依据这样的理解，林黛玉的悲剧与法律的联系，应当是以下几个方面：

第一，林黛玉的悲剧的实质，是美的毁灭、智慧的失落、爱情的葬送。鲁迅有一句名言：悲剧是把有价值的东西毁灭了给人看。在林黛玉身上，最有价值的东西，就是她美丽，聪明，忠于爱情。她的夭折，就使她身上的这一切不复存在，因此具有悲剧的、催人泪下的感染力量。在这个环节上，她的美丽是与生俱来的，属于自然规律、自然法则发挥作用的结果。这种自然的东西不被重视，是她生命夭折的一个根本原因，下面再详细说明。忠于爱情，则是合乎人定法的，我们说过，清代关于婚姻的立法，有强调婚姻的爱情基础的内容。因此，林黛玉的死亡，意味着合法爱情在遭到依法“主婚”的人们的破坏之后，走向了彻底灭亡的不归之路，这在很大程度上反映了同属合法的诸种行为、现象之间的矛盾性。换一句话说，美学上的悲剧之中，很有可能潜藏着法律系统之中的矛盾性。这种法律内容，可以决定悲剧的法律认识价值的大小、深浅、优劣。

仔细品味贾宝玉与林黛玉相互间的爱情体验、态度，可知其间有着中国封建法律的、深长的根须的穿越。贾宝玉所爱慕过的青年女子，可以排成一支长长的队伍。正如林黛玉所批评的那样，他不免见了姐姐就忘了妹妹，而林黛玉除了爱贾宝玉，再也没有第二个男性对象，这种差异，可追溯到法定的一夫一妻多妾的婚姻制度和女子从一而终的礼法思想。在林黛玉的生命即将走到尽头的弥留之际，她心头一定受到了这爱情差异的巨石的撞击，有一种无以言表的痛苦。于是一句话没说完，就离于了人世。她一生的最后半句话是：“宝玉，宝玉，你好……”在我的推测中，未曾出口的半句话，大约是“狠心”“无情”一类有责备之意的言词。因为，林黛玉咽气之时，正值宝玉跟宝钗成婚行婚礼之际。尽管宝玉有他的苦衷和委屈，林黛玉对宝玉也有所误解，但在生命的最后时刻的一点微词是极正常的，更是有鞭策力的。

第二，从林黛玉死亡的原因来看，她的悲剧的一个重要法律内涵，在于她的父母以及贾府的所有亲属，看重社会上的人定法，而轻视自然界的规律、法则。这是一个年轻生命过早凋落的一个根本性的原因。曹雪芹多次强调，林黛玉自幼“怯弱多病”、“身体面庞”都“怯弱不胜”，贾府里的人们一见面“便知她有不足之症”，而有个和尚早早就断言她的病一生也不能好。所有这一切都表明，林黛玉的生理条件不尽如人意。如果她的父母和外婆家的亲属们尊重自然科学规律或自然法则，就应当及时采取体育锻炼一类的健骨强身的举措，然而他们没有这样做，只是消极、被动地吃药罢了。长期吃药而不见成效的问题，始终没有引起任何人的注意，而一旦注意解决这一问题，势必依照少年儿童身心发育、成长的自然规律办事，针对林黛玉体弱气虚的生理短处，采取强化体质的锻炼为主的方法，而把药物治疗当作辅助手段。

按自然法学家们的说法，按自然规律办事，就是按自然法办事。这种自然法思想，在古希腊已经产生。我国春秋末期的楚国人老聃也有取法自然的主张。《老子》一书有云：“人法地，地法天，天法道，道法自然。”今天人们经常运用的“天网恢恢，疏而不漏”的说法就出自这本书。尤其值得注意的是，就在曹雪芹写《红楼梦》的十八世纪，孟德斯鸠、卢梭等人的自然法思想的出现，在整个法国和许多西欧国家产生了巨大影响。卢梭的《爱弥儿》一书，中心思想就是论述“自然教育”，认为要服从自然的永恒法则，听任人的身心的自由发展。这本书的第一卷，论述了两岁以前的婴儿如何进行体育锻炼教育的道理和方法。第二卷里，他认为对两岁至十二岁的儿童要进行感官的教育，而不是理智教育。有这么一段发人深省的话，不妨抄录如下：

> 大自然希望儿童在成人以前就要像儿童的样子。如果我们打乱了这个次序，我们就会造成一些早熟的果实，它们长得既不丰满也不甜美，而且很快就会腐烂。我们将造成一些年纪轻轻的博士和老态龙钟的儿童。

不必再多说自然法是怎么一回事，至此我们已经很明白了林黛玉悲剧的一大重要祸根，就在于当时中国的封建教育从形式到内容，从方法到目标，都违背了自然法则，抹杀了儿童的天性，结果只能是造就一个个早熟而容易腐烂的果实。贾珠、秦钟都是十几、二十岁夭折的。林黛玉更是夭折的典型代表。如果父母们不是那样热衷于礼法、家法和无比积极地履行法定的管教子女的职责，而是多少注意到让孩子们自然成长，林黛玉们的夭亡就很可能避免。

最近报纸上报道了一则消息：一个不到十岁的男孩，在家长的逼迫之下，参加了三十个琴棋书画之类的培训班，结果导致他满头白发的早衰现象。对这样的孩子的多才多艺，我的忧虑多于赞赏，使我感觉到有大观园里那些早熟的少男少女的气息散发在他们身上。这类事实证明，两百多年前红楼世界里缺乏自然思法思想意识而造成下一代悲剧的根源的东西，至今仍有被忽视的现象。

第三，林黛玉的悲剧另一个法律祸根，是贾母等人在作为宝玉的法定家长和作为黛玉的法定“余亲”的双重角色中，到了为宝玉举行婚礼这种喜庆礼仪之际，严重地顾此失彼，把生理上疾病日趋严重的黛玉晾在一边，接连几天无人理睬，从而把她长期以来的那种对寄人篱下的痛感推向了巅峰，造成了致命性的精神伤害。请看小说的具体描述：

就在黛玉病情恶化到吐血的严重程度的这几天，紫鹃每天三四次去向贾母报告病情，却不见贾母本人的踪影。贾母身边的丫头鸳鸯听到消息后，猜测贾母比以前疼爱黛玉的心差了些，所以就不去向贾母转告。事实上，贾母这几天的心思都在宝玉和宝钗的身上，不见黛玉的信息也不提起，只是请医生应付差事般的看看罢了。

第九十七回的这种描述，客观、真实，引起的是黛玉在一贯的痛感上面升华出来的彻底绝望，她“自料万无生理”，便像一个年迈之人到了最后时刻那样，无余地处理和交代后事：先焚烧从前宝玉送来的爱情信物——写有情诗的手绢，再烧掉平日所写诗稿，然后对身边的紫鹃嘱咐说，将她死后的灵柩送回家乡。

眼见这种无人过问的冷落局面，紫鹃在心里咒骂贾府“这些人怎么竟这样狠毒冷淡”，同时对贾宝玉极为不满，认为他的心跟天下所有负心男人一样“冰寒雪冷，令人切齿”。

到后来，闻知黛玉死讯的贾母有一番自我反省的话，较为客观地道出了她之所以冷落黛玉而加害于即将夭亡之人的真相：

贾母、王夫人听得都唬了一大跳。贾母眼泪交流说道：“是我弄坏了他了。但只是这个丫头也忒傻气！”说着，便要到园里去哭他一场，又惦记着宝玉，两头难顾。王夫人等含悲共劝贾母不必过去，“老太太身子要紧”。贾母无奈，只得叫王夫人自去，又说：“你替我告诉他的阴灵，‘并不是我忍心不来送你，只为有个亲疏。你是我的外孙女儿，是亲的了，若与宝玉比起来，可是宝玉比你更亲些。倘宝玉有些不好，我怎么见他父亲呢’。”说着，又哭起来。（第九十八回）

贾母的反省之语，给我的感觉是：林黛玉多年来对寄人篱下的痛感，终于在她死后才得到证实是的确事出有因，这用生命为代价换来的真知灼见，沉重得令人难以掂量。

六十四　法律与美学（四）

——法律与幽默

什么是美学意义上的幽默呢？我发现有关学工具书在解释笑、滑稽、喜剧性等美学名词时，都免不了要提到幽默，而在解释幽默的概念时，又提到喜剧性，这说明笑、滑稽、喜剧性、幽默等有着互相纠缠不清的地方。因此，我对幽默的理解是：凡使你感到滑稽，不免发笑的东西，就叫幽默，就叫喜剧性。

法律与美学的又一联系，在于法律含有幽默的元素。在立法内容、执法活动、守法或违法犯罪等方面，都有幽默的元素存在。以立法内容的幽默而论，可列举很多例子，英国曾经有“窗户税”的法定税名，当代威尼斯有被讥笑的“厕所税”，有的国家法律规定要给所喂养的猪配备玩具。这些立法内容，想一想就让人忍不住笑。再如中国自唐至清，一直都有所谓“不应为”的罪名，这种魔术口袋般的罪名，显得滑稽可笑，也有幽默感。

曹雪芹不仅善于用一系列人物和故事表现生活中严肃、丰富、深刻的法律内容，同时还善于捕捉法律实施过程中的大大小小的笑料，表现生活中法律与幽默的必然联系。尤其是对于家庭日常生活中的幽默礼法现象，描写得栩栩如生，让人如同进入了各种忍不住笑出声来的场景之中。

法律与幽默的联系的实质，在于人对法律的认知，不仅仅是一个理性认识问题，而且有一个感性认识过程伴随其间，更有一个情感体验问题与之并存在这里，法学家与文学作家的分工就找到了必然的理由之一。法学家的任务，永远是对法律作理性认识上的系统化、理论化的解释，文学作家，除了用人物和故事表达对法律的理性认识之外，还乐于用同样的艺术手段传递对法律的情感体验。我们已经谈过的美感、悲痛，就是情感体验方面的东西。现在谈的幽默，也属于这一方面的东西。幽默，是轻松、愉快的情感体验。在法律实施于社会的立体生活图景中，那些腐朽、落后、怪诞、庸俗、不合逻辑、出人意料之外的人和事，常常会引起我们的幽默感，忍不住会为之一笑，甚至大笑不止。这些东西，法学家往往不感兴趣，即使感兴趣也难以进入他们的学术课题。红楼的法律智慧世界里，不乏幽默，不乏笑料。

且说第七回焦大醉骂的犯罪行为中以及小厮们为之吓得魂飞魄散的模样，就有幽默感。尤其是那句“红刀子进去白刀子出来”的醉话，由于违背了逻辑，把杀人这种恶性犯罪现象说得令人发笑，感觉不到杀人的可怕。这就是幽默感淡化理智上的恐惧感的生动证明。

在曹雪芹笔下，笑料即幽默最集中、数量最多的地方，在礼法实施的层面上，在贾府之人以礼相待的聚会场合。这里着重介绍、说明两则笑料：一则发生在贾母身上，另一则发生在刘姥姥身上。

先看第一个笑料。第三十八回，贾母等一伙人在藕香榭赏桂花时，她讲了自己小时候的故事，引发了关于礼法的一番议论：

> 贾母听了，又抬头看匾，因回头向薛姨妈道：“我先小时，家里也有这么一个亭子，叫做什么‘枕霞阁’。我那时也只像他们这么大年纪，同姐妹们天天顽去。那日谁知我失了脚掉下去，几乎没淹死，好容易救了上来，到底被那木钉把头碰破了。如今这鬓角上那指头顶大一块窝儿就是那残破了。众人都怕经了水，又怕冒了风，都说活不得了，谁知竟好了。”凤姐不等人说，先笑道：“那时要活不得，如今这大福可叫谁享呢！

可知老祖宗从小儿的福寿就不小，神差鬼使碰出那个窝儿来，好盛福寿的。寿星老儿头上原是一个窝儿，因为万福万寿盛满了，所以倒凸高出些来了。”未及说完，贾母与众人都笑软了。贾母笑道：“这猴儿惯得了不得了，只管拿我取笑起来，恨得我撕你那油嘴。”凤姐笑道：“回来吃螃蟹，恐积了冷在心里，讨老祖宗笑一笑开开心，一高兴多吃两个就无妨了。”贾母笑道：“明儿叫你日夜跟着我，我倒常笑笑觉的开心，不许回家去。”王夫人笑道：“老太太因为喜欢他，才惯得他这样。还这样说，他明儿越发无礼了。”贾母笑道：“我喜欢他这样，况且他又不是那不知高低的孩子。家常没人，娘儿们原该这样。横竖礼体不错就罢，没的倒叫他从神儿似的做什么。”

贾母是至高无上的一家之长，凤姐竟胆敢当众嘲笑贾母的老伤疤，所以王夫人认为这种放肆行为“无礼”，即无视礼法，有辱老祖宗的尊严。贾母却不以为然，不仅表示喜欢凤丫头这么风趣，而且讲出了一个理由：娘儿们在一起，只要“礼体”上不错，彼此随便一点不要紧，干吗要把长辈当作“神儿似”的呢。在贾母的意识中，礼跟开玩笑、幽默，一点也不矛盾。

脂砚斋很欣赏贾母的议论之理，为之大发感慨地说：“近之暴发专讲礼法，竟不知礼法。此似无礼，而礼井井，所谓‘整瓶不动半瓶摇’，又曰‘习惯成自然’，真不谬也。”这就表明，脂砚斋深深赞同贾母的这一礼法观，认为礼法与玩笑、取乐有着不应忽视的联系，看不到这一点的礼法论者，只能处在“半瓶摇”的水平。

再看第二个笑料。

刘姥姥是一位年过七旬的老寡妇，她与贾府的瓜葛，可追溯到女婿王狗儿的祖父同王熙凤的祖父相识的历史渊源。就凭这一点拐弯抹角的关系，刘姥姥曾先后三进荣国府。就在二进荣国府之时，她从亲身见闻中悟出了一个深刻的法学道理：“礼出大家”。她的原话是：“别的罢了，我只爱你们家这行事。”

“礼出大家”可能是当时社会上普遍流行的一种口头禅，刘姥姥在这句话中表示了对这口头禅的认同，标志着她已经悟出了其中的道理：只有在像贾府这样的大户人家，才称得上有礼。这自然是一种很朴素的看法，然而它同中国法制史学家所谈论的“礼不下庶人，刑不上大夫”的理论命题的前一半是高度一致的。刘姥姥虽然对“礼不下庶人”之说一无所知，但这“礼出大家”却是“礼不下庶人”的逆命题，二者是相辅相成的，有着共同的价值取向。这就是“礼出大家”口头禅的深刻性的具体表现。

然而，刘姥姥此言值得称道的地方，不在其深刻性方面，因为这深刻性的东西，不一定被她意识到，她实际意识到的东西应当是：玩笑、取乐、幽默、滑稽之类，同礼法有着割不断的联系，这种联系可以置于法律与幽默的这对范畴里进行专门研究。刘姥姥的“礼出大家”见解中，正包含有这一不被学者注意的学术课题所需要的原材料。

为了说明问题，不妨回顾一下那场被描写得趣味无穷的玩笑场面。在刘姥姥二进荣国府、参加贾母在座的酒宴之时，王熙凤与贾母的丫头鸳鸯合伙捉弄刘姥姥，事先把她叫到一旁如此这般叮嘱一番，然后入座玩笑取乐，使刘姥姥笑话百出。单说她下面的妙言连珠的一席话，就痴迷了在场的所有人。

> 老刘，老刘，食量大似牛，吃个老母猪，不抬头。

众人听了这些话，又见她“鼓着腮”的样子，上上下下都“哈哈”大笑起来。接着，小说浓墨重彩地渲染了众人各不相同的欢乐姿态：

> 史湘云撑不住，一口饭都喷了出来；林黛玉笑岔了气，伏着桌子叫“哎哟”；宝玉早滚到贾母怀里，贾母笑得搂着宝玉叫“心肝”；王夫人笑得用手指着凤姐儿，说不出话来；薛姨妈也撑不住，口里茶喷了探春一裙子；探春手里的饭碗都合在迎春身上；惜春离了座位，拉着她奶母叫揉一揉肠子。

就这样，先后被王熙凤当作玩笑、取乐对象的贾母和刘姥姥都在事后感言“礼体”“礼出大家”，这绝不是偶然的，应当认为是曹雪芹为了让广大读者认识礼法与幽默的联系而采取的有效艺术手段，即他有意让两位处在贫富两个极端的见多识广的老妇的言论互相呼应，互相补充，达到相得益彰的效果。

法律与幽默的联系，具体表现在立法规范自身有幽默元素、司法执法活动中有幽默人与事出现、人民群众中关于法律的言行里广泛存在着令人发笑的材料等方面，大量出现于古今中外的涉法文学名著中，只要专门搜集、整理，可进行专题研究。王熙凤取笑贾母、刘姥姥而涉及礼法与幽默的上述两则材料，自然是有意于做该项专门研究的学者应当珍惜的首选材料、必备材料。

可能有人会问：你大讲法律与幽默、礼法与幽默有什么用处呢？回答是用处很大，用处很多。对于法律方面来说，用处在于使我们对法律的认识解释更科学、更全面，减少片面性。有人一味强调法律的严肃性、威慑力，实际上许多情况下法律显得软弱无能，流于一纸空文，司法执法活动如同干打雷不下雨，更有玩弄法律形式走过场的现象。这些令人不能满意的现象和问题之中，就有滑稽、幽默的东西。不承认它们，不能理解它们，不能解释它们，就会暴露出我们法律理论上的空白和漏洞。

请看一个典型的例子。2001 年 9 月 8 日，《扬子晚报》有一篇报道："调慢钟藏起鞋，一男子阻妻离婚出'绝招'"。

为了阻止妻子与自己离婚，南京市民李某在法院开庭前想了几手"绝招"，害得妻子不能按时参加开庭，结果虽然保住了婚姻，但却受到了法官的严肃批评。

这里只抄录了报道的标题和导语，从中已可看到它报道的内容，正是法律诉讼中的幽默之处。一位研究法制新闻的学者从中看到了报道的"引发人们的兴趣和笑话"的阅读效果，却不能正确解释这种法律现象，故得出结论说：这篇报道与其说是法制新闻报道，不如说是社会新闻报道。如果明白了法律与幽默的联系，就不会得出这不正确的结论。

对于文艺创作和美学研究来说，法律与幽默关系的确认，既有利于以喜剧形式表现生活中法律的幽默，嘲笑法律实施中种种不尽如人意的负面的人与事，又有利于拓展美学理论的空间，填补空白。

六十五　一场失败的性教育

贾宝玉正值十四岁的青春发育期，做了一个很长很长的梦。梦境的一个重要内容，是宝玉接受太虚幻境里的警幻仙姑所进行的一场性教育。从梦境与现实相结合的方式反思其效果，可以肯定这是一场惨遭彻底失败的性教育活动。失败的教训何在呢？一言以蔽之日：淡忘了法律。在这里，很有可能寄托着曹公的一个未能明言的期盼——有朝一日，这作为教训的东西终究会大白于天下。

在我看来，这教训集中表现为淡忘了性教育中必备的法制内容，可从四个方面来具体分析其缺失：首先一点，是缺乏成龙配套的科学概念。在警幻仙姑口中出现的都是"色""淫""意淫""云雨""皮肤淫滥"之类的说法，词义含糊，内容不能确指，所谈道理难以服人。在中国传统语言文化里，所谓"色"，指的是成年女性或女人。称之为色，实质上是把女人看成惹人注目的颜色或有颜色的东西，贬低、侮辱女性人格的立场很明显。既然"色"指女人，那么"好色"就是喜欢女人、爱女人。

"淫"，指的是男女之间的相互爱慕和互相交往。其实，这应当是很正常的现象，用"淫"字来称呼，就容易使人产生误解。

"意淫"，被仙姑说得很玄乎："唯心会而不可言传，可神通而不可语达。"其实，就是指纯粹的精神恋爱。在西方，精神恋爱叫做柏拉图式的恋爱，在港台地区的歌星、影星们习惯于称之为暗恋。这种正常的纯真的爱情，一旦用"意淫"来指称，不仅难听，也容易遭误解。

警幻仙姑最厌恶的"皮肤淫滥"，实际上就是两性之间毫无节制的肉体关系，以法律的眼光视之论之，则往往指婚外的一切违法、犯罪的性行为。

古人很讲究名正言顺。说理的场合没有运用科学、规范的概念，该讲的道理就很难讲清楚。警幻仙姑对宝玉的性教育的失败，首先就在上述概念上的不明确、不规范。

其次，内容上正误杂呈，很欠纯正。现代化的性教育，重在对青春发育期的少男少女讲解男女各自的性器官、性特征、生殖系统以及性心理疏导等。警幻仙姑很少讲这些该讲的东西，却大讲“云雨之欢”“云雨无休”，还“秘授以云雨之事”。“云雨”二字，不过是性交的代名词。虽然仙姑的本意在于否定与“意淫”相反的“皮肤淫滥之蠢物”的行为，但毕竟有“秘授以云雨之事”的过当内容，这对于青春期的男孩宝玉来说，无异于挑逗他的好奇心理，甚至有教唆性犯罪的嫌疑。

说到这里，我不禁联想起十几年前的一则新闻报道：某省一个年过七旬的老汉，居然办了盗窃、强奸学习班，每次除了讲授作案方法，他还亲身做示范表演。报名、交费学习的青年不在少数。这个老汉属于名副其实的教唆犯。从师者人数多，表明青少年缺乏辨别正误的能力。

我以为仙姑的性教育的内容不当的地方恰恰在于教唆性行为这一方面。与此同时，仙姑将秦可卿许配给宝玉，命二人“即可成姻”，使宝玉至次日感到“与可卿难解难分”的梦中事实，有违法律，构成了犯罪。《大清律例》设有“娶亲属妻妾”的罪名，规定“凡娶……小功以上之妻，各以奸论”，所应受处罚是“自徒三年至绞斩”。宝玉与贾蓉为叔侄关系，故其梦中娶贾蓉之妻秦可卿为妻，依法理至少该“徒三年”。法律固然不追究任何梦中的行为，但依梦中法律事实议论相应的法理是无可指责的。就这样，我们据以认为警幻对宝玉的性教育内容不当，是不能否认的事实。

第三，证明警幻性教育失败的更重要的事实，是宝玉依据所记梦中情形，在梦后不仅细细说给贴身婢女袭人听了，而且“强袭人同领警幻所授云雨之事”，说白了就是发生了法律所禁止的婚外性行为。《大清律例》有“犯奸”条云：“凡和奸，杖八十”，“强者，绞。”宝玉的行为分明有一个“强”字表示其性质，故此可认定他犯下死罪。

可能有人会认为，袭人本来就是宝玉的贴身丫头，既然如此，他们二人的性行为就合法。其实不然。清代法律禁止一切婚外性行为，连未婚夫妻之间的性行为也在禁止之列。《大清律例》明文规定：“男女订婚未曾过门，私下通奸，比依子孙违犯教令律，杖一百。”袭人作为宝玉的妾的身份，许多年一直未曾公开宣布，也不曾举行有关礼仪，故始终处在“未曾过门”的暧昧状态，而这种状态的起点恰恰在于此次的非法性关系。因此，退一步看问题，宝玉也该“杖一百”。

就这样，宝玉梦后所发生的性犯罪行为，正是警幻在梦中所教授的“云雨”内容，二者的因果关系是直截了当，明明白白的。所以我们认为，那场梦中的性教育遭到了彻底失败，几乎演化成了性教唆犯罪。事情的性质的确如此严重。

有人在谈到宝玉与袭人的“云雨情”的故事情节时，以纯生理学的眼光发表议论说：《红楼梦》第六回所写“宝玉初试云雨情”，宗旨不是展示其“淫”，而是告诉读者，贾宝玉已进入青春期，他在生理上是正常的。我们以为，这种纯生理学的议论既割断了宝玉关于性梦与现实的有机因果联系，又切除了贯穿在梦与现实中的性行为的固有法律性质，故在文学与法律两个层面上都站不住脚。

以曹雪芹的术语和本意而论，贾宝玉属于“意淫”一类的男人，而贾琏则属于“皮肤淫滥”一类的男人。在评价这两类男人的性行为的法律性质的问题上，是不是应当简单地划出一条界线，认定前者合法，后者违法犯罪呢?以上所讨论的问题，最后都可归结到这一点上来。以纯生理学的眼光，以法律门外汉的眼光，都从根本上不能究明这个关键问题。为了说明问题，不妨再看一个关于宝玉的“意淫”事例。这就是金钏儿投井自杀而死的人命案。宝玉跟金钏儿并未发生违法性关系，但他对她确有爱恋之心，也有拉拉扯扯的调情言行，似乎只属于法律无可奈何的“意淫”。然而，宝玉的母亲不这样小看问题，她偏袒儿子，大骂婢女，将她撵出贾府，终于导致命案。这个案例表明，因“意淫”的前因，导致命案的后果，而后者于宝玉罪责难逃。可见，简单地认为“意淫”者宝玉于法律无涉，又一次行不通。而这稍远的现实生活图景，跟上述警幻仙姑的梦中的不当性教育或性犯罪教唆，不也是有着明显的因果关系吗？很清楚，当时如果宝玉不对金钏儿伸手动脚，也不提出要跟金钏儿“在一处”的要求，王夫人就不至于发怒撵走金钏儿，命案也就无从发生，宝玉身上也就少一分罪责。

第四，在实行一夫一妻制的当代中国，类似宝玉在梦中与有夫之妇结婚、在婚前与别的女人长期保持性关系，也是法律所不允许的。这样，以今天的法律尺度来看警幻仙姑的性教育，同样可以断定遭到了彻底失败。

贾宝玉是《红楼梦》中的男一号人物，正当渴望得到全面、正当教育的青春年华，却在梦中接受了一次差错百出、抛弃法律准绳的性教育。这犹如把一个置身于人生长途起点的少年引向了歧途，使他在梦醒之后的第一步就走向了错误的路径，其日后的行进之旅自然只能是凶多吉少。

六十六　对性与法的关系问题的全方位思考

《红楼梦》作为绝妙的法律教科书的一个重要内容，就是对性与法的关系问题做了全方位的思考，所取得的法律认识成果足以构成一种理论系统，有待于学人做专门研究。这里，仅以第二十一回所写贾琏的婚外、婚内性行为所涉及的法律为例，谈谈这一段有限的故事中的无限丰富的法律思想内容。笔者的奢望，在于为日后有志于作的专门研究的学人提供一点参考的思路。

性、性行为，对于动物来说，纯属繁衍后代、延续物种的自然本能，是生物学家研究的对象，文学作家对此不大过问。

对于万物之灵的人类来说，性、性行为既具自然本能的性质，更具社会的性质。综观人类的性、性行为的全部自然属性和社会属性，大约涉及六个层面的知识与理论，并有肉体关系为主和精神关系为主的两个分野：可用如下示意图来加以说明：

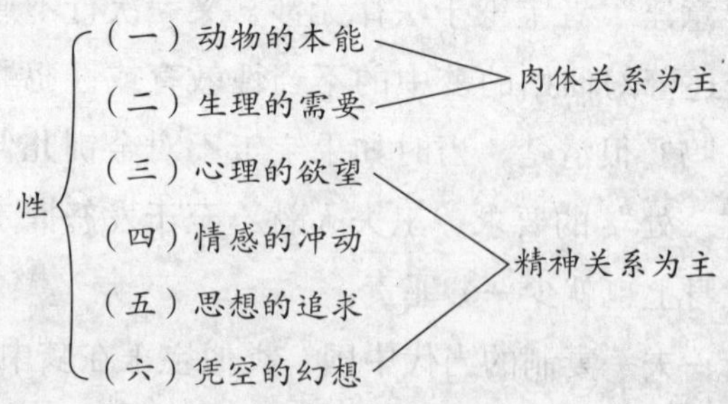

所谓全方位思考，就是指对这六方面及其两类问题进行探讨。有趣的是，一般人做梦也想不到，法律不仅与性行为密切相关，更是能够把它的约束力发挥到上述六个层面的每一个层面之中，从而揭示出各种层面的法律内容。第二十一回中的贾琏的性行为，就是曹雪芹做这种全方位探究的对象实体。

且让我们一一道来。贾琏的女儿巧姐出天花，按当时的风俗习惯，需要夫妻隔房以利于治病。贾琏“独寝了两夜，便十分难熬”。引号中的十个字，概括的正是贾琏的性方面的动物本能式的体验，“难熬”两个字所包含的东西，大约正常的成年男女都不陌生。说穿了，法律规范、宗教戒律、道德原则、民族习惯等行为准则中，都有用来限制人类这种“难熬”式的动物本能的东西。否则，人类在这一点上就将降落到动物的原始状态了。其中，唯有法律的约束带有强制力。

紧接着，“难熬”的贾琏就出现了性生理上的需要。为了满足这种浅层的生理需要，他不惜采取了犯罪的行为方式，这就是“暂将小厮内有清俊的选来出火”。“出火”云云，指的就是法律禁止的鸡奸。《大清律例》有云：“如和同鸡奸者，照军民相奸例，枷号一个月，杖一百。”

贾琏不满足于生理需要的“暂时”满足，而是进而又产生了心理上的欲望。在性心理欲望这一层面上，曹雪芹花费了大量笔墨，做了较深入、细致的剖析。先交代他的欲望对象是多姑娘儿，她美貌异常，轻浮无比，曾有意于贾琏，贾琏也为之“失过魂魄”。再写贾琏的行动步骤：“和心腹的小厮们计议，合同遮掩谋求，多以金帛相许。”最后才展示贾琏与多姑娘儿的犯罪性行为。在满足心理欲望的层面上，贾琏又一次触犯了刑法。按照此次行为有跟“小厮们计议”，又由小厮们出面搭桥牵线，“一说便成”的情节，可按“犯奸”条的这一款治罪：“若媒合容止通奸者，各减犯人罪一等。”

在贾琏与多姑娘儿的性犯罪活动中，他曾产生联想，感到她“压倒娼妓”。这就无形之间吐露出贾琏平日有嫖娼的劣迹。清代法律仅仅禁止官员嫖娼，而贾莲捐有“同知”的官职在身，故犯有“官吏宿娼”罪。该条云：“凡官吏宿猖者，杖六十。”

以上所谈，都是贾琏在婚外的各种违法犯罪的性行为，它们背后起导向作用的东西，充其量只在心理欲望的低层，而导致的结果无非都是赤裸裸的肉体关系，无不触犯了刑法，构成了性犯罪。

以下与性有关的故事，发生在婚内的贾琏与妻王熙凤、妾平儿之间。隔房独寝的日子结束了，贾琏搬回卧室，小说用俗话“新婚不如远别”来形容他与王熙凤的夫妻生活。不用说，在外面一直没有闲着的贾琏此时的性行为，应当是有着更多的情感冲动的因素，“新婚不如远别”的俗话，简明扼要概括了夫妻生活从肉体到精神的融洽程度之高。这句为人们所熟悉的俗话，实质上是对合法夫妻生活的一种朴实无华的赞美，包含着严肃的法理法意。

第二天，贾琏见到妾平儿，“见他娇俏动情，便搂着求欢，被平儿夺手跑了”。平儿说：“难道图你受用一回，叫他知道了，又不待见我。”此时的贾琏，显然处在情感冲动状态。从平儿的话中，吐露出来的是另外的法律内容：法定的妻妾不平等的地位，在人们难以启齿谈论的性生活上也充分表现出来了。作为妻的王熙凤几乎完全占有了贾琏，而作为妾的平儿只不过是非常被动地偶尔“受用”一回罢了，就连这可怜的被动“受用”一次也让王熙凤吃醋。王熙凤如此不近人情的苛刻，连局外人都看出来了。有一次，仆人兴儿在跟尤二姐讲贾府的故事时就说过，平儿跟贾琏，大约一年中只有一次在一块儿。这话同平儿自己所说“受用”是吻合的，反映了妾在妻的欺压之下不能过正常的夫妻生活的难言苦衷。

在贾琏身上，关于两性的精神生活方面，既无思想的追求，更无凭空的想象和幻想。作品以此表明的正是贾琏其人的精神生活的贫乏、空虚。就是在第二十一回中，跟贾琏的这种贫乏、空虚形成强烈的对照的是贾宝玉的爱情至上的思想，而这种思想从反叛男尊女卑、主尊奴卑两个方面涉及法律，已在上一专题中做过说明。

在这里，我们应当强调的是，对宝玉那种善于做性、性爱想象和幻想的精神现象，人们往往有一种莫大的误解，以为同法律不沾边。其理由是法律不追究人们思想意识中的性行为合法与否。其实，这是皮相之见。法律同人的联系，固然重在考察、判断人们的外部行为方式合法与否，从而能够顺利依法律审理各种案件、处理各种法律事务，平息各种法律争议，但这仅仅只是法律的社会功能的一个方面，而不是全部。法律的社会功能的另一个重要方面，是具有广泛的社会价值判断、评论功能，它可以深入到人类社会生活的各个领域，连人类的心灵深处的情感、思想、想象、幻想等，都可用法律的价值尺度进行评判。宝玉读庄子之后所写的续文，本是表达爱情至上的思想与情感，然而它涉及法律，这就是生动的例证。至于文学、艺术创作中涉及法律，运用法律价值尺度进行专门研究，已形成法律与文学之间的交叉学科，就更是有力的证据了。

总之，同贾宝玉相比，贾琏只不过是陷入人类性本能诱惑陷阱而不能自拔的可怜虫，其外部行为只能是触犯刑法。而精神生活丰富的人们，则会在高层次、微妙处同法律神交，如运用法律智慧和价值尺度从事文学、艺术的创作，对法律进行有情有义的探索，同时又能对这些探索成果进行恰如其分的评论、研究。

此外，多姑娘儿这一女性角色，也是考察性与法的关系的一个视点。她是一个轻浮放荡的角色。丈夫多浑虫懦弱无能，只要有酒有肉有钱，便百事不管。于是乎，宁荣二府的男人，跟多姑娘儿有非法性关系的，大有人在。用小说的原话来讲，就是“荣宁二府之人都得入手”。这里暗示出两个法律问题。其一，是多浑虫有纵容妻子与他人通奸的嫌疑。《大清律例》设有“纵容妻妾犯奸”的罪名，规定：“凡纵容妻妾与人通奸，本夫、奸夫、奸妇，各杖九十。”依多姑娘儿的所作所为，结合其夫多浑虫只管吃肉喝酒花钱而不管别的事的表现，用这条法律规定来处罚他们夫妻二人以及荣宁二府的那些不轨的男人们，是一点疑问都没有的。

除此之外，“妇人犯罪”条明确指出，“凡妇人犯罪，除犯奸及死罪收禁外，其余杂犯责付本夫收管。”依此，一而再、再而三犯奸罪的多姑娘儿，本应依法“收禁”，却始终无人问津。

谈到罪犯逍遥法外的现象，应是贾琏、多姑娘儿等男女犯罪的故事所要曝光的一个焦点问题。以上所谈到的本当适用的法律，多达五条，而涉案人数则多得难以确认。然而，作案者无一人落网，众多法律条文无一条得到落实，没有一起案件能够进入诉讼过程，足见有关的实体法和程序法都如同一纸空文。这不能不是曹雪芹所焦虑的一个症结问题。

六十七　论皇权大于法律（一）

——皇帝们的故事

皇权大于法律，是中国封建社会法制史上的一个突出特点，读《红楼梦》中皇帝们的故事、贵妃们的故事、太监们的故事，我们一再看到，法制史学家所论证的皇权大于法律的法制史特点，并不是纯粹学术问题，而是红楼世界中常见的生活现象，几乎达到了妇孺皆知的程度。

我们先看皇帝们的故事。听说贾府将要迎接贾妃省亲，老婢女赵嬷嬷不禁回忆起当年贾府预备接驾的情形。那是先皇的故事。赵嬷嬷说：

> “嗳哟哟，那可是千载希逢的！那时候我才记事儿，咱们贾府正在姑苏、扬州一带监造海船，修理海塘，只预备接驾一次，把银子都花得淌海水似的！说起来……”凤姐忙接道：“我们王府也预备过一次。那时我爷爷单管各国进贡朝贺的事，凡有外国人来，都是咱们家养活。粤、闽、滇、浙所有的洋船货物都是我们家的。”赵嬷嬷道：“那是谁不知道的?!如今还有个口号儿呢，说：‘东海少了白玉床，龙王来请金陵王。’这说的就是奶奶府上了。还有现在江南的甄家，嗳哟哟，好势派！独他家接驾四次，若不是我们亲眼看见，告诉谁谁也不信。别讲银子成了泥土，凭是世上所有的，没有不是堆山塞海的，‘罪过可惜’四个字顾不得了。”凤姐道：“我听见我们大爷们也是这等说，岂有不信的。只纳罕他家怎么就这么富贵呢?”赵嬷嬷道：“告诉奶奶一句话，也不过是拿着皇帝家的银子往皇帝身上使罢了！谁家有这些银子买这个虚热闹去?”（第十六回）

贾、王、甄等封建大家庭接驾或准备接驾的空前盛况，说明了什么？只要知道了清代有关法律，问题就解决了。《大清律例》的《礼律》设有“禁止迎送”长官的专门条文，规定：“凡上司官及使客经过，而所在各衙门官吏出郭迎送者，杖九十。其容令迎送不举问者，罪亦如之。”这就是说，违规迎送长官者，迎送者和被迎送者都有罪。应当承认，这种法律规定，对于抑制上下级官员之间的阿谀奉承、吹牛拍马之类的不正之风，是有积极意义的，用今天流行的话来说不失为一种廉政建设的法律化。然而，这种法律完全不适用于迎送皇帝。换一句话说，迎送皇帝的所谓“接驾”不受任何法律约束，可以大肆搞劳民伤财的迎送欢庆活动。这是典型的皇权大于法律现象。

至于当朝皇帝超然于法律之上的现象，更是一再出现。第二回所写贾雨村被革职的情形，就是读者见到的一个典型例子。贾雨村任大如州知府不到一年，就被上司参了一本，参奏的罪名是“性情狡猾，擅篡礼仪，且沽清正之名而暗结虎狼之属，致使地方多事，民命不堪”。见此奏本，“龙颜大怒，即批革职”。细心的读者，会读出法律上的许多疑问。上级官员参奏下级官员是怎么一回事？一个地方州官的革职案为什么要皇帝亲自审判？被参奏罪名那么多，怎么不经过任何法律程序就做了最后判决？“龙颜大怒”纯属一时的情感冲动，如此火速“批”示“革职”有没有感情用事的弊端？是不是太草率？如此等等，法律疑问多多。究其实质，所有这些法律疑问都可归结为一句话：由于皇权大于法律，在今天看来不合乎法律、有违法理的不正常现象，在当年都是合乎法律、合乎法理的。可见，皇权大于法律是中国封建法律的一个严重弊病。

在这里，有一条要害性的法律规定，叫“职官有犯”。弄清了它的立法精神，上述各种疑问都会迎刃而解。该条法律云：“凡在京在外大小官员，有犯公私罪名，所司开具事由，实封奏闻请旨，不许擅自勾问。若许准推问，依律议拟，奏闻区处，仍候覆准，方许判决。”这就是说，全国大大小小的一切官员的犯罪案件的审判大权，一律掌握在皇帝一个人手中，其他任何法律机构和官员，都无权过问。上级官员充其量只能向皇帝参奏下级官员的罪行。这就是贾雨村的革职案件，经由其上司“参”，最后由皇帝“批”的法律依据。这条法律，实际上是把皇权法律化，使皇帝掌握的全国所有大小官员的生杀予夺的大权，变成了有案可查、带强制性的法律条文，而这条法律的效力神圣不可侵犯。所以说，这条法律的本身，就是皇权大于法律的产物。

皇帝在依这条法律审判所有官员的犯罪案件的过程中，如果严格依法办事，那还情有可原。问题在于，当权皇帝往往凭一时的情感冲动，就能以迅雷不及掩耳之势决定一个人的荣枯升沉、生死存亡。法律条文、法律制度、法律程序，统统得让位于皇帝一时的喜怒哀乐条件下所做出的任何决定。贾雨村的革职案，就是这样定下来的。

就是在第二回中，贾赦当年被皇上“赐官”的情形跟贾雨村被革职形成了鲜明对比，然而其实质依然是皇权大于法律，其表现依然是皇帝一时的情感冲动取代了法律。贾代善临终时有奏本，“皇上因恤先臣”，即令长子贾赦袭其父官职（此举合乎法律），同时又“额外赐了这政老爷一个主事之衔，令其入部习学”。这“赐官”之举，是皇权凌驾于法律之上的又一种具体表现。依照清代法定的官职取得的途径有三：一为袭官，二为捐官，三为科举考试。皇帝赐官，是法律之外的皇权的威严和仁慈的显示，较之三大法律途径，既轻松，又快捷，得官者不费吹灰之力就名利双收。连局外人都会感受到靠皇权赐官比通过法定途径当官既省事又荣耀，这就是皇权大于法律的又一常见现象。

皇权大于法律还有一种表现，就是皇帝在一时高兴之下，可以下令大赦天下。这意味着法定的大赦制度是一回事，当朝皇帝个人随心所欲地下令大赦又是一回事。在这种随意性的大赦之下，刑法惩处罪犯的功能和作用，不免被大大削弱，甚至会被取消。第一百一十九回写道：“皇上又看到海疆靖寇班师善后事宜一本，奏的是海宴河清，万民乐业的事。皇上圣心大悦，命九卿叙功议赏，并大赦天下。”这里，隐藏着皇权大于法律的危机。查《大清律例·名例律》，可知关于赦罪的具体法律条文，包括律和例，共有十余条之多，它们对于赦罪的原则、范围以及不得赦免的罪行等，都做出了明文规定。由此不难看出，“圣心大悦”之际的“大赦天下”的举措，不一定都符合这些需要一一研究才能区别情况加以实施的法律规定。简言之，皇帝一时高兴就“大赦天下”，有严重的以一己情感冲动取代严肃的理智思考的倾向，这样，作为赦罪的程序法和惩治犯罪的实体法的刑法，都会受皇权在皇帝个人一时情感冲动中滥用的严重影响。

对于犯罪官员的依法查处，当权皇帝个人感情用事，左右法律，有意从轻或从重处罚的现象，也时有发生。贾赦、贾政、贾珍等人被皇上从宽发落的故事就含有这一法理：

北静王便述道："主上因御史参奏贾赦交通外官，恃强凌弱。据该御史指出平安州互相往来，贾赦包揽词讼。严鞫贾赦，据供平安州原系姻亲来往，并未干涉官事。该御史亦不能指实。唯有倚势强索石呆子古扇一款是实的，然系玩物，究非强索良民之物可比。虽石呆子自尽，亦系疯傻所致，与逼勒致死者有间。今从宽将贾赦发往台站效力赎罪。所参贾珍强占良民妻女为妾不从逼死一款，提取都察院原案，看得尤二姐实系张华指腹为婚未娶之妻，因伊贫苦自愿退婚，尤二姐之母愿结贾珍之弟为妾，并非强占。再尤三姐自刎掩埋并未报官一款，查尤三姐原系贾珍妻妹，本意为伊择配，因被逼索定礼，众人扬言秽乱，以致羞忿自尽，并非贾珍逼勒致死。但身系世袭职员，罔知法纪，私埋人命，本应重治，念伊究属功臣后裔，不忍加罪，亦从宽革去世职，派往海疆效力赎罪。贾蓉年幼无干省释。贾政实系在外任多年，居官尚属勤慎，免治伊治家不正之罪。"（第一百零七回）

这里左一个"从宽"，右一个"不忍加罪"，还有"免治罪"之类，显然都是皇帝以情代法的结果。而皇帝的情，实乃皇权的代名词。皇权大于法律，在通常情况下往往表现为皇帝用一己之情感代替、左右法律。

六十八　论皇权大于法律（二）

——贵妃们的故事

从贵妃们的故事来看皇权大于法律的法制史特点，应当从四个方面着眼：

第一，贵妃的法律地位的实质，就是皇帝的妾，但关于婚姻的法律规定中，没有贵妃的名称，同时贵妃的实际高贵地位是法定的妻妾所根本不能比拟的，仅从这一点来看，就可清楚看到贵妃的名称与地位本身，就是皇权大于法律的产物。换一句话来讲，皇帝的婚姻，从来不受法律约束，故他的众多妾都被包装为贵妃、贵人之类，从而使有关妾的一切法律规定在她们身上完全失效。贾元春成为贵妃，是皇帝“封”的，而臣民的妾，则没有什么“封”可言。

第二，是贵妃的一举一动的背后，往往有皇帝下旨、撑腰。在这种情况下，贵妃就是皇权的代名词，其一言一行都得视若神圣不可侵犯，一切法律都得靠边站。例如说，清代法律关于禁止迎送长官的规定，在迎接贾妃省亲时就形同虚设。那周密部署、精心准备、兴师动众、热闹非凡的情形，简直跟接驾皇帝不相上下。请看第十八回，自皇帝恩准贾妃于正月十五日省亲之后：

> 转眼元宵在迩，自正月初八日，就有太监出来先看方向：何处更衣，何处燕坐，何处受礼，何处开筵，何处退息。又有巡察地方总理关防太监，带了许多小太监来，各处关防，挡围幕；指示贾宅人员何处退，何处跪，何处启事，种种仪注不一。外面又有工部官员并五城兵备道打扫街道，撵逐闲人。贾赦等督率匠人扎花灯烟火之类，至十四日，俱已停妥。这一夜，上下通不曾睡觉。
>
> 至十五日五鼓，自贾母等有爵者，皆按品服大妆。园内帐舞蟠龙，帘飞彩凤，金银焕彩，珠宝争辉，鼎焚百合之香，瓶插长春之蕊，静悄无咳嗽之声。贾赦等在西街门外，贾母等在荣府大门外。街头巷口，俱系围幕挡严。正等得不耐烦，忽一太监骑大马而来，贾母忙接入，问其消息。太监道：“早多着呢！未初刻用过晚膳，未正二刻还到宝灵宫拜佛，酉初刻进大明宫领宴后方请旨，只怕戌正才起身呢。”凤姐听了道：“既是如此，老太太、太太且请回房等候，是时候再来也不迟。”于是贾母等暂且自便，园中悉赖凤姐照管；又命执事人带领太监们去吃酒饭。
>
> 一时传人一担一担地挑进蜡烛，各处点灯。方点完时，忽听外面马蹄之声。一时，有十来个太监都喘吁吁跑来拍手儿。这些太监会意，都知道是“来了，来了”，各按方向站住。贾赦领合族子侄在西街门外，贾母领合族女眷在大门外迎接。半日静悄悄的。忽见一对红衣太监骑马缓缓走来，至西街门下了马，将马赶出围幕之外，便垂手面西站住。半日又是一对，亦是如此。便来了十来对，方闻隐隐细乐之声。一对对龙旌

凤翣，雉羽夔头，又有销金提炉焚着御香，然后一把曲柄七凤黄金伞过来，便是冠袍带履。又有值事太监捧着香珠、绣帕、漱盂、拂尘等类。一队队过完，后面方是八个太监抬着一顶金顶金黄绣凤銮舆，缓缓而来。贾母等连忙路旁跪下。早飞跑过几个太监来，扶起贾母、邢夫人、王夫人来。那版舆抬进大门，入仪门往东去，到一所院落门前，有执拂太监跪请下舆更衣。于是抬舆入门，太监等散去，只有昭容、彩嫔等引领元春下舆。只见院内各色花灯闪灼，皆系纱绫扎成，精致非常；上面有一匾灯，写着"体仁沐德"四字。元春入室更衣毕，复出上舆进园。只见园中香烟缭绕，花彩缤纷，处处灯光相映，时时细乐声喧，说不尽这太平景象，富贵风流。

此情此景，不要说平头百姓做不到，就连朝廷高官、百万富豪也做不到，即使勉强做到了，也会受到法律的追究。可在贵妃身上除了令世人大开眼界，惊呼羡慕之外，哪里还有什么法律呢!

再说，周贵人、吴贵妃、贾贵妃省亲前为她们所修建的省亲别院，同样是超然于有关法律之外的产物。尤其是宏伟、壮丽的大观园，就是皇权大于法律的象征物。

《大清律例》对军民官府的土木建筑工程有严格规定，设有"擅造作"的专门罪名。与其相应的条例，对建筑工程的规模、工价、物料、审批手续等，做出了极为详细的规定。其首要一条云："凡在京各处修理工程，工价银五十两以内，物料银二百两以内者，依照各处印文，准其修理。其工价银五十两以上，物料银二百两以上者，着该处料估启奏，工部差官覆核，会同该处官员首领监修。"大观园占地方园三里半，动用银子几万两，没有办理任何申报、审批的法律手续，却无人过问。此中秘密，就在于皇亲国戚所享有的特权，令法律无可奈何。

有人在谈大观园的建造时，不顾其前因后果的法律问题，将其当作是一种孤立的纯园林世界，并大加发挥地说："大观园是曹雪芹在《红楼梦》中创造的干净的世界、有情的世界、理想的世界，也是虚假的世界。这样的一个世界被园外的肮脏的世界、淫荡的世界、现实的世界，也是真实的世界给无情地毁灭了。这就是大观园的悲剧，人世间最大的悲剧，也是作家所要表现的作品的主题。”我们认为，这样空泛、不着边际地议论大观园，既不能说明大观园自身的实质，又不能说明大观园的建造在《红楼梦》全书故事中的地位和作用，“悲剧”“主题”云云，跟大观园、《红楼梦》没有任何关系。我们以为，大观园其实是一种物质性的法律文化现象，它见证和凝聚的是皇权大于法律的中国封建时代的法制史的一大基本特点。正因为如此，大观园日后的人去楼空，逐渐荒废，恰到好处地象征着皇权大于法律的封建法制已走向了日暮途穷的消亡边缘。

第三，在于贵妃个人的旨意，虽比不上皇帝的圣旨，但也足以使有关法律臣服。贾贵妃送银一百二十两，命贾府女眷到清虚观从初一到初三打三天平安醮，行唱戏、跪香、拜佛之事，就是一个突出事例：

> 单表到了初一这一日，荣国府门前车辆纷纷，人马簇簇。那底下凡执事人等，闻得是贵妃做好事，贾母亲去拈香，正是初一日乃月首日，况是端阳节间，因此凡动用的什物，一色都是齐全的，不同往日。
>
> 少时，贾母等出来。贾母坐一乘八人大轿，李氏、凤姐儿、薛姨妈每人一乘四人轿，宝钗、黛玉二人共坐一辆翠盖珠缨八宝车，迎春、探春、惜春三人共坐一辆朱轮华盖车。然后贾母的丫头鸳鸯、鹦鹉、琥珀、珍珠，林黛玉的丫头紫鹃、雪雁、春纤，宝钗的丫头莺儿、文杏，迎春的丫头司棋、绣桔，探春的丫头侍书、翠墨，惜春的丫头入画、彩屏，薛姨妈的丫头同喜、同贵，外带着香菱、香菱的丫头臻儿，李氏的丫头素云、碧月，凤姐儿的丫头平儿、丰儿、小红，并王夫人两个丫头也要跟了凤姐儿去的是金钏、彩云，奶子抱着大姐儿带着巧姐儿另在一车，还有两个丫头，一共又连上房的老嬷嬷并跟出门家人妇媳子，乌压压的占了一街的车。(第二十九回)

不用再说进清虚观以后的事，单看这浩浩荡荡的出行人马，就知道盛况空前。一般说来，妇女们如此成群结队，大肆喧哗地到寺庙去烧香拜佛，是法律不允许的。《大清律例》的“亵渎神明”条规定：“若有官及军民之家，纵令妻女于寺观神庙烧香者，笞四十，罪坐夫男。无夫男者，罪坐本妇。其寺观神庙住持，及守门之人，不为禁止者，与同罪。”由于是贵妃下旨又出资，这条法律就无人理会了。说穿了，就是贵妃凭借的皇权宣告了该法律不起作用。

第四，是贵妃们的生老病死之类的个人行为。因皇室成文和不成文的规矩而产生相应的禁令，这些因人因事而临时性的禁令一旦发出，下达全国，许多既定的法律就会受到冲击，不能执行。显而易见，使法律受阻、搁浅的障碍物归根结底还是贵妃们所仰仗的皇权。

且看一位太妃从生病到去世给民间带来的影响。生病期间——

> 且说元宵已过，只因当今以孝治天下，目下宫中有一位太妃欠安，故各嫔妃皆为之减膳谢妆，不独不能省亲，亦且将宴乐俱免。故荣府今岁元宵亦无灯谜之集。（第五十五回）

去世之后——

> 谁知上回所表的那位老太妃已薨，凡诰命等皆人朝随班按爵守制。敕谕天下：凡有爵之家，一年内不得筵宴音乐，庶民皆三月不得婚嫁。（第五十八回）

嫔妃们的回家省亲、荣府元宵节的灯谜娱乐活动、有爵之家的筵宴音乐、庶民的婚嫁等，有的涉及礼法，有的是属于百姓的民事法律权利，有的则事关国家法律的正常执行，仅仅只是一个太妃的生病、去世，这一切便都被或无声无息地取消，或大造舆论——敕谕天下地硬行禁止。要问这是为什么，那原因就在于太妃是太上皇的妾，太上皇昔日的皇权余威，足以通过一个皇妾的生老病死的由头，使一切有关法律处于臣服的地位。

平心而论，太妃个人的病死，跟平常百姓的病死并没有什么不同。她之所以导致了国家一系列法律处于暂停实施的结果，无非是皇权比法律更神圣不可侵犯，皇妾因而借光也神圣起来，把法律踩在脚底下，甚至一命呜呼之后还可让法律处于重压之下而休克。

六十九　论皇权大于法律（三）

——太监们的故事

有皇宫内，大大小小的太监无不是侍候皇帝和后妃的奴才。在主子面前，他们只能是躬立一旁，随时听候使唤。主子外出，他们就前呼后拥。向主子报告大事小情，免不了要五体投地。所到之处，无不奴才相十足。然而，出了皇宫，他们就一个个狐假虎威，使人觉得他们就是皇权的传递者和代言人。于是，导致皇权大于法律的不正常现象有两大类型：第一种类型，是太监外出的确负有下达圣旨的任务，其行为也没有越轨出格，但不知内情的当事人往往会诚惶诚恐，惴惴不安，有时甚至足以破坏人们的正常生活秩序和习惯。在这种情况下，太监传递、下达圣旨，无异于玩弄皇权，扰乱民间的法律秩序，造成一时间的骚动和混乱。

当今的人们，对此很可能感到隔膜，然而贾府中人，由于跟太监见面的机会多，不免时常感受到皇权的威压，故往往把太监的突然降临当作莫大的灾难。贾府内的礼治秩序，在此时此刻就被皇权的无形威慑力扰成了一锅粥。第十六回开头的故事，告诉读者的正是这种对于皇权的恐惧而产生的动乱生活状态：

> 一日，正是贾政的生辰，宁、荣两处人丁都齐集庆贺，热闹非常。忽有门吏忙忙进来，至席前报说："有六宫都太监夏老爷来降旨。"唬得贾赦等一干人不知是何消息，忙令止了戏文，撤去酒席，摆香案，启中门跪接。早见六宫都太监夏守忠乘马而至，前后左右又有许多内监跟从。
>
> 贾母等合家人等心中皆惶惶不定，不住地使人飞马来往报信。

其实，这是虚惊一场。夏太监来降旨是皇上要召见贾政，当面报告贾元春封了贵妃的好消息。直到证实了这一消息，贾府一家上下才恢复正常的生活状态。就这样，来自皇宫的一件喜事，居然能把贾政的生日庆典的礼法活动搅得不欢而散；使以贾母为首的一家老小都受到惊吓，如同天灾人祸即将发生一般。在这里，夏太监并没有干坏事，却带来了比百姓干坏事还要强烈得多的负面影响，足见皇权对于法律的强大干扰力随时随地都在发挥作用。

第二种类型，是那些胡作非为的太监践踏法律却安然无恙。此种罪在太监身上，而使其难以受法律追究的根子在皇权的奇怪现象，是皇权大于法律的又一病症。此种病症的发病率，大大高于第一种类型的病症。

有恃无恐地触犯法律的作案者之一，是太监戴权。他涉嫌借捐官的合法渠道非法敛财。秦可卿死了之后，贾珍想在丧礼上装潢门面，为儿子贾蓉捐官，恰逢太监戴权登门上祭，贾珍乘机说出了捐官的心事——

> 戴权会意，因笑道："想是丧礼上风光些？"贾珍忙笑道："老内相所见不差。"戴权道："事倒凑巧，正有个美缺。如今三百员龙禁尉短了两员，昨儿襄阳侯的兄弟老三来求我，现拿了一千五百两银子，送到我家里。你是知道的，咱们都是老相与，不拘怎么样，看着他爷爷的分上，胡乱应了。还剩了一个缺，谁知永兴节度使冯胖子来求我，要与他孩子捐，我就没工夫应他。既是咱们孩子要捐，快写了履历来。"贾珍听说，忙吩咐："快命书房里恭恭敬敬写了大爷的履历来。"小厮不敢怠慢，去了一刻，便拿了一张红纸来与贾珍。贾珍看了，忙送与戴权。戴权看时，上写道：
>
> 江宁府江宁县监生贾蓉，年二十岁。曾祖，原任京营节度使世袭一等神威将军贾代化；祖，乙卯科进士贾敬；父，世袭三品爵威烈将军贾珍。
>
> 戴权看了，回手便递与一个贴身的小厮收了，说道："回来送与户部堂官老赵，说我拜上他，起一张五品龙禁尉的票，再给个执照，就把履历填上，明儿我来兑银子送去。"小厮答应了。戴权也就告辞了。贾珍十分款留不住，只得送出府门。临上轿，贾珍因问："银子还是我到部兑，还是一并送上老内相府中？"戴权道："若到部里，你又吃亏了。不如平准一千二百两银子，送到我家就完了。"贾珍感谢不尽，只说："待服满后，亲带小犬到府叩谢。"于是作别。（第十三回）

就这样，一千二百两银子换来了贾蓉的“龙禁尉”的官衔。捐官，本是清代政府认可的合法行政制度，有增加国库收入的意义。而戴权的所作所为，属于假公济私的幕后交易，所得捐官银两，全部装进了个人的腰包。仅这两名“龙禁尉”，他就贪得赃银两千多两。

若要追究戴的刑事法律责任，可适用的法律是“因公科敛”，该条云：“凡有司官吏人等，非奉上司明文，因公擅自科敛所属财物，及管军官吏科敛军人钱粮赏赐者，杖六十；赃重者，坐赃论；入己者，并计赃，以枉法论。”戴权在收取捐官费上没有任何主管部门的“明文”：所收银子，多者一千五百两，少者一千二百，如此见人打发，没有依照法定数额收费，仅此一点就有违法之处；捐官款没自入国库，而是直接送到他“家里”，这完全属于“入己者”。综上，戴权应“以枉法论”处。然而，那些急于捐官之人，谁在花钱买官到手之后，回过头来去控告戴权呢？而局外人不知情，想告状也无从下手。再说，寻常官民大约都没有胆量跟皇帝身边的太监去打官司。就这样，皇权大于法律的弊病之一，在于掩盖太监们的违法犯罪行为，使刑法不可能或很难追究其刑事责任。

跟贾府有来往的太监们，还有一种犯罪劣迹，就是他们找各种借口来借钱，并且有借无还。贾琏、凤姐夫妇都碰到过这种受委屈的事情：

一语未了，人回：“夏太府打发了一个小内监来说话。”贾琏听了，忙皱眉道：“又是什么话，一年他们也搬够了。”凤姐道：“你藏起来，等我见他，若是小事罢了，若是大事，我自有话回他。”贾琏便躲入内套间去。这里凤姐命人带进小太监来，让他椅子上坐了吃茶，因问何事。那小太监便说：“夏爷爷因今儿偶见一所房子，如今竟短二百两银子，打发我来问舅奶奶家里，有现成的银子暂借一二百，过一两日就送过来。”凤姐儿听了，笑道：“什么是送过来，有的是银子，只管先兑了去。改日等我们短了，再借去也是一样。”小太监道：“夏爷爷还说了，上两回还有一千二百两银子没送来，等今年年底下，自然一齐都送过来。”凤姐笑道：“你夏爷爷好小气，这也值得提在心上，我说一句话，不怕他多心，若都这样记清了还我们，不知还了多少了。只怕没有；若有，只管拿去。”因叫旺儿媳妇来，“出去不管那里先支二百两来。”旺儿媳妇会意，因笑道：“我才因别处支不动，才来和奶奶支的。”凤姐道：“你们只会里头来要钱，叫你们外头算去就不能了。”说着叫平儿，“把我那两个金项圈拿出去，暂且押四百两银子。”

平儿答应了，去半日，果然拿了一个锦盒子来，里面两个锦袱包着。打开时，一个金累丝攒珠的，那珍珠都有莲子大小；一个点翠嵌宝石的。两个都与宫中之物不离上下。一时拿去，果然拿了四百两银子来。凤姐命与小太监打叠起一半，那一半命人与了旺儿媳妇，命他拿去办八月中秋的节。那小太监告辞了，凤姐笑道：“刚说着，就来了一股子。”贾琏道：“昨儿周太监来，张口一千两。我略应慢了些，他就不自在。将来得罪人之处不少。这会子再发个三二百万的财就好了。”一面说，一面平儿伏侍凤姐另洗了面，更衣往贾母处去伺候晚饭。（第七十二回）

多么生动的法律细节！一边是夏、周二个太监的贪得无厌，一个劲儿地来回不断借钱，从不见归还，另一边是拿不出现钱，只得靠典当金首饰来满足那无穷的所谓借钱，弄得夫妻二人不得不将此视为一种令人忧虑的“外祟”，然而又只能忍气吞声，笑脸相迎。这种逆来顺受的尴尬与苦衷，在这法律细节描写中表现得淋漓尽致。

我之所以把这段故事称之为法律细节描写，是因为夏、周二太监的行为触犯了法律。《大清律例》有一条法律为“在官求索借贷人、财物”，指出：“凡监临官吏挟势，及豪强之人，求索、借贷所部内财物，并计赃，准不枉法论；强者，准枉法论，财物给主。”既然把所求索、借贷的钱财称之为“赃”款，那么违法犯罪性质就是毫无疑问的，至于“准不枉法论”或“准枉法论”，属于处罚力度大小的区分问题。

从这一法律细节中：我们不仅看到了夏、周二太监“挟势”的不同寻常之处在于挟皇权之势，即把他们仰仗的皇权当作犯罪的资本，同时还看到了作为受害人的凤姐、贾琏夫妇只能吃哑巴亏的处境。法律规定的处罚手段，根本没有落实到太监头上的可能性。那原因，就在太监背后有皇权撑腰，谁也不敢去“得罪”他们。

俗话说，天高皇帝远。这话的意思是说，皇帝、皇权无论怎么强而有力，总有难管的误区和空白，于是天底下总有人胆敢为所欲为。戴、夏、周等太监，就是这样有恃无恐的。

用皇帝们、贵妃们、太监们的故事，来形象地表述中国封建王朝皇权大于法律，从而阻碍法律的正常实施的法律思想内容，是《红楼梦》的一大亮点，可大大丰富法制史学家的有关学理论证。

七十　姓名权立法的严重偏颇引发的消极现象（一）

——尊者的姓名权神圣不可侵犯

姓名权是人身权的重要组成部分之一，受法律保护，从法制史上看，世界范围内迟至十七世纪才开始把姓名权的法律保护纳入立法的议事日程。在我国：即使从唐代算起，姓名权的立法也要比世界上率先立法的国家早一千年。令我们非常遗憾的是，立法时间上的先进，并不等于立法内容上的先进。时至今日，姓名权的立法上的过于原则、笼统，表明该项立法仍有广阔的空间，换句话说仍是立法上的薄弱环节。

以上述法制史的知识为背景，来研究《红楼梦》中关于姓名权的故事，我们会吃惊地看到，曹雪芹对于清代社会上自当朝皇帝，下至家庭奴婢的姓名权的法律现象，竟观察得那么细致，描写得那么生动，思考得那么全面、深入，以致使我们又一次不费气力地开拓出一个系列性的法律话题。

总而言之，《红楼梦》中关于姓名权的全部故事，都意在披露姓名权立法的严重偏颇引发的各种消极现象。这种偏颇，是唐代至清代的法律没有、也不可能有现代化的保护所有自然人的姓名权的意识，而是出于维护封建等级制度的需要，仅仅保护皇帝和男性家长的姓名权，并且这种法律保护的方式是将这少数人的姓名神圣化：不许他人使用（皇帝的姓名），不许子孙冒犯（祖父、父亲的名字）。请看事实：在《红楼梦》中，无论是作者讲故事，还是人物发言，只要提到当朝皇帝乾隆，就一律既不提年号乾隆，也不提其姓名爱新觉罗弘历，而是用“今上”“当今”“今日”“主上”“皇上”“旨意”之类的词语。大家都知道，之所以如此，是因为中国有一种避讳的文化习俗。何为避讳？讳，就是不说、不能说的人和事。避讳，就是有意回避、绕过那些不能直白讲出来的人和事，其方法就是换一个说法，若是写字就写成别的可以取代的字。例如，唐代文人为了避讳，有意将“民风”写成“人风”，因为唐太宗名叫李世民，“民”字不能随便说和写。据此，今天就有学者谈论《红楼梦》中的避讳文化现象。

我们这里要强调的是，在姓名上的古老避讳文化习俗，有些已经演变、提升为法律规范。在唐代法律中，有“奏事犯讳”的法律条文，禁止使用皇帝的姓名，还有不少法律条文用以保护祖父、父亲的姓名权。例如，祖父名安，子孙不能在长安做官；父亲名军，儿子不能当将军。就这样，姓名方面的避讳文化习俗变成了法律。

查《大清律例》，关于父祖姓名方面的法律条文被取消了，而“上书奏事犯讳”的条文被继承下来，该条云：“凡上书若奏事，误犯御名及庙讳者，杖八十。余文书误犯者，笞四十。若为名字触犯者，杖一百。”由此看来，用“今上”“当今”等说法指称当朝的乾隆皇帝，就有着法律上的强制性的原因。

在我看来，中国关于姓名权的立法虽然在时间因素上遥遥领先于世界各国，但其立法内容却落后至极，充满了不值一驳的荒谬，对全社会只能产生各种消极影响。披露这些消极影响，正是《红楼梦》中所有关于姓名权的故事的一致性的价值取向，从中可找到对于我们今天完善有关立法的有益启示。

第一点启示，就是必须实现从尊长者的姓名权神圣不可侵犯到所有人的姓名权都应得到尊重和保护的转化。红楼世界中所有尊长者的姓名权都神圣不可侵犯的怪现象，正是古代姓名权立法上的落后、荒谬的直接后果之一。唯有先知道这些现象的怪异之处，才会进而明白摆脱这些怪异，转化为尊重全社会所有人的姓名权的必要性。

贾宝玉是一个小青年，可在奴婢们的心目中，他是主子，属于尊长者，故其姓名是不可随便叫唤的。晴雯在跟坠儿的母亲谈话时，讲出了“宝玉”二字。这位母亲因女儿有行窃的过错被撵出而有所不满，便抓住这一把柄，借以反击晴雯：“比如方才说话，虽是背地里，姑娘就直叫他的名字。在姑娘们就使得，在我们就成了野人了。”晴雯也是婢女，不应也不能叫宝玉的名字。所以，这句话的意思是说晴雯是个不懂礼法的“野人”。正因为如此，于是引发了一场舌战，麝月为此发表了一大通议论。对此，今天的读者很难理解，甚至会感到莫名其妙。事实上，当年这类不可思议的故事接二连三地发生，习以为常。

有一个说书的女艺人，在讲残唐故事《凤求鸾》时，提到了青年公子王熙凤，众人不禁笑了起来，因为其名跟贾府王熙凤完全相同。这时，一个女仆连忙上前去推这个女艺人：

“这是二奶奶的名字，少混说。”贾母笑道：“你说，你说。”女先生忙笑着站起来，说：“我们该死了，不知是奶奶的讳。”凤姐儿笑道：“怕什么，你们只管说罢，重名重姓的多呢。”（第五十四回）

若不是此时此刻的王熙凤采取容忍态度，也许又会引出许多口舌之争。

在红楼人物中，有一个女青年，对自己的名字过于珍爱，几乎达到了狂妄自大、目空一切的程度，她就是夏家小姐夏金桂。小说对此做了追根溯源的探究：

因他家多桂花，他小名就唤做金桂。他在家时不许人口中带出金桂二字来，凡有不留心误道一字者，他便定要苦打重罚才罢。他因想桂花二字是禁止不住的，须另换一名，因想桂花曾有广寒嫦娥之说，便将桂花改为嫦娥花，又寓自己身分如此。（第七十九回）

夏金桂嫁给薛蟠为妻之后不久，在她和薛蟠之妾香菱以及金桂的陪嫁丫头宝蟾之间，又引出了一个关于姓名权的小故事：

一日金桂无事，因和香菱闲谈，问香菱家乡父母。香菱皆答忘记，金桂便不悦，说有意欺瞒了他。回问他“香菱”二字是谁起的名字，香菱便答：“姑娘起的。”金桂冷笑道：“人人都说姑娘通，只这一个名字就不通。”香菱忙笑道：“嗳哟，奶奶不知道。我们姑娘的学问连我们姨老爷时常还夸呢。”

金桂听了，将脖项一扭，嘴唇一撇，鼻子里哧了两声，拍着掌冷笑道："菱角花谁闻见香来着？若说菱角香了，正经那些香花放在哪里？可是不通之极！"香菱道："不独菱角花，就连荷叶莲蓬，都是有一股清香的。但她那原不是花香可比，若静日静夜或清早半夜细领略了去，那一股香比是花儿都好闻呢。就连菱角、鸡头、苇叶、芦根得了风露，那一股清香，就令人心神爽快的。"金桂道："依你说，那兰花桂花倒香的不好了？"香菱说到热闹头上，忘了忌讳，便接口道："兰花桂花的香，又非别花之香可比。"

一句未完，金桂的丫鬟名唤宝蟾者，忙指着香菱的脸儿说道："要死，要死！你怎么真叫起姑娘的名字来！"香菱猛省了，反不好意思，忙赔笑赔罪说："一时说顺了嘴，奶奶别计较。"

贾宝玉、王熙凤、夏金桂等人，都是封建家庭中的青年主子，他们身边的奴婢都知道，自己的主子的名字，是旁人口中不能说出来的，否则就是"混说""要死"，甚至如同"野人"。这些奴婢为什么把在我们今天看来平淡得不能再平淡的小事看作了不得的大事呢？说穿了，就是一千多年来神化尊者姓名的法律的强制力禁锢、僵化了奴婢们的思想意识，而这种在家庭范围内对尊者姓名权的敬畏，跟在全社会范围内对皇帝的姓名权的敬畏，在法律根源与本质上是完全一致的或共同的。

以上所说一系列现象与故事，所昭示的日后关于姓名权的法律的改革与发展的方向，就在于：走出少数尊者姓名权神圣不可侵犯的崎岖险道，直奔保护和尊重全社会自然人的姓名权的康庄大道。也许，曹雪芹没有意识到这种法律上的革新趋向，但他既然对自己司空见惯的法律崎岖险道大为不满，屡有微词，那么今天的有关联想与发挥，应当是合乎曹公本人思想逻辑的。

七十一 姓名权立法严重偏颇引发的消极现象（二）

——卑者的姓名权被任意践踏

跟奴婢们把主子的名字当作崇拜偶像形成另一个极端的是主子们任意践

踏奴婢们的姓名权，其具体表现就是随心所欲地改换他们的名字，这种消极现象的法律根源，自然在于中国封建法律对于卑贱者的姓名权从来不予过问的那种漠然的空白。

《红楼梦》中主子随意改奴婢的第一个故事，发生在贾宝玉身上。

原来这袭人亦是贾母之婢，本名珍珠。贾母因溺爱宝玉，生恐宝玉之婢无竭力尽忠之人，素喜袭人心地纯良，克尽职任，遂与了宝玉。宝玉因知他本姓花，又曾见旧人诗句上有“花气袭人”之句，遂回明贾母，更名袭人。（第三回）

在这里，婢女的姓名不过是主子发诗兴、显才华的一种媒体。在宝玉心目中，根本意识不到如此改人姓名，是对当事人的人格权的一种侵犯。过了许久，这个改名的故事由于贾政的追问，又引出了相关的后续故事，二者结合起来看，这个改名故事才算完整无缺，我们从中得到的启示，也才更深沉：

王夫人摸挲着宝玉的脖项说道：“前儿的丸药都吃完了？”宝玉答道：“还有一丸。”王夫人道：“明儿再取十丸来，天天临睡的时候，叫袭人服侍你吃了再睡。”宝玉道：“只从太太吩咐了，袭人天天晚上想着，打发我吃。”贾政问道：“袭人是何人？”王夫人道：“是个丫头。”贾政道：“丫头不管叫个什么罢了，是谁这样刁钻，起这样的名字？”王夫人见贾政不自在了，便替宝玉掩饰道：“是老太太起的。”贾政道：“老太太如何知道这话，一定是宝玉。”宝玉见瞒不过，只得起身回道：“因素日读诗，曾记古人有一句诗云：‘花气袭人知昼暖。’因这个丫头姓花，便随口起了这个名字。”王夫人忙又道：“宝玉，你回去改了罢。老爷也不用为这小事动气。”贾政道：“究竟也无碍，又何用改。只是可见宝玉不务正，专在这些浓词艳赋上做工夫。”（第二十三回）

贾政耳闻眼见儿子改人名字的事实，所感觉到的东西，不是侵犯他人姓名权，而是宝玉不务正业。至于奴婢的名字，在这贵族老爷看来，根本不算一回事，故说出“丫头不管叫个什么罢了”、既然改了“究竟也无碍”这类不关痛痒的话来。王夫人虽没有什么主见，但也认为这是“小事”一桩。就这样，通过这个完整的改名故事，我们得以知道：直到清代乾隆年间，封建大家庭中的中青两代人，都不把任意践踏奴婢的姓名权当作一回事。

从此之后，红楼世界里改人名字的故事就不断发生。例如：

宝玉房里的丫头芸香，袭人觉得叫起来拗口，便改为蕙香。宝玉觉得，这“蕙”跟“晦气”的“晦”同音，不吉利，当得知她在家里排行第四时，便让她把名字又改为四儿。

林之孝的女儿林红玉，也是宝玉身边的丫头，因“玉”字跟宝玉、黛玉的名字相重，自然只能牺牲婢女的“玉”，于是大家不约而同、自惯成自然地把她叫作小红。

莺儿姓黄，名金莺，其主子薛宝钗也嫌“拗口”，便改唤其为莺儿。

故事性最强，影响极大，令今天的法律人倍感震惊的，自然是贾宝玉给芳官改名的恶作剧一般的故事。芳官姓花，是贾府买来学唱戏的十二个小演员中的一个，后来不演戏了，就成了宝玉房中的丫头。有一天，宝玉看见她在梳头，一时心血来潮——

忙命他改妆，又命将周围的短发剃了去，露出碧青头皮来，当中分大顶，又说：“冬天做大貂鼠卧兔儿带，脚上穿虎头盘云五彩小战靴，或散着裤腿，只用净袜厚底镶鞋。”又说：“芳官之名不好，竟改了男名才别致。”因又改作“雄奴”。芳官十分称心，又说：“既如此，你出门也带我出去。有人问，只说我和茗烟一样的小厮就是了。”宝玉笑道：“到底人看得出来。”芳官笑道：“我说你是无才的。咱家现有几家土番，你就说我是个小土番儿。况且人人说我打联垂好看，你想这话可妙?”宝玉听了，喜出意外，忙笑道：“这很好。我亦常见官员人等多有跟从外国献俘之种，图其不畏风霜，鞍马便捷。既这等，再起个番名，叫‘耶律雄奴’。‘雄奴’二音，又与匈奴相通，都是犬戎名姓。况且这两种人自尧舜时便为中华之患，晋唐诸朝，深受其害。幸得咱们有福，生在当今之世，大舜之正裔，圣虞之功德仁孝，赫赫格天，同天地日月亿兆不朽，所以凡历朝中跳梁猖獗之小丑，到了如今竟不用一干一戈，皆天使其拱手侥头缘远来降。我们正该作践他们，为君父生色。”芳官笑道：“既这样着，你该去操习弓马，学些武艺，挺身出去拿几个反叛来，岂不进忠效力了。何必借我们，你鼓唇摇舌的，自己开心作戏，却说是称功颂德呢。”宝玉笑道：“所以你不明白。如今四海宾服，八方宁静，千载百载不用武备。咱们虽一戏一笑，也该称颂，方不负坐享升平了。”芳官听了有理，二人自为妥贴甚宜。宝玉便叫他“耶律雄奴”。

一时到了怡红院，忽听宝玉叫“耶律雄奴”，把佩凤、偕鸳、香菱三个人笑在一处，问是什么话，大家也学着叫这名字，又叫错了音韵，或忘了字眼，甚至于叫出“野驴子”来，引的合园中人凡听无不笑倒。宝玉又见人人取笑，恐作践了他，忙又说：“海西福朗思牙，闻有金星玻璃宝石，他本国番语以金星玻璃名为‘温都里纳’。如今将你比作他，就改名唤叫‘温都里纳’可好?”芳官听了更喜，说：“就是这样罢。”因此又唤了这名。众人嫌拗口，仍翻汉名，就唤“玻璃”。（第六十三回）

且不说贾宝玉在这改名故事中流露出为清代统治者歌功颂德的思想倾向，单看他在命芳官女扮男装、屡屡改名的事件中的行为，可以说把他一贯侵犯婢女姓名权的过错推向了顶峰，其直接恶劣影响之一，是导致大家骂出了“野驴子”一类的话来，这已触犯了清代关于“骂人”的刑法。其恶劣影响之二，是湘云、李纨、探春等人争先恐后地仿效宝玉，掀起了一股改妆、换名的浪潮。湘云把她的葵官也扮作男装，改名为韦大英。李纨和探春自作主张，把宝琴的丫头豆官也扮作一个男童，名字改成豆童。在这个长长的故事中，小丫头们的姓名和她们的女性性别，都成了恶作剧的材料，根本谈不上人身权的保护与尊重。

卑者的姓名权被任意践踏，还有一种表现，就是成年后为人妻的广大婢女，都被无情剥夺了姓名权，根本不曾有过自己的姓名。凡是女仆们出场，都仅冠以丈夫的姓氏，被称之为“家的”或“媳妇”，如周瑞家的、林之孝家的、吴兴家的、郑华家的、来旺家的、来喜家的、王善宝家的，或吴新登媳妇、郑好时媳妇、玉柱儿媳妇、柳二媳妇，等等。这种称呼，具有强烈的人身依附关系的色彩。每逢见到这类字样，我头脑里几乎都要闪现这样的意念：男尊女卑、嫁鸡随鸡，嫁狗随狗。其实，作家就是要通过这些一辈子也没有自己的姓名的劳动妇女的人身权的这一大缺憾，来让读者认清女性一辈子也摆脱不了的对于丈夫的人身依附关系。

不少贵族妇女也没有名字，如贾母、邢夫人、王夫人、薛姨妈等。这也是姓名权上的男尊女卑的等级制度和观念的反映，同样属于卑者姓名权被任意践踏的消极现象。

综观以上全部有关故事，我们所得到的法理启示的又一个重要之点，就是：当法律仅仅只是呵护少数尊者的姓名权，根本不过问广大卑者的姓名权的时候，任意践踏大多数卑者的姓名权就是必然的，不能遏制的，在这样的社会环境中，广大人民群众的人身权的重要组成部分的姓名权就无从谈起。这样，法律上的人人平等就根本办不到。

查《礼记》的《内则》，有关于为儿子起名的规定："凡名子，不以日月，不以国，不以隐疾。大夫、士之子，不敢与世子同名。"以日、月、国这些字眼为儿子命名，大约有妄自尊大的意味，故要禁止。名字中若隐喻着疾病，太不吉利，也要禁止。至于大夫、士之子地位低下，岂能跟皇太子同名呢？这种礼法限制，为等级制度服务的目的再清楚不过了，跟今天法律保护公民的姓名权的立法精神完全没有共同之处。

在我看来，正是因为古代中国关于姓名权的立法弊病多多，才导致《红楼梦》中姓名问题上的众多发人深省的现象的发生。

七十二　姓名权立法严重偏颇引发的消极现象（三）

——给人起绰号的行为

侵犯他人姓名权的一种常见行为，就是背后给人起绰号。这种行为，在日常生活经验中都当作是玩笑、取乐的小事。若从法律上看，其性质属于侵犯他人姓名权。人家有正规姓名，你不使用，偏要捏造一个名字强加于人，法律理所当然要视之为侵犯姓名权的行为。

说到给人起绰号，不能不谈到《水浒传》。在这部小说中，作者给人物起的绰号满天飞，大有取代本来姓名的倾向。例如花和尚（鲁智深）、豹子头（林冲）、青面兽（杨志）、赤发鬼（刘唐）、美髯公（朱仝）、白日鼠（白胜）、及时雨（宋江）、小旋风（柴进）、神行太保（戴宗）、黑旋风（李逵）、浪里白跳（张顺）、九纹龙（史进）、插翅虎（雷横）、两头蛇（解珍）、双尾蝎（解宝）等，都是读者一见其绰号就知其本来姓名的人物。

在我看来，作家对自己笔下的人物乐此不疲地起绰号，虽是一种文学创作的手法，但从现实生活的依据来考察，应当是公民的姓名权不被尊重，未曾纳入法律保护的机制中的消极社会现象的必然反映。严格从生活出发的作家，一定会自觉或不自觉地去寻求这种绰号满天飞的现象背后的某种法律实质。遗憾的是，施耐庵、罗贯中没有这样去寻根问底，而是津津乐道于各种绰号的编造与运作。

相形之下，《红楼梦》在对待起绰号的生活现象上大有进展。它以自觉的法律意识来透视这个被《水浒传》弄得中国人都熟悉的绰号问题，多有发现，从根本上扭转了拿他人绰号来取乐的文学阅读心理习惯，引导读者去思索渗透在其中的法理法意，从而跟曹雪芹一样也有发现和感悟。

我们主要谈两点体会：第一点，从贾府奴仆兴儿对尤二姐所讲的给人起绰号的故事中，可明显看出兴儿懂法律，知道奴婢们背后给青年主子们起绰号的违法性质，并且敢于用法律标准来检讨自己的不足之处：

> 尤二姐笑道："原来如此。但我听见你们家还有一位寡妇奶奶和几位姑娘。他这样利害，这些人如何依得？"兴儿拍手笑道："原来奶奶不知道。我们家这们寡妇奶奶，他的浑名叫作'大菩萨'，第一个善德人。我们家的规矩又大，寡妇奶奶们不管事，只宜清净守节。妙在姑娘又多，只把姑娘们交给他，看书写字，学针线，学道理，这是他的责任。除此问事不知，说事不管。只因这一向他病了，事多，这大奶奶暂管几日。究竟也无可管，不过是按例而行，不像他多事逞才。我们大姑娘不用说，但凡不好也没这段大福了。二姑娘的浑名是'二木头'，戳一针也不知嗳哟一声。三姑娘的浑名是'玫瑰花'。"尤氏姐妹忙笑问何意。兴儿笑道：

“玫瑰花又红又香，无人不爱的，只是刺戳手。也是一位神道，可惜不是太太养的，‘老鸹窝里出凤凰’。四姑娘小，他正经是珍大爷亲妹子，因自幼无母，老太太命太太抱过来养这么大，也是一位不管事的。奶奶不知道，我们家的姑娘不算，另外有两个姑娘，真是天上少有，地下无双。一个是咱们姑太太的女儿，姓林、小名儿叫什么黛玉，面庞身段和三姨不差什么，一肚子文章，只是一身多病，这样的天，还穿夹的，出来风儿一吹就倒了。我们这起没王法的嘴都悄悄的叫他‘多病西施’。还有一位姨太太的女儿，姓薛，叫什么宝钗，竟是雪堆出来的。每常出门或上车，或一时院子里瞥见一眼，我们鬼使神差，见了他两个，不敢出气儿。”尤二姐笑道：“你们大家规矩，虽然你们小孩子进的去，然遇见小姐们，原该远远藏开。”兴儿摇手道：“不是，不是。那正经大礼，自然远远藏开，自不必说。就藏开了，自己不敢出气，是生怕这气大了，吹倒了姓林的；气暖了，吹化了姓薛的。”说得满屋里都笑起来了。（第六十五回）

兴儿所说的“浑名”，也就是我们这里所谈的绰号，二者是一回事。这段故事表明，奴婢们背后给青年主子们起了不少绰号。寡妇奶奶，就是李纨，她的绰号是“大菩萨”，虽含有褒奖她善良、不多管闲事的好意，但也不无讥讽她呆板、无生气的贬义。二姑娘，即贾迎春，她的绰号是“二木头”，贬斥她软弱无能的锋芒毕露。三姑娘，即贾探春，她的绰号是“玫瑰花”，意为带刺，会主动攻击别人。林黛玉的绰号是“多病西施”，寓意是她的美是病态的，不正常的。正因为这些绰号不怀好意，是对主子的不尊重，所以兴儿自我检讨说，奴婢们的嘴是“没王法的嘴”。这意思再清楚不过了：奴婢们背后以起“浑名”即绰号的方式来对待主子，是法律不允许的。《大清律例》有一条法律规定：“奴婢诽谤家长，比依骂家长律，绞。”奴婢们如此给主子起绰号，应当看到的确带有诽谤意味。兴儿以“没王法”自责，是合乎法理的。

第二点体会，有时候，在所起的绰号之中，寓含有一定的法律思想意义，故用在当事人身上，就带有对人物进行法律上的评价的功用。如此一来，这种性质的绰号就没有常见的玩笑、取乐的成分。“呆大姐”和“傻大舅”这两大绰号就是很突出的例子。

> 原来这傻大姐年方十四五岁，是新挑上来的与贾母这边提水桶扫院子专作粗活的一个丫头。只因他生得体肥面阔，两只大脚作粗活简捷爽利，且心性愚顽，一无知识，行事出言，常在规矩之外。贾母因喜欢他爽利便捷，又喜他出言可以发笑，便起名为“呆大姐”，常闷来便引他取笑一回，毫无避忌，因此又叫他作“痴丫头”。他纵有失礼之处，见贾母喜欢他，众人也就不去苛责。（第七十三回）

这个“呆大姐”“痴丫头”的呆与痴，从生理学上看，属于天生的弱智精神障碍，而从其对外部世界的认知情况来看，则对贾府这个封建大家庭的礼治秩序不能认识，也就是不懂“规矩”，动不动就违背了礼法。这在常人是不能原谅的，但对于呆痴者，人们不去计较。这里，颇有一点精神病患者不负法律责任的味道。这“呆大姐”“痴丫头”的绰号中，就概括有这种法律内容。

再看“傻大舅”的绰号是怎么一回事——

> 邢德全虽系邢夫人之胞弟，却居心行事大不相同。这个邢德全只知吃酒赌钱、眠花宿柳为乐，手中滥漫使钱，待人无二心，好酒者喜之，不饮者则不去亲近，无论上下主仆皆出自一意，并无贵贱之分，因此都唤他“傻大舅”。（第七十五回）

原来邢德全其人，理智健全，没有生理上的智弱缺陷。他之所以给人以“傻”的感觉，在于好酒且在酒后喜欢装酒风，搞江湖义气，故对于礼法标准划分出来的“上下主仆”“贵贱”尊卑这一套东西不感兴趣，一切均以当时个人的意气为准则视之论之。在我们看来，这一点多少有些可敬、可爱之处，大有平等待人的正直风范。然而，在礼治秩序下生活惯了的人们，遇人遇事要分个三六九等，以便见人打发，自然就不习惯、不能认同和容忍如此异类，于是就贬低为“傻”。可见，“傻大舅”的绰号中，同样包括对于礼治秩序的认识有不足之处的法律内容。

邢德全游手好闲，不务正业，还喜欢干赌博之类的违法犯罪的勾当，这些理应受到谴责。然而，“傻大舅”之名，并不针对这些下流行径而来，而是专指他在酒桌上不按礼法行事的特殊之处，足见当时人们对于礼法的重视超过了刑法。“傻大舅”之名的这一层寓意，是切不可忽视的。

在文明社会中，无论是弱智人，还是醉酒之人，他们的姓名权和人格，都应像常人一样，得到关爱和尊重。以起不雅失敬的绰号的方式来背后嘲笑他们，甚至当面侮辱他们，都是侵犯人身权的违法行为。在姓名权的立法严重偏颇的封建时代，人们对此是缺乏正确的法律评价尺度的，故生活中到处存在着深含法律教训的诸如此类的故事。

1986 年，随着我国现行民法通则的颁布实施，公民姓名权的法律保护问题，进入了一个崭新的历史发展阶段。二十多年来的社会实践表明，时至今日，关于姓名权的立法还是一个弱项。我曾在《检察日报》上读到一篇署名文章，作者指出：“目前我国对自然人姓名的法律规定过于原则和简单，《民法通则》和《婚姻法》的笼统规定显然不能解决现实生活出现的种种问题，制定细化的、有较强操作性的法规或规章迫在眉睫。”毫无疑问，《红楼梦》中上述所有关于姓名权的故事，对于该项法律的完善工作，是有多方面的借鉴意义的。

七十三　法定奴婢制度实施的效果（一）

——主子的特权和奴婢的人身依附观念

我国法定的奴婢制度，可追溯到秦代，沿袭至清末，共有两千年的历史。有法律工具书解释说：

古制，罪犯家属因株连而被没入官府为奴婢者。男子为奴，女子为婢。秦时称隶臣妾，汉初因之。隋唐直到清末，称官奴婢或奴婢。《三国志·魏志·毛玠传》：“汉律，罪人妻子没为奴婢，黥面。”除官奴外，秦时已有私人买卖奴隶之风。汉时地主富有之家多蓄奴婢，东汉光武帝曾七次下令放免奴婢。奴婢身份地位最为低贱，《唐律疏议·户婚》：“奴婢既同资财，即合由主处分。”

直到清朝末年，在宣统元年（1909 年）颁行的《大清现行刑律》中才明文规定禁止置买奴婢。这意味着在中国延续了两千年之久的奴婢制度已经从法律上宣告终结。

这种历史悠久的法律制度，在现实生活中实施的效果如何呢？简单、抽象地说效果好坏，毫无意义。文学作家所注意的是具体、生动的生活图景。在《红楼梦》里，法定奴婢制度实施效果上的生活图景，共有三大引人关注之处。首先一点，是主子之于奴婢的特权以及奴婢的人身依附观念。

主子对奴婢有一系列的特权，它们大都是在生活实践中形成的，同时也往往得到法律的认同与支持。我们看到，在《大清律例》中充满了奴仆、家奴、奴婢、奴、婢以及与之对应的家主、主子、本主、原主之类的概念，更有一系列不平等的法律规定。在这样难以尽述的法律规定中，最根本的一点，无非是主子之于奴婢的特权。《红楼梦》广泛关注奴婢问题并非漫无边际，平均使用力量，泛泛而谈，而是始终凸显着主子们凌驾在奴婢之上的一系列特权。

特权之一，是唯有官家、富豪之家才拥有存养奴婢的权利。《大清律例》禁止庶民之家存养奴婢，明文规定：“若庶民之家，存养奴婢者，杖一百，即放从良。”贾府是朝廷的忠臣，其子孙依法袭荫了两个世职，元妃入宫后使贾府成为皇亲国戚，故几十个主子拥有两三百名奴婢，使其全方位为几代主子服务，是完全合法的。

这种特权，属于法定的所有权。从这一点看，奴婢无异于主子的财产。虽然清代法律不像唐代法律那样露骨地有着明文规定，但从本质上来讲，问题的性质并无变化。在《红楼梦》里，这种所有权竟发展到了可具体地落实在哪一个奴婢属于哪一个主子所有的地步。其间也偶有变动，但一经变动之后就相对稳定不变了。例如，袭人本是贾母的婢女，因她疼爱宝玉，便把袭人给了宝玉，从此袭人就属于宝玉所有。

特权之二，是主子可以任意打骂奴婢。第五十八回里，麝月有这样一句关系全局的话：“既经分了房，有了主子，自有主子打骂”。这是一个婢女在积累了类似无数经验之后的一种人生感悟，准确道出了主子任意打骂奴婢的特权的客观存在。要数打骂奴婢次数最多、手段最厉害的，应是凤姐。有时，她命别的奴婢动手打有过错的仆人，打过之后还要革一个月的钱粮。这就是连打带罚的手段。第四十四回，贾琏与鲍二家的私通，凤姐醋意大发之际，迁怒于婢女们，除了跟鲍二家的厮打之外，还打平儿，打放风的小丫头二人，同时骂不绝口。贾琏偷娶尤二姐做妾，凤姐闻讯后责怪仆人兴儿没有向她及时报告消息，一气之下骂他是“忘八羔子”，出怪招让他自己打自己，兴儿果真打了自己十几个嘴巴。

这种打骂奴婢的特权，是清代法律认同的。《大清律例》设有“奴婢殴家长”的罪名，其中有一款规定：“若违犯教令，而依法决罚，邂逅致死，及过失杀者，各勿论。”“违犯教令”是很模糊的立法语言，任何借口都可归结为这几个字。可见，法律允许主子以任何理由、任何手段责打奴婢，即使打死，也不负法律责任。这就是凤姐们肆无忌惮打骂奴婢的法律原因。

特权三，是主子操有给奴婢主婚的权利。《红楼梦》里的主子们，动不动就以“拉出去配个小厮”之类的话来骂所不满意的丫头。事实上，这种“拉”去“配”人的强迫婚姻时常出现。雪雁是黛玉的丫环，在黛玉死后被主子“配了一个小厮”，就是一个例子。

特权四，是男性主子有随时把婢女纳为妾的权利，且不需要办任何法律手续。袭人成为宝玉的妾、平儿成为贾琏的妾、宝蟾成为薛蟠的妾，都是这种特权发挥作用的结果。贾赦一时高兴之下，将自己房中的十七岁小丫头秋桐，赏给儿子贾琏为妾，简直把大活人当作了礼物。

这些特权的客观存在，使主子和奴婢不免产生相应的思想意识。大体说来，主子们不免从内心深处产生对特权的认同，希望它长存不衰，而在奴婢们则是自然而然形成人身依附观念。夏金桂是薛蟠的妻子，陪嫁丫环宝蟾成了妾，妻妾发生摩擦之际吵闹不已，在薛姨妈劝阻时，夏金桂的一番牢骚话，道出了维护主子特权的内心世界：

> 也没主子，也没奴才，也没大婆婆，没小婆婆，都是“混账世界”了！（第八十三回）

贾蓉之妻秦可卿病死，其丫环瑞珠触柱而亡；贾母去世，其丫环鸳鸯上吊而死。这都是奴婢们的人身依附观念支配下产生的悲剧。

人身依附观念最强烈、自觉、深刻的，应当是翠缕。理由是她能运用中国古代哲学中“阳”与“阴”这一对范畴，来理解和说明主子与奴婢的关系，具有法律哲学的意味。唯有对无数现实的具体现象做系统化的抽象概括，才可能形成这种有理论深度的观点。

翠缕是史湘云的丫头。有一次，湘云和翠缕到贾府来，湘云灵机一动，兴致勃勃地大谈天地间的阴阳二气，使翠缕深受启发，感觉到人类自身也有阴阳，湘云一时拐不过弯来，骂翠缕是“下流东西”，实际上此时翠缕有着不为人能立即理解的奇思妙想。经过一番对话，湘云终于认同了翠缕的深刻观点。请看她们的这场精彩对话：

> 翠缕道：“这也罢了，怎么东西都有阴阳，咱们人倒没有阴阳呢？”湘云照脸啐了一口道：“下流东西，好生走罢！越问越问出好的来了！”翠缕笑道：“这有什么不告诉我的呢？我也知道了，不用难我。”湘云笑道：“你知道什么？”翠缕道：“姑娘是阳，我就是阴。”说着，湘云拿手帕子握着嘴，“呵呵”地笑起来。翠缕道：“说是了，就笑得这样了。”湘云道：“很是，很是。”翠缕道：“人规矩主子为阳，奴才为阴。我连这个大道理也不懂得？”湘云笑道：“你很懂得。”（第三十一回）

“主子为阳，奴才为阴”，实质性的法律哲学见解，就是认为主子与奴婢是一对矛盾，而主子是矛盾的主要方面，奴婢是矛盾的次要方面。因为上面的故事中讲过：主子之于奴婢有一系列特权，而奴婢则通常有对主子的人身依附观念。可见翠缕的确很懂这样的“大道理”。湘云终于被翠缕说服了。

翠缕的见解的深刻性在于，她不仅仅像其他奴婢一样，有来自现实生活经验的人身依附思想观念，更重要的是她突破了个人主观经验的直观性，把理智思维提升到一种哲理的高度，从而概括出一个带普遍性的理论命题：“主子为阳，奴才为阴”。可以认为，在中国两千年的奴婢制度史上，这个命题一直正确地概括着主子与奴婢这一对矛盾的本来面貌。

七十四　法定奴婢制度实施的效果（二）

——奴婢的来源与去向

在任何一个拥有奴婢的封建家庭中，其奴婢群体只是相对稳定的，而来来去去的变化是绝对的。以奴婢的来源而论，贾府最有代表性，共有五个渠道的来源，应当说涵盖了应有尽有的全部来源。

来源之一，接受朝廷赏赐。第六十三回有云："究竟贾府二宅皆有先人当年所获之囚赐为奴隶，只不过令其饲养马匹，皆不堪大用。"宁国公和荣国公，当年曾驰骋疆场，所获囚徒，便由皇上赏赐为家庭奴婢，如今"不堪大用"的原因当在这些人年事已高，派不上大用场。这一来源，跟古老的战俘设为官奴的做法是一致的，同时也是日后不可能再有的一种被淘汰了的来源，故已没有普遍意义。

来源之二，是家生子。老一辈奴婢的后代，依清代法律，只能继续在主子家当奴婢，这种世袭的奴婢，在《红楼梦》中被称作家生子儿、家生女儿。第十九回，袭人口中曾有言"我又不得是你这里的家生子儿"。第四十六回，平儿对鸳鸯说："可惜你是这里的家生女儿"。贾府里，这种家生子的奴婢很多，如金彩的儿女金文翔、鸳鸯、林之孝的女儿林小红、老叶妈的儿子茗烟、李嬷嬷的儿子李贵、赵嬷嬷的儿子赵天梁、赵天栋等，都是父子、母子相继的奴婢。

来源之三，是购买。奴婢的人身买卖，跟一般商品的钱货交易没有什么两样。唐代有一条法律，把奴婢的买卖跟牛、驴、马、骡等大型牲畜相提并论，规定买卖双方在成交后一定要办理合法手续，否则就视为犯罪。清代虽然没有这样的法律，但仍然把奴婢人身买卖视为天经地义。袭人、晴雯、侍候尤二姐的两个丫环等，都是买来的婢女。贾府曾买来芳官等十二个学戏的女孩子，后来不唱戏了，她们当中的大部分都留下来当了婢女。也就是说，这一群小婢女也都是买来的。其分配的情形是：

> 贾母便留下文官自使，将正旦芳官指与宝玉，将小旦蕊官送了宝钗，将小生藕官指与了黛玉，将大花面葵官送了湘云，将小花面豆官送了宝琴，将老外艾官送了探春，尤氏便讨了老旦茄官去。(第五十八回)

以上两种来源，都是合法的。《大清律例》有关条例指出：“凡汉人家生奴仆，印契所买奴仆，并雍正五年以前白契所买及投靠养育年久，或婢女招配生有子息者，俱系家奴，世世子孙永远服役，婚配俱由家主，仍造册报官存案。”

来源之四，不见于清朝法律规定，当是现实生活中存在的现象：女性主子出嫁，往往有数量不等的男女奴仆陪嫁到婆家，成为婆家的奴婢。《红楼梦》把这种来源的奴婢称为陪房。例如，周瑞是王夫人的陪房，王善保是邢夫人的陪房，来旺和平儿是凤姐的陪房，宝蟾是夏金桂的陪房。迎春出嫁到孙家，有四个丫头做陪房。这种陪嫁奴婢，在很大程度上充当了嫁妆，形同女主子的个人财产。

来源之五，是接受他人所推荐的奴婢。这一来源也不具普遍意义，仅见由甄府推荐到贾府的男奴仆包勇这一个事例。

由于来源多而且通畅，有权存养奴婢的大户人家，都不愁没有可供使唤的男女仆人。尤其是贾府，男女奴婢多达几百人，任凭几十个主子随时召唤、使用。

奴婢们依附于主子的身份与地位，只是相对稳定，发生变化的情形很常见，这就产生了与来源相对应的去向问题。奴婢一共有四种去向：

其一是法律允许的赎身。《大清律例·户律》中有这种允许赎身的条例：“乾隆元年以后白契所买之人未入丁册者，准照例赎身为民。”《红楼梦》中尚未有赎身的事情发生，但在袭人身上曾有过赎身的动议。她母亲和哥曾对她说，打算花钱把她从贾府赎身回家，从而引起她对宝玉的一大段议论，于是乎我们知道，袭人是当年她家穷得没有饭吃而被卖给贾府的。如今家里复了元气，有条件为之赎身了。后来，因为宝玉挽留她，她也舍不得离开，赎身的事就放下来了。

其二是放出。当奴婢年岁大了，应当婚配之时，贾府便取放出，任其婚配而离开的做法。第七十回开头有这样的故事：

> 因又年近岁逼，诸事烦杂不算外，又有林之孝开了一个人名单子来，共有八个二十五岁的单身小厮应该娶妻成房，等里面有该放的丫头们好求指配。凤姐看了，先来问贾母和王夫人。大家商议，虽有几个应该发配的，奈各人皆有原故：第一个鸳鸯发誓不去。自那日之后，一向未和宝玉说话，也不盛妆浓饰。众人见她志坚，也不好相强。第二个琥珀，又有病，这次不能了。彩云因近日和贾环分崩，也染了无医之症。只有凤姐儿和李纨房中粗使的大丫鬟出去了，其余年纪未足。令他们外头自娶去了。

这种放出的去向，是法律认同的。《大清律例》中有关条例规定："本主情愿放出为民者……亦准放出为民。"

其三是驱逐。这是一种对犯有过错的奴婢的处罚性的做法。所谓有过错，只是主子的主观认定，客观事实上是不是真正有过错，得具体问题具体分析，不可一概而论。在这里，存在着许多强加于小人物的委屈。第一个被驱逐的是王夫人房中的丫头金钏儿。明明是儿子贾宝玉对金钏儿有调戏行为，作为母亲的王夫人不管教儿子的放肆，却反过来骂金钏儿："下作小娼妇，好好的爷们，都叫你教坏了。"骂之前，还打了她一个嘴巴子。就这样，金钏儿被撵出，由其母亲白老媳妇领走了。第二个被驱逐的是小丫头坠儿，她确有偷金手镯的过错。依照清代法律，坠儿的行为已构成了犯罪，可议之处是贾宝玉、晴雯主仆等人把她赶走就完了，并未诉诸法律，这也算是一种仁慈之举吧。要知道，一旦依法办事，坠儿手臂上将依法刺上"窃盗"二字。

接下来，被驱逐的是迎春房中的丫头司棋，罪名是"事关风化"。以今天的眼光看，司棋不过是跟她表哥潘又安恋爱，对方送来了一封情书和一个爱情信物香袋，仅此而已。至于俩人在大观园里幽会，也没有出格行为，再说此事的目击者只有鸳鸯一个人，她并没有对谁讲过这件事。王熙凤等人抄检大观园，查出了情书和香袋，仿佛大祸临头，就把司棋赶回了娘家，后引发了一对情人自尽的悲剧。在没有恋爱、婚姻自由的封建时代，一旦有这方面的追求，便连婢女的地位也保不住。司棋是极为冤枉的。

紧接着被赶走的是四儿和晴雯。她俩都是宝玉房中的丫头。四儿不过在背后说了一句“同日生日就是夫妻”这句话，被王夫人说成“是个不怕臊的”，怕她“勾引坏了”宝玉，故被撵走。晴雯长得漂亮，王夫人看不惯，以为美人的心不安静，宝玉经不起勾引，牺牲了婢女。

溺爱儿子的王夫人，就这样为了爱自己的儿子，总在害别人家的女儿，她的心目中没有公平、正义可言，只有一颗偏爱儿子的心。这样爱宝玉，实则是在害宝玉。

最后一个去向，是有过错的奴婢私自逃亡。第一回所写甄士隐的家人霍启，因为元宵节之夜把小英莲丢失了，无法回家向主人交代，便畏罪私自逃跑了。贾府里不见有类似逃亡事件发生。在唐代，家庭奴婢发生逃亡事件，主人是要负法律责任的。清代没有这样的法律。

以上所说的奴婢的来源与去向，属于奴婢的管理范畴的问题。实施法定的奴婢制度，一个日常性的大量的活动，就是主子如何管理奴婢。奴婢制度实施的效果如何，主要表现内容就在这个管理的环节上。如果有人想从这里学习管理奴婢的经验，我以为是大错而特错的。要知道，以上所谈全部管理奴婢的故事，无不暴露出广大奴婢没有独立的人格，或者说他们的人格完全被压抑、贬低、抹杀了。奴婢的出路，在于推翻奴婢制度。在曹雪芹笔下，我们感受到的是处处为广大奴婢鸣不平的正义呼声。那对奴婢的管理，应当读作对奴婢的专制统治。

七十五　法定奴婢制度实施的效果（三）

——奴婢群体内部的等级分化

清朝法律跟中国历代封建王朝的法律一样，是划分和维护等级制度的不平等法律。在《大清律例》中，“良”与“贱”界限分明，不容混淆，否则就会处处违法甚至犯罪。有关法律规定：民、军、商、灶，此“四民为良”，而“奴仆、倡优、隶卒为贱”，此外，衙门里的“皂隶、马快、步快、小马、禁卒、门子、弓兵、仵作、粮差，及巡捕番役，皆为贱役”。（张晋藩主编《中国法制通史》）从立法上看，奴婢是社会底层的“贱民”。

法定奴婢制度实施的效果的又一个重要表现，就是法律所认定的“贱民”内部，即奴婢群体的内部，发生了等级分化现象，它们的繁纷复杂性，大大突破了法律上的“贱民”这一概念的界定。

奴婢群体内部的等级分化现象大约有五个方面。首先一个基本事实，就是《红楼梦》全书充满了三等仆妇、二等丫头、三等人物、下三等奴才之类的概念，提醒读者注意，红楼奴婢群体，并非处在同等地位，而是被主子划分为三六九等，而这等级差异在于他们所侍候主子的任务各有不同、每月放发的月钱数量有别、他们同主子的关系有远近之分、有的甚至兼具奴婢与主子的双重身份，等等。注意到这个基本现象，即使没有掌握其他各种具体现象和事实，也可称得上大体领悟了奴婢群体等级分化的概况和基本精神。

其次要注意的是贾府对待部分老奴婢的风俗习惯，同认定奴婢为贱民的法律规定之间，存在着矛盾，这使法定贱民在局部场合之下竟然比年轻主子还高贵。一般人很难想到现实生活中竟有这种现象。请看贾母召集众人商量为凤姐做生日的办法的场面：

> 没顿饭工夫，老的，少的，上的，下的，乌压压挤了一屋子。只薛姨妈和贾母对坐，邢夫人、王夫人只坐在房门前两张椅子上，宝钗姐妹等五六个人坐在炕上，宝玉坐在贾母怀前，地下满满地站了一地。贾母忙命拿几个小杌子来，给赖大母亲等几个高年有体面的嬷嬷坐了。贾府风俗，年高服侍过父母的家人，比年轻的主子还有体面，所以尤氏、凤姐等只管地下站着，那赖大的母亲等三四个老嬷嬷告了罪，都坐在小杌子上了。（第四十三回）

在这里，赖大的母亲等几个老嬷嬷虽身为婢女，但比青年主子尤氏、王熙凤、李纨等人体面，她们能就座，而王熙凤等人只能站着。贾府的这种风俗的实质，是在公开场合，对服侍过父母一辈的老奴婢以礼相待。由此可见，这少有的几个老婢女的等级应当是最高的。

就是在这一场合，还有一个不可忽视的法律细节，足以进一步表明这几个高等级的老婢女的雄厚经济实力，居然可以使她们在凑份子钱上跟青年主子们平等！

赖大之母因又说道："少奶奶们十二两，我们自然也该矮一等了。"贾母听说，道："这使不得。你们虽该矮一等，我知道你们这几个都是财主，分位虽低，钱却比她们多。你们和她们一例才是呢。"众嬷嬷听了，连忙答应。贾母听了又道："姑娘们不过应个景儿，每人照一个月的月例就是了。"又回头叫鸳鸯来："你们也凑几个人，商议凑了来。"（第四十三回）

贾母所说的"分位低"，正是指的奴婢的法定地位是"贱民"的法律事实的本来面貌。可由于钱多，都是"财主"，故经济实力在一定程度上弥补了"分位低"的不足之处，以至于使她们此时此刻能够跟贾府的少奶奶们平分秋色；其他奴婢别想这么风光的好事。

奴婢群体等级分化的第三个事实，是按月发放的月钱，分为若干档次，决不搞平均分配的大锅饭。老太太即贾母房中的七个丫头，每人每月一两银子。晴雯、麝月等七个丫头，每人月钱一吊。佳蕙等八个小丫头，每人月钱五百。

奴婢群体等级分化的第四个事实，是奴婢们的工作任务有轻重之分、粗细之别，她们跟主子的关系有远近之不同。一般说来，干重活、做粗事、跟主子关系远的，等级就低，反之，等级就高。第二十四回所写宝玉房中的老幼奴婢的这种分工上的等级差别，在主子与奴婢两个方面的人们都习以为常：

这日晚上，从北静王府里回来，见过贾母、王夫人等，回至园内，换了衣服，正要洗澡。袭人因被薛宝钗烦了去打结子；秋纹、碧痕两个去催水；檀云又因她母亲的生日接了出去；麝月又现在家中养病；虽还有几个作粗活听唤的丫头，估着叫不着他们，都出去寻伙觅伴的玩去了。不想这一刻的工夫，只剩了宝玉在房内。偏生的宝玉要吃茶，一连叫了两三声，方见两三个老嬷嬷走进来。宝玉见了他们，连忙摇手儿说："罢，罢，不用你们了。"老婆子们只得退出。

宝玉见没丫头们，只得自己下来，拿了碗向茶壶去倒茶。只听背后说道："二爷仔细烫了手，让我们来倒。"一面说，一面走上来，早接了碗过去。宝玉倒唬了一跳，问："你在哪里的？忽然来了，唬我一跳。"那丫头一面递茶，一面回说："我在后院子里，才从里间的后门进来，难道二爷就没听见脚步响？"宝玉一面吃茶，一面仔细打量那丫头：穿着几件半新不旧的衣裳，倒是一头黑亮的头发，挽着个鬏，容长脸面，细巧身材，却十分俏丽干净。

宝玉看了，便笑问道："你也是我这屋里的人吗？"那丫头道："是的。"宝玉道："既是这屋里的，我怎么不认得？"那丫头听说，便冷笑了一声道："认不得的也多，岂只我一个。从来我又不递茶递水，拿东拿西，眼见的事一点儿不作，哪里认得呢。"宝玉道："你为什么不作那眼见的事？"那丫头道："这话我也难说。只是有一句话回二爷：昨儿有个什么芸儿来找二爷。我想二爷不得空儿，便叫茗烟回他，叫他今日早起来，不想二爷又往北府里去了。"

刚说到这句话，只见秋纹、碧痕嘻嘻哈哈地说笑着进来，两个人共提着一桶水，一手撩着衣裳，趔趔趄趄，泼泼撒撒的。那丫头便忙迎去接。那秋纹、碧痕正对着抱怨，"你湿了我的裙子"，那个又说"你踹了我的鞋"。忽见走出一个人来接水，二人看时，不是别人，原来是小红。二人便都诧异，将水放下，忙进房来东瞧西望，并没个别人，只有宝玉，便心中大不自在。只得预备下洗澡之物，待宝玉脱了衣裳，二人便带上门出来，走到那边房内便找小红，问他方才在屋里说什么。小红道："我何曾在屋里的？只因我的手帕子不见了，往后头找手帕子去。不想二爷要茶吃，叫姐姐们一个没有，是我进去了，才倒了茶，姐姐们便来了。"

秋纹听了，兜脸啐了一口，骂道："没脸的下流东西！正经叫你催水去，你说有事故，倒叫我们去，你可等着做这个巧宗儿。一里一里的，这不上来了，难道我们倒跟不上你了？你也拿镜子照照，配递茶递水不配！"碧痕道："明儿我说给他们，凡要茶要水送东送西的事，咱们都别动，只叫他去便是了。"秋纹道："这么说，不如我们散了，单让他在这屋里呢。"

无论是在贾宝玉心目中，还是在老幼奴婢心目中，奴婢们的等级差别都是不许混淆的。这里等级最高的是袭人，她的任务是负责宝玉睡觉的事，并且成了妾，别的一切奴婢都不能跟她攀比。次一等的是秋纹、碧痕等人，负责给宝玉端茶倒水，跟主子关系密切。再次一等的是小红等人，跟主子不经常打交道，以致贾宝玉不认识她。在秋纹等人看来，小红根本没有资格给宝玉端茶倒水。宝玉本人，也习惯了这种等级分化，故几个老婆子来了，他宁可不喝水也不让她们倒。又次一等的，是一群不知姓名的做粗活的丫头。等级最低的是那些老婆子，宝玉见了她们就心烦，连连摇手，公开表示“不用你们”。

奴婢群体分化的第五个事实，是有身份的奴婢在自己家里雇请仆人，这样他们在贾府里是奴婢，回到家里就成了主子。这种现象，显然只能出现在极少数有钱有势的特殊奴婢身上。周瑞家雇请了一个小丫头，使周瑞和他的妻子周瑞家的地位发生了半是奴婢半是主子的变化，由此他们的奴婢等级也随提升到高级别上来了。显然，这一点是广大纯粹奴婢们根本不可能想象的事情。要问为什么，那原因是周瑞是王夫人的陪房，后台硬，资格老，且周瑞的职责是专管收租的重任，在这个要害岗位上其经济收入自然比别人多，恐怕还有发横财的机会。刘姥姥进荣国府之时，周瑞家的接待她去见王熙凤时，根本不把她放在眼里，这证明周瑞家的作为贾府的奴婢，虽身为法定贱民，但比自由民的刘姥姥的实际经济地位高得多。不要说刘姥姥本人，就连养活她的女婿王狗儿这庶民之家的家长，都没有能力雇请仆人。这就进一步表明，有经济实力几乎使周瑞这个奴婢之家得到存养奴婢的特权，而这特权是政治地位的标志。可见，周瑞是地位特殊、级别很高的奴婢。

第五十二回表明，李贵、王荣、张若锦、赵亦华、钱启、周瑞六人各有自己的“小厮”。从这里可以发现，周瑞家的除了上述所雇小丫头之外，还雇有小厮，而雇有小厮的奴仆还有五人之多。这种奴婢雇工人的现象较为常见，是奴婢等级分化现象中很引人注目的一个看点。

七十六　“没王法”和“无法无天”

“没王法”和“无法无天”是红楼人物经常使闲的两个口头禅，在《红楼梦》全书中共出现了十六次之多，构成了这部文学名著的法律思想内容的重要组成部分。

首先要说明的是这两个口头禅的法律内容，“王法”，就是法律。《大清律例》在解释“十恶”大罪时，就把法律称之为“王法”，指出：“盖十恶之人，悖伦逆天，蔑礼贼义，乃王法所必诛。”“没王法”，不是说客观世界没有法律，而是指某个人主观意识中没有法律观念，或者把法律不当一回事，表达的是否定性的法律评价，贬斥之意很恳切。时至今日，依然有人习惯于把法律称之为“王法”，把犯法的人说成“没王法”。

“无法无天”，是一个成语，意思是胡作非为，没有一点顾忌。有成语词典在解释这个成语时，列举的两个实例，分别出自《红楼梦》第三十三回和第八十八回。遗憾的是所有解释这一成语的工具书几乎都忽视了其中的“法”就是法律这个关键词。一旦抓住了这个关键词，就会知道，“无法无天”跟“没王法”的基本思想是共同的，也是用来批评无视法律的人和事的习惯用语。

再来看这两个口头禅被红楼人物使用的情况。下列表格，可使大家一目了然：

回　目	口头禅	使用者	被评论者	事　由
第七回	没王法	王熙凤	焦大	醉酒骂人
第十四回	没王法	王熙凤	秦钟	假设冒领银子之事
第三十三回	无法无天	贾政	贾宝玉	干了几件坏事
第四十五回	无法无天	王熙凤	周瑞的儿子	醉酒、骂人等
第四十七回	无法无天	薛宝钗	薛蟠	一贯胡作非为

续 表

回　目	口头禅	使用者	被评论者	事　由
第五十四回	王法	贾母	作家	虚拟的故事
第五十六回	无法无天	甄府女仆	甄宝玉	不听话，干坏事
第五十八回	无法无天	麝月	芳官的干娘	打人、骂人
第五十九回	没王法	袭人	春燕的妈	打人
第六十五回	没王法	兴儿	众奴婢	背后给主子们起绰号
第六十八回	没王法	王熙凤	贾蓉	为贾琏纳妾说媒
第七十九回	无法无天	曹雪芹	贾宝玉	不听话，干坏事
第八十三回	没王法	探春	老婆子等人	叫喊着打人
第八十八回	无法无天	王熙凤	贾珍之妻	管教奴婢不严
第九十三回	无法无天	管租人	衙门的衙役	打人、劫车
第一百零三回	没王法	周瑞家的	夏家继子	借夏金桂之死胡闹
第一百一十一回	没法没大	道婆	包勇	不让道婆进大观园

从表格中可以看出，使用这两个法律的口头禅的片段故事所穿插的回目，多达十七回，充分证明作者对这类故事所暗示的法学道理有着浓厚的兴趣，现在，我们要着重讨论这里的法理启示。

拙著《外国文学与外国法律》的第六章，曾采用世界各国文学名著中的材料，专门论述了“法律的社会价值判断功能”的若干问题。这时所要讨论的“没王法”和“无法无天”的系列故事的法理启示，就可归结到法律的社会价值判断功能的范畴。

只要我们熟悉了这十几个小故事，关于法律价值判断功能的问题，我们就能讲出很多法学道理。首先一个问题，自然是弄清法律价值判断功能是怎么一回事。人可以对世上的万事万物进行价值判断，而价值尺度是多种多样的，如政治的、经济的、道德的、文化的、美学的，等等，法律的价值尺度是其中很重要的一种。我们每一个人，甚至未成年的孩子，都在自觉不自觉地运用这些价值尺度来评论他们所见到的人和事。例如，小孩看电影，总喜欢问电影中的人物是好人还是坏人，这就是用道德的价值尺度的例子。再如给一个小伙子介绍对象，他会问长得漂亮不漂亮，这就是用美学的价值尺度的例子。至于买东西论贵贱、讨价还价的现象，更是每天都在发生，这是用经济的价值尺度在办事。

至于法律的价值尺度，人们就比较陌生，也较少谈论，甚至根本意识不到它的存在。事实上，法律的价值尺度及其评价功能在日常生活中也是极其广泛的存在，只不过未曾进入人们的意识之中罢了。换言之，就在于人们不像红楼人物那样有很自觉的法律意识。看了上述表格，尤其是读过那十几个小故事，这个原来不明白的问题就会迎刃而解。

简言之，法律的价值判断功能，就是法律除了用以规范社会行为方式，为司法执法工作者提供办案准绳之外，还可以为全社会各行各业的人们提供衡量自己和别人的言行是否合法的标准。这种标准就体现着法律的价值判断功能。当人们运用它来评论自己或别人的社会行为方式是否合法的时候，就意味着法律的社会价值判断功能在发挥实际作用。《红楼梦》中的一系列有关故事反复发生，有力证明它对法律的价值判断功能的高度关注，从而构成了这部世界性的文学名著的法律内容的重要部分和鲜明特色之一。

我们来欣赏一个具体的例子。第四十七回：薛蟠被柳湘莲打伤了——

> 薛姨妈又是心疼，又是发恨，骂一回薛蟠，又骂一回柳湘莲，意欲告诉王夫人，遣人寻拿柳湘莲。宝钗忙劝道："这不是什么大事，不过他们一处吃酒，酒后反脸常情。谁醉了，多挨几下子打，也是有的。况且咱们家无法无天，也是人所共知的。妈不过是心疼的缘故。要出气也容易，等三五天哥哥养好了出的去时，那边珍大爷、琏二爷这干人也未必白丢开了，自然备个东道，叫了那个人来，当着众人替哥哥赔不是认罪就是了。如今妈先当件大事告诉众人，倒显得妈偏心溺爱，纵容他生事招人，今儿偶然吃了一次亏，妈就这样兴师动众，倚着亲戚之势欺压常人。"薛姨妈听了道："我的儿，到底是你想的到，我一时气糊涂了。"宝钗笑道："这才好呢。他又不怕妈，又不听人劝，一天纵似一天，吃过两三个亏，他倒罢了。"

薛姨妈的主张，实质是仰仗贾府的势力，通过法律诉讼途径来惩处柳湘莲行凶打人的罪行。应当承认，柳湘莲的行为的确构成了犯罪，故薛姨妈的主张是有法律依据的。但这只是问题的一个方面，另一个方面是被打伤的薛蟠一贯为非作歹，罪行累累，仅以此次挨打的原因而论，就在于他企图勾引柳湘莲跟他干法律禁止的勾当。柳湘莲是如此忍无可忍的情况下被迫采取反击手段的。薛姨妈一时间没有意识到儿子一方面的过错。这时，冷静的薛宝钗不能不出面劝告和安慰母亲。在她的一番通情达理的谈话中，用"无法无天"这个成语极为准确地概括了哥哥薛蟠的一贯罪行；同时指出了这些罪行早已造成了"人所共知"的广泛影响，如果再张扬开来，后果不堪设想。在这里，薛宝钗成功运用了法律的价值判断功能，对自己的同胞哥哥进了严肃批评，终于说服了母亲，化解了一起很可能发生的法律争讼。

也许有人会说，薛宝钗这样做，等于是包庇了薛蟠的一贯罪行。同时也纵容了柳湘莲的打人罪行。其实，薛宝钗的"包庇"云云，是当今的法律眼光看出的结果，如用清朝法律来衡量，却是合法的，是按法定"容隐"原则办事的具体表现；同时，在"容隐"哥哥之际也就不能不连带地纵容柳湘莲。故薛宝钗在运用法律尺度上是无可挑剔的。

其他回目中的类似故事中的口头禅的使用者，跟薛宝钗的运作方法大同小异。一一读来，我们就会越来越清楚地知道，红楼人物中善于运用法律的价值尺度的为数众多，发人深省。我在想，我们今天从这些类似的小故事片断中至少能够窥见当时社会中的们对于法律都比较了解。换一句话说，就是法盲不多，或者说没有。

第二，从人们运用法律价值尺度的动态过程分析，可知这个过程包括四个要素。

一是具有自觉法律意识并敢于做批评和自我批评的运作者。在这个要素上，王熙凤特别引人注目，她一个人指责他人没王法、无法无天达五次之多。且不谈别的，仅从法律意识这一点而言，她的自觉性比谁都高。如果论批评勇气，第九十三回中的管租人值得一提，他把"无法无天"的矛头指向了官府衙门及其衙役。兴儿用"没王法"来做自我批评，是十六个故事中的唯一的例子，显得很可贵。贾母用"王法"的价值观念来评论文艺作品中的人物，更是具有现代化的法律与文学的交叉学科研究的启示与开拓意义，我个人欣喜异常，也乐于一再向大家推荐。

第二个要素，是具有违法言行的具体人物。这是被评论的对象。若评论的对象是文艺作品，那么对象要素就表现为该作品的法律内容。这一要素，在《红楼梦》的一系列有关故事中，除了贾母所评论的对象是小说中的人物做贼触犯刑法的内容之外，其余都是具体的人物，他们依次是焦大、秦钟、贾宝玉、周瑞的儿子、薛蟠、甄宝玉、芳官的干娘、春燕的妈、众奴婢、贾蓉、贾宝玉、老婆子和她的外孙女、贾珍之妻、衙门的衙役、夏家的继子、包勇。我们注意到，只有贾宝玉两度作为“无法无天”者出现，其他人物则都只有一次出现。

第三个要素，是被评论的违法或犯罪的具体事实。其违法、犯罪的主体，当是第二个要素的被评论对象的人物，而不可能是其他无关之人。

第四个要素，是评论的结果。上述表格中的两个口头禅，即表现为第四个要素。为什么十七则故事针对不同人物的不同言行进行评论所得出的都是共同的“没王法”或“无法无天”呢？理由是，这两个约定俗成的习惯用语，言简意明，广为流传，故使用方便，容易得到他人认同。

要注意的是，作为第四素的评论结果，表现形式灵活多样，内容上也变化不定，并非只有这两个口头禅的简单结果。

最后，要说明的一点是，法律的价值判断功能有被恶意利用的可能性。发生这种情形的机制，在于作为第一要素的运作人，有险恶用心，企图陷害他人。《红楼梦》中有不少这样的故事。例如：冷子兴被诬告的案件、贾环对其父贾政谎称宝玉“逼淫母婢”使宝玉挨打的事件、贾雨村诬称石呆子拖欠官银而制造的冤假案件，等等，就是恶意利用法律的价值判断功能的例子。

时至今日，这种人还能见到。有一个大企业的二把手，想取代一把手，便指使别人写检举信，揭发其所谓经济犯罪行为，以便乘上级部门查处问题之机，达到了取而代之的目的。然而调查的结果是一把手清白无辜。可见，恶意利用法律的价值尺度的社会危害性是不容忽视的。《红楼梦》中的有关故事警示的这个法理很有现实意义。

七十七　细品宝玉挨打的法理

第三十三回写到的贾宝玉挨打的故事。很可能被当今的读者看成是儿子承受父亲的责罚，属于法律所不允许的家庭暴力。这样现代化的评论自有其道理。

然而，用清代法律来看，这非法的家庭暴力现象不仅是合法的，而且其中暗示着一系列应当加以讨论的法理。同挨打事情直接牵连的人物共有六个人：贾政、贾环、贾宝玉、王夫人、李纨、贾母，可议的法理尽在这六个人身上，细品起来就要对他们一一做考察。

先看贾政。贾政是个严厉的父亲，对儿子贾宝玉一贯反感，认为是个没有出息的不肖子弟。这一天之所以要打他，有两个诱因：一是宝玉引逗忠顺王爷宠爱的戏子琪官，使王爷派人进贾府寻找琪官，贾政大为不满；二是听庶子贾环说宝玉逼淫母婢，致使跳井自杀身亡。忍无可忍的贾政命小厮把宝玉打了十来大板，然后自己动手又咬牙切齿地狠命打了三四十下。无论打得轻或重，甚至打死，都是清代法律允许的。《大清律例》云："其子孙违犯教令：而祖父母、父母非理殴杀者，杖一百，故杀者，杖六十，徒一年。"又有条文云："其子孙……若违犯教令，而依法决罚，邂逅致死，及过失杀者，各无论。"依此可见，只要子孙"违反教令"，父亲打儿子就合法，即使有违法处，也只受到轻微的法律处罚。而依后一条法律规定，把儿子打死了也完全不负法律责任。

贾政的可议之处，只在于对第二个诱因缺乏调查研究，显得偏听偏信，缺乏理智，于是在行管教子女的权利时不免冲动，有失分寸。

再看贾环。贾环作为庶子，一向仇恨嫡子宝玉。依清代法律，嫡子在袭官、继承遗产等方面，都优于庶子，嫡庶矛盾产生的法律根源就在这里。贾环向贾政打小报告，歪曲事情的真相说："我母亲告诉我说，宝玉哥哥前日在太太屋里，拉着太太的丫头金钏儿强奸不遂，打了一顿。那金钏儿便赌气投井死了。”话未说完，“贾政气得面如金纸”，于是就大打出手了。如果没有贾环的火上加油的小报告的作用，贾政也许不至于暴怒到极点。

挨打的宝玉，确有挨打的必然理由。以逗引戏子而论，当时的社会风气是公认戏子为贱民，不像如今戏剧演员那样吃香，拥有众多追星族（粉丝、凉粉）。再说，达官贵人包养走红的俊俏戏子另有原因——搞同性恋。正人君子的贾政当然不允许儿子沾染这种社会风气。宝玉与琪官互送礼物，对其恋恋不舍，的确“违犯教令”。仅此一点，贾政作为父亲就理应管教儿子，故宝玉挨打并不冤枉。至于贾环小报告中提到的金钏儿的投井自杀事件虽有夸大其词、歪曲真相的问题，但宝玉本来的行为及其后果已经很严重了。金钏儿是宝玉母亲王夫人的贴身丫头。有一天中午，王夫人在午睡，宝玉乘机往伴睡的金钏儿口中送了一丸香雪润津丹，拉着她的手，有恋恋不舍之意，悄悄笑道：“我和太太讨了你，咱们在一处吧？”说笑间，王夫人醒来就骂道：“下作小娼妇儿！好好的爷们，都叫你们教坏了！”见此情形宝玉一溜烟跑掉了。金钏儿投井而死，就发生在这件事情之后，当时王夫人不责备自己的儿子的轻浮、勾引行为，而是一味训斥金钏儿，并把她撵出了贾府。金钏儿的自杀，宝玉母子都应负法律责任。《大清律例》明文规定：“但经调戏，本妇羞忿自尽者，俱拟绞监候，秩审时……奏请定夺。”可依此追究贾宝玉的严重法律责任。贾政以家法私刑将宝玉打了一顿，这件命案就不了了之了。这就是说，贾政狠打触犯了刑法的宝玉，有更充足的法律依据。

紧接着来到打人现场的王夫人，也有可议之法理存在。王夫人作为家长，本应跟丈夫持同一立场和态度，但她一贯慈爱有余，管教不足，对此次儿子挨打更是完全偏袒儿子，又哭又说，弄得贾政泪如雨下。再看到宝玉面白气弱，浑身青紫，有的地方皮破流血，不禁又哭叫起来，连死去了的大儿子贾珠的名字也出现在哭叫声中。这时，贾政的泪珠更是如同滚瓜一般滚了下来。王夫人的言行，构成了贾政依法管教儿子的大障碍。问题的实质是国家法律在实施中同家庭内部的夫妻之情、父子之情、母子之情、生存者与夭折者之间的生离死别之情碰撞在一起，交织在一起，大有使法律淹没在人情、泪水之中的势头。

李纨青春丧夫，精神生活的压抑、苦闷谁都明白，此时公婆叫出亡夫的名字，自然比别人更加伤心，故禁不住也哭了。她的眼泪，极容易使在场的人们把宝玉挨打之后的悲痛与已死去的宝珠大哥联系起来，从而大大增加了打人现场的悲剧气氛。法律与人情的碰撞与交织的力度，因而也进一步加剧。

正闹得不可开交之际，贾母闻讯赶来。此时，贾政依法责罚儿子的行为，急转直下，被贾母这位最高家长谴责儿子贾政的新一轮家长管教儿子的行为所取代。换一句话说，贾政打宝玉是依法管教“违犯教令”的儿子，贾母训斥毒打宝玉的贾政也是依法管教“违犯教令”的儿子，眼前的形势是贾母处于优势，贾政处于劣势。贾母还没到来，就先颤巍巍地发狠话：“先打死我，再打死他，岂不干净了?!”待来到眼前，又冲着贾政说：“可怜我一生没养个好儿子，却叫我和谁说去!”贾政一听，连忙下跪解释，安慰，求得母亲谅解。老母不顾情面，狠狠教训老儿子。说着自己就老泪纵横，这一下使贾政只好赔笑、叩头、认罪。就这样，贾母的出场及其对贾政的一番训斥，不仅完全抵消了他打宝玉的依法管教儿子的行动，而且使贾政处在老母的依法管教儿子的地位，即由管教儿子的家长变成了被家长管教的儿子。这种角色的大转换，使贾政显得又可怜又滑稽。于是，那管教儿子的效果不尽如人意，就是必然的事情。

下面是小说描写的宝玉挨打事件的尾声，从中可见贾政的狼狈相：

> 众人听说连忙进去，果然抬出春凳来，将宝玉抬放凳上，随着贾母王夫人等进去，送至贾母房中。
>
> 彼时贾政见贾母气未全消，不敢自便，也跟了进去。看看宝玉，果然打重了。再看看王夫人，“儿”一声，“肉”一声，“你替珠儿早死了，留着珠儿，免你父亲生气，我也不白操这半世的心了。这会子你倘或有个好歹，丢下我，叫我靠哪一个!”数落一场，又哭“不争气的儿”。贾政听了，也就灰心，自悔不该下毒手打到如此地步。他先劝贾母，贾母含泪说道：“你不出去，还在这里做什么?!难道于心不足，还要眼看着他死了才去不成!”贾政听说，方退了出来。

在母亲的责备、妻子的哭诉的夹击之下，贾政依法行使家长管教“违犯教令”的儿子的权利和行动，至此宣告彻底失败。日后的实践证明，宝玉自此之后除了增加了同贾政之间的隔阂之外，并未从中得到什么教益和长进。

应当看到，当今把家庭暴力置于非法地位，仅从教育孩子这一点看，就意味着现代化的法律认为：教育孩子，为着尊重未成年人的人格尊严，当父母的应当采取说服、诱导的方式。因此，贾政毒打宝玉的故事在禁止家庭暴力方面提供了一个历史性教训，这种教训的东西将有着强大的生命力，可一直提醒为人父母者：切不可对孩子大打出手，而只能晓之以理，动之以情，使父母与子女的亲情和谐发展。

七十八 法定母亲概念趣谈

慈母手中线，
游子身上衣。
临行密密缝，
意恐迟迟归。
谁言寸草心，
报得三春晖。

这是唐代诗人孟郊的《游子吟》。诗一开始提到的“慈母”，谁都知道是慈祥的母亲的意思。非常有趣味的是，《大清律例》的有关立法解释把“慈母”界定为：“谓母卒父命他妾养己者。”这就是说，在母亲去世之后，父亲所指定的养活自己的某一个妾，就叫做慈母。这种法律意义的“慈母”，完全抛弃了慈母一词的本来词义，强行灌输有立法者的主观理念和意志，从语义学的角度无形之间流露出封建法律的本质特征的苗头。《红楼梦》的母亲队列中，找不到这种法律意义的慈母。

以下要谈到的继母、养母、生母、嫡母、庶母、嫁母、出母、乳母等的概念均出自《大清律例》的上述立法解释之中。在红楼梦母亲群体中大都有与之对应的人物与故事。

“继母，父之后妻。”这种解释，跟全社会的习惯说法完全一致，跟现代汉语的词义也完全相同。红楼人物中的继母，可以尤二姐和尤三姐的母亲尤老娘为例。贾蓉曾对贾琏说：“我二姨、三姨都不是我老爷养的，原是我老娘带了来的。听见说，我老娘在那一家时，就把我二姨许与皇庄张家，指腹为婚。”二姨，指尤二姐。三姨指尤三姐。她俩都不是贾蓉的老爷——外祖父——养的，证明尤老娘是其外祖父的后妻，这样尤老娘就是贾蓉的母亲尤氏的继母。小说在这里没有使用继母的概念，也没有直接写尤氏与继母的关系，但从贾蓉的话中可以推知尤老娘是尤氏的继母的法律事实。同时，尤氏是贾珍的续弦夫人，故她是贾蓉的继母。

“养母，谓自幼过房与人者。”这跟今天人们的习惯说法也是一致的。《红楼梦》中没有使用“养母”的字眼，却有养母的角色。秦钟的母亲，对于秦可卿来说，就是养母。我们是从曹雪芹描写秦氏一家人的故事中得知其养母身份的。秦业“因当年无儿无女，便向养生堂抱了一个儿子并一个女儿。谁知儿子又死了，只剩女儿，小名唤可儿，长大时，生得形容袅娜，性格风流。因素与贾家有些瓜葛，故结了亲，许与贾蓉为妻。那秦业至五旬之上方得了秦钟。”由此可知，秦钟的母亲，就是秦可卿的养母。

“生母”，也可称之为“亲生母”，清律中只有这两个概念，未做具体说明，因为二者都没有理解上的任何歧义存在，加以解释如同画蛇添足。红楼母亲们大都是儿子们的生母、亲生母，如果硬要举例也显得多此一举。

“嫡母”的概念，也没有立法解释，只是在法律条文中将“庶子”的“生母”与“嫡母”相提并论，强调庶子应为去世的生母或嫡母守孝三年。庶子，是妾所生子女。可见，父亲的妻，对于庶子来说就是“嫡母”。例如，贾环和探春都是贾政的妾赵姨娘所生，故她是弟姐二人的生母，而贾政的妻王夫人，则是弟姐二人的嫡母。

那么，贾政的嫡子贾宝玉把赵姨娘称做什么呢？尽管宝玉从来没有当面称呼赵姨娘，但从法律上来看，应当称之为“庶母”。对“庶母”的立法解释是：“父妾之有子女者。”赵姨娘子女双全，是贾宝玉的“庶母”毫无疑问。细心的读者可能会问：贾政的另外一个妾周姨娘，对宝玉而言，是不是庶母呢？清律认为不是。其立法解释明确指出：“父妾无子女，不得以母称矣。”清代法律对于妻妾生儿育女的职责竟是如此重视，没有儿女的妾连当“庶母”的资格都被剥夺了。

“嫁母”指的是：“亲生母，父亡而改嫁者。”上面谈过的尤二姐、尤三姐的母亲，因本夫亡而带着两个姐妹改嫁尤氏门宗，故她就是尤氏二姐妹的嫁母，她俩还因嫁母而改姓尤，至于本姓是什么，就不得而知了。红楼母亲中守寡者居多，如贾母、薛姨妈、李纨、金寡妇等，改嫁者则仅有尤老娘一例。这种事实的普遍存在，显然同清代法律明文规定保护孀妇的“守志”，即守寡的立法精神密切相关，而这种立法精神的支柱就是妻子从一而终的礼法思想。从一而终的礼法思想到清代社会愈演愈烈，出现了“二妇一女”现象：守寡达30年以上者为“节妇”，夫死殉夫而亡者为“烈妇”，未婚夫死而以死殉身者为“烈女”，三者皆可树立贞节牌坊，并可免去其家赋役。这些以名利相诱的举措，自然会助长“二妇一女”现象的蔓延。红楼世界寡妇多于嫁母的奥秘，就在这里。同当今法律赋予亡夫之妇以再婚的自由权利相比，鼓吹与保护孀居妇女守寡的封建法律的歧视与迫害不幸女性的本质，格外清楚地暴露无遗。

“出母”的含义是：“亲生母，为父所出者。”出，是法律名词，指的是丈夫一方主动地解除夫妻关系，妻子一方只能被动接受的行为。这是男尊女卑在今天所说的离婚问题上的表现。清律在“出妻”条下规定了“七出”的理由——无子、淫佚、不事姑舅、多言、盗窃、妒忌、恶疾。“出母”即被这些理由而“出”之后的生母。民间习惯于把官方法律所认定的出妻称之为休妻，所以“出母”即被休之后的母亲。

《红楼梦》里没有真正出现“出母”事实，但有“休妻”的言论。在因贾琏偷娶尤二姐为妾、凤姐乘机大闹宁府之时，曾先后两次提到“休”妻之事：一是声称官场“如今指名提我，要休我”，二是表态“给我休书我就走！”且不说凤姐如此呼喊“休”妻之事在于威胁，报复宁府之人，单说她一旦被休之后的法律事实：将要成为其女儿巧姐的“出母”。这是凤姐内心所不愿意的事情，她只不过是危言耸听罢了。

“乳母”在清律中也没有立法解释，原因也在于全社会都熟知此事，用不着再加解释。也正因为司空见惯，故贾府里的公子、小姐们无不有各自的乳母。例如，贾府的外孙女林黛玉自幼的奶娘（乳母）是王嬷嬷，迎春、探春、惜春等三姐妹“除自幼乳母外，另有四个教引嬷嬷”。贾琏的乳母为赵嬷嬷，宝玉的乳母为李嬷嬷。

《大清律例》所一一提到的继母、慈母、养母、生母、嫡母、庶母、嫁母、出母、乳母等，全立足于生者为死者所穿用丧服的等级差异，分别为三年、杖期、三月，强调的是依礼行孝。《红楼梦》中所注意和极力描写的却是现实生活中的子女们同各种各样法定地位的母亲们的彼此关系和互动故事，从而表现生活中丰富多彩的法律景观。这是二者之间的根本区别。例如，贾琏是贾赦的妻所生，迎春是贾赦的妾所生。贾琏的生母是迎春的嫡母，而迎春的生母是贾琏的庶母。曹雪芹没有兴趣写贾琏、迎春如何为去世的嫡母、庶母守孝，而是兴致勃勃地写兄妹俩同继母邢夫人之间的故事。这样写的好处在于使读者不仅认识到法律意义上的继母的概念，还进一步认识到现实生活中继母同继子女之间的关系的多姿多彩。

林黛玉曾梦见去世的父亲林如海升任了湖北的粮道，并娶了一位继母，还将自己许配给继母的一位亲戚去做续弦，这婚事是继母做主，急得她连忙跪下向贾母求救。这个梦中故事运用了四个法定继母的概念，是写继母同继子女的关系的又一个例子。

缺少这些法定概念，在研读、谈论《红楼梦》时会碰到一些麻烦。有红学家谈到探春时，把赵姨娘说成是“伦理上的母亲”，而王夫人是她“礼法上的母亲”，这叫人感到好别扭。其实，用“生母”“嫡母”正好。

七十九　红楼礼学的特色与成就（一）

——确认礼的法律性质

对于礼的描写和思考，构成了《红楼梦》全书法律思想内容的半壁河山，对其作系统性的梳理、解释和整合，可形成具有一定规模的礼学理论框架，称之为“红楼礼学”。以下是我们的初步研究成果。

我们的一个基本指导思想是认为：在迄今为止的礼学研究中，误区多多，空白多多，故唯有走出误区，填补空白，才能进入红楼礼学殿堂，看清其中固有的特色与成就。许多年来，我们一再看到的首要一个误区和空白，就是除了法律界法学界人士之外，其余人文社会科学的学人几乎都不能确认礼的性质，于是中华大地的学术界形成了一个巨大的悖谬：一方面是大家不断鼓吹中华是礼仪之邦，民间都以礼仪之邦为荣，另一方面却是说不清楚礼到底是怎么一回事。

有古汉语学家说，礼是典章制度。

有哲学家说，礼是整个上层建筑。

有美学家说，礼是无所不包的人文现象。

有专门研究礼的专著说，礼是中国古代传统道德的核心。

尤其要提到的是在《红楼梦》研究中谈论礼的文学家，同样不知礼的法律性质。有的说，《红楼梦》中的礼是满族文化的大反映，有一位大讲红楼礼文化的学者，把下面的说法作为自己的“理论核心”之一：“礼是德治与法治之间的桥梁，对二者起着调节性的作用。礼是法之外具有‘约束’性的行为规范”。（胡文彬《〈红楼梦〉与中国文化论稿》）

诸如此类不得要领的说法，还可以不费力气地列举很多。这种极其普遍的事实表明，法律以外的所有人文社会科学的各学科的广大学者，几乎全都不能确认礼的法律性质。由此可以窥见，无论他们在礼的问题上持何见解，其结果都如同断了线的风筝，飘飘荡荡，不知何处是归依。

红楼礼学的特色和成就之一，就是从现实生活出发，从多方面洞察到礼作为法律的性质。首先，从概念运用上看，有“礼法”之说，这是很规范的概念，可以当作统一的共同概念普遍运用于礼学研究。也就是说，作为礼学研究对象的礼，可一律称之为“礼法”。与运用礼法概念同时出现的还有“拘”，即约束的意思，这就进一步揭示了礼法约束人们的社会行为方式的功能。请看第六十四回开头所写：

> 贾珍贾蓉此时礼法所拘，不免在灵旁藉草枕块，恨苦居丧。

贾敬死后，作为子孙的贾珍和贾蓉依礼法的规定，有“在灵旁藉草枕块”

的具体行为。若追根溯源，“藉草枕块”的礼法行为来自《仪礼》的《既夕礼》中的明文规定。《仪礼》是我国三本专门记载礼法的书籍中出现最早的一本，清代学者邵懿辰的《礼经通论》认为《仪礼》是孔子亲手编定的。《既夕礼》明文规定守孝之子孙，应当“寝苫枕块”，还有“哭昼夜无时”“非丧事不言”“不食菜果”等。苫，是草垫。块，是土块。寝苫枕块，是说睡觉时铺在床上的是草垫，枕在头下的是土块，再加上日夜不停地哭，除了谈丧事别的话一概不能说，饮食上不能吃菜吃水果。惟其如此，才算是在丧礼上遵守了礼法。之所以要这么过痛苦的生活，是为了子孙不忘死者的痛苦。可见，礼法所约束的不仅仅是外部的行为方式，更有内心的情感体验。

红楼人物们对于礼法的约束力及其功能都有着自觉的意识，动不动就说出了“拘”这个字眼，从而一再使读者看到礼的法律性质的一大具体表现。秦可卿生病之后，尤氏为了照顾她的休养，明言相告“你且不必拘礼，早晚不必照例上来，你就好生养养罢”。王熙凤做生日时，贾母为了让大家吃得开心，玩笑快乐，发话给所有婢女，“命她们在窗外廊檐下也只管坐着随意吃喝，不必拘礼”。有一年过春节，饭后演戏，贾母高兴之下，又向众人发话：“这都不要拘礼，只听我分派你们就坐才好。”薛蝌跟宝蟾谈话时，也有“不必拘这些个礼”的言词。“不必拘礼”“不要拘礼”这类口头禅似的词句时常出现在各种场合，既反映了在一般情况下人们通常受礼法约束的礼治秩序维系一切的生活状态，又表现了发话人对处于特定条件的人们的关爱之情，于是才有“不必拘礼”的意向和期待中的自由自在的效果，同时还吐露出一个连说话人自己都没有料到的消息：礼法是对人们的一种严格要求的、带理想色彩的法律，故暂时违反一下，不会有什么妨碍。相形之下，刑法是一种起码的、底线式的法律，绝对不能违犯，否则就会引出危害社会的犯罪行为，如偷窃、放火、杀人等。正因为如此，从来没有任何人敢说“不必拘于刑”这样的话。这就证明，礼不仅是法律，而且是跟刑级别不一样的法律。

究明礼不同于刑的特质，是确认礼作为法律的性质的一个根本性的环节。《红楼梦》没有全面探讨这种特质，只是对于礼法的约束力普及全社会的每一个角落，甚至对深入人心这种强大的渗透力量与功能，有着精细的观察。中国为什么自古以来就有礼仪之邦的称呼呢？我在想，其中的一个根本原因，不在于中国人特别有礼貌、懂礼节、会送礼物这样一些表层的东西，而在于自先秦《周礼》《仪礼》《礼记》等三本书中所记载的礼法规范以及日后关于礼的其他法律、言论深入人心的这种深层的东西。就是这种深层的东西，通过代代相传的途径，在全社会各色人等的心灵深处如同播撒下不计其数的种子，一有适当的机遇就可发芽、生根、开花、结果，即生长出外部行为方式上的形形色色的礼法现象。

孟子是我国最早注意到礼法深入人心的心理学现象的法律思想家之一。《公孙丑章句上》云："辞让之心，礼之端也。"《尽心章句上》云："仁义礼智根于心，其生色也睟然，见于面，盎于背，施于四体，四体不言而喻。"这些话的共同意思都在于强调内在的礼学修养决定外在的礼法行为。这是礼作为法律的特质特性的最根本的表现，刑则不具备这种内在心理的东西。

红楼礼学的特色与成就的首要之点，不在于一般性确认礼作为法律的行为规范性质，而在于把运用"礼法""不必拘于礼"这些概念和说法作为确认的起点，进而探幽发微，透视礼法深入人心的种种奥秘。在这里，存在着一些是是非非：应当注意区分与鉴别。

第六回开头所写贾宝玉所谓"初试云雨情"的故事，我们已经从刑法角度做过分析，其实这事还有从礼的角度进行分析的必要，因为事后在当事人之一的袭人看来，他们二人的行为"不为越礼"。这种内心评价的出现，有两点可议之处。其一，这个例子表明，在这个当时只有十几岁的婢女意识中确有礼法的位置，能够自觉用礼法的标准来衡量自己的行为的正确与否。由此，可窥见礼法在红楼人物中深入人心的程度之高；其二，必须指出，袭人的看法是错误的。从周朝至清代，没有哪一条礼法允许未成年的少男少女去做夫妻之间才能做的事情。"不为越礼"，纯属她个人对礼法的误解，应当予以纠正。他们的行为不仅为礼法所不容，而且还触犯了刑法，构成了犯罪。

第四十三回用相当多的篇幅写宝玉带茗烟到水仙庵去为投井自杀而死的金钏儿烧香跪拜的情形。主仆二人为此事有一大段对话，都讲到了礼的问题，有"尽到礼了""礼也尽了""尽个礼"三种大同小异的说法，这反映了青年主仆二人对于祭奠死者的礼法有一定程度的责任感和义务感，又一次证明了礼法深入人心的普遍性。不过，在他们的意识内容上，有着类似袭人的错误。

我们已经谈过，金钏儿之死，有着被宝玉调戏、其母王夫人打骂、最后被撵出贾府等诱因，故母子二人对此人命案负有罪责，应依刑法论处。侥幸逃脱法网的宝玉在此奢谈什么“尽礼”“尽了礼”，实在容易混淆视听。不明确礼的法律性质的特殊之处，不知礼与刑的联系与区别，这主仆二人的“尽礼”言论的上述是非，是无从究明的。

袭人、宝玉、茗烟等人的礼法意识中的错误成分的产生缘由，都在于把本来属于刑法范畴的行为、事实，误以为属于礼法范畴，于是导致了错误的思想、错误的言论以及多此一举的行动。

八十　红楼礼学的特色与成就（二）

——礼概念语义学的丰富含义

礼学研究的第二大误区与空白，是从来不见有人对礼概念在不同语言环境中的不同语义做语义学上的具体定位和分析。学者们的习惯做法，往往是在古代典籍中寻章摘句，把出现有“礼”字的段落抄录、拼凑在一起，经过一番解释、编排，就形成了某种理论框架。这样做有其必要性，但有不少弊端。例如说，往往把礼规范与礼言论混为一谈，忽视了生活中的礼法现象，就是常见的失误之处。这种做法对于解读文学名著中的法律，还有一个大误区和大空白，就是无从把握礼概念的语义学的极为丰富的含义，也无从欣赏运用各种不同含义的有关艺术手段。红楼礼学的又一特色和成就，恰恰在于它的礼概念在语义学的含义上出现了礼学研究者无从想象的不少新理念、新范畴。

笔者对庚辰本中出现的“礼”做过统计，共有三百二十五个。就其语义学上的不同含义分类，共有二十多项。在我看来，这二十多种不同的语义，如同二十多个大大小小的窗口，每一个窗口都展示着礼作为法律实施于社会的各种彼此有别的现象、问题，从中可抽象出许多富有法理内涵、值得向纵深开拓的范畴、命题，有的则会直接使我们悟出生活中的法律道理。这一切，由于长期无人对礼作语义学的考察，都无例外地同我们失之交臂。

以下，抽取十多项礼的不同语义做简单说明，同时也要谈谈我们的一些感想。

（一）广义的礼

在“诗礼”“礼义”“富而好礼”“诗礼之家”“礼出大家”“书礼”“仁义礼智信”等散见于全书的这些说法中，“礼”都是广义的，无所不包的，故不能把它们混同于各种狭义的“礼”，否则就会曲解作品的原意。

迄今为止的礼学研究，大约都止步于对这种广义的礼的解释，其他语义则基本上未能顾及，致使研究着眼点奇缺、研究思路极为偏枯。

（二）法律意义上的礼

在“礼法”“拘礼”“依礼”“越礼”“尽礼”等说法中，“礼”是行为规范的意思，一再表明礼作为法律的基本性质。上一讲所讲的就是这种礼，此处不多谈。

（三）礼节

在“见礼”“答礼”“施礼”“行礼”“还礼”“礼拜”等说法中，礼都是指礼节。人与人相见、告别，免不了做出拱手、跪拜之类的肢体动作；若是在舞台上，电影、电视中，可直接用肢体动作表示这种礼节；在小说、戏剧文学作品中，就只能用这类文字加以描述。

礼节意义上的礼，为数最多，在全书中共出现了一百多次。从这里，我感到礼法对于人际关系上的表层、形式的东西，有着极其浓厚的影响，致使中国人的拱手、跪拜成为区别于世界各国的一种特有标志。

《周礼》《仪礼》《礼记》这三本书中所记载的礼节，名目繁多，细致入微，一一实行起来，简直比从事重体力劳动还累。试看《仪礼》中的第三篇《士相见礼》，全文约一千五百字，详细规定了“士”阶层中人彼此见面时应当怎样送见面礼物、怎样注视对方、怎样谈话、应当谈什么、谈完话之后怎样送别、怎样告别。有这样一段原文：

> 凡与大人言，始视面，中视抱，卒视面，毋改。众皆若是。若父，则游目，毋上于面，毋下于带。若不言，立则视足，坐则视膝。

我读这些繁琐的条文，感到它们仿佛是大导演给众演员写出的演戏提示，站、坐、行、看、说等每一个人体动作都得按预定设计去办，不能走样。这样折磨人的法律，必然走向灭亡。礼崩乐坏的局面是不可避免的。然而到清代，拱手、跪拜的礼法还是保留了下来，依然盛行于全社会。小小礼节中大有文章。

（四）礼物、礼品

这种意义的礼，共有八十多个，仅次于礼节。送礼、彩礼、谢礼、表礼、节礼、寿礼、贺礼、聘礼等，都指的是具体的礼物、礼品。其历史源头，也可以追溯到周朝，在“三礼”中记载的送礼的礼品种类、方式等也很具体。

时至今日，礼虽然早已不是法律规范，但送礼之风依然盛行于城乡各地。古老的礼法文化的遗风在起作用，是一个很重要的原因。

（五）记载礼品、礼物的账本

在《红楼梦》里，这个意义的礼，被称之为“礼单”，只出现了两次（第十一回和五十六回），似乎不值一提。实际上，它进一步表现了上述送礼的社会风气中的微妙之处。贾府这样的封建大家庭，送礼、收礼活动频繁，数额巨大，若不一一登记在案，不仅不利于保管、分配，更重要的还在于缺少礼尚往来的依据。故礼单的出现与使用，见证着物质性的礼文化现象遍及全国各地，同时又便于人们遵守礼尚往来的原则。

（六）礼仪

按礼法规定所举行的程序化的仪式，称之为礼仪。这是礼法的表层的东西。有人解释《红楼梦》中的礼的时候，说成是“礼仪”，这不仅以偏概全，更将深层的礼法表层化了，有碍于全面、深入研究礼学。

（七）礼貌

在有礼、无礼等说法中，礼就指礼貌。鸳鸯在跟紫鹃谈话时，运用了“礼貌”的概念，这跟现代汉语的同一概念的意思有所不同。鸳鸯所说“礼貌”有浓厚的法律意味，指的是按照礼法规范办事的人给局外人的一种感觉和印象，故“礼貌”二字表达了对守礼法之人的一种褒奖之意。而现代汉语的“礼貌”几乎完全淡化了以往的法律褒奖意味，而是泛指一切文明行为，有道德评价功能。

（八）礼体

它出自贾母之口：“横竖礼体不错就罢”。跟上述“礼貌”成对称之势，指礼的本体、根本，而不在外表的东西。规定和维护等级制度，是礼法的实质和要害。贾母在凤姐跟自己玩笑的时候强调“礼体”，可见这位见多识广的老贵族夫人意识到了礼的实质和要害。

（九）礼服

它出现了三次。在“峨冠礼服”中，礼服应为官服，《大清律例》对此有一系列的详明规定。“探春换了礼服”，这礼服是为她过生日而穿的，可见指华贵的衣服，现在依然使用这个意义上的礼服概念。“只见北静郡王穿着礼服”，这里的礼服也指的是官服。

（十）地方性的礼

贾赦、贾珍等被参案发后，贾母的娘家派来两个女人来安慰她。贾母高兴之下说道：“咱们都是南边人，虽在这里住久了，那些大规矩还是从南方礼儿，所以新姑爷我们都没见过。”这里的“南方礼”是地方性的礼法，相当于当今的地方性行政法规。如果这一理解不错的话，那么可知道，在贾府中所依从的礼，除了全国性的统一礼法之外，还有不少地方性的礼法。礼学研究中的一个大空白，就这样被贾母在不经意的谈话中流露出来。

时至今日，红学家有谁注意到地方性的礼法呢？那些研究礼学的人们又有谁意识到自己所谈论的只是全国性的礼法这一块，另外一块的地方性礼法被全然抛弃呢？

从“南方礼”是否可推想：有无北方礼？有无东方礼？有无西方礼？不做专门探索，就无从回答。还有十多项词义，不再一一列举。

仅此十项，足以表明，礼概念语义上的多义性，是礼法规范与礼法制度实施于社会所产生的现象、效果、问题的遍布全社会，深入人心的大反映，这一切无一不直接来自现实生活。而礼学研究者的习惯做法，却是从文学作品以外的典籍中寻求书面的文字材料，把文学作家所描写的生活中的礼法景观一概拒之门外，其局限性之大，是一目了然的。

在这种习惯做法的强势力的主宰之下，即使有人来专门谈论文学作品中的礼法，依然采用的只能是上述有大局限性的做法。上述谈红楼礼文化的学者就是一例。这样，自然就不能找到红楼礼学自身的真谛。

我以为，礼概念的语义的丰富多彩，应当是红楼礼学的突出特色、巨大成就的一个重要方面，所应探究的东西称之为琳琅满目，是一点也不夸张的。这里仅举一个有趣的小课题。“大礼”的概念，在全书中反复出现，多达十余次。若从语言的演变史来看，可溯源至《周礼》一书。其《春官宗伯》篇中就有“大礼”“小礼”的提法。以此，可知曹雪芹读过《周礼》。若从《红楼梦》中“大礼”的词义来看，大有发展变化，竟有许多完全有别的具体意思。兴儿所说“正经大礼”，指的是大礼节。王熙凤对尤二姐讲的两个“大礼”，是虚伪的大“礼貌”，即骗人的“礼貌”样子。贾琏向鸳鸯所说的“红白大礼”，意思是厚重的礼物，特指礼物的数量之大。贾珍跟贾琏、贾蓉等三人“说些大礼套话”，这句话中的“大礼”是关于礼的大道理。薛姨妈在儿子薛蟠第二次杀人被捕之后，扬言要给初审的县官“再送一份大礼”，这里居然把行贿的巨额赃款美其名曰“大礼”，讽刺意味很浓。第九十七回的标题运用的“大礼”二字，指的是婚礼的隆重仪式。这个有趣的小例子告诉我们：不做语义学的分析而企图谈清礼法的一系列专门知识、理论问题，企图在礼学研究上有所突破，就达不到预期目的。领略红楼礼学之精妙处，尤其如此。

八十一　红楼礼学的特色与成就（三）

——“礼数”概念标志着法律的度量观

法律上的度量观，是法律哲学中应有的范畴。如果说法理学家对此很少谈论，那么对文学中固有的法律度量观就更无人问津。拙著《外国文学与外国法律》曾以《法律意识的度》为题，对契诃夫的《套中人》《普利希别耶军士》和《花匠头目的故事》三篇小说的法律度量观做过尝试性的探讨。

现在我们来讨论曹雪芹注意到的“礼数”问题，就其理论归宿来看，就属于法律哲学中的度量观。“礼数”二字，言简意明，寓意深刻，标志着中国作家在两百多年前就有着自觉的法律度量观，这实在是一个很了不起的法学贡献。

必须明确指出，礼学研究上的又一个误区和空白，是至今无人注意礼法上的度量观，因而必然导致红学家缺乏理论依据，无从识别曹雪芹在这里的不平凡的贡献。

“礼数”，是上一讲中提到的礼概念的二十多种语义之一，意思是对礼法实施活动中的数量上的把握。是否执行礼法，属于定性认识和评价。执行礼法中是否够标准，属于定量认识和评价。礼学研究上需要把定性方法与定量方法结合起来。“礼数”概念的反复出现，是曹雪芹观察生活中的礼法现象的认识论和方法论中定性方法与定量方法一样也不缺少的明证。

红楼礼学中的度量观，表现在多方面。“礼数”概念的运用，是其基本表现之一。全书有四处出现“礼数”字样。第一处在第十三回：秦可卿死了，恰巧尤氏又犯了旧病卧床不起，贾珍便担心儿媳的丧事办得不好，“亏了礼数，怕人笑话”。这个“礼数”显然是对丧事上的礼法活动的度量上的考虑。第二处在第十五回：“那些村姑庄妇见了凤姐、宝玉、秦钟的人品衣服，礼数款段，岂有不爱看的?”这里的“礼数款段”，是外界的人们凭视觉印象对贾府中人及其亲戚的服饰的合乎礼法的程度的赞美之词，意为达到了礼法要求的高水平。第三处在第四十五回：黛玉由于经常生病，在待人接物上难免欠周到，纵有“礼数粗忽”，众人也都“不苛责”她。就黛玉的聪明、敏感而言，她是最懂礼法的，但在实践行为方式上，受病魔困扰的她“礼数粗忽”就在所难免了。第四处在第五十六回：贾母在跟江南甄府来的四个女人谈到各自的宝玉的场合，双方都口出“礼数”一词，凡四次。她们的言谈中都有水分，夸耀两个宝玉都懂得“礼数”，仿佛像成年人一样。事实上，两个宝玉都是无法无天的小少爷、贵公子。

此外，红楼礼学的度量观还用“全礼”“半礼”“分寸礼节”“大礼”之类的概念来表述。先看一个关于“全礼”的故事。林黛玉进贾府作客，宝玉见她脖子上没有挂宝玉，便不要自己的玉，贾母便编了一套谎话来哄他：

> 你这妹妹原是有这个来的，因你姑妈去世时，舍不得你妹妹，无法处，遂将她的玉带了去了：一则全殉葬之礼，尽你妹妹之孝心；二则你姑妈之灵，亦可权作见了女儿之意。（第三回）

“全殉葬之礼”，就是使殉葬之礼更加完备。当然，这里并非实有其事，只是在虚拟的事实中对礼做量的定位罢了。

还有一个关于“全礼”的故事。袭人的母亲死了，凤姐让她回家去料理丧事，其时正值元宵节，贾母不见袭人参与众人的聚会，便问其原因。凤姐在回话中说：让她回家去“可以全他的礼”。反之，她若不回家去，就有失“礼数”了。

与“全礼”对称的是“半礼”。金钏儿投井自尽之后，负有罪责的宝玉心怀愧疚，便同茗烟一起到水仙庵去为死者行祭礼。其时，“茗烟站在一旁。宝玉掏出香来焚上，含泪施了半礼”。为什么只施“半礼”？宝玉是主子，金钏儿是婢女，按照自古以来“刑不上大夫，礼不下庶人”的原则，本来用不着行礼。因为宝玉在金钏儿生前曾有意于她，企图向其母王夫人“讨”金钏儿，明言表示“咱们在一处”，现在意中人死去，他还有一种“不了情”萦绕胸怀，故不顾古老的原则来行祭礼。为了既了却一件心事，又顾全主子的体面，施“半礼”在宝玉看来恰如其分。本来无法无天的宝玉，此时此刻竟想得如此周到。

"施半礼"是叙事语言，描述的是宝玉当时跪拜的某种姿势，其本身只是肢体动作，若用现代化电视、电影的拍摄手段记录下来，我们只能看到形象的画面，根本看不到"半礼"的概念。可见，"施礼"的叙事语言表明了曹雪芹在表现宝玉的礼法意识和行为之际，对礼法的度量考察是自觉而细致的。

不过，话还得说回来。在金钏儿之死的事件上，他负有罪责，可依刑法追究其严重法律责任。逍遥法外的宝玉在刑法上没有犯罪感，也无犯罪后的忏悔意识，却有礼法上的"行半礼"、寄哀思的堪称精细的情思，这是不是又一次表明：中国人对刑法无动于衷，而对礼法却了然于心呢？我感觉到，曹雪芹此处的"半礼"二字，确有启发读者做此种法律追问的暗示功能。如果这种追问符合作品的原意，那么可以进而认为，宝玉法律上的度量观是残缺不全的：在刑法上粗浅得几乎无知，在礼法上却有分寸感上的追求，这两个方面的意识发展严重不平衡，而且这种礼法上的分寸感也是此一时，彼一时，并非一贯如此、处处如此。

我们对宝玉的礼法上的度量观的这种很有限的肯定评价，可从下面的故事得到又一次的证实。

袭人曾针对宝玉的不良行为，很委婉地批评他缺乏"分寸礼节"。事情是这样的：

> 一次，宝玉又要吃女孩化妆用的胭脂，用手拈了正要往口里送，被史湘云发现，将其手中胭脂打落在地。这时袭人进来，宝钗也进来，两人谈起宝玉，袭人便有所不满地说："姐妹们和气，也有个分寸礼节，也没个黑家白日闹的！凭人怎么劝，都是耳旁风。"（第二十一回）

这话对宝玉在行礼法上没有"分寸"感提出了批评。当时，宝钗心里就暗暗敬佩这个丫头"有此见识"。这则小故事，一石数鸟，既写出了宝玉缺乏"礼数"，又写出了袭人、宝钗这两个地位不同的少女的"礼数"观念很清醒。

把宝玉本人"行半礼"的行为和袭人对他关于缺乏"分寸礼节"的批评联系起来，对宝玉其人的法律度量上的评价，就会趋于客观、公正。

我们曾分析过的"大礼"的同一概念有六种不同的语义，其实也就是从六个不同的着眼点看礼法活动中的度量问题。

贾府中人习惯于把医生治病的酬金称为药礼，并且发生了对于药礼的多少进行讨论的故事。晴雯病了，请来的医生开出药方之后，宝玉发现用药过猛，颇为不满，在付酬金时——

> 老婆子道："用药好不好，我们不知道这理。如今再叫小厮去请王太医去倒容易，只是这大夫又不是告诉总管房请来的，这轿马钱是要给他的。"宝玉道："给他多少？"婆子道："少了不好看，也得一两银子，才是我们这门户的礼。"宝玉道："王太医来了给他多少？"婆子笑道："王太医和张太医每常来了，也并没个给钱的，不过每年四节大趸送礼，那是一定的年例。这人新来了一次，须得给他一两银子去。"（第五十一回）

很清楚，在这个老年婢女心目中，贾府这样的有头脸的大户人家，在行礼法时，一定得注意"礼数"上要与门户的显要、富贵相适应，否则将会有辱大户人家的声誉。这种量的权衡很有实践意义。时至今日，在给人送礼时，人们无不考虑一个共同的问题：是否拿得出手。

红楼礼学中的度量观故事不少，我的总感觉是，这些古老的故事既有理论研究上的学术意义，又有现实的法律实践上的启示意义，这两个方面的意义都不能忽视。谈到这里，我想起一则新闻。2007 年 3 月 26 日的中央电视台的读报节目报道：某地税务机关发出了七十一份关于补交一分钱的通知单，媒体对此事大有争议。我的看法是：第一，问题的性质正属于今天所讲的法律上的度量问题，故上述故事的启示，有利于今天问题的讨论和解决。第二，税务机关是国家行政执法机关之一，其工作人员不能仅仅满足于自己的行为合法的性质上的考虑，还得进而作定量上的考虑。若做后一种考虑，就有不少疑问出现：一分钱的税款是怎么计算出来的？计算方法有无差错？即使果真应补交一分钱税款，又有何实际意义？填写那些税单，该得花费多少人力物力？国库所得能补偿所失吗？心中有"数"的执法人员，就决不会像作秀一般去执法。

我相信，究明了红楼礼学中的"礼数"二字的奥妙的读者，一定会提升对于一分钱税款之类的法律现象的洞察力、识别力和评论水平。

法律的度量观范畴中，应当包括一项重要内容，就是：公民个人以至全民族，对于法律的信仰度。例如，中华民族自古至今的法律信仰度，跟法治国家的人民对法律的信仰度，就很难相提并论。红楼礼学对此是否有所探讨呢？

八十二　红楼礼学的特色与成就（四）

——关注活生生的礼法现象

礼学研究中的第四大误区和空白，是学者们只注意搜集含有“礼”字的书面材料，对于文学作品所描写的活生生的礼法现象从来不过问。实际上，这些形象的描述虽然没有运用礼的抽象字眼，却是礼法实施于社会的产物。

在拙著《中国文学与中国法律》的第二章《礼治秩序》中，我曾谈过《论语·乡党》开头的几节文字所描述的孔子守礼法的各种场面。在这里，没有出现一个“礼”字，而孔子的言行却是处处在依礼法办事，给人的感觉，仿佛跟演戏差不多。试看孔子亲手编定的《仪礼》一书，给各色人等所规定的礼法动作与言词，果真有点类似导演说戏的脚本。这就是孔子演戏似的礼法活动的依据。

曹雪芹笔下的礼法活动的形象描述，比语录体的《论语》不仅数量极多，而且行礼法之人男女老少都有，活动空间也变化多端，活动内容更广泛，故从中能窥见的礼法启示也丰富得多。

就所描写的礼法活动的当事人的行为是否合乎礼法的规定而言，可分为两类不同的性质。一类是合乎礼法的，即行为人依礼行事，这一类礼法活动数量大，比较容易理解，如贾府每有酒宴，都要详细交代参与者的座次，虽没有“礼”概念出现，却是依“乡饮酒礼”的规定安排座次的生动体现，甚至可以在《大清律例》的“乡饮酒礼”条中找到文字依据。对此，我们不多讲。

另一类，是不合乎礼法的，即行为人的言行违背了礼法规定，属于现在人们经常提到的“非礼”性质。这一类礼法活动虽数量相对较少，但若缺乏相应的礼法知识，就难以确认其非礼的性质，故影响着对《红楼梦》的正确阅读。因此，我们着重讲这一类的礼法现象。

且说第九回开篇不久，有写宝玉与秦钟交往的一段故事：

> 如今宝、秦二人来了，一一地都互相拜见过，读起书来。自此以后，他二人同来同往，同坐同起，愈加亲密。又兼贾母爱惜，也时常留下秦钟，住上三天五日，与自己的重孙一般疼爱。因见秦钟不甚宽裕，更又助他些衣履等物。不上一月之工，秦钟在荣府便熟了。宝玉终是不安本分之人，竟一味随心所欲，因此又发了癖性，又特向秦钟悄说道：“咱们俩个人一样的年纪，况又是同窗，以后不必论叔侄，只论弟兄朋友就是了。”先是秦钟不肯，当不得宝玉不依，只叫他“兄弟”，或叫他的表字“鲸卿”，秦钟也只得混着乱叫起来。

对礼缺乏了解且又粗心大意的读者，一定读不出什么名堂来。反之，熟悉礼法又细心的读者，却可从中读出深意出来。首先，这段话运用了“不安本分”“一味随心所欲”“又发了癖性”“混着乱叫”等贬义词语，显然是对两个行为的当事人的不足之处的批评，而批评的内容就在于二人以兄弟相称，取代固有的叔侄关系，是礼法所不允许的行为。《礼记·哀公问》记载了孔子的许多礼法言论，其中有云：“非礼，无以辨君臣、上下、长幼之位也；非礼，无以别男女、父子、兄弟之亲，婚姻、疏数之交也。”宝玉和秦钟的相互称兄道弟的“非礼”性质再清楚不过了。

若要追问一下宝玉为什么对秦钟如此厚爱有加，则可挖掘出宝玉潜意识中隐藏着的秘密。我们曾经谈过，宝玉在秦可卿的卧室里睡午觉时，梦见与这位侄媳妇结为夫妻，有难分难舍的柔情蜜意。法律虽不追究梦中的行为，却足以使读者认识到此事的违法犯罪性质，就是这种违法的爱情的记忆，使宝玉对秦可卿的弟弟秦钟另眼相看，感到格外亲热。这就是所谓的爱屋及乌，属于人类很常见的情感现象之一，可议之处在于，宝玉爱秦可卿的感情是非法的、非礼的，由此又引出了跟秦钟的称兄道弟的非礼行为。

宝玉对秦氏的非法、非礼爱情体验与记忆，在他从睡梦中听到秦氏死讯的那一刻，得到一次大暴露，充分证明他跟秦钟称兄道弟背后隐藏的深层原因。请看小说是怎么写这一幕的：

> 闲言少叙。却说宝玉因近日林黛玉回去，剩得自己孤栖，也不和人顽耍，到夜间便索然睡了。如今从梦中听见说秦氏死了，连忙翻身爬起来，只觉心中似戳了一刀的，忍不住“哇”的一声，直喷出一口血来。袭人等慌了，忙上来搀扶，问是怎么样了，又要回贾母来请大夫。宝玉笑道：“不用忙，不相干，这是急火攻心，血不归经。”说着，便爬起来，要衣服换了，来见贾母，即时要过去。袭人见他如此，心中虽放不下，又不敢拦，只得由他罢了。贾母见他要去，因说：“才咽气的人，那里不干净；二则夜里风大，等明早再去不迟。”宝玉哪里肯依。贾母命人预备车，多派跟随人役，拥护前来。（第十三回）

依照礼法的规定，听到父母亲的死讯，也只不过是以哭尽哀，流泪也就罢了。宝玉这位贵公子，在听到侄媳妇死讯时，竟是吐血，离礼法规定何其遥远！今天礼法退出了生活的舞台，以当今的价值观看这种过度的悲伤之情，也是不正常的。

还是在对待秦可卿的死亡事件上，她的公公贾珍的无礼言行较之宝玉，更是有过之而无不及。我们已经说过，贾珍跟秦可卿通奸双方都犯有死罪。在秦氏死后，贾珍在为其办丧事过程中，又多有违犯礼法之处。所有这些违礼现象的描述中，都没有运用一个“礼”字。

首先，贾珍当着来吊丧的贾氏大家族近三十人的面，“哭得泪人一般”，并且表示，在料理丧事时，“尽我所有罢了！”对此，脂砚斋先后评点说：“可笑，如丧考妣。此作者刺心笔也。”“‘尽我所有’，为媳妇是非礼之谈，父母又将何以待之？”这些评论都是很中肯的。依生活经验，唯有父母去世，人们才痛哭成泪人一般。公公为儿媳之死而哭成泪人，令人奇怪。曹雪芹的用意，是通过这怪哭来暴露贾珍跟儿媳生前的丑恶性关系。若要从礼法角度考察贾珍之哭儿媳，则可见其不合礼法规定。《礼记·奔丧》对于哭丧的规定很详细，其要义都在于子女为父母去世而哭的一整套方式方法。例如：“如闻亲丧，以哭答使者，尽哀问故又哭，尽哀遂远行。”可见，连哭父母也是很节制的。再如哭其他亲人，更应有节制："齐衰望乡而哭，大功望门而哭，小功至门而哭，缌麻即位而哭。哭父之党于庙，母妻之党于寝，师于庙门外，朋友于寝门外，所识于野张帷。哭天子九，诸侯七，卿大夫五，士三。"关系越疏远，哭的限制越大越严，使哭的力度越小。这样的规定合乎人之常情。贾珍之哭，不见于礼法规定，反人之常情。

其次，贾珍所言"尽我所有"为儿媳办丧事，也是礼法所不允许的。《论语·八佾》云："礼，与其奢也，宁俭；丧，与其易也，宁戚。"这里的易，意为治，指治丧活动。孔子在这段话中认为，礼尚节俭而反奢侈，礼贵哀痛之情而反虚假做作。贾珍当众表示"尽其所有"来办丧事，并果然"恣意奢华"地大操大办，显然与礼法背道而驰。

第三，贾珍拄拐杖进荣府来请凤姐帮忙办丧事的细节，也不合礼法：

> 贾珍此时也有些病症在身，二则过于悲痛了，因拄个拐踱了进来。邢夫人等说道："你身上不好，又连日事多，该歇歇才是，又进来做什么？"贾珍一面扶拐，挣扎着要蹲身跪下请安道乏。邢夫人等忙叫宝玉搀住，命人挪椅子来与他坐。

拐，即杖。丧事活动中的"杖"，大有讲究，不许随便使用。《礼记·问丧》对礼法中的"杖"，做了很具体的解答："或问曰，杖者何也？曰：竹桐一也，故为父苴杖，苴杖竹也；为母削杖，削杖桐也。或问曰，杖者何以为也？曰：孝子丧亲，哭泣无数，服勤三年，身病体羸，以杖扶病也。则父在不敢杖矣，尊者在故也。堂上不杖，避尊者之处也。"把这些礼法精神同贾珍的"扶拐"行为对照一下，可知至少有三点违礼之处：第一，杖本为孝子守父母孝三年而特设，而贾珍却是在儿媳刚刚去世就使用，这就有失人伦关系，也有失自己身份，不伦不类的情形一目了然；第二，贾珍之父贾敬健在，作为儿子理应"不敢杖"才对，贾珍目无父亲，胆子未免太大了；第三，他拄着拐杖在宁荣二府众人聚会的"堂上"走来走去，毫无顾忌，是没有按礼法"避尊者"的表现。

综上所述，仅在秦可卿死去的前后不长的时间里，宝玉和贾珍这兄弟俩在对待这同一女性的言行上，就从多方面违背了礼法。曹雪芹描写这一切之际，只用摄取生活画面的形象表达方式，没有使用一个“礼”的字眼。这样做，不仅丝毫没有影响礼法思想意义的表达，反而更增添了读者研读、考证、解释的余地和趣味性。显然，历来研究礼法的人们一贯抛弃两三千来的文学名著中的形象描绘的材料，损失极大。而这受损的东西，产生于礼法实施于社会的现实生活，是考察礼法规范和礼法制度实施与实现的必不可少的珍宝。这就是说，抛弃文学名著的形象材料的礼学研究成果的上述极大损失的要义，在于这礼学是脱离现实生活的纸上谈兵，实践意义上的礼学因而至今是一片未经开垦的处女地。

红楼礼学关注生活中的礼法现象的特色和成就，如同指南针，可导引我们去开垦偌大一片处女地，从而建造整个礼学世界中应有的半壁河山。

八十三　红楼礼学的特色与成就（五）

——揭露国礼同家礼的矛盾

关于礼法的分类，有“六礼”“九礼”等不同分类。无论怎么分门别类，都找不到“国礼”与“家礼”的概念及其类别上的归属。这就是礼学研究上的第五个误区与空白。红楼礼学的又一特色与成就，在于揭露国礼同家礼之间不可调和的矛盾。

从概念的运用上看，第十四回出现有“国礼”。第十七至第十八回出现有两次“国礼”、一次“家礼”。就这两个概念的来源来看，可断定曹雪芹读过《周礼》。《周礼》中的《天宫冢宰》篇有“邦礼”，《秋官司寇》篇有“邦国之礼”“王礼”“君之礼”“主国之礼”等。我以为，“国礼”的概念，是曹雪芹依据写作上的需要，综合《周礼》中的这些最高级别的礼创造出来的一个新的礼法概念。清代只有大一统的江山，早没有国与邦的划分，“王”“君”也都称为皇帝，故综合为“国礼”是再妥当不过了。至于“家礼”一词，是《周礼·春官宗伯》篇未现有的，直接搬用于《红楼梦》就可以了。从词源上就能看出，“国礼”适用于国，级别高，范围广，而“家礼”适用于家庭，级别低，范围仅限于一家一户之内。

曹雪芹是通过描写元妃省亲的场面来揭露国礼同家礼之间的矛盾的。元妃进入省亲别墅之后——

> 茶已三献，贾妃降座，乐止。退侧殿更衣，方备省亲车驾出园。至贾母正室，欲行家礼，贾母等俱跪止不迭。

这里短短几句话，就把国礼同家礼的矛盾展现在读者眼前了。元妃来到贾母的房间，自然没有忘记自己在贾母面前的角色是孙女，应行家礼，即向祖母贾母跪拜。然而，在贾母等人看来，元妃是皇帝的配偶，而自己的一家老小都是臣民，于是用下跪的方式来制止元妃将要行家礼的念头。“贾母等俱跪不迭”，实质上是老幼人等在行国礼。就这样，国礼与家礼不可同时在同一个空间并存，只能从中作出抉择。贾母等人多势众的行国礼活动，战胜了贾妃一人的行家礼念头。

在这对矛盾的展示场面中，我们感受到了什么呢？先不必急于讨论这个问题，因为这不过是矛盾的苗头的显露，真正使矛盾激化到令人受到心灵的震撼、有难以言表的强烈感受的场面，在于贾政对元妃俯首称臣，发表感恩戴德献忠心的演讲的那一幕：

> 又有贾政至帘外问安、贾妃垂帘行参等事。又隔帘垂泪谓其父曰：“田舍之家，虽齑盐布帛，终能叙天伦之乐；今虽富贵已极，然骨肉各方，终无意趣！”贾政亦含泪启道：“臣草莽寒门，鸠群鸦属之中，岂意得征凤鸾之瑞。今贵人上锡天恩，下昭祖德，此皆山川日月之精奇、祖宗之远德钟于一人，幸及政夫妇。且今上启天地生物之大德，垂古今未有之旷恩，虽肝脑涂地，臣子岂能得报于万一！唯朝乾夕惕，忠于厥职外，愿吾君万岁千秋，乃天下苍生之同幸也。贵妃切勿以政夫妇残年为念，懑愤金怀，更祈自加珍爱，唯业业兢兢，勤慎恭肃以侍上，庶不负上体贴眷爱如此之隆恩也。”贾妃亦嘱“只以国事为重，暇时保养，切勿记念”等语。贾政又启：“园中所有亭台轩馆，皆系宝玉所题；如果有一二稍可寓目者，请别赐名为幸。”元妃听了宝玉能题，便含笑说：“果然

进益了。"贾政退出。贾妃见宝钗、黛玉二人亦发比别姐妹不同，真是姣花软玉一般，因问："宝玉为何不进见?"贾母乃启："无谕，外男不敢擅入。"元妃命快引进来。小太监出去引宝玉进来，先行国礼毕，元妃命他进前，携手拦于怀内，又抚其头颈笑道："比先竟长了好些……"一语未了，泪如雨下。

贾政是元妃的父亲，见到女儿回家省亲，依家礼应当是元妃行跪拜之礼，至少应当揖拜，而眼下却是国礼取代了家礼：贾政至帘外问安，贾妃垂帘行参。只有皇室后妃接见男性臣民，才有这种"垂帘"之举。在这里，国礼使父女关系不见踪影，代之以臣妃的关系，骨肉亲情被一笔勾销。就在如此进入戏剧角色，登台演戏一般，贾政自称为"臣"，把女儿称为"贵人""贵妃"，发表了感激皇恩浩荡、尽忠尽职报效国家的演说。百分之百的戏剧台词，代替了父女间应有的家常话。在告别之际，贾政"退出"的动作，也是国礼规定的，在影视中舞台上，凡臣别君，无不"退出"。

元妃和宝玉这对亲姐弟好久不见，本应在此时亲热团聚、交谈，才合乎家礼。想见宝玉的元妃用了"宝玉为何不进见"的问话，表明她彼时仍在贵妃的角色之中。贾母这年迈之人，还保留着"跪拜"元妃时的虔诚心态，禀告说：没有贵妃的口谕，"外男不敢擅入"。亲弟弟，在行国礼中竟一下变成了"外男"!

现在，应当讨论的问题是：在国礼如此同家礼势不两立的条件下，牺牲家礼而遵行国礼，其实质是什么？这样做的得失该怎样评价？我们有这样几点想法。以问题的实质而言，可从三方面考虑：第一方面，国礼取代家礼的现象背后，隐藏着我们曾谈过的皇权大于法律的根本。国礼的本身，就是为维护皇权服务的。《大清律例》有两卷《礼律》，其中《仪制》这一卷，对皇帝的吃药、饮食、乘车、坐船、图像、诏书等方面，都做了安全保护上的详细规定，对皇帝的人格尊严和人身安全，都不许有任何疏忽的地方，否则就以犯罪论处。所有这些礼法，都是典型的国礼，为皇权服务的宗旨一清二楚。

以元妃省亲的具体事情而论，由于她是皇帝的配偶、回到娘家若行家礼，岂不有失皇帝的尊严吗？故行国礼势在必行。

第二方面，以国礼代家礼的做法，若从道德层面来看，是中国人都非常熟悉的“忠孝不能两全”的规律性现象的必然产物。从上述国礼为皇权服务的宗旨可以知道，行国礼的言行，意味着在道德上为皇帝尽忠。家礼的宗旨在于使子孙、卑幼者顺从父祖、尊长者，如贾府日常生活中的晨昏之礼，都是由子孙、奴婢向家长、父祖、主子请安问候，还有铺床温席之类的具体工作要做。这些家礼背后的道德支柱，显然是孝，故行家礼的实质是尽孝。分开来看，尽忠与尽孝是两种并行不悖的道德规范。但从道德规范的遵守实践活动上考察，在同一个人、同一件事、同一时空条件之下，忠孝不能两全的矛盾就会变得尖锐。

元妃省亲于贾府的特定时空条件下，当事人元妃、贾母、贾政、贾宝玉这祖孙三代人中的每一个人，都身处双重角色。元妃在国方面讲，是皇帝的配偶，该行国礼而尽忠，在家方面讲，是孙女、女儿、姐姐，该行家礼，尽孝（悌），她面临的选择是在忠孝中间选择一种。同理，贾母、贾政、宝玉在家庭人伦角色之外，都有作为皇帝的臣民的角色，这共同角色必须尽忠。这样，国礼取代家礼的道德因素，便是忠孝难以两全的矛盾。这种矛盾在中国古代社会的普遍性之广泛，可以说是无孔不入的。正是因为如此，历代文学作品中的各色人物，都有不约而同的体验。现实生活中，人们也不时谈论这样的话题：忠孝难以两全。

第三点，在元妃省亲之时，并没有谁出面发号施令，强行要求大家要行国礼而不得行家礼，是什么力量起决定作用的呢？只要我们重温一下上述省亲过程，起决定作用的东西就不言自明了。这就是，当时贾府上上下下的人们从日积月累的礼治生活的经验中一致意识到，跟贾妃见面时应当行国礼，而想行家礼的仅仅只有贾妃一个人。这种寡不敌众的力量对比，就决定了行国礼成为矛盾的主导方面，故解决国礼同家礼的矛盾的方式，就是用国礼取代家礼。

仔细回味一下，这种取代趋势也经历了一个有趣的过程。起初，元妃一人有行家礼的打算和苗头，不料遭到“贾母等俱跪止”的反抗，而这反抗的方式就是在行国礼，于是众人行国礼的实际行动战胜了一人想行家礼的主观意识。接下来，薛姨妈等人进来，没有谁出主意，她们都一致“欲行国礼”，被元妃制止了。到这一步，意识到行国礼的势力更强大了。于是，贾政这位父亲对女儿行国礼的时候，元妃势单力弱，早已没有制止行国礼的势头的可能性了。最后来见面的宝玉“行国礼”也就无话可说了。

最后，我想说的是，元妃省亲时以国礼取代家礼的全过程，包括人们所说的那些话以及那些跪拜的肢体动作，都使人感到不舒服，很难受。这自然是当代读者对两百多年前以国礼取代家礼的上述人和事的一种总体性的感觉。因为，无论是国礼还是家礼，那些有损于臣民、卑幼者的人格尊严的跪拜，虽都早已退出了历史舞台，但当年所起的消极作用，至今还叫人感到难以忍受。如果说，在行家礼时，子孙、卑幼者向父祖、尊长者跪拜本身就不公平，不合理，那么在国礼战胜家礼，大家都向一个青年女子行国礼而跪拜、称臣、称“外男”的时候，就更不公平、更不合理了。我甚至在设身处地地想：如果我是元妃，而对老祖母的跪拜、父亲俯首称臣、听见把兄弟称作“外男”的时刻，恐怕会如坐针毡的。事实上，元妃当时心里是非常难受的，所以见到弟弟的时候，竟“一语未终，泪如雨下”。

我以为，聪明的曹雪芹，就是在用这样寥寥数语来表示不满的，也就是说，他对这里以国礼代家礼的现象持有否定态度，对受不公平、不合理的礼法束缚的人们不能尽天伦之乐，不能畅所欲言地抒发骨肉亲情表示了同情和遗憾。曹雪芹写这省亲场面的礼法现象的心情，应当是格外复杂、格外沉重的。我相信读者读这段故事时心情也不会轻松。

八十四　红楼礼学的特色与成就（六）
——批判礼法的虚伪性和残酷性

礼学研究的第六个误区与空白，是研究者乐于引经据典。津津乐道礼的内容、分类、功能，仿佛礼是包医百病的灵丹妙药似的，很少看到礼的虚伪性、残酷性，缺少起码的批判精神。红楼礼学的特色与成就的又一重要方面，恰恰在于对礼法实施过程中暴出来的虚伪性和残酷性，给予了深沉有力的批判。其批判性的认识成果，是《周礼》《仪礼》《礼记》以及一切鼓吹礼法的古代典籍中所根本没有的东西。

《红楼梦》对于礼法实施中的虚伪性，有多层次多侧面的剖析。是明明有人习惯于在行礼中弄虚作假，而身边的人却始终真假莫辨，以真为假，以假为真，从而表明了识破礼法上的虚伪性并不是容易做到的事情。贾母等人对凤姐的评价，给了我们上述启示。有一次大家在一起谈家常，凤姐提出了一个建议：天冷了，以后就专门做饭给住在大观园里的李纨、宝玉和姑娘们吃。为此，贾母当众把凤姐夸奖了一番。薛姨妈等人也附和着说："真个少有。别人不过是礼上面子情儿，实在她是真疼小叔子小姑子。就是太太跟前，也是真孝顺。"事实的真相，是凤姐一贯善于玩弄"礼上面子情儿"。看来，弄虚作假的伎俩能够欺骗于一时，得逞于一时。

其次一点，有时候一针见血地戳穿礼法上的虚伪性的正确言论，在缺少见识的评论者看来，却变成了一种过失。评点《红楼梦》的著名脂砚斋，就在这一点上犯了错误。尤氏在跟李纨等人谈话时，曾不留情面地抨击贾府中人说："我们家下大小的人只会讲外面假礼假体面，究竟做出来的事都够使的了。"对这打中了要害的见解，脂砚斋不能识别、肯定，竟据以指责她"犯七出之条"。"七出"是法定的七种休妻理由，其中有一条叫"多言"。法律所不允许的"多言"，指的是多嘴多舌，挑拨是非的行为。尤氏的这句话，实为批判贾府的人们行礼法上的虚伪面目的檄文，被贬为"犯七出"中的"多言"过失，这就错得太远了。

且不多说别的，仅看尤氏的丈夫贾珍和继子贾蓉，在为贾敬守丧时，当着众人的面俨然像孝子，可到众人散去之后，便去寻他小姨子尤二姐、尤三姐厮混。后来，尤氏还亲眼看见贾珍在守孝中跟不三不四的闲人们干犯法的赌博之类的勾当。这样当面一套背后一套的守丧守孝，不是"假礼假体面"是什么！

还有一点，是红楼人物有时在行礼法时故意弄虚作假，故意把假礼说成是真礼，属实自欺欺人之举。续书写到的为宝玉娶宝钗所进行的所谓"过礼"活动，即是如此。

这里王夫人叫了凤姐命人将过礼的物件都送与贾母过目，并叫袭人告诉宝玉。那宝玉又嘻嘻地笑道："这里送到园里，回来园里又送到这里。咱们的人送，咱们的人收，何苦来呢。"贾母王夫人听了，都喜欢道："说他糊涂，他今日怎么这么明白呢。"鸳鸯等忍不住好笑，只得上来一件一件地点明给贾母瞧，说："这是金项圈，这是金珠首饰，共八十件。这是妆蟒四十匹。这是各色绸缎一百二十匹。这是四季的衣服共一百二十件。外面也没有预备羊酒，这是折羊酒的银子。"

贾母看了，都说"好"，轻轻与凤姐说道："你去告诉姨太太，说不是虚礼，求姨太太等蟠儿出来慢慢叫人给他妹妹做来就是了。那好日子的被褥还是咱们这里代办了罢。"凤姐答应了，出来叫贾琏先过去，又叫周瑞、旺儿等，吩咐他们："不必走大门，只从园里从前开的便门内送去，我也就过去。这门离潇湘馆还远，倘别处的人见了，嘱咐他们不用在潇湘馆里提起。"众人答应着送礼而去。宝玉认以为真，心里大乐，精神便觉得好些，只是语言总有些疯傻。那过礼的回来都不提名说姓，因此上下人等虽都知道，只因凤姐吩咐，都不敢走漏风声。

连病糊涂了的宝玉都看出了演戏似的虚假，可贾母还要强调说这不是"虚礼"。宝玉一时明白，一时糊涂，明白起来看到了假，糊涂起来以为真，终究是真假不分，被骗进掉包计中受到一回大愚弄。续书如此揭露礼法上的虚假骗局，是相当成功的。

最后一点，当事人出于真诚的愿望，要认真实行某种礼法，根本没有弄虚作假的意图，但从实质上看，这里存在着根本性的虚假。礼法上的这种虚假，属于透过表层的真实现象显示出来的本质上的虚假，具有哲理的深刻性。在宝玉跟宝钗举行婚礼的喜庆时刻，心身交瘁的林黛玉夭折了年轻的生命。作为舅妈的王夫人在得知死讯之时，极力劝慰贾母，说出了在"葬礼上要上等的发送"的话。这话是真实可信的。可是我们要问：人死之后，葬礼上的上等发送对于死者有什么实际意义呢？对于生命的最差的下等关爱，远远比对于亡灵的最强的上等发送要真实得多。然而，礼仪之邦的人们历来酷爱在死者一无所知、对死者毫无用处的葬礼上下大工夫。这无异于把假事当作真事来做。

如果进一步追究一下把这种假事真做的人们的动机，那么就有两种情况：

其一，就是像王夫人表示要“上等”发送黛玉之亡灵那样，出于真实的动机；其二，则是掩耳盗铃式的自欺欺人，即完全出于欺骗别人，以捞取有礼的美名。凤姐对尤二姐死后一年行祭礼的动机，就是最好的例子。凤姐明明是意在把尤二姐往死里整，并终于如愿以偿，可一年后还装模作样地对贾琏说：

> 我因为想着后日是尤二姐的周年，我们好了一场，虽不能别的，到底给他上个坟烧张纸，也是姐妹一场。（第七十二回）

始终不明真相的贾琏，竟信以为真，夸奖地说：“难为你想得周全，我竟忘了。”

给死者上坟、烧纸，就是行祭礼。凤姐先把尤二姐整死，一年后再扬言去为她行祭礼，这动机这行为会有一丝一毫的真实吗？

要问红楼人物身上的礼法行为之所以虚伪的原因，一言难尽。其中一条根本原因，在于礼法多于牛毛，一一实行，样样不打折扣，困难到了极点，麻烦到了极点，然而社会又崇尚礼法，谁都怕沾上无礼的骂名，趋利避害的实用原则，就把人们逼上了弄虚作假的庸人之道。

再谈谈对于礼法的残酷性的批判。礼的残酷性，取决于礼法实施上的一个原则——“礼不下庶人”。平儿在过生日的这一天，对宝玉、探春等人讲了一段话，可由此得知这个原则已经被红楼人物所掌握、所运用。

宝玉和宝琴同一天过生日，照例举行生日庆贺典礼活动。平儿也是这一天的生日，以往一直不为人所知，探春便笑道：“平儿的生日我们也不知道，这也是才知道。”平儿听这话便有了感触地说：“我们是那牌儿名上的人，生日也没拜寿的福，又没受礼职分，可吵闹什么，可不悄悄地过去。”

平儿是凤姐的陪房丫头，属于奴婢群体中人，清代法律视奴婢为贱民之一，礼法自然不对贱民实行，即不会以礼相待。平儿的话，是对“礼不下庶人”的一种通俗性的说明。在贾府二宅中，奴婢多达数百人，他们处处对主子行礼，从来没有哪一个主子对奴婢行礼，其原因就在于这是按“礼不下庶人”的原则办事的结果。人数众多、侍候主子的广大奴婢被全然剥夺了受礼的权利，而只有行礼的义务，这种极不公平的常见事实，就具有残酷性。

此外，还有更残酷的特殊事例发生。

事例之一，是秦可卿的婢女瑞珠的死亡：

> 因忽又听得秦氏之丫鬟名唤瑞珠者，见秦氏死了，他也触柱而亡。此事可罕，合族人也都称叹。贾珍遂以孙女之礼殓殡，一并停灵于会芳园中之登仙阁内。（第十三回）

瑞珠付出了生命的代价，才受到“孙女之礼”的待遇。这就意味着，礼法具有杀人不见血的残酷性。被剥夺了受礼遇权利的庶民和贱民，若想赢得那受礼权利，只有死路一条：以命换礼。这种交换的前提条件是：依附于主子的忠顺程度，必须达到在主子死去之后，甘心情愿为之殉葬的程度。这真是残酷之至！

事例之二，是贾母的丫头鸳鸯之死。贾母死后，鸳鸯上吊自杀而死。为其料理丧事之时——

> 贾政因他为贾母而死，要了香来上了三炷，作了一个揖，说：“他是殉葬的人，不可作丫头论。你们小一辈都该行个礼。”宝玉听了，喜不自胜，走上来恭恭敬敬磕了几个头。贾琏想他素日的好处，也要上来行礼，被邢夫人说道：“有了一个爷们便罢了，不要折受他不得超生。”贾琏就不便过来了。宝钗听了，心中好不自在，便说道：“我原不该给他行礼，但只老太太去世，咱们都有未了之事，不敢胡为，他肯替咱们尽孝，咱们也该托托他好好的替咱们服侍老太太西去，也少尽一点子心呐。”说着扶了莺儿走到灵前，一面奠酒，那眼泪早扑簌簌流下来了，奠毕拜了几拜，狠狠地哭了他一场。众人也有说宝玉的两口子都是傻子，也有说他两个心肠儿好的，也有说他知礼的。贾政反倒合了意。（第一百一十回）

跟瑞珠一样，也是在为主子殉葬而死之后，用生命的大代价换来了受礼的小权利。然而，就连这样残酷的交换，人们对鸳鸯能否受礼的权利与资格还有争议，对行礼的宝玉、宝钗有异议。在持异议的王夫人等人看来，婢女即使用生命做代价，依然得不到受礼的权利，也就是说死了白死。如此顽固地坚持礼不下庶人的原则，把奴婢为主子殉葬而死的严重结局看得比礼法还轻，这种漠视人命的礼法和礼法观念的惨无人道，令人震惊。

那种平心静气、坐而论道式的礼学研究成果，同红楼礼学的上述批判精神与见解是颇不一致，相去甚远的。

八十五 红楼礼学的特色与成就（七）

——对以礼入法的法制史特点的认识

礼学研究的第七大误区与空白，是除法学家之外的所有其他人文社会科学的各学科学人对中国自周朝至清代以礼入法，以法护礼的法制史特点一无所知，致使研究成果在历史事实面前黯然失色，甚至有礼学专著居然认为先秦时代的礼发展到封建社会已转化中华传统道德的核心。法制史的事实却始终是：礼与刑并用在两千多年的历代封建王朝的更迭交替运行中一直稳如磐石，没有实质性的变化。

曹雪芹读过先秦时代的《周礼》《仪礼》《礼记》等书，还引用过《论语》中关于礼的言论，更熟悉《大清律例》，故具有关于礼刑并用的法制特点的一般知识。尤其是他对于当朝的乾隆皇帝参与现实生活的礼法活动的事实有见闻，有感受。出现在第四回的“今上崇诗尚礼”的说法，可认为是一个关于红楼礼学的关键词，它足以涵盖清代乾隆年间以礼入法的事实和乾隆本人参与礼法活动的事实。这种涵盖功能，在曹雪芹写作《红楼梦》的时候，是密切关注清代社会现实生活动向的现实主义精神的反映，而在两百多年后的现代读者看来，早已成为一种历史感，是我们研究清代社会以礼入法的具体举措和内容的指针。我们这里拟从清代乾隆初年的立法事实和曹雪芹的礼法描写两个方面，对“今上尚礼”的红楼礼学关键词做一番说明。

先讲清代以礼入法的立法事实。

中国古代社会的法制史的一个突出特点是从周至清的两三千年中，一直把礼与刑并重，以礼入法，用刑护礼，从而使全社会建立一种在刑法后盾作用下的礼治秩序。这一特点，在《大清律例》中体现得非常突出。

首先，乾隆即位之初，命礼部尚书三泰等人主持编纂《大清律例》，这种人事任命本身就意味着对礼的崇尚。须知，礼部是主管礼法的最高行政机构，而礼部尚书则是主管礼法的最高行政长官，是此，往《大清律例》中灌输礼法思想内容就有了人事上的坚定渠道。

其次，也是更重要的一点，即《大清律例》的体例和内容的安排上，都把礼法落实得眉目清楚，有条不紊。以体例而论，清承明制，制定有两卷《礼律》，其一是《仪制》，其二是《祭祀》，二者将一系列属于礼范畴的行为规范，上升为法范畴的行为规范。每卷礼律之后，还收录有大量的《礼例》，这是《大明律》中所没有的，从而证明清代比明代更重礼法。

《大清律例》的第二卷《诸图》中的《丧服图》和第三卷《服制》的内容互相补充，把丧葬之礼的全部详细规定先用图表罗列出来，再用文字予以说明。这是清比明更重礼法的又一证明。

从律文、例文的表述内容来看，关于“礼”的法律名词术语随处可见。例如财礼、依礼聘嫁、越礼犯分、蔑礼贼义、赞礼郎、礼部、非礼、依礼安葬、乡饮酒礼、揖拜之礼、少事长之礼、亲属之礼、司仪礼官，等等，层出不穷，不可胜数。

还有一点值得注意，就是在许多法律条文中，虽然没直接运用“礼”的概念，但把属于礼范畴的礼法概念，运用到律文中，因此依然是以礼入法的具体表现的一种形式、一种事实。例如《刑律》的“亲属相奸”条有云：“凡奸同宗无服之亲，及无服亲之妻者：各杖一百。奸缌麻以上亲，及缌麻以上亲之妻……各杖一百：徒三年”。这里的宗、服、缌麻等，都原是礼法中的概念，被运用到刑法中来了，使之成为表述罪名的法律名词术语。

以上所说全部以礼入法的事实，都比较浅露，仅凭直观思维即可理解。还有一种深层的要靠理性思维去把握的事实，这就是：《大清律例》以礼入法的指导思想和价值观念，在于把礼的等级制度与辨异功能作为贯穿整部法典的红线，从而造成了偌大一部法典的整体性的不公正、不平等、不合理。这是事关全局的、实质性的、要害的事实，唯有这一事实才能从根本上表明以礼入法的法制史特点的阶级和时代的局限性。

再谈曹雪芹所描写的乾隆皇帝参与礼法活动的情形，这是只有文学名著中才有而历代礼学典籍中所根本不可能有的形象性的礼学资料。

第五十三回，浓墨重彩地描绘和渲染了宁荣二府共祭祖先的祭礼场面与过程。宗祠里悬挂的多种先皇御笔所题金匾、对联，烘托了当朝皇帝“尚礼”的背景，暗示了清代执政皇帝有“尚礼”的传统。再看现实的事实是：贾府祭祖的费用，竟是由国库开支的。贾蓉用来装银子的黄布口袋上面，印着“皇恩永赐”四个大字，还有礼部祠祭司的印章。要问为什么先皇和当朝皇帝都如此重视贾府的祭礼，回答是当年的宁国公和荣国公都是流过血的功臣。“礼不下庶人”的原则，保证了功臣死后享有丰厚祭礼的特权和由国库开销祭礼费用的荣誉。

贾敬的丧葬之礼，惊动了皇上，下有专门的圣旨：

> 且说贾珍闻了此信，即忙告假，并贾蓉是有职之人。礼部见当今隆敦孝悌，不敢自专，具本请旨。原来天子极是仁孝过天的，且更隆重功臣之裔，一见此本，便诏问贾敬何职。礼部代奏：“系进士出身，祖职已荫其子贾珍。贾敬因年迈多疾，常养静于都城之外玄真观。今因疾殁于寺中，其子珍，其孙蓉，现因国丧随驾在此，故乞假归殓。”天子听了，忙下额外恩旨曰：“贾敬虽白衣无功于国，念彼祖父之功，追赐五品之职。令其子孙扶柩由北下之门进都，入彼私第殡殓。任子孙尽丧礼毕扶柩回籍外，着光禄寺按上例赐祭。朝中由王公以下准其祭吊。钦此。”此旨一下，不但贾府中人谢恩，连朝中所有大臣皆嵩呼称颂不绝。（第六十三回）

贾母去世之后，又一次惊动皇上——

> 贾政报了丁忧。礼部奏闻，主上深仁厚泽，念及世代功勋，又系元妃祖母，赏银一千两，谕礼部主祭。（第一百一十回）

贾珍在贾敬死后“即忙告假”和贾政在贾母去世后“报了丁忧”，都是履行法定的丧礼手续。《大清律例》在“匿父母丧”条明文规定：“若吏员父母死，应丁忧……不丁忧者，罢职役不叙。”两次丧事都由礼部奏闻请旨，也是法定的程序。有关例文规定：“内外官员例合守制者，在内，经由该部具题，关给执照；在外，经由该抚照例题咨，回籍守制。”

就这样，当朝皇帝在以礼入法方面，不仅在立法上有一系列举措，而且在礼法的实施上多次参与其事，从而使我们得以知道，源远流长的以礼入法、刑礼并用的法制史特点延续到清代，的确使人有“今上尚礼”的感觉。

不要以为“今上尚礼”的说法是在为当朝皇帝歌功颂德，实际上是在上述大型礼法活动的描述中暗示着封建礼治秩序江河日下，走向没落的趋势。这种没落趋势，应当是红学家所公认的封建大家庭由盛而衰的一大具体表现。只要回顾一下上述几大礼法活动一次不如一次的详情，对这种没落趋势就可看得很清楚。

小说第十三回所写宁府的青年媳妇秦可卿的丧事，可谓壮观非凡：“停灵七七四十九天，三日后开丧送讣闻。这四十九日，单请一百单八禅僧，在大厅上拜悲忏，超度前亡后化诸魂，以免亡者之罪；另设一坛在天香楼上，是九十九位全真道士，打四十九天解冤洗孽醮。然后停灵于会芳园中，灵前另五十众高僧、五十众高道，对坛按七作好事。”凤姐主持办丧事，按花名册点名、分配任务，所动用的奴婢除了一百三十四人专司其职责之外，竟还有“下剩的”用于打杂。仅动用宗教界和俗社会的人力一项，就多达四百余人！

到第五十三回祭祀贾府宗祠的祖先之时，虽然享用了皇帝赏赐的专用银两，宗祠里还有御笔所题褒奖功臣的匾额，全家老幼几代严肃、认真行祭祀之礼，但完全没有壮观可谈。试想荣宁二府共祭的祖先所享受的香火之礼，竟不如宁府一家的儿媳，这不是贾府所经常谈论的“礼数”的大跌落吗？贾敬是爷爷，其丧礼草草收场，跟孙媳根本不能相比。

更煞风景的当数老祖宗贾母的丧事。贾政依法向皇宫“报了丁忧”，皇上赏银一千两，下旨由礼部主祭。依情理而论，如此办丧事本应格外风光。再说，贾府内是由上次主持秦可卿的丧事的王熙凤来重操旧业，也应更有经验，更有所作为。不料奴婢们谁也不听使唤，凤姐不得不亲自干这干那，弄得又气又累，口吐鲜血，昏倒在地。其结果是高高在上的年过八旬的老祖宗的丧事也是草草收场。给人的印象是这起惊动了皇上的丧礼，竟如同虎头蛇尾。

丧礼、祭礼，是礼治秩序中的重要环节。贾府在这里一次次走下坡路，因而也就构成了这个封建大家庭的礼治秩序逐渐崩溃的一个大溃口。那接二连三的衰败景象，是可想而知的。

在这种衰败趋势之下，参与礼法活动的当朝皇帝也不免脸上无光。就这样，回过头再品味一下“今上尚礼”的关键词，就会觉得它有着讽刺的味道了。

八十六 红楼礼学的特色与成就（八）

——礼学教育的四大环节

礼学研究的第八个误区和空白，在于无人谈论历史悠久的礼学教育，这就势必影响读者注意曹雪芹的礼学教育问题的思考成果。

我感觉到，《红楼梦》中的礼学教育的描写，同《论语》《礼记》中孔子的有关言论呈遥相呼应之势，其承传关系，如同一座跨越时空的无形大桥两端的桥头堡。孔子重视礼学教育，认为“不学礼，无以立”。就是说，不学习礼学知识与道理，就不能在社会上立足。这一基本观点，他至少强调过三次。《论语》的《泰伯》篇云：“立于礼。”在《季氏》篇里，孔子对他儿子孔鲤说：“不学礼，无以立。”孔鲤从此开始学礼。《尧曰》篇又一次指出：“不知礼，无以立也。”据《礼记·经解》开篇记载，孔子曾说过：“恭俭庄敬，礼教也。”这里讲的是礼学教育的效果，能够使人培养出恭、俭、庄、敬这些良好的品德。这也就是孔子把礼当作人们在社会上的立足之本的道理之所在。要言之，孔子所重视的礼学教育是把礼法教育与道德教育结合在一起的，其教育方式，大约是教、学、知、用四大环节。

《红楼梦》关于礼学教育的描写，跟孔子的主张一脉相承，连那教育的具体方式，也包括教、学、知、用等方面。关于教礼的环节，是由一个细节表现出来的。有一天，宝玉要到他舅舅家里去，骑着马，一大帮男仆前呼后拥，经过贾政的书房，依礼得下马步行，故宝玉提议绕道走角门，免得过书房时下马。这时——

周瑞侧身笑道：“老爷不在家，书房天天锁着的，爷可以不用下来罢了。”宝玉笑道：“虽锁着，也要下来的。”钱启李贵等笑道：“爷说的是。便托懒不下来，倘或遇见赖大爷林二爷，虽不好说爷，也劝两句。有的不是，都派在我们身上，又说我们不教爷礼了。”周瑞钱启便一直出角门来。（第五十二回）

这里的“教礼”，是指的礼法的家庭教育。周瑞、钱启、李贵等仆人年岁大，见识广，对青年主子宝玉来说，如同家教老师，有随时随地教礼的责任和义务，否则，他们就会受到老主子们的训斥。宝玉在这里守礼法的自觉性，显然跟年长的奴仆们的习惯成自然的家教分不开。

学礼的环节，是在贾蓉调戏他的小姨尤二姐的时候，从她的骂语中吐露出来的：

“蓉小子，我过两日不骂你几句，你就过不得了。越发连个体统都没了。还亏你是大家公子哥儿，每日念书学礼的，越发连那小家子瓢坎的也跟不上。”说着顺手拿起一个熨斗来，搂头就打，吓得贾蓉抱着头滚到怀里告饶。尤三姐便上来撕嘴，又说：“等姐姐来家，咱们告诉他。”（第六十三回）

如此写来的妙处，在于不仅表现出贾府子弟在礼学教育方面有学礼的环节，更重要的在于抨击不肖子弟没有学好礼、未能做到学以致用的弊病，此外还有跟宝玉的学礼、用礼的自觉性、好效果进行对比的作用。

红楼礼学教育的第三个环节，是通过上述教与学的两个环节，使接受教育的人们达到懂礼的目标。小说中用“知礼”“识礼”“达礼”“知大礼”等说法来标志这种懂礼的目标，而说这些话的人数众多，使我们感觉到贾府的礼学教育如同今天的普法教育似的，普及率很高。贾母、王夫人、尤三姐、麝月、林之孝家的、平儿等，都是运用“知礼”这类概念来发表意见，评论他人的人物。从她们的言谈中可以看到，贾府的礼学家教的确取得了使礼深入人心的良好效果。

若再从人物语言中的礼法概念的不同语义上分析，还能对“知礼”的知识结构有大框架式的了解。大体说来，人们的“知礼”包括礼学知识、理论的三个层面：一是对各种各样的礼法规范的了解，二是对礼法的度量即所谓“礼数”的把握，三是对礼法的道理的领会。关于第一个方面，很常见，好理解，可不必说明。关于第二个方面，我们已做过专题讲解，不必重复。现着重说明第三个方面。

在许多时候，红楼人物口中的“礼”，指的是关于礼的道理，即礼之理。知礼之理，比学礼规范要困难，不仅要学习，还得勤于思考。而礼之理，有大道理、小道理。大道理，大约是较抽象、较系统的理论化的道理。我格外感兴趣的地方，是红楼人物酷爱运用这个意义的“大礼”的概念。至少可列举以下三个实例：

例一是尤三姐的故事。尤二姐嫁给贾琏作二房之后，跟贾琏商量，想给妹妹尤三姐找一个如意郎君，次日便备酒请尤老娘和尤三姐来商量此事。敏感的尤三姐不等姐姐开口，就流泪说道：“姐姐今日请我，自有一番大礼要说。”她所说的“一番大礼”，显然指的是关于婚礼方面的一套大道理。尤三姐的礼法知识结构中的礼法理论层面的具备，由此可见一斑。

例二是贾珍外出为贾敬送殡时同贾琏、贾蓉送行途中的故事。“和族人直送到洒泪亭方回，独贾琏贾蓉二人送出三日三夜方回。一路上贾珍命他好生收心治家等语，二人口内答应，也说些大礼套话，不必烦叙。”这段叙事很值得咀嚼一番。“也说些大礼套话”，足以使我们知道：这三个人三天三夜中虽讲话不少，但谈得并不投机，大家都不说心里的真话，只不过全都讲一些关于礼法的空而老的大道理罢了。不过话得说回来，贾府的这三个不肖子孙虽不学无术，屡屡犯礼犯刑，但在礼法普及率很高的环境中，懂得不少人所共知的礼法道理。

例三是王夫人乘省晨之礼的时机，向贾母贬晴雯夸袭人的故事。在说完晴雯“只是不大沉重”之后，话头一转便夸奖说：“若说沉重知大礼，莫若袭人第一。”在王夫人眼里，只有袭人行动“沉重”，即不轻浮，内心深处懂得礼法上的大道理，是给宝玉做妾的最佳人选。

这么多人能够一再在一起谈论礼法上的大道理，不能不承认，贾府内的礼法普及教育是有成效的。我们今天的普法教育，大约都在传播法律上的起码知识，法学理论层面的东西为数甚少，日后有必要让广大人民群众多懂一些深层的法律理论。

红楼礼学教育的第四个环节是用礼。学以致用，是教育事业的根本原则。重视礼学教育的孔子就强调过：“礼之用，和为贵。”（《论语·学而》）这话一方面指出学礼要致力于礼的运用，同时还指出用礼的方式要“和”，即恰到好处。

在红楼人物那里，礼的运用环节上有“守礼”“讲礼”“争礼”等说法。在姨妈看来，女儿薛宝钗是个“素来也孝顺守礼的人”。这里的“守礼”，就是按礼法规定办事，是用礼的根本表现。若没有做到“守礼”这一点，人们也善于自我批评。例如在宝玉和宝钗的婚礼举行的问题上，贾政认为薛蟠坐牢，其妹宝钗出嫁于礼不合，再者元妃去世，宝玉有九个月的功服在身，若娶亲也有违礼法。贾母听了老儿子的一番话，认为他说得很对，但宝玉的病一天重一天，不能再拖延婚期，于是表态说：“只可越些礼办了才好。”

“讲礼”，不是指的讲礼法课，而是遇到某种具体事情在礼法的遵守上有不同意见而进行说明的情况。

“争礼”，指礼法上的不平之鸣，重在争礼之理，而不是简单地争礼物、礼品的多少。赵姨娘曾跟几个小丫头为一点小事闹得不可开交。正在气头上的赵姨娘碰到夏婆子走过来，这老婢女便跟她撑腰打气，让她抓住这件事把威风抖一抖，便于“以后也好争别的礼”。一贯受人欺负的赵姨娘很喜欢听这样的话。“争别的礼”即争论别的礼法之理。

礼学教育，只是整个法学教育的一个重要组成部分。在说明了红楼礼学教育的以上四个环节之后，我想到了一个问题：为什么红楼人物都习惯于谈论教礼、学礼、知礼、用礼，而从来不谈法律的另外一个层面“刑”呢？想来想去的结果，是我感觉到当时法律教育严重失衡，就是只管礼，不管刑。这怪不得贾府，因为掌刑是各级衙门的事情。贾府既然被认为是诗礼之家，只管礼法教育便名副其实了。

关于红楼礼学，总共讲了八个题目，它们只能算是开启了一种基本思路，远远没有囊括红楼礼学特色和成就的全部。有志于此的读者和学人的进一步探讨的余地是广阔的。

八十七　清代刑法流于一纸空文的综合原因

我们在许多专题中都谈到清代的刑法实施效果差的弊病，现在打算把这些分散在各处的东西结到一起，从而从总体上来说明多种多样的综合原因，使大家形成较完整、较系统的认识。

之所以认为清代刑法流于一纸空文，是因为小说中应当适用刑法的案件和事件多达几十起，而使刑法终于得到实现的严格说来，仅仅只有马道婆行妖术而被判死刑的一个实例。这种严重的局面，使我们不能不依据小说的描写来寻觅和思考其中的原因。概括起来，共有五大原因：

（一）立法原因

清代刑事立法上有三项内容大大阻碍了刑法实施的通道：一是实行不告不理的原则，规定一切案件都得有原告出面告状，有的案件还特别规定“亲告乃坐”；二是实行同居亲属之间对于犯罪者的互相“容隐”的原则，用现代通俗的说法，就是亲属互相包庇犯罪者是合法的；三是在“干名犯义”条中规定，若子孙状告祖父母、父母就视为犯罪。

贾府内外先后出现的失火案、拐卖人口案、人命案、犯奸案、赌博案、盗窃案、庸医致死人命案等，为什么作案者都逍遥法外？这立法上的三大内容妨碍了刑法实施是很重要的原因。焦大骂人就属于“亲告乃坐”的案子，被骂的贾珍等人决不会自讨苦吃去打这场官司。

（二）法律制度原因

中国和世界各国自古以来，一直到法国大革命的十八世纪末十九世纪初，都没有检察机关和检察官代表国家追诉罪犯。这种法律制度的空缺，致使刑法的执行非常消极、被动。《一场大火引出的法律思考》对此做了说明。除此案之外，其他许多罪案不能破获的原因也如此：皇帝一时高兴之下决定的大赦，具有主观随意性。贾雨村、贾赦、贾珍等人的罪行，都是因大赦而未能完全实施刑法，或者使刑法实施半途而废。

赎刑的制度：以现代刑法学眼光来看，实质是以罚代刑。只要有钱，就可花钱消灾，还可花钱买命。薛蟠第二次的杀人罪行，就是交了大量罚金之后被释放而逃脱法网的。小说写道：

> 且说薛姨妈得了赦罪的信，便命薛蝌去各处借贷，并自己凑齐了赎罪银两。刑部准了，收兑了银子，一角文书将薛蟠放出。他们母子姊妹弟兄见面，不必细述，自然是悲喜交集了。（第一百二十回）

这里有一个疑点值得讨论。依清代的赎刑制度，故意杀人应处死刑，根本不可能赎罪。查《大清律例·纳赎诸例图》的全部条文，不见有流二千里以上重罪的赎罪规定。唯“过失杀”该判“绞”刑者，可“收赎”，规定“折银十二两四钱二分，给被杀之家营葬”。与此同时，《大清律例·断狱下》指出：“凡断罪，应决配而收赎，应收赎而决配，各依出入人罪，减故失一等。”综观这两处的立法精神，薛蟠故意杀人罪本当不能赎罪，而必须依法判处绞刑。这就需要我们辨别清楚：是高鹗的续书的法律描写有违法律呢，还是执法的刑部在执法上出了偏差呢？正是在这个骨节眼上，本案的法律启示意义寓含其中。

太平县知县，作为此案的初审者，贪赃枉法，把故杀弄成“误杀”，以便薛家“赎罪”。薛家买通知县后，确已做了赎罪准备。后来刑部发现并纠正了知县的执法犯过错，依法定了薛蟠的死罪。只是后来皇上“大赦天下”，薛蟠的死罪才有了准予“赎罪”的可能性。

由此可见，薛蟠又一次逃脱了死刑判决的法律原因，依然在于“赎罪”的法律规定导致了以罚代刑、花钱消灾的后果。而能花无数银钱赎罪的，绝非是平民百姓，只能是有钱有势的统治阶级。说穿了，法律严厉制裁的对象是被统治的广大人民群众。薛家作为当年不可一世的四大家族之一，拥有巨额财产，后虽家道衰落，毕竟仍然有经济实力来缴纳巨额赎金。

就此案看来，赎刑的法律制度在法律实施过程中走了样，变了形，其中包含的就是法律执行环节的弊端，以下专谈这个环节的原因。

（三）执法环节的原因

对于极少数进入了诉讼过程的案件来说，刑法在原告、被告、审案官员等人乱忙活一阵之后终究被架空，另有原因，这就是主审官们或者不懂法且又徇情枉法（例如贾雨村审理的薛蟠主仆打死冯渊的命案），或贪污受贿而故意为罪犯开脱罪责（如太平知县审理的薛蟠打死张三的命案），或既贪污又徇情而审理假案，不追究制造假案的罪犯（如察院审理的张华告贾琏的假案），或执法者在执法活动中犯法，不仅不能打击罪犯，反而他们自己成了漏网的罪犯（如县衙役抢夺贾府的车辆、货物、锦衣军在查抄贾府时抢夺了大量财物，均无人追究），或执法者在接受报案后无力破案（如贾府的被盗窃的案件发生后，衙门缉赃毫无结果），等等。总之，没有哪一件案子能够得正确审理，更没有哪一个作案罪犯是在案子审结后依法受到应有的处罚。

有趣的是，就连马道婆被判死刑的案子，是以道听途说的方式来表现的。她最后是否真正被执行了死刑处罚，还是一个未知数。

可见，《红楼梦》所描写的官府执法环节上的漏洞和弊病不胜枚举。刑法在如此腐败无能的执法者手子中，形同废纸，根本不能发挥惩治罪犯的作用。

（四）家法私刑取代了国法制裁的原因

中国历代法律都与家族、家长有着密切关系。著名法学家瞿同祖指出："家族实被认为政治、法律之基本单位，以家长或族长为每一单位之主权，而对国家负责。我们可以说家族是最初的司法机构，家族团体以内的纠纷及冲突应先由族长仲裁，不能调解处理，才由国家司法机构处理。"（《瞿同祖法学论著集》）从《红楼梦》所描写的情况来看，比法学家所论述的更有过之而无不及，且不说小小的"纠纷"，就是许多重大罪案，几乎都用家法私刑的方式取代了国家法律的制裁。这是清代刑法落空的又一常见的原因。

贾母处罚奴婢们聚众赌博案件的当事人，就是家法私刑取代国法制裁的一个典型例子。《贾母行使法定家长职权的甘苦》中谈到此案，此处不赘。

（五）私了法律案件的原因

既然刑法实施的路途中障碍多，阻力大，那么一旦发生刑事案件，被民间私了的比例就很大。仅以贾宝玉、贾琏、王夫人等三人私了的案件，就有十余起：秦钟与智能的奸情案、茗烟与万儿的奸情案、金钏儿投井自杀的命案、鲍二家的上吊自杀的命案、坠儿的偷窃案、彩云的偷窃案、持假玉到贾府的诈骗案、司棋与潘又安的双双徇情而死的案件、匿名揭帖案，等等，都是以私了方式告结的。私了案件的风气如此炽盛于民间，官方的刑法势必被吹拂得难以落脚而徒具虚名。

谈到民间私了案件而架空刑法的这一重大原因，必须了解这里隐藏着的一个法律怪圈。依据清代法律，“私和公事”即私了案件，本属于犯罪行为，应当受法律处罚，然而该条之下又有立法解释云：“发觉在官”。这言外之意，就是告诉广大百姓，凡官方没有“发觉”的“私和公事”行为，就平安无事。结合以上所谈刑法实施难的情况，刑法的怪圈就现出了原形。

这个怪圈由刑法实施过程中的四个法律因素构成，它们依次互为因果关系，形成了一种无休止的恶性循环关系，可用下列图示来概括其怪圈的怪异情形。

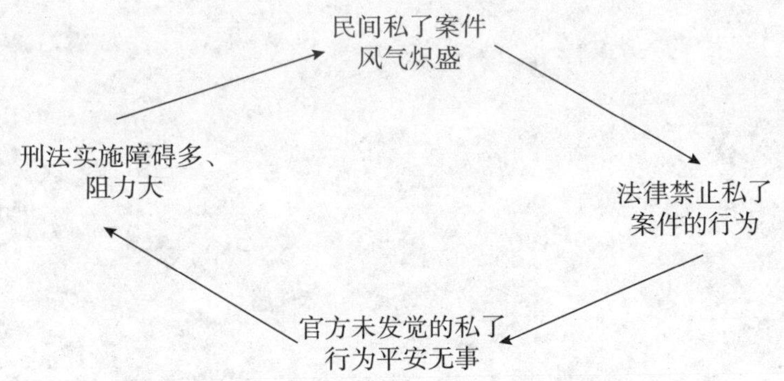

这个法律怪圈表明，四大法律因素互相干扰而依次恶性循环是无休止的运动过程，它们是封建法律发展到清代社会之后，由立法、法律制度、执法活动、法律实施于社会必然引出的现象等环节上的矛盾、漏洞、弊病交汇而形成的，单从《大清律例》的书面词句中是永远也看不出来的。《红楼梦》

的两位作者的主观意念中，不一定对此法律怪圈有明确的概念和完整的思想，但是没有书中的一系列刑事案件的具体描写与思考，这个带理论性的刑法实施上的怪圈是任何人也无从想象的。

说实在话，笔者所画出的上述示意图以及有关理念，在写此文之前并无预定的东西在起作用，而是行文至此灵感袭来，连图带文全自然而然涌现于笔端，只是挥笔记录下来似的。这个自然流泻的事实充分证明，《红楼梦》中大量的刑事案例故事昭示了上述一切。